·安徽师范大学文学院学术文库·

U0746883

楚辞与
汉代文学论集

CHUCI YU HANDAI WENXUE LUNJI

潘啸龙 著

安徽师范大学出版社

·芜湖·

责任编辑:房国贵
装帧设计:杨 群 欧阳显根
责任印制:郭行洲

图书在版编目(CIP)数据

楚辞与汉代文学论集 / 潘啸龙著.—芜湖:安徽师范大学出版社,2014.12
(安徽师范大学文学院学术文库)
ISBN 978-7-5676-1141-2

Ⅰ.①楚… Ⅱ.①潘… Ⅲ.①楚辞研究-文集 ②中国文学-古典文学研究-汉代-文集
Ⅳ.①I207.22-53②I206.2-53

中国版本图书馆 CIP 数据核字(2013)第 319242 号

本书由安徽师范大学教育基金会宝文基金资助出版

楚辞与汉代文学论集
潘啸龙 著

出版发行:安徽师范大学出版社
　　　　芜湖市九华南路 189 号安徽师范大学花津校区　　邮政编码:241002
网　　址:http://www.ahnupress.com/
发 行 部:0553-3883578 5910327 5910310(传真)　 E-mail:asdcbsfxb@126.com
印　　刷:安徽芜湖新华印务有限责任公司
版　　次:2014 年 12 月第 1 版
印　　次:2014 年 12 月第 1 次印刷
规　　格:700×1000 1/16
印　　张:18
字　　数:275 千
书　　号:ISBN 978-7-5676-1141-2
定　　价:36.00 元

总　序

　　安徽师范大学文学院的前身是 1928 年建立的省立安徽大学中国文学系，是安徽省高校办学历史最悠久的四个院系之一。这里人才荟萃，刘文典、郁达夫、苏雪林、周予同、潘重规、卫仲璠、宛敏灏、张涤华、祖保泉等著名学者都曾在此工作过，他们高尚的师德、杰出的学术成就凝固成了我院的优良传统，培养出了一大批出类拔萃的各类人才。

　　文学院现设有汉语言文学、汉语言、秘书学、汉语国际教育等 4 个本科专业；文学研究所、语言研究所、古籍整理研究所、美育与审美文化研究所、艺术文化学研究中心等 5 个研究所（中心）。拥有中国语言文学博士后科研流动站，中国语言文学一级学科博士点，中国语言文学、艺术学理论 2 个一级学科硕士学位点；设有中国古代文学等 10 个硕士学位二级学科授权点和学科教学（语文）、汉语国际教育两个专业学位点；有 1 个安徽省 A 类重点学科（中国语言文学），3 个安徽省 B 类重点学科（中国古代文学、汉语言文字学、中国现当代文学）；1 个国家级特色专业建设点（汉语言文学专业），1 个国家级教学团队（中国古代文学），2 门国家级精品课程（文学理论、大学语文），1 个省级刊物（《学语文》）。

　　文学院师资科研力量雄厚，现有专任教师 82 人，其中教授 26 人，副教授 40 人，博士 51 人。2009 年以来，本学科共主持省部级以上科研项目 74 项，其中国家社科基金项目 20 项（含重大招标项目 1 项），获得省部级以上奖励 13 项。教师中，有国家首届教学名师 1 人，享受国务院特殊津贴 12 人，皖江学者 3 人，二级教授 8 人，5 人入选省级学术和技术带头人，6 人入选省级学术和技术带头人后备人选。

　　走过 80 多年的风雨征程，目前中文学科方向齐全，拥有很多相对稳定、特色鲜明的研究领域。唐诗研究、"二陆"研究、宋辽金文学研究、词学研究、现代小说及理论批评研究、当代文学现象研究、《文心雕龙》研究、古典诗歌接受史研究、梵汉对音研究、句法语义接口研究、儿童语言习得研究等在全国居于领先地位或在学术界有较大影响。特别是李商隐研究的系列成果已成为传世经典，国务院学位委员会委员、北京大学教授袁行霈先生说，本学科的李商隐研究，直接推动了《中国文学史》的改写。

经过几代人的薪火相传，中文学科养成了严谨扎实的学术传统，培育了开拓创新的学术精神，打造了精诚合作的学术团队，形成了理论研究与服务社会相结合、扎根传统与关注当下相结合、立足本位与学科交融相结合、历代书面文献与当代口传文献并重的学科特色。

新世纪以来，随着老一辈学者相继退休，中文学科逐渐进入了新老交替的时期，如何继承、弘扬老一辈学者的学术传统，如何开启中文学科的新篇章，成了摆在我们面前的迫切任务。基于这一初衷，我们特编选了这套丛书，名之为"安徽师范大学文学院学术文库"，计划做成开放式丛书，一直出版下去。我们认为对过去的学术成果进行阶段性归纳汇集，很有必要，也很有意义，可以向学界整体推介我院的学术研究，展现学术影响力。

现在呈现在读者眼前的是第一辑，文集作者均是资深教授或博士生导师，有年高德劭的老一辈专家，有能独当一面的中年学术骨干，有崭露头角的青年才俊，可以反映出文学院近年科研的研究特点与研究范式。

新时代，新篇章。文学院经过八十余年的风雨砥砺，取得了辉煌的成就。赭塔晴岚见证了我们的发展，花津水韵预示着我们会更上层楼；"傍青冥而颉颃白日，出幽谷而翱翔碧云"。我们坚信，承载着八十多年的历史积淀，文学院的各项事业必将走向更大的辉煌！

我们拭目以待……

丁　放　　储泰松

2014 年 8 月

目 录

缘情"言志"与"中和"、"激切"之美

——诗、骚诗学思想浅论之一

对中国古代诗学思想的考察和探讨,人们往往以古代诗论家的著述或言论为重点,这无疑是一条重要途径。不过,我们也可以改换一种选择,而将古代作诗人自己的看法及其诗作本身作为考察、探讨的重点,或许可以从创作主体的实践层面上,提供一个参照和检验的系统。正如卫姆塞特和布鲁克斯所说:"自始以来的诗人,多喜欢谈论自己的作品,把文学见解写入自己的诗篇。所以,人类自有了诗歌,雏型的文学理论便相偕出现。"①将作诗人及其作品所体现的诗学见解和经验,与诗论家的阐释和总结联系起来考察,不仅可丰富诗学思想之内涵,而且可以匡正诗论家研究中可能出现的某些偏颇或失误。本篇的考察,即以中国古代诗歌的光辉源头——《诗经》、《楚辞》(以下简称"诗、骚")作品为对象,探讨一下它们在创作中所体现的某些诗学思想,并对古代诗学研究中的有关论断提出一些不同的看法。

一、缘情"言志"——诗、骚所体认的诗之抒情功用说

自从诗歌产生以后,人们似乎就开始了"诗究竟为什么而作"的理论追问,它因此也成了中国古代诗学所面对和回答的第一个重大课题。这个回答以《尚书·尧典》所提的"诗言志"说最为简约和权威,朱自清先生甚至称它为中国诗论的"开山的纲领"②。但在阐释这个纲领的"言志"内涵时,朱氏却引用春秋时期的"赋诗言志"以及《诗经》中作诗者明确标示的"谏""刺""讯""告"之意,而断言这种"言志"其实是与"政治、教化"分不开的,并认为这与西晋陆机《文

---

① 卫姆塞特、布鲁克斯:《西洋文学批评史》,颜元叔译,中国人民大学出版社 1987 年版,第 1 页。
② 朱自清:《朱自清古典文学论文集》(上),上海古籍出版社 1981 年版,第 190 页。

赋》提出的"诗缘情而绮靡"说对应,体现了两种不同的文学"标准"或"尺度":"'言志'其实就是'载道',与'缘情'大不相同。陆机实在是用了新的尺度。"①至于《诗经》,虽也有"一半是'缘情'之作",但"乐工保存它们却只为了它们的声调,为了它们可以供歌唱。那时代是还没有'诗缘情'的自觉的"②。

先秦时代的人们作诗,是否还根本没有"诗缘情"的自觉? 先秦时代"诗言志"的诗学思想,是否只与"政治、教化"相联系,而根本未包含"缘情"的内涵? 要回答这些问题,我们恐怕不能像朱先生那样只从春秋时代政治、外交上的赋诗、用诗实例着眼,而应该更多从诗歌创作的客观实践作深入的考察。因为那个时代政治、外交场合的赋诗和用诗,本身就受到实际交流目的之限制,而使其"言志"内涵偏向了"政治、教化"方面。但这决不等于说,当时的诗人只是为了"政治、教化"的需要而作诗的。

诚然,在《诗经》中确实存在着许多直接为"政治、教化"而作的诗歌。所谓"祀,国之大节也;而节,政之所成也"③,《诗经》的"周颂"、"商颂"和"鲁颂",都是为宗庙祭祀而作的"政治、教化"诗。在"大小雅"中,更有大量歌咏朝觐、宴饮、征伐、狩猎、婚姻的诗作,一边称颂着天子、王公的威仪德行,一边表现着赫赫王朝的"礼乐""文章",当然也与"政治、教化"结了不解之缘。特别是产生于西周后期的一批讽喻诗,作诗人更在诗中大声疾呼"王欲玉女,是用大谏"(《大雅·民劳》)、"犹之未远,是用大谏"(《大雅·板》)、"寺人孟

---

① 朱自清:《朱自清古典文学论文集》(上),上海古籍出版社 1981 年版,第 6 页。朱自清先生以及当代许多文论家以为,陆机《文赋》的"诗缘情而绮靡"说,突破了与"政治、教化"相联系的"载道"说。我认为这是没有细读《文赋》全文而望文生义的曲解。陆机《文赋》结尾处唯恐人们误解他的文论思想,特意强调说:"伊兹文之为用,固众理之所因。恢万里而无阂,通亿载而为津。俯贻则于来叶,仰观象乎古人。济文武于将坠,宣风声于不泯"。这里明明白白地强调了诗文辅助"文武"之道和宣扬风教的"政治、教化"功能,怎么可以对这段重要的论述视而不见,而闭着眼睛断言陆机"提出了"与"政治、教化"相联系的"载道"说不同的另一种文学的"标准"和"尺度"呢! 我们可以说,陆机对诗文创作从冲动到构思过程中的思维活动特征,文章体貌、风格的多样性,以及诗文中对立意、文辞、声韵等方面的要求,第一次作了系统的论述,自有他在文学理论方面的特殊贡献;而"诗缘情而绮靡"说,则主要是从文体特点上提出的风貌区分,并不涉及陆机对诗文功能的根本看法;在对诗文的功能方面,他并没有提出与"政治、教化"相联系的"载道"说根本不同的另一种"标准"或"尺度",恰恰强调了与传统一致的"政治、教化"说。由于这个问题被许多研究者曲解了,故在此处多说几句。

② 朱自清:《朱自清古典文学论文集》(上),上海古籍出版社 1981 年版,第 202 页。

③ 邬国义、胡果文、李晓路撰:《国语译注》,上海古籍出版社 1994 年版,第 126 页。

子,作为此诗。凡百君子,敬而听之"(《小雅·巷伯》)、"君子作歌,维以告哀"(《小雅·四月》),均直接表明了其所以作诗的政治讽谏之意。至于战国诗人屈原所作的"楚骚",由于诗人自身在楚国政坛上所处的重要辅臣地位,以及"遭谗放逐"的不幸遭际,故除了直接为沅湘民间的"俗人祭祀之礼"改作的《九歌》外,几乎每一篇诗作都带有鲜明的政治倾向。屈原是一位博闻强志的诗人,他当然熟悉西周以来有关"诗言志"的诗论"纲领",而且在自己的诗作中也多次表明:"恐情志之不信兮,故重著以自明"(《九章·惜诵》)、"介眇志之所惑兮,窃赋诗之所明"(《九章·悲回风》)——可见他所奉行的"言志",正包含着抒写"政治"情志的内涵。

但这只是问题的一个侧面。《诗经》、"楚骚"所体认的"言志"内涵,除了与"政治、教化"有关外,还有同样值得注意的另一侧面,即后来的《毛诗序》所指出的"吟咏情性"的意旨。

黑格尔曾经指出,抒情诗是"愉悦或痛苦的心情的自由流露,有了这种心情,要把它歌唱出来,心里才舒服"①。这大抵是人类咏唱歌诗的共同需要。从中国古代诗歌的发生、发展历史看,创作诗歌以舒泄内心的哀乐之情,远早于抒写"政治、教化"之意的诗作。被称为"实始作为南音"的《候人歌》,据传即产生于"诗言志"说发生的舜禹时代:"禹行功,见涂山之女。禹未之遇而巡省南土。涂山氏之女乃令其妾候禹于涂山之阳,女乃作歌,歌曰:'候人兮猗'"②。这首歌诗即纯为"缘情"之作,与所谓的"政治、教化"并无关系。而到了《诗经》时代,这类与"政治、教化"没有直接关联的"缘情"之作,可以说在《诗经》特别是"十五国风"中已俯拾皆是,以至于连朱自清先生也承认,它们几乎占了《诗经》的"一半"。

有"缘情"诗歌的大量创造,就必有"缘情"作诗思想的逐渐"自觉"。我们当然无法断言,夏禹时代"涂山之女"的作歌,就已有了"缘情"的自觉思想。但到了《诗经》出现的春秋时代,还断言"那时代是还没有'诗缘情'的自觉的",就显得过于偏执了。我们根本不

---

① 黑格尔:《美学》(第三卷下册),朱光潜译,商务印书馆1981年版,第208页。
② 《吕氏春秋全译》,廖名春、陈兴安译注,巴蜀书社2004年版,第409页。此篇所举实始作为"东音"、"西音"、"北音"的孔甲《破斧之歌》、殷整甲的"犹思故处"之歌、有娀二女的"燕燕往飞"之歌,也同样都是"缘情"而作,与"政治、教化"关系不大。

能设想，那在《诗经》的第一篇《关雎》中，反复抒写君子对"窈窕淑女，寤寐求之"，以至为"求之不得"而彻夜"辗转反侧"情感的诗人，居然还不自觉他之作歌，乃出于舒泄情感的需要。我们当然也不能设想，那在《唐风·葛生》中怆然泣歌"角枕粲兮，锦衾烂兮。予美亡此，谁与独旦"的凄苦妻子，居然还没有"缘情"悼亡的作歌之"自觉"！最有力的证据，还不如让当时的作诗人自己来提供：《召南·江有汜》有"江有沱，之子归，不我过。不我过，其啸也歌"一节。据闻一多考证，此诗"诗人盖以江水之别出而为汜为渚为沱，喻夫德之不专"，并解"其啸也歌"句为"谓忧伤之情，发为歌啸"，"啸歌者，即号歌，谓哭而有言，其言又有节调也"[1]。依此解说，则《江有汜》之作诗人（即弃妇）自己就明白揭示了她之所以作此歌，乃在于倾泻其无端被弃的"忧伤之情"。再看《小雅·四牡》。现代的研究者多以此诗为迫于"王事"而颠沛道路的行役者之歌。诗之结句曰："是用作歌，将母来谂。"毛传："谂，念也。"[2]作诗人又明确吐露，是因为"王事靡盬，不遑将父（母）"，抑制不住对父母的思念忧情，而歌咏此诗的。此外还有《小雅·何人斯》。旧说多依"毛序"定此诗为"苏公刺暴公"的"绝交"之作，其实不确。闻一多指出"《小雅·何人斯》篇亦女子之词"，诗中"以飘风喻男子之无情也"[3]，较合此诗本义。此诗结句也直接告白了女主人公作歌的意图："作此好歌，以极反侧。""好歌"者，男女情爱之歌也；"反侧"即《关雎》"悠哉悠哉，辗转反侧"之意。联系全诗内容可知，女主人公因为早已被摈弃别室而难见其夫，陷入了"壹者之来，云何其盱"的绝望和痛苦之中，才唱出了这首倾泻婚姻失败之情的哀伤之歌，以挨过彻夜难眠的"反侧"。则此诗之为"缘情"而作，其"自觉"程度在结句的告白中，更已表露无遗。至于战国时代诗人屈原的"缘情"作诗，恐怕已用不着多加举证：他所创作的《离骚》《天问》《九章》诸诗，既表现着鲜明的政治讽喻倾向，同时又显现着舒泄愤懑的"缘情"自觉，有了他自己在《惜诵》中"惜诵以致愍兮，发愤以抒情"，以及在《抽思》中"道思作颂，聊以自救兮"的凄怆呼告，难道还有任何怀疑吗？

---

① 闻一多：《古典新义》（上），古籍出版社 1956 年版，第 96、154 页。
② 《十三经注疏》（上册）之《毛诗正义》，中华书局 1980 年影印版，第 406 页。
③ 闻一多：《古典新义》（上），古籍出版社 1956 年版，第 175 页。

这样看来,先秦时代诗、骚所显示并体认的"诗言志"思想,不仅有着抒写"政治"情志的内涵,而且包含着"缘情"作歌、"吟咏情性"的自觉。其间并不存在只讲"政治、教化",而不重"缘情"作诗的褊狭。正因为这样,即使到了竭力强调诗之"政治、教化"功能的汉代,儒者们在解说"诗言志"的涵义时,也依然将"志"与"情""意"联系起来,指明了"哀乐之心感而歌咏之声发""感于哀乐,缘事而发"①等特点。所谓"哀乐"云云,指的正是内心的情感。班固以"哀乐之心"解"诗言志"中之"志",正与后来唐人孔颖达所称"情、志一也"相同。这样的阐释,无疑是符合"诗言志"之古义的。现代某些古代诗学的研究者,鉴于封建专制时代总是强调诗歌创作为"政治、教化"服务,从而钳制了人们的自由创造精神,便以为先秦时代的"诗言志",是只讲"政治、教化"而不讲"吟咏情性"的。这种将"缘情"之内涵,从"诗言志"的开山纲领中剔除出来,并将之与"诗言志"对立起来的判断,既不符合先秦时代诗、骚所体现的作诗思想,也不符合"去古未远"的汉代儒者对"诗言志"内涵的具体阐释,显然只是一种似是而非的误解。

与这种误解相联系的,还有另一种较为普遍的看法:即以为歌诗之创作只有摆脱与"政治、教化"的关系,才是"缘情的、审美的"。倘非如此,歌诗的审美价值就一定会受到损害。

将这种看法放到诗、骚创作的实践中去检验,人们将会发现:它同样是偏颇和似是而非的。因为歌诗之创作,虽然多由作诗人内心"哀乐"之情的感发而促成,但触动这种"哀乐"之情的,毕竟还是作诗人所处的社会生活状况。只要社会生活还在一定的社会"政治、教化"规范之中,则歌诗所表现的"哀乐"之情,就很难完全摆脱"政治、教化"的内容。诗歌是否具有审美价值,并不在于它们内容上是否与"政治、教化"相关,而在于它们艺术表现上是否真挚动人。《王风·采葛》"一日不见,如三岁兮"的感人咏唱,固然未与"政治、教化"相关,但《齐风·南山》的"取妻如之何? 匪媒不得"的"教化"之语,却并未减损此诗讽刺齐襄公的情韵。《周颂·敬之》谆谆自戒的"日就月将,学有缉熙于光明",至今读来仍给人以深长的启迪;《小

---

① 班固:《汉书·艺文志》,载《二十五史》(1),上海古籍出版社 1986 年版,第 528、531 页。

雅·采薇》表现征戍生涯的"昔我往矣,杨柳依依;今我来思,雨雪霏霏",不正因为抒写了与个人命运相关的"政治"生活,而更见得沉郁感人? 屈原那"奇文蔚起"的抒情长诗《离骚》,如果不是紧密联系着自身的政治遭际,而表现了"虽体解吾犹未变兮,岂余心之可惩"的道德人格和恋国深情,难道能长久震撼两千余年的中国诗坛?

美国学者沃伦曾经指出:"某些较早的'纯文学'的提倡者们出于改革的热情把小说或诗中仅有的一些道德或社会思想与'说教的异端'等同起来。但是,如果思想和人物、背景等一样是作为材料而成为文学作品的必要的构成成分,那它就不会对文学造成损害。"①苏珊·朗格在批评穆尔将"倾向事物、信仰和原则的态度,以及所有一般的议论",包括在诗中表现作者的某种"道德关注",均"视为不纯"而排斥的"纯诗"说时也明确指出,"禁止诗人进行严肃的思考(注:此指对社会政治、道德问题的考虑和关注),就要割去一整块诗歌创作的领地——深刻的、不幸的感情的表现";"穆尔所提出的作好诗标准的'纯诗',把全世界历代伟大抒情诗歌的大多数划入了劣诗"②。令我们感到欣慰的是,处在我国诗歌创作源头上的诗、骚所体认的诗学思想,却没有这种偏颇:它们既未否定"缘情"作诗、"吟咏情性"的自由,也未割断"言情"与"政治、教化"的联系,从而显现了"诗言志"这一诗学"开山纲领"海纳百川的气象。

二、"中和"与"激切"——诗、骚所兼有的审美取向

说到中国古代诗歌的审美取向,人们都不会忘记孔子评论《诗经》的两句名言:"《关雎》乐而不淫,哀而不伤";"《诗》三百,一言以蔽之,曰:'思无邪'。"③按照后儒的解说,孔子的这些评述,实际上提出了诗、乐情感表现上的最高原则,即"致中和"思想。所谓"乐不至淫,哀不至伤,言其和也"④,所谓"论功颂德,止僻防邪,大抵皆归于

① 雷·韦勒克、奥·沃伦:《文学理论》,刘象愚、邢培明、陈圣生等译,生活·读书·新知三联书店1984年版,第273页。
② 苏珊·朗格:《情感与形式》,刘大基等译,中国社会科学出版社1988年版,第296、295页。
③ 分见《论语》之《八佾》《为政》。
④ 《十三经注疏》(下册)之《论语注疏》引孔安国注,中华书局1980年影印版,第2468页。

正"①,用《诗大序》的话说,其实就是"发乎情,止乎礼义"七字而已。现代的美学研究者,则将它总结为儒家提倡的一大审美理想,即"中和之美"。这种有节制的情感表现规范,与孔子在其他场合提出的"温柔敦厚"的"诗教"说,后来几乎成了中国古代诗学思想的圭臬,而为大多诗论家所津津乐道。由此也令现代有些诗学研究者产生了某种错觉,以为先秦时代的诗歌,原本就是尊奉"乐而不淫,哀而不伤"要求创作的(这种要求早已为人们体验而表现在诗歌创作中,孔子只是作出了上引总结性表述),先秦诗歌的审美取向,似乎就只有"中和之美"这一种。

事实是否如此呢?我们还是从诗、骚创作的客观实际进行考察。在具体考察之前,尚有一点先须说明:从《尚书·尧典》在提出"诗言志"说的同时,还强调了歌乐的"直而温,宽而栗,刚而无虐,简而无傲"以及"八音克谐"、"神人以和"的要求看,中国古代的诗学思想,早在《诗经》以前,大抵已有了对"温""宽"、"和""谐"的有意识追求。而传为帝舜与皋陶相续所作"股肱喜哉,元首起哉,百工熙哉""元首明哉,股肱良哉,庶事康哉""元首丛脞哉,股肱惰哉,万事堕哉"②之歌诗,无论是颂是戒,确实也都宽谐、温和,体现了上述表现要求。

到了《诗经》时代,与周公的"制礼作乐"相适应,周初的庙堂之歌(《周颂》),天子诸侯的朝会、宴乐之诗,当然更遵循着"神人以和"、君臣相谐的礼义,表现着"乐而不淫,哀而不伤"的适度。例如《周颂·闵予小子》,其抒成王在武王新丧中的继位之情,正以"遭家不造,嬛嬛在疚。於乎皇考,永世克孝"之语,吐露着虽然悲痛却颇有节制的哀情。《大雅·既醉》描述太平之世成王与群臣的宴乐,在"既醉以酒,尔肴既将"的大快朵颐中,也依然保持着"朋友攸摄""威仪孔时"的自制。如果说《周颂》《大雅》的抒情,多有对"发乎情,止乎礼义"要求的较自觉遵守的话,在"十五国风"中,则有着虽未必全都自觉,却也符合"中和"要求的颇多实例。表现欢乐者如《郑风·将仲子》,虽然满心期盼着与心上人的私会,却又担心着对

① 《十三经注疏》(下册)之《论语注疏》邢昺疏,中华书局1980年影印版,第2461页。
② 《十三经注疏》(上册)之《尚书正义》,中华书局1980年影印版,第144页。

方"踰墙""折桑"的有违礼义,而再三叮咛他要小心克制;《唐风·蟋蟀》在时光流逝中抒写及时行乐之思"今我不乐,日月其除",同时又自敬自戒"无已大康,职思其居。好乐无荒,良士瞿瞿"。这样的情感表现,无疑是"乐而不淫",把握着一定的"礼义"尺度的。表现哀伤的如《王风·君子于役》,虽然"君子"之征役已"不日不月"、无有归期,但妻子的忧伤却只用了"如之何勿思"一句倾吐,最终归结到"君子于役,苟无饥渴"的深挚祈愿;《邶风·谷风》的女主人公,分明已沦于被丈夫遗弃的境地,但在回忆所受"有洸有溃,既诒我肆"的虐待时,依然期望着丈夫的改悔,甚至哀哀地企求着"德音莫违,及尔同死"。这样的悲情抒写,当然也是委婉有节、"怨而不怒"的。

即使到了战国时代,并且是直接揭举"发愤以抒情"主张的屈原,其"抒情"之作也还保留着这种温婉、"中和"的"诗教"之一脉。如《九章·惜诵》,写诗人在"忠何罪以遭罚兮"的痛苦、不平中,仍不忘诉说对君王的思念,表达着"欲横奔而失路兮,坚志而不忍""欲高飞而远集兮,君罔谓女何之"的伏节和守志。《九章·抽思》写诗人远在被流放的"汉北",尽管君王"憍吾以其美好兮……敖朕辞而不听",却还一再申说"何独乐斯之謇謇兮,愿荪美之可光"的心迹,抒写着"惟郢路之辽远兮,魂一夕而九逝"的无限依恋。

由此看来,先秦时代的诗、骚,在情感表现的审美取向方面,确实有着"发乎情,止乎礼义"的"中和"有节的一面。孔子以"乐而不淫,哀而不伤""思无邪"概括《诗经》的表现风貌,沈德潜在《说诗晬语》中指称"楚辞不皆是怨君"、《离骚》"如赤子婉恋于父母侧而不忍去"的情感特点,应该说都是精当而有据的。这种有节制的情感表现要求,倘若剔去儒家所过分强调的"礼义"规范的严格限制(如"喜莫大笑,怒莫高声""坐莫露膝,行莫摇裙"之类),那么它也自有一种蔼然平和的温婉之美。这种美,其实正是对人们日常生活中相对和谐关系的反映,表现着哀乐之情抒发的一种常态。因为"和谐"是一切社会中人们所追求的生存状态,"适度"更是人们获得行动和精神自由的重要途径。只要不是在人性受到压迫、摧残的大痛、大苦境地,只要不是在意外遭逢的大喜、大乐之际,"中和"应该是人性之美的正常表现,也是艺术之美的重要准则。亚里士多德就曾指出,"优秀的艺术家在创作的时候总是求适度,如果美德比任何技艺更精确更好……那么美德也必善于求适中。……因为这种美德与情感及行动有关,而情感有过强、过弱与适度之分。……而太强太弱都不好;只有在适当的时候、对适当的事物、对适当的人、在适当的动机下、在适当的方式下所发生的情感,才是适度的最好的情感,这种情感即是美德"①。亚氏后于孔子一百多年,其提出的"适中"是"美"的情感表现主张,竟与孔子如出一辙。可见,诗、骚所体现,并为儒家总结的"中和"思想,实为中、西方古代"诗学"之共识。

不过,正如天地之间除了丽日皓月、和风细雨,还常有紫电惊雷、骤雨疾风一样,人们的情感表现,也并非只有克制、适度的唯一选择。当意外的喜悦超出了预期的企望,有节制的微笑就会情不自禁变为敞怀大笑;当身受的痛苦已为呻吟、咽泣所难以舒泄,则捶胸、顿足的号哭,亦为人情之所难免;至于郁积的愤懑终于无可遏抑,那么又有谁能阻挠它怒火万丈的喷发? 在这种处境或条件下,人们的情感表现就难以选择"不淫""不伤"的"中和",而总要发为敢笑、敢怒的"激切"了。

诗、骚的情感表现,也正兼有这样一种"激切"的取向。表现欢乐的追求,而不再顾及"礼义"约束者,我们可举《王风·丘中有麻》《郑风·野有蔓草》以及《陈风·东门之枌》为例。这类诗作抒写青年男女的相恋,或"留"栖于"丘麻"田中,或"偕藏"于"蔓草"丛间,甚至于丢弃了"绩麻"劳作,屡屡"婆娑"于枌、栩树下。这样的贪欢幽会,显然不符合"乐而不淫"的要求。不过孔子生于春秋,更注重社会政治上的"克己复礼",对此类男女交往的古俗,并未从"礼义"上严加指斥,故只举《关雎》以作"乐而不淫"的正面引导。但到了宋儒朱熹,便不再能容忍这类有逾"礼防"的行止和情感表现,而公然斥之为"淫诗"。既然指其为"淫",当然就很难说它们是"止乎礼义"的了。

再看抒写痛苦之情的,在这方面《诗经》的取向,就有着更多突破"哀而不伤"、"怨而不怒"的"激切"表现了。《王风·中谷有蓷》抒写"有女仳离"之悲思,自"慨其叹矣"以至于"条其歗矣",其伤痛岂可用"中和"解说?《魏风·伐檀》表现对剥削者不劳而获的愤懑,

① 亚里士多德:《尼科马科斯伦理学》,载亚里士多德《诗学》之罗念生《译后记》,人民文学出版社1962年版,第110页。

终于发为"不稼不穑，胡取禾三百亿兮"的责问，其情感又岂止是"怨而不怒"？至于《陈风·墓门》的"墓门有棘，斧以斯之""夫也不良，歌以讯之"，唇吻间分明可闻其怒而切齿之音；《鄘风·相鼠》的"相鼠有齿，人而无止。人而无止，不死何俟"，又简直就是指着对方背脊的诅咒了。即使是颇遵礼义的许穆夫人，当其面对阻挠她返国吊唁的许国大夫时，也不免高声怒斥"许人尤之，众稚且狂"（《鄘风·载驰》）；即使是贵为天子的近臣，激于对昏乱朝政的义愤时，也不免发为对"浩浩昊天，不骏其德""昊天疾威，弗虑弗图"的愤激责詈（《小雅·雨无正》）。众所熟知的《小雅·巷伯》，对那些朝中"谮人"，甚至声言要将其"投畀豺虎""投畀有北""投畀有昊"，其情感之激切，岂非正如火山之喷发？鲁迅在论述《诗经》情感表现的取向时，就曾指出，所谓"怨而不怒""哀而不伤"之说，"此特后儒之言，实则激楚之言，奔放之词，《风》《雅》中亦常有"①。这一评述，无疑是十分精辟的。

《诗经》在情感表现上"奔放""激楚"的取向，到了屈原"楚骚"的创作，不仅得到了更加鲜明的体现，而且发展到了理论式的诗学表述。屈原的诗作如前文所论，虽然还保留有"中和""温婉"之一脉，但其总体的风貌却不是"中和"，而是"狂放"和"激切"。他的《离骚》公然指斥"灵修"（楚王）之"浩荡"，斥责贵族党人的"专佞慢慆"，并将其比之为贱草、詈之为"粪壤"。其"显暴君过"、"怨恶椒兰"之激烈，曾遭到班固、颜之推等后儒的严厉抨击②。至于《天问》之讥刺帝尧、同情伯鲧，《卜居》之以己为"骐骥""黄钟"及以谗臣们为"鸡鹜""瓦釜"，《怀沙》之斥权贵为"邑犬"，《惜往日》之詈襄王为"壅君"等，都证明"楚辞"的情感表现取向，并不以"止乎礼义"的"中和"为宗，而以放言无惮的"激切"为主。作为这一取向的"诗学"概括，便就是屈原在《九章·惜诵》中提出的"发愤以抒情"之说。"愤"者内心之"愤懑"也，"发"者发露以"舒泄"也。"抒情"而强调"发愤"之重点，则儒家那"不伤""不怒"的礼义限制就被突破了，歌诗那"缘情"而作的自由精神，也由此得到了更充分的体现。

---

① 鲁迅：《汉文学史纲要》，人民文学出版社 1973 年版，第 13 页。

② 分见班固《离骚序》、颜之推《颜氏家训·文章篇》，转引自郭绍虞主编《中国历代文论选》（第一册），上海古籍出版社 1979 年版，第 89、350 页。

对于诗、骚所体现的这种非"中和"取向,富有民主精神的司马迁,当年曾有极真切的理解和阐说:"屈原放逐,乃赋《离骚》;左丘失明,厥有《国语》;……《诗》三百篇,大抵圣贤发愤之所为作也。此人皆意有所郁结,不得通其道,故述往事,思来者。"这一阐释正上承屈原"发愤抒情"之说,而明确认可了诗、骚"激切"情感表现之正当性。如果说,诗、骚的"中和"、温婉取向,表现着人们在常态中追求的人性之美的话,那么这种愤懑、激切的取向,又正表现了人们在非常境地中的人性之"真"。人非草木,孰能无情?当人们在大喜大乐、大悲大痛之时,仍然要求他们抒情须"平和"、吐语须"适中",而绝对不可"金刚怒目"、啸号歌哭,这难道是符合人性的吗?艺术之美的奥秘首先在于真。只要"激切"情感的抒发,是运用了真挚动人的形象表现,那么它即使并不"中和"、温婉,却一样是符合审美要求的。上举诗、骚中情感激切的诗作,几乎又都是脍炙人口的千古名篇,正提供了这种取向自有其悲亢、奋扬的动人力量之范例。

综上所述,诗、骚的情感表现,是兼有温婉有节的"中和"与"发愤"无羁的"激切"之不同取向的。在审美上,前者更多趋向于"优美",后者则更多趋向于气势和力度。这两种取向的并存,显示了诗、骚所体现的诗学思想,已涵容了审美的丰富多样性原则。后世儒者在诗论中,往往只推崇"乐而不淫,哀而不伤"的"中和之美",竭力排斥激烈、愤切的非"中和"表现,其诗学思想之褊狭固不足为训。但如果现代的研究者,在总结先秦的诗学思想时,也只推崇"中和之美",而对诗、骚所兼有的"激切"取向及其成就视而不见,就未免令人遗憾了。

[原载《河北师范大学学报》(哲学社会科学版)2008 年第 6 期,辑入本集有改动]

"隐""秀"并用与创作中的虚静和骚动
——诗、骚诗学思想浅论之二

一、"含蓄"与"明快"——诗、骚所并用的表现方式

  与"中和""激切"的不同审美取向相联系的,还有一个在艺术上应该崇尚"含蓄"还是"明快"的表现方式问题。这在古代诗学中也颇有争议。

  众所周知,中国古代的诗学主张,其实有很多是从政治教化中的君臣父子之礼引申出来的,例如"含蓄",就正如此。孔子曰:"臣不可言君亲之恶,为讳者,礼也。"①《左传·成公十四年》记"君子"曰:"《春秋》之称,微而显,志而晦,婉而成章,尽而不污,惩恶而劝善,非圣人谁能修之。"②《礼记·曲礼》亦云:"为人臣之礼,不显谏。"③由此发展到《毛诗序》,便有了"主文而谲谏,言之者无罪,闻之者足以戒"之说。所谓"为讳""微""婉",所谓"不显谏""谲谏",都要求臣下、子弟涉及君、亲的言说、谏议,应力求委婉、含蓄,让君亲自己去体省、回味其中的讽谏之旨,而不要把话说得太过显露和直截。

  这种含蕴不露的表现方式,在唐、宋以后便逐渐为诗论家们多所强调,甚至被尊之为诗之艺术表现的最高原则。如皎然《诗式》即首创"含蓄"之诗学用语,并提出了"力劲而不露,露则伤于斤斧"等"四不"原则,主张诗应包含"两重意已上"的"文外之旨",使之"但见情性,不睹文字",才是造达"道之极也"④的艺术至境。宋姜夔《白石道人诗说》也提出:"语贵含蓄。东坡云:'言有尽而意无穷者,天下

---

① 司马迁:《史记·仲尼弟子列传》,上海书店 1988 年版,第 1426 页。
② 《十三经注疏》(下册)之《春秋左传正义》,中华书局 1980 年影印版,第 1913 页。
③ 《十三经注疏》(上册)之《礼记正义》,中华书局 1980 年影印版,第 1267 页。
④ 何文焕辑:《历代诗话》(上),中华书局 1981 年版,第 27、31 页。

之至言也。'……若句中无余字,篇中无长语,非善之善者也。句中
有余味,篇中有余意,善之善者也。"①清吴乔《围炉诗话》(卷一)也
以为:"诗贵含蓄不尽之意,尤以不著意见、声色、故事、议论者为最
上。"至于现代有些诗学研究者,又进一步将"含蓄"之表现方式,与
这种方式创造的"含蓄美"境界联系起来,断言"含蓄"是艺术美的一
种"理想形态",是"一切风格的风格","一切经久耐看的作品都以含
蓄美为条件"。

我们究竟应该如何评价这种对"含蓄"方式及其艺术境界的推
崇?诗歌创作是否只有追求"含蓄",才具有"经久耐看"的艺术美?
要回答这个问题,我们不妨也从对诗、骚作品的实际考察入手。不
过,这次我们将遵循相反的方向,着重考察诗、骚中不以"含蓄"为其
特色的诗作,看一看它们的审美价值究竟如何。

打开《诗经》三百篇,不需要细加搜寻,人们便可发现,其
中有大量诗作的抒情,追求的并不是"含蓄",而恰是与它相对应
的"明快"和"自然"。表现男女爱情的,《诗经》之第一篇《关
雎》就正如此。"关关雎鸠,在河之洲。窈窕淑女,君子好逑",
首章从雎鸠的和鸣,引出对淑女的赞美,完全是脱口而呼,直抒爱
意。接着两章,分别倾诉"求之不得"的思念和倘能得到"淑女"
而"琴瑟友之"的心意,更无其他含蕴不露的"文外之旨"。然而
这首诗却打动了千古以来的青年男女。再看《郑风·褰裳》,抒写
女主人公对心上人的怀思,用的则是嬉谑笑骂的口吻:"子惠思
我,褰裳涉溱。子不我思,岂无他人。狂童之狂也且!"真是快人
快语,其泼辣、爽朗的音容笑貌,简直要从字里行间跳出,堪称
"明快"率真诗作中之精品!表现婚姻生活的,我们可举《周南·
桃夭》:"桃之夭夭,灼灼其华。之子于归,宜其室家……"诗以
桃花、桃实、桃叶起兴,赞颂新嫁娘的美丽,祝愿她婚姻生活的幸
福。同样,"语与兴驱,势逐情起",诵读间令人有如沐春风之感。
论者或以为《关雎》《桃夭》运用了"比兴",故其情感抒发还是
婉曲、含蓄的。其实不然。"比兴"之功用本有多种:或"因物喻
志""文已尽而意有余"②;或"起情""比类"(《文心雕龙·比

---

① 姜夔:《白石道人诗说》,何文焕辑:《历代诗话》(下),中华书局1981年版,第681页。
② 钟嵘:《诗品序》,载何文焕辑:《历代诗话》(上),中华书局1981年版,第3页。

兴》），以取得生动形象的效果。《关雎》《桃夭》的比兴，正以后者为用，并不能归之于"含蓄"的。与此相似的更有《卫风·硕人》，全诗夸赞卫庄公夫人庄姜，也没有含蕴不露的其他意旨。其表现庄姜的容色之美，铺陈了联翩而至的妙喻："手如柔荑，肤如凝脂，领如蝤蛴，齿如瓠犀。螓首蛾眉，巧笑倩兮，美目盼兮。"被清人姚际恒推为"千古颂美人者，无出其右，是为绝唱"。表现战争、抒写敌忾之气的，则可举《大雅·常武》《秦风·无衣》。《常武》赞美周宣王率兵征徐、平定叛乱的功业，用的亦是明快、从容的描述笔墨。其中的"王奋厥武，如震如怒""王旅啴啴，如飞如翰"二节，表现王师进击景象，笔饱墨酣，极具声威。结尾"四方既平，徐方来庭。徐方不回，王曰还归"，却又从容舒徐，正有"罢如江海凝清光"之气度。方玉润极赞此诗"'徐方'二字回环互用，奇绝快绝！"可知此诗虽不以含蓄见长，却一样令人拍案称奇。至于《无衣》的抒写，更以慷慨直陈的气概取胜："岂曰无衣？与子同袍。王于兴师，修我戈矛，与子同仇……"它所激发的，决非令人暇想的"余味"，而是"正如岳将军直捣黄龙"般的"凌厉"之气。吴闿生亦高度评价此诗曰："英壮迈往，非唐人出塞诸诗所及。"最后看《诗经》中的一些政治讽喻诗。正如前面所说，受了孔子"诗教"的影响，人们往往误以为"大小雅"中的讽喻诗，在情感表现力度上多是"中和"温婉，而表现方式上则是含蕴不露的。其实也并非都如此。郑振铎《插图本中国文学史》，就曾对《大雅》中的有关讽喻诗作过这样的分析"有心的老成人，见世乱，欲匡救之而不能，便皆将忧乱之心，悲愤之情，一发之于诗。……《板》是警告，《瞻卬》与《召旻》则直破口痛骂了。我们只要读一下其中的"懿厥哲妇，为枭为鸱。妇有长舌，维厉之阶"，以及"天降罪罟，蟊贼内讧。昏椓靡共，溃溃回遹，实靖夷我邦"几节，即可领略这种"破口痛骂"式的表现风貌了。它们正与《小雅》中《雨无正》《巷伯》等一样，因为充斥着对丑恶、腐朽势力的凛然正气，"破口痛骂"却又诉诸形象鲜明的比喻，故同样能给读者带来痛快淋漓的愉悦和美感。

再说屈原的楚骚。由于屈原对狂放、愤懑的情感抒写，多借"香草美人"的象征意象寄寓及绚烂缤纷的神奇幻境烘托，故在艺术表现上一般以沉郁、蕴藉为其特色。但在《九歌》《九章》中,依然有不少篇章显现着与"含蓄"不同的"明快"。如《大司命》对神灵降临和受祭情景的抒写,就慷慨激昂,并无"吞吐深浅,欲露还藏"的婉约;《东君》抒写太阳神之升天和"举长矢兮射天狼"的豪情,也只见其运笔的磅礴纵横和潇洒。《九章》的《抽思》《哀郢》,固然哀情深蕴而九曲回肠;但《涉江》《怀沙》《惜往日》诸篇,却激烈、愤切,在艺术表现上更多趋向于吐语之明晰、直截。考其原因,大抵如朱熹所说"死期渐迫","顾恐小人蔽君之罪,暗而不章,不得以为后世深切著明之戒","又不欲使吾长逝之后,冥漠之中,胸次介然有毫发之不尽,则固宜有不暇择其辞之精粗而悉吐之者矣"。但朱熹又认为,这类"志之切而词之哀"之作,同样具有极大的艺术感染力:"读者其深味之,真可为恸哭而流涕也。"①由上论述可知,诗、骚在艺术表现上,固然有许多以"含蓄"为特点的杰作(限于篇幅,《诗经》的"含蓄"之作不再举证);但诗、骚的表现方式,却并没有以"含蓄"独宗。它们适应特定情境中的情感舒泄需要,或取婉曲、含蓄方式抒写,或取直捷、明快方式发之,本无重此轻彼的偏好。而且只要尊重事实,人们谁也无法否认,诗、骚中的明快、直截之作,有许多达到了艺术美的绝妙境界,而为后世的诗论家所称叹。正如"含蓄"是艺术表现上的一种方式或取向,它可以通过各种不同的遣词、句式和表现方法(如比喻、夸张、反语等)实施一样,"明快"也只是在总体上与"含蓄"相对的表现方式,也一样须借助各种表现方法实施。作为表现方式,它们又可为不同诗人所采取,去创造虽然同属"含蓄"或"明快"取向,却又带有各自鲜明个性的不同艺术境界。"艺术美"的境界是丰富多样的。"含蓄"固然可以创造出种种"言外情"、"文外意"且耐人含咀和回味的美的境界,但它却不是造成"一切经久耐看"的作品美的境界的必需前提。因为除了"含蓄美"以外,美的形态中起码还有着"明快美"的存在:它所显现的种种"鸢飞鱼跃"、歌呼笑骂、"一气呵成"的明爽、痛快境界,决非"含蓄美"所可取代或笼盖。上面对诗、骚"明快"作品的分析证明:这样的作品同样可以"经久耐看",并以其"英壮迈往""奇绝快绝"的美感,成为千古"绝唱"!

---

① 朱熹:《楚辞集注》,上海古籍出版社 1979 年版,第 197 页。

需要指出的是,作为一种表现方式,无论是"含蓄"还是"明快",在运用时都应该注意其表现上的形象性。离开了艺术上的形象性要求,"明快"就可能走向"叫嚣","含蓄"也可能变为"晦涩"。钟嵘在《诗品序》中指出,旨在含蓄的"比兴"运用,要防止"意深"之患;而"直书其事"的"赋"法运用,则要防止"意浮"之失。他主张比兴与赋"酌而用之,干之以风力,润之以丹彩",方能达到"诗之至也"。这一教诲,对于处理作诗之"含蓄""明快"原则,同样适用。与后世有些诗论家的偏好"含蓄"不同,南朝刘勰在《文心雕龙·隐秀》中,则坚持了艺术表现中"隐""秀"并用的辩证关系。如果他所说的"深文隐蔚,余味曲包"之"隐"是指"含蓄"的话,则"英华曜树,浅而炜烨"之"秀",即相当于我们所说的"明快"率真。刘勰总结诗学经验,而同时标举"隐""秀"之道,可见其理论视野的开阔。而在明清之际,针对唐宋以后崇尚"含蓄"之说的偏颇,也有不少诗论家鲜明地提出过不同看法。如谢榛《四溟诗话》批评《金鍼诗格》片面标举"内外涵蓄"说曰:"然格高气畅,自是盛唐家数。太白曰:'划却君山好,平铺湘水流。巴陵无限酒,醉杀洞庭秋。'迄今脍炙人口。谓有含蓄,则凿矣。"①叶燮在《原诗》中虽亦推重李商隐之深婉,但也称"七言绝句,古今推李白、王昌龄。李俊爽、王含蓄,两人辞调意俱不同,各有至处"。其门人薛雪在《一瓢诗话》中说得更为透彻:"从来偏嗜,最为小见。如喜清幽者,则绌痛快淋漓之作为愤激,为叫嚣;……殊不知天地赋物,飞潜动植,各有一性,何莫非两间生气以成此?理有固然,无容执一","若果才力雄厚,笔气老劲,正不妨如快剑斫阵、骏马下阪;又不妨如回风舞絮,落花縈丝。"此外,郑燮对专求"言外之意"的偏颇之论,亦作过激烈的抨击:"文章以沉着痛快为最,《左》、《史》、《庄》、《骚》、杜诗、韩文是也。间有一二不尽之言,言外之意,以少少许胜多多许者,是他一枝一节好处,非六君子本色。而世间娝娝纤小之夫,专以此为能,谓文章不可说破,不可道尽,遂瞎人为刺刺不休。夫所谓刺刺不休者,无益之言,道三不着两耳。至若敷陈帝王之事业,歌咏百姓之勤苦,剖晰圣贤之精义,描摹英杰之风猷,岂一言两语所能了事?岂言外有言、味外取味者,所能秉笔而快书乎? 吾知

① 谢榛:《四溟诗话》:载丁福保辑:《历代诗话续编》(下),中华书局1983年版,第1148页。

其必目昏心乱,颠倒拖沓,无所措其手足也。王、孟诗原有实落不可磨灭处,只因务为修洁,到不得、李杜沉雄。司空表圣自以为得味外味,又下于王、孟一、二等。至今之小夫,不及王、孟、司空万万,专以意外言外自文其陋,可笑也。若绝句诗、小令词,则必以意外言外取胜矣。"①这种有区别、有分析,既重"含蓄",又不排斥"痛快""俊爽"的诗学见解,才是对诗、骚以来二者并用之创作经验的辩证总结,值得当今的诗学研究者深鉴。

二、"虚静"与"骚动"——诗、骚所印证的创作心境

在中国古代诗论中,还有一种论述构思、创作心境的"虚静"说颇为流行。所谓"虚静",就是指思绪的专一而没有杂虑,心境的宁和而静穆无波。这种思想大抵来自道家所标榜的空虚、无为之说。所谓"致虚极,守静笃。万物并作,吾以观其复"②,所谓"唯道集虚""虚而待物"③,就是要求人们以无虑无欲的虚静心境,去面对器烦的俗世和人生。较早运用"虚静"说于诗文创作理论者,当推刘勰的《文心雕龙》。其《神思》篇即明确指出:"是以陶钧文思,贵在虚静,疏瀹五藏,澡雪精神。"唐人王昌龄《诗格》也以为:"夫置意作诗,即须凝心,目击其物,便以心击之,深穿其境。"宋代苏东坡更将"虚静"视为创造诗之妙境的条件:"欲令诗语妙,无奈空且静。静能了群动,空故纳万境。"(《送参寥师》)这种"虚静"说,在古代书法、绘画理论中流行更广,因为本书讨论的是诗学,兹不赘述。

颇为有趣的是,当诗论家探讨歌诗的创作与情感的关系时,强调的重点却又偏离了"虚静",而倾向于"感物吟志"时的心旌"摇荡"即骚动了。《毛诗序》在解说"诗言志"时即指出:"情动于中而形于言;言之不足,故嗟叹之;嗟叹之不足,故永歌之;永歌之不足,不知手之舞之、足之蹈之也。"陆机《文赋》也描述了这种感物触情中的心境骚动:"悲落叶于劲秋,喜柔条于芳春。心懔懔以怀霜,志眇眇而临云。"钟嵘《诗品序》开篇即云:"气之动物,物之感人,故摇荡性情,形

---

① 郑燮:《板桥家书译注》,华耀祥、顾黄初译注,人民文学出版社1994年版,第66页。
② 张松如:《老子校读》,吉林人民出版社1981年版,第95页。
③ 郭庆藩:《庄子集释》(第一册),中华书局1961年版,第147页。

诸舞咏。"后文更举四时变更中辞亲、离群、去国、戍边等哀怨悲慨之状,断然反诘曰:"凡此种种,感荡心灵,非陈诗何以展其义? 非长歌何以骋其情?"即使是力主"虚静"说的刘勰,在《物色》篇中也一再强调"物色之动,心亦摇焉""物色相召,人谁获安"! 在《神思》篇中更指明了"夫神思方运,万涂竞萌""登山则情满于山,观海则意溢于海"的思生情涌之骚动、激荡状况。

试问:歌诗创作之际,诗人们的心境究竟是"虚静"的还是骚动的? 作为对古代诗学思想总结的这二说,是否都接近于创作之实际状况? 对这个问题的探讨,我们仍然从诗、骚的创作实际入手。

由于《诗经》中的作品,大多是不著名姓的无名氏之作,而且诗中也极少言及诗人作诗之际的情绪、心境,据此探讨其创作时的心理状态,很容易流于臆测。而屈原的"楚骚"则不同,其中不少诗作,有着诗人作诗背景和情绪状态的明确交代,这就为我们的探讨,提供了相对客观的依据。例如被李贺评为"语甚奇崛,于楚辞中可推第一,即开辟以来亦可推第一"①的《天问》,王逸在序言中即记述了屈原创作此诗的背景:"屈原放逐,忧心愁悴。彷徨山泽,经历陵陆。嗟号昊旻,仰天叹息。见楚有先王之庙及公卿祠堂,图画天地山川神灵,琦玮谲诡,及古贤圣怪物行事。周流罢倦,休息其下,仰见图画,因书其壁,呵而问之,以渫愤懑,舒泻愁思。"②据此记述可知,在《天问》创作的前夕,屈原分明已处于愤懑激荡的状态:他"嗟号昊旻,仰天叹息",其心境并无"虚静"可言。而当他来到庙堂、"仰见"壁画以后,也并没有对《天问》全诗进行"凝神"构思,而是随机触发,一下进入了"呵而问之"的创作之中。也就是说,他的创作进程,也依然在情绪骚动中展开,以至于每发一问,都带着强烈的感叹之语("呵")。次看《九章》,从屈原在其中往往述及的创作心境可知,它们也大多是在悲忧之情骚动、沸涌之际所作。例如《惜诵》,正是诗人在"忠何罪以遭罚"之后,"退静默而莫吾知兮,进号呼又莫吾闻",处在"中闷瞀之忳忳""愿陈志而无路"之际,而写下的"发愤抒情"之作。人们只要看它开篇的"所非忠而言之兮,指苍天以为正"数句,即可感受到诗人挥笔之际,已怎样悲慨难遏了。至于传为作于屈原沉江前夕

---

① 马茂元主编:《楚辞评论资料选》,湖北人民出版社1985年版,第417页。
② 洪兴祖:《楚辞补注》,中华书局1983年版,第85页。

的《怀沙》,诗中也明白告诉人们:当诗人"汨徂南土"、走向死亡之时,周围的世界虽然"孔静幽默",屈原的内心却"郁结纡轸",而处在"曾伤爱哀"的"永叹喟"中。

这些实例都可证明,屈原的"发愤抒情"创作,与后世诗人徜徉山水,沉入山水之美的"凝神观照",而后豁然有悟,抒写凝神观照间获得的玄思或哲理,情况是颇不相同的。屈原的创作心境不是"虚静",而是"骚动";不是空其"心斋"、去其万虑,以接纳山水林泉之"万境",而是哀愤郁积、忧悲丛集,在外物、境遇(如《天问》之庙堂壁画、《抽思》之"秋风动容"等)随机触动中的情感激荡和歌哭泣诉。

由这种经验反观《诗经》,我们当然也可发现,其间许多抒写哀乐之情的诗作,与屈原的创作状况颇有相似之处。例如《召南·行露》,其"谁谓女无家,何以速我讼?虽速我讼,亦不女从"式的愤怒咏歌,很可能产生于现实面临的冲突之际;《鄘风·柏舟》之指着中河"柏舟"上的少年,而发出"实维我仪,之死矢靡它"的激切誓言,也恐怕正处于婚姻受阻的哀愤之时;《卫风·河广》急切归宋间引发的"谁谓河广?一苇杭之"的奇情,本不需要"静思默观";《小雅·巷伯》激于谗人迫害,而切齿宣称要将其"投畀豺虎"之时,难道还遵守着刘勰所称的"入兴贵闲"?黑格尔在论及"民歌"的"原始素朴性"时,曾指出它的创作往往有"一种不假思索的新鲜风格和惊人的真实"①。《诗经》中许多诗作,正都带有这种"不假思索"的特点,诗中的情感表现,也往往是触物而动的歌唱、赋诗间骚动心境的直接反映。所以,这类歌诗的"构思"、创作心境,用《毛诗序》以来总结的骚动、"摇荡"说概括,就较恰当;用"虚静"说概括,就非为笃论了。

苏珊·朗格以为:"沉思是抒情诗的实质,它激发甚至包含着表现的情感。"但她在另一处又说:"抒情诗创造出的虚幻历史,是一种充满生命力思想的事件,是一次感情的风暴,一次情绪的紧张感受。"② 如果后者强调抒情诗创作时"紧张""骚动"的一面

---

① 黑格尔:《美学》(第三卷下册),朱光潜译,商务印书馆1981年版,第202页。
② 苏珊·朗格:《情感与形式》,刘大基等译,中国社会科学出版社1986年版,第310、300页。

的话，则前者所说的"沉思"，虽不能概括一切"抒情诗的实质"，但也揭示了某些抒情诗创作时相对平静和凝思的特点。从诗、骚的创作实际看，也多有这种情况。例如《邶风·柏舟》自伤所遭遇的"覯闵""受侮"经历，而反复嗟叹"静言思之，寤辟有摽""静言思之，不能奋飞"；《卫风·氓》倾诉女主人公被遗弃的痛苦，却从回忆当年的恋爱、出嫁情景写起，诗中也点明了作诗时"静言思之，躬自悼矣"的状况，就是证明。其他许多回忆、追述之作，虽未言及作诗人当时的创作状况，但其在创作前夕或开始阶段，亦当有"沉思"和"凝神观照"当前情景或往日遭际的相对平静特点。如《召南》中的《关雎》《甘棠》，《邶风》中的《谷风》《静女》，以及《周颂》《大雅》中追述先祖、先王功业的诗作，就是如此。即使是"大小雅"中的某些政治讽喻诗，如《抑》《桑柔》《正月》《小宛》等，其开篇的语调和情感，似也反映了其构思、抒写时相对平静的沉思状况，故多幽幽叙来，逐渐趋向情感的激荡。如果这种状况可以称之为"虚静"的话，那么用以概括诗、骚一部分作品构思、创作时的心境，应该也是可以的。

当然，诗论家们所说构思创作时的心境"骚动"，并不是直接伴有激烈行动的哭笑怒骂。哭笑怒骂是情感的直接发泄，谈不到是什么"艺术创作"。而"骚动"，则是内在的情感"摇荡"，它可以推动诗人或艺术家借助特定的艺术媒介和形式进行创作，实现其外化、表现的要求。有些研究者将"骚动"、"摇荡"误解为情感发泄时的直接行动状态，而断言艺术创造不可能在"骚动"状态下进行，这显然混淆了二者的区别。同样，艺术创作时的"凝神观照""沉思"状态，也只是心境的一种相对平静状态，而决不是"形如槁木，心如死灰"式的死寂，或是"物我两忘，离形去智"式的虚无。倘若是后者这样的"虚静"，就哪还有审美"观照"时的"直觉"？哪还有激发创造表现欲望的美之"发现"或"体悟"？由此反观古代诗论中的"虚静"说，就其揭示诗歌创作中有相对平静和"凝神"状态而言，是富有启示的（特别是在回忆、追述或对客观景物观赏的场合）。但若进而强调心境的绝对空虚和静穆，并且根本否定创作构思又有"骚动""摇荡"的心理状态，那就未免荒谬了——千古传颂的诗、骚创作实践，正提供了批评这种偏颇的充分例证。

　　综上所论,诗、骚创作实践所体现的诗学思想和经验,带有相当鲜明的辩证色彩。对这些思想的总结,不仅可丰富我国的古代诗学理论,也有助于匡正古代诗学研究中的某些偏颇。

　　[原载《河北师范大学学报》(哲学社会科学版)2011 年第 2 期,作者潘啸龙、王轶,辑入本集有改动]

论"岁星纪年"及屈原生年之研究

在人文科学的某些领域,由于史籍记载的语焉不详和课题的相对复杂,其研究的进展往往须经历长久的争论,并呈现出假说林立、歧义纷纭的奇观。因此,在过了相当一段时间之后,对争议的历史和现状认真作些清理,总结其中取得的实际进展,找出问题的症结所在,这对于调整研探的重心,推动课题难点的突破,无疑具有重要的意义。

本篇试图回顾和清理的,是屈原《离骚》"摄提贞于孟陬兮,惟庚寅吾以降"所引发的有关"岁星纪年"和屈原生年推算之争论。为了简明起见,下面试就争论中的几个主要问题,分别作些探讨和评说。

一、战国有无岁星纪年十二岁名

这场争论的序幕,是由 700 多年前朱熹对汉人王逸的驳难拉开的。王逸《楚辞章句》以为,《离骚》自述生辰的"摄提",乃指岁星纪年中"太岁在寅"的"摄提格"之岁,故屈原当生于占星家们以为"皆合天地之正中"的寅年、寅月和寅日。朱熹《楚辞集注》则辩驳说:"盖摄提自是星名,即刘向所言'摄提失方,孟陬无纪',而注谓'摄提之星,随斗柄以指十二辰'者也。其曰'摄提贞于孟陬',乃谓斗柄正指寅位之月耳,非太岁在寅之名也。必为岁名,则其下少一'格'字,而'贞于'二字亦为衍文矣。"朱熹据此推断:屈原之降生,"日月虽寅,而岁则未必寅也"。这实际上意味着屈原自述生辰,竟然只及月、日而未及年份。朱熹的辩驳并非无据。"摄提"之名在秦汉之际本有多义:既可指称岁星(《史记·天官书》),也可作"摄提格"之省称(《后汉书·张纯传》),又可指称"随斗柄以指十二辰"之摄提六星。则断言《离骚》所述"摄提"必指岁名,确也难以令人信服。不过从先秦记事之例和礼俗看,说屈原自述生辰而不及其年,就又难以圆通了。清初顾炎武《日知录》对此即提出了有力的反驳:"自《春秋》以下,记载之文,必以日系月,以月系时,以时系年。此史家之常法也。""或谓摄提,星名,《天官书》所谓直斗杓所指以建时节者。非也!岂有自述其世系生辰,乃不言年而只言日月者哉!"今人汤炳正《屈赋新探》亦引《周礼》"凡男女成名以上,皆书年、月、日,名焉",以证"古代礼俗很重视命名之礼","而在命名的同时,必记录诞生的时日,这时日必须是年、月、日三者齐全"。故朱熹以为《离骚》之"摄提"只纪月而不纪年,"不仅跟古代礼俗不合,也跟《离骚》首段上下文义相乖离"。

　　顾炎武对朱熹的反驳,得到了近代以来大多数楚辞学者的支持,问题看来似乎得到了解决,现在只要能确定符合屈原生活时代的"摄提格岁",其生年便可考定。但是今人林庚先生《诗人屈原及其作品研究》却又从另一角度,提出了自己的疑问:"又按《春秋左氏传》中纪年之处比比皆是,如曰'岁在星纪而淫于玄枵'。却从未见这所谓'摄提格'等十二岁名。而《春秋左氏传》近人多信其乃著于战国中期。若此,则屈原生时是否便已有此后起的十二岁名,本身就是个大问号。再证之秦汉之际这些所谓十二岁名者,事实上还处于草创未定、莫衷一是的阶段。王逸乃无中生有,斤斤以之解释《离骚》,岂非更近于捕风捉影吗?"林庚先生的这一怀疑非常重要,因为将《离骚》所称"摄提",解说为岁星纪年中的"摄提格"之岁,必须有一个可靠的前提,即屈原时代已经流行岁星纪年的"十二岁名"。倘若还没有,则王逸以来大多学者对《离骚》自述生年的解说,就须根本推翻。而据本人仔细研究和推算,不要说《国语》《春秋左氏传》并无十二岁名的记载,就是其中有关岁星位置的记述,也并非出于当年的实际观察。如《国语》僖公五年称"岁在大火",实际岁星位置当在"鹑首";僖公二十四年称"岁在实沈",实际岁星还在"玄枵";那被后人引为"超辰"的实例,即《左传》襄公二十八年的"岁在星纪而淫于玄枵",岁星的真正位置其实是在"大火";昭公三十二年"越得岁",较之于昭公八年所记"岁在析木"、十三年"岁在大梁",似乎又有一次超辰,其实岁星却在"寿星"。可以说全都错了!但若按战国占星家将前366年夏历11月(即前365年周历正月)定为"岁在星纪"的标准点(那年岁星确在星纪)上推,则《国语》《左传》所记又几乎全都相合。这一奇特现象至少证明：二书所记春秋时期的岁星位置，决非实际天象观察的记录。它们大抵乃前 366 年后二书的编写者，按当时天文星占的推算补充进去的（陈久金先生以为是以"唯秦八年，岁在涒滩"逆推所致，恐怕不确，因为《左传》所纪"岁"乃岁星，非指"太岁"）。因此"十二岁名"之起，当还在此后。

不过，林庚断言"十二岁名"的规定，在"秦汉之际"还处在"草创未定、莫衷一是"阶段，似又失之过晚。本来，《吕氏春秋》已有"唯秦八年，岁在涒滩"的记载；《大唐开元占经》所引战国《甘氏星经》，更有"摄提格之岁"至"赤奋若之岁"的"十二岁名"之规定。但由于没有其他更直接的资料证明，人们往往认为其记载并不可靠。直到 1973 年年底，长沙马王堆三号汉墓出土的帛书《五星占》，终于提供了战国时代已有岁星纪年"十二岁名"的证据。《五星占》记有秦始皇元年至汉文帝三年的岁星实测位置，并对岁星在某、岁名称什么的十二岁之名作了系统的说明。秦始皇元年处战国晚期，既已有此对岁星位置的观察和岁星纪年的系统规定，则其创始、发展之期必当更在战国中期。由此反证《大唐开元占经》所引战国中期《甘氏星经》的记载，当亦非为伪托。

《五星占》的出土，提供了战国时代已有岁星纪年"十二岁名"的直接证据，从而将林庚先生提出的问号改成了句号。但岁星纪年的争论并未就此结束，因为新的问题，在支持王逸说的学者中又被提了出来。

二、郭沫若的"太岁超辰"说对吗

清代以前，支持王逸关于屈原生于"摄提格"岁之说的，都没有具体推算屈原究竟生于何年何月。到了清人邹汉勋、陈玚、刘师培等，才分别用殷历、周历和夏历进行了推算，得出的正月日辰虽有一天之差（或为正月 21 日，或为正月 22 日），但那年份却都是楚宣王二十七年（前 343）。他们的依据即王逸所说"太岁在寅曰摄提格"，查历史纪年表之干支，楚宣王二十七年当为"戊寅"，既符合屈原的生活经历，又符合"太岁在寅"的规定。屈原的降生之年由此似乎得到了考定，近人游国恩、钱穆、张汝舟等均从此说。

　　但郭沫若先生《屈原考》却对此提出了异议。他认为上述学者据以判断"太岁在寅"的历史纪年干支，其实是"东汉以后才正式采用"，由于它并没有考虑岁星纪年中"太岁超辰"的特点，因而结论并不正确。郭氏指出："岁星是十二年走一周天，但并不是整整十二年，要比十二年少一点，积82.6年（笔者注：根据现代天文学计算，当为86.08年）便超过三十度。"这便引出了与岁星运行相关的"太岁超辰"问题。郭氏正是运用此说，以《吕氏春秋·序意》所记"唯秦八年，岁在涒滩"作参照点，上推到前341年，"超辰"至前340年为"太岁在寅"，而考定屈原当生于此年正月初七。郭氏的推算结果虽然也不正确（前340年岁星不在星纪，故其相应的"太岁"亦非在"寅"），但他所依据的"太岁超辰"说，则得到了浦江清等许多学者的支持。

　　需要指出的是，首先提出"太岁超辰"说者，并非是郭沫若，而是清人钱大昕的而且钱氏之说一出，即遭到了同时代王引之、孙星衍等学者的激烈反驳。这一争论延续到20世纪80年代，又发展为常健《屈原生年的再探讨》[1]、蒋南华《屈原生年考辨》[2]等对郭沫若、浦江清说的批驳。其中蒋南华的批驳，基本上沿用了清人王引之、孙星衍等学者的论据：其一，干支纪年早在战国《甘氏星经》中就已使用（如"摄提格之岁，摄提格在寅，岁星在丑"等）；到了西汉更屡见不鲜（如《史记·十二诸侯年表》即以干支纪年，《封禅书》所记武帝诏书亦有"如乙卯赦令"之语）。岂可断言"东汉以后"方才采用？其二，"干支相承有一定之序。若太岁超辰……则甲寅之后遂为丙辰，大乱纪年之序者，无此矣！""今按《史记·十二诸侯年表》，自共和讫孔子，太岁未闻超辰。表自庚申纪岁，终于甲子，自属史迁本文，亦不可谓古人不以甲子纪岁"。

　　上述反驳实际上涉及两个问题：第一，岁星纪年中的"太岁"干支，是否即《历史纪年表》所列纪年干支？第二，岁星纪年中的"太岁"干支究竟是否"超辰"？

　　对于第一个问题，浦江清先生在《屈原生年月日的推算问题》[3]

---

①　常健：《屈原生年的再探讨》，《南充师院学报》（哲学社会科学版）1982年第2期。
②　蒋南华：《屈原生年考辨》，《贵州教育学院学报》（社会科学版）1989年第1期。
③　浦江清：《屈原生年月日的推算问题》，《历史研究》1954年第1期。

中早就作过否定的回答,我经过自己的考察,也以为浦氏的否定是正确的。所谓"太岁",实为岁星纪年中与岁星运行"相应"的假想天体。《周礼·春官宗伯》称"冯相氏掌十有二岁",郑注云"岁谓太岁,岁星与日同次之月,斗所建之辰"。由于岁星运行一周天约需十二太阳年,每年与日相会之月不同,将此月序依次用地支"子丑寅卯"等表示,便有了"太岁在子""太岁在寅"等十二岁名之区分。这样的岁星纪年干支,确实并非起于东汉,而是早在战国中后期即已采用(如《甘氏星经》)。但岁星纪年干支的最重要特征,在于"太岁"所在之辰必须与岁星运行"相应"。如《史记·历书》记武帝元封七年(后改为太初元年)十一月,岁星与日会于"星纪"之宫。按当时的岁星纪年法,即为"岁阴(太岁)左行在寅,岁星右转居丑",再与"甲乙丙丁"等天干组合,取名为"焉逢摄提格"年(即"甲寅"年)。《史记·历书》后所附自武帝太初元年,至成帝建始三年的岁星纪年排列,虽非司马迁之文(当为成帝时期补《史记》者所增添),但其"太岁"所在之辰,基本上是与当时岁星运行位置"相应"的。

但《历史纪年表》的纪年干支,情况就不同了。它已根本不再考虑岁星运行的实际位置,而只以王莽新朝八年丙子为始点,往前往后按六十甲子之序推演排列而成,其干支和与岁星相应的"太岁"所在干支不再符合。例如武帝太初元年,若按司马迁时代的岁星纪年,当为"焉逢摄提格"(即"甲寅")年;若按刘歆三统律推算,则为"太岁在子"(即"丙子")的"困敦"之岁(见《汉书·律历志》)。但《历史纪年表》却定为"丁丑"年,可见已不考虑岁星实际运行位置,而与岁星纪年的"太岁"所在干支相脱离。又如秦始皇元年,按长沙马王堆汉墓出土的《五星占》记载,此年正月岁星"相与营室晨出东方",应为"摄提格"岁(即"太岁在寅"的寅年)。但《历史纪年表》却定为"乙卯"年,也和此年与岁星运行相应的太岁干支不合。由此证明:自战国至西汉所采用的岁星纪年"太岁"干支,与《历史纪年表》所列纪年干支,根本不是一回事。怎么可以依据《历史纪年表》的纪年干支,来推算属于"岁星纪年"系统的屈原出生的"摄提格"之岁呢?

对于第二个问题即"太岁是否超辰",我的回答是肯定的。《历史纪年表》所列纪年干支,因为不属岁星纪年系统,当然谈不到"超辰"的问题;但"太岁"纪年干支,因为要与岁星运行"相应",却是会有"超辰"的。这个道理对于西汉时代的刘歆，无疑早已明白，故其三统律推算岁星及太岁所在，即有 144 年一跳辰之说。就是唐代的贾公彦，对此也依然熟知。上引《周礼·冯相氏》一节，贾氏即疏曰，"岁星为阳"，右行于天，"人之所见"；"太岁为阴"，左行于地，"人所不睹"，故需以月建之辰见。"岁星与太岁虽右行左行不同，要行度不异，故举岁星以表太岁。"岁星"则一百四十四年跳一辰"，"（太）岁左行于地，一与岁星跳辰年岁同，此则服虔注《春秋》'龙度天门'是也"。贾氏还特地指出，郑玄注《周礼》之所以称"然则今历太岁非此也"，是因为东汉后期的纪年干支，已不同于西汉以前，尽管仍沿用了"太岁"之名，但"岁星北辰，太岁无跳辰之义，非此经太岁者也"。这正指明了东汉采用的纪年干支不跳辰，而西汉以前岁星纪年的"太岁"却是有"跳辰"的。

至于岁星纪年的"太岁超辰"实例，一方面由于岁星"超辰"，只有在相当长的年岁中方可察知（刘歆推算需 144 年），短时期内便难发现；另一方面，古代虽有岁星纪年方式，但实际运用却多以时王在位年数纪年，故很少有可提供的实例。好在《汉书·律历志》记有高祖元年"岁在大棣，名曰敦牂，太岁在午"，若按太岁不超辰推算，则至王莽五年当为"太岁在申"；但《汉书·王莽传》却记曰："始建国五年，岁在寿星，仓龙（太岁）癸酉"，显然因为实测岁星出现了"跳辰"，而"太岁"也由"壬申"跳入了"癸酉"。与此同例的武帝太初元年，据《汉志》所记录为"太岁在子""岁名困敦"；若按太岁不超辰推算，至王莽八年当为"太岁在亥"；但《王莽传》却记曰："始建国八年，岁躔星纪"，即太岁亦由"亥"跳入"子"了。东汉以后的历史纪年干支，因为并不考虑与岁星相应的太岁所在之辰，只以王莽八年"丙子"往前逆推，则得出了太初元年为"丁丑"、高祖元年为"乙未"的结果。这恰可成为岁星纪年"太岁超辰"，而东汉以后采用的历史纪年干支却不超辰的铁证。

而且更有意义的是，我们由此还可判断《史记·十二诸侯年表》所列纪年干支，以及《封禅书》所称"如乙卯赦令"等文，是否出于司马迁之手笔。经过自己仔细推算，若按《史记》所记岁星纪年方式及"太初元年为焉逢摄提格"逆推，即使不考虑太岁超辰，《十二诸侯年表》所列纪年干支也全不相符；但若按东汉以后采用的历史纪年干支逆推,恰又完全一致。《封禅书》所称"如乙卯赦令",当指武帝元朔三年之赦令。按太初元年为"焉逢摄提格"年(甲寅)或《汉志》所称"太岁在子"逆推,元朔三年当为"壬辰"或"甲寅",而不可能为"乙卯"年。但若按东汉以后采用的历史纪年干支推算,元朔三年又恰为"乙卯"年。这些巧合现象说明了什么?它只能说明:《十二诸侯年表》中的纪年干支,非司马迁所列,而是后人按东汉纪年干支逆推后增补进去的;《封禅书》所记武帝诏书"如乙卯赦令"之语,亦当为后人羼入(《汉书·武帝纪》录此诏全文,却无"如乙卯赦令"之语,即是证明),而决非司马迁原文所有。王引之、孙星衍未辨其中真伪,蒋南华等又沿袭其误,引证羼入《史记》的东汉纪年干支,以证岁星纪年系统的"太岁"并不"超辰",又怎能令人信服?

三、浦江清的大胆推测及其失误

前面已经证明了郭沫若所主"太岁超辰"说之不误,下面我们再来评判一下浦江清的研探进展。

浦江清对岁星纪年研究的一大贡献,在于大胆推定古代岁星纪年存在着甲、乙"两种"方式。他在《屈原生年月日的推算问题》中,运用"太岁超辰法"及现代天文学"超辰率"推算木星实际位置的方法,证明前341年应该是岁星"进入星纪宫"的"寅年",并符合屈原自述生辰的大体年代。可惜的是,"这年的正月里没有寅日",而郭沫若推算的"前340年岁星在玄枵宫",又"很难定为摄提格的"。这一似乎难以摆脱的困境,促使浦氏对岁星纪年的问题作"重新考虑"。他从"整理史料入手",仔细考察了《淮南子》《史记》关于岁星纪年的记载,发现两者的岁星纪年均以木星居"星纪宫"为"摄提格岁"。而《吕氏春秋·序意》所记"唯秦八年,岁在涒滩"却不符此规定,唯有木星居"娵訾宫","在正月与太阳同宫",才是"摄提格岁";以此推算始皇八年七月,木星与日"同在鹑尾"相会,恰符合"岁在涒滩"的记载。浦氏因此推断:由于"历法家有两派",一派"把冬至到冬至作为一个太阳年",在历法上即以"日月五星都起于星纪一宫"为"开辟元始第一年",由此形成"以岁星在星纪为摄提格"的"乙式";另一派"把立春到立春作为一个太阳年",以日月五星都起于

"娵訾一宫"为历元,由此形成"以岁星在娵訾为摄提格"的"甲式"。浦氏认为,"乙式"是"西汉时代新用的","甲式"才是"行于战国时代"的"古法"。他正是采用此一古法,推定前339年正月岁星居娵訾宫中央,正符《离骚》"摄提贞于孟陬"的要求;而正月十四日庚寅,恰又与"惟庚寅吾以降"相合,屈原的生年月日由此得到了考定。

浦氏对于岁星纪年"甲式"的推断是大胆的。然而"战国时代"究竟是否行用过"甲式",却又似乎是令人怀疑的。1973年8月,胡念贻作《屈原生年新考》一文,即对此提出了质疑:"浦江清先生所说的岁星纪年有两种方式似乎是有根据的,但他说战国时代都是以岁星在娵訾宫为摄提格(寅年)却是不可信的。《大衍历议》中说'吕不韦得之以为秦法',可见秦国在吕不韦以前就不是如此。吕不韦以后是否如此也值得怀疑,更无法说明六国就都是如此了。"应该说,胡念贻的怀疑有一部分是合理的(下文将论及),但他怀疑战国时代是否行用过岁星纪年的"甲式",就未免过分了。因为就在胡氏提出此一怀疑后的4个月,湖南长沙马王堆三号汉墓出土了一份珍贵的帛书《五星占》,其中对岁星纪年十二岁名的规定是:

　　[岁]星以正月与营室[晨出东方,其名为摄提格。其明岁以二月与壁晨出东方,其名]为单阏。其明岁以三月与胃晨出东方,其名为执徐……其明岁以十二月与虚晨出东方,其名为赤奋若。

这里所定的"摄提格"岁,即是以岁星居娵訾为条件的"岁星纪年甲式"。由于此书还表列了自秦始皇元年至汉文帝三年的岁星实测位置,可见这种岁星纪年方式,早在秦统一六国以前即已行用;从其出土地点在早先的楚地长沙,亦可判断此法不仅曾行用于秦,且也行用于楚,而且一直延续到了汉初。这样,浦江清关于岁星纪年存在着"以岁星在娵訾为摄提格"的"甲式"且曾行用于战国时代的推测,在他著文近20年后,终于因考古文物的出土而得到了证实。从这一点看,浦氏的推测实在是了不起的!

　　但是,浦江清将这种岁星纪年"甲式",推定为是"行于战国时代"的"古法",而将"以岁星在星纪为摄提格"的"乙式",断为"西汉时代新用的",却又是明显的失误。因为"以岁星在星纪为摄提格"的"乙式",非只见载于西汉时代的《淮南子》和《史记》,而且据《汉书·天文志》所引,它早在战国时代石申、甘公的天文星占著述中,即有了行用的证据。《天文志》曰:"太岁在寅曰摄提格。岁星正月晨出东方,石氏曰名监德,在斗、牵牛……甘氏在建星、婺女。太初历在营室、东壁。"又《大唐开元占经》卷二十三"岁星占"引甘氏:"摄提格之岁,摄提格在寅,岁星在丑。……单阏之岁,摄提格在卯,岁星在子。……执徐之岁,摄提格在辰,岁星在亥。……"可见石氏、甘氏所行用的,正是"以岁星在星纪为摄提格"的岁星纪年"乙式"。又据阮孝绪《七录》,"石申,魏人,战国时作《天文》八卷"、"甘公,楚人,战国时作《天文星占》八卷"。《史记·天官书》则云:"昔之传天数者……于宋子韦,郑则神灶,在齐甘公,楚唐昧,赵尹皋,魏石申。"甘公可能在齐、楚均曾任职,故《七录》和《史记》所记有"齐"、"楚"人之不同。神灶乃春秋时人(《左传·昭公十七年》);唐昧则为屈原同时代人,死于楚怀王二十八年。由此可以推知,石申、甘公起码当与唐昧相前后,其所行用的岁星纪年"乙式",要比《五星占》记载的"甲式"早50年以上,它才真正是战国时代的纪年"古法"。浦氏断言"甲式"为古法,"乙式"是"西汉时代新用的",显然是时代判断上的颠倒。以此来推算屈原出生的"摄提格"之年,又怎能得出正确的结果?这大抵正是浦江清的失误之处,胡念贻称浦氏的推算"靠不住",这批评无疑没错。

前文曾经提到,常健《屈原生年新考》也曾批驳过浦江清关于"太岁超辰"之说。常氏的根据即是新出土的《五星占》。他认为岁星纪年之所以会有石氏、甘氏与《五星占》所记方式之不同,根本上是由"岁星超辰"和"太岁并不与之俱超"造成的:"石氏时岁星在'斗、牵牛',甘氏时岁星就到了'建星、婺女'了……以岁星八十六年超一辰,可知甘氏测定时间晚于石氏约四十年。这样,如果再晚四五十年,岁星就应该到虚宿附近……再往后推约八十六年,岁星就应在婺訾宫了。从石氏纪年法之初到秦王政八年,这中间一百余年,岁星超辰已经接近二次,所以这时的摄提格之岁,岁星的实际位置就应该在婺訾宫了。"常氏据此断言,由于"太岁没随岁星超辰,而岁星的位置与岁名的实际关系发生了变化……所以马王堆出土的帛书纪年法就根据实测,重新创造一种新的纪年法,它规定:'岁星以正月与营室晨出东方,其名为摄提格……'完全属于另一种纪年法了"。

常氏的解说看似有理,其实却是犯了一个常识性错误。岁星纪年之所以会有"甲式""乙式",正如浦江清所说,主要是由相应的历法确定的:"甲式"以"立春"为一年之始,属人正历系统;"乙式"以"冬至"为一年之始,属天正历系统。这两种方式的建立,根本与岁星超辰现象无关。正因为如此,战国时石氏、甘氏以"岁星居星纪宫"为摄提格岁,200多年后的汉武帝元封七年十一月,这一派的历法家仍以岁星居星纪,而定此年为"焉逢摄提格"。同理,另一派即《五星占》系统,则定秦始皇元年岁星居娵訾、"正月与营室晨出东方"为摄提格;下至王莽五年,这一派历算家仍以岁星居娵訾为摄提格,而定此年为"仓龙癸酉"(作鄂)之岁。倘按常氏之说,则自秦始皇元年至王莽五年计259年,其间岁星起码已超三辰,岂不又得创制一种新的纪年法,而以"岁星居实沈"为摄提格岁了?常氏本意想从《五星占》岁星纪年方式,证明"岁星超辰、太岁不与俱超"。但结果恰好相反:无论是岁星纪年之"甲式"还是"乙式",正因为十二岁名之规定,受到"岁星居某、以某月与某宿相与晨出东方"之制约,决定了贾公彦所说的"太岁左行于地,一与岁星跳辰年岁同"的"相应"关系。唯其如此,岁星纪年法才能具有其内在稳定性。倘若岁星超辰而"太岁不与俱超",则无论是"甲式"还是"乙式",都将因岁星超辰而随之破坏,又怎能从战国一直沿用至王莽时代!当然,也正因为岁星纪年的"甲"、"乙"两式,都须考虑岁星的实测位置及"太岁超辰"因素,比起纯用纪年干支前后相承来得麻烦,后世才干脆用"不跳辰"的干支纪年法取代了它们。可见,在探讨岁星纪年问题的争论中,胡念贻从"乙式"比"甲式"运用更早批评浦江清的失误,是正确的;常健从"岁星超辰、太岁不与俱超"解说"甲"、"乙"式的变化,并批评浦江清所主的"太岁超辰"之说,则是错误的。

四、评陈久金"楚用周正"说之得失

浦江清以岁星纪年"甲式"推算屈原生年,既不符屈原时代行用的岁星纪年古法;而若用古法"乙式"推算,前341年的"摄提格"岁正月,又没有"庚寅"这一天。这使岁星纪年和屈原生年之研究一下陷入困境。这其间又有两位学者提出了新的推算结果:一位是汤炳正,他在《历史文物的新出土与屈原生年月日的再探讨》中,运用1976年陕西临潼出土的"利簋"证明,铭文中的"岁贞克"与屈赋的"摄提贞于孟陬","都是以岁星的运行标记年月",故屈赋所说的"摄提"乃指"岁星摄提"。由此可知"屈赋所说的是摄提正当夏历正月晨出东方,同时也就是所谓'太岁在寅曰摄提格'之年"。汤炳正因取周显王三年(前366)为坐标,推算楚宣王二十八年(前342),正是岁星于正月晨出东方的"摄提格"年;此月二十六日为"庚寅",屈原即当生于此日。另一位是前面提及的胡念贻,他鉴于前341年正月无庚寅日,必非屈原降生之年,便依岁星纪年12年一周期,往前推至楚宣王十七年(前353),也正是"岁在星纪"的"摄提格"岁。此年正月戊辰朔,"二十三日庚寅,可以作为屈原生年",而且也符合此后的"屈原经历"①。

　　汤、胡二位的新推算,似乎都符合屈原所自述之生辰要求。但若仔细检查,恐怕也不恰当。先看汤氏的推算,汤氏以周显王三年为"岁星于夏历正月晨出东方"的摄提格岁,推断前342年岁星也必当于正月晨出东方,其失误在于没有具体推算此年岁星的实测位置。据现代天文学的精确推算,前342年夏历正月,岁星其实不在黄道"娵訾宫",而是在"析木宫",直至此年九月才步入星纪。因而岁星根本不可能于此年正月与日会合而"晨出东方",当然也就与屈原所述"摄提(岁星)贞于孟陬"不相符合了。胡念贻根据天文学的精确推算,指明前353年岁星位于黄经262—295度(星纪处黄经255—285度),因而确定屈原生于此年夏历正月。但胡氏忘记了一点:以岁星于夏历正月与日晨出东方为"摄提格岁"者,恰正是浦江清所主的岁星纪年"甲式"。他既已批评浦氏的推测不可靠,何以又用来推算屈原的生年?况且前353年夏历正月,岁星居星纪宫,太阳却已"运行"到黄道"娵訾",又怎能与之"会合"而"晨出东方"?

　　由于汤、胡的推算也无法解决困境,这便又引出了陈久金先生关

――――――――

① 汤炳正:《历史文物的新出土与屈原生年月日的再探讨——〈屈赋新探〉之五》,《四川师范学院学报》(社会科学版)1978年第4期。

于"楚用周正"的全新探讨。陈氏以为,从郭沫若、浦江清到汤炳正诸先生,他们对战国岁星纪年法的探讨,都"没有认真对待""楚国使用什么历法"的问题,从而"导致产生错误的结论"。陈氏指出,"根据历史上岁星纪年资料的分析,确认纪年法与历法有密切的关系";从甘氏、石氏及《史记·天官书》对岁星纪年法的记载看,"此三法都是周正时使用的纪年法";"新城新藏的前三百三十年前后各国逐渐改用夏正的结论,正好说明屈原诞生时的楚国使用周正",所以屈原"'摄提贞于孟陬'的孟陬指的是周正正月"。而郭沫若、浦江清等均以夏正来推算屈原的生年,结果当然不正确。根据自己的推算,陈久金认为较为适合屈原经历的生辰,应该是周正前341年正月庚寅,因为此年岁星的实际位置在黄经258°—285°,正处于星纪宫,完全符合"摄提贞于孟陬"的要求。但陈氏从新城新藏的战国长历朔闰表中发现,此年周正正月亦无庚寅日。如何解释这个难点呢?陈氏认为,这是由于新城新藏的朔闰表,"只是依据了大约十余条的干支纪录推导出来的",而且"除《六国表》的一条外,又全都是《秦本纪》和《始皇本纪》的资料。所以,如果用它来作为秦国的朔闰表可能是较为接近的,用它来代表楚国的历法,是完全没有根据的"①。

　　陈久金关于甘氏、石氏纪年法属周正系统,以及楚在战国中期使用"周正"的见解,正如汤炳正在审阅此文时所充分肯定的,乃是此一课题研究上的"一个突破"。虽然学术界对此仍持怀疑态度,而且何幼琦先生于1985年发表《论楚国之历》,坚主楚在春秋时期用周正,战国时期已"改行夏历"。但我以为,在这个问题的争议中,陈氏的判断主要部分是正确的。我曾先后发表《摄提、孟陬和屈原生年之再探讨》、《从〈秦楚月名对照表〉看屈原的生辰用历》,证明"孟陬并非专指夏正正月",周正、殷正正月均可称为孟陬,并举云梦睡虎地秦墓出土的秦简《日书》所列《秦楚月名对照表》,证明楚之月名反映的用历乃是"周正"而非"夏正",而且从这套月名行用于战国中前期至楚考烈王时代看,楚在战国时代显然还行用着周历。不过,我又根据屈原《离骚》《九章》等有关诗句(如"夕餐秋菊之落英"、"望孟夏之短夜"、"滔滔孟夏"等)判断,屈原时代不仅继续行用着周历,同

---

① 陈久金:《屈原生年考》,《社会科学战线》1980年第2期。

时也行用了夏历。但从甘氏岁星纪年以岁星居星纪,于十一月与太阳晨出东方为"摄提格"看,屈原自述生辰的"摄提贞于孟陬"所运用的,无疑还是周历。正是在这一关键之处,陈久金的见解显示了无可动摇的正确性,并为屈原生年的推算开辟了新的蹊径。

那么陈久金(包括赞同其说的我)有无失误呢?陈久金的失误在于,他既从根本上怀疑新城新藏战国长历朔闰表的正确性,又无法提供新的证据,证明按楚之历法前341年周正正月庚寅为何日,这就使屈原生年月日的推算,仍还陷入无法考定的境地。他的另一失误,则在于只注意到岁星纪年与历法的关系,判断楚在战国用的是"周正",而未能解释何以屈原诗作中又多次出现"夏正"用语,这便在很大程度上影响了其说之可信性。我在自己的研探中对陈说作了修正,指明楚在战国并用"周正"和"夏正",但屈原自述生辰之句采用的是周历,这应当说较为客观些了。但我考定屈原当生于前340年周正正月初七(即前341年夏正十一月初七),经过近来反复推算,发现也有失误:因为前340年周正正月,岁星的实际位置已开始进入玄枵,并不能称之为"摄提贞于孟陬"的。

五、从战国岁星纪年再考屈原之生辰

以上对清代以来岁星纪年和屈原生年推算的研究,作了简要的回顾和评述。倘要总结其间所取得的成果或突破,我个人以为起码有以下几点:

第一,关于战国时代是否已有岁星纪年之"十二岁名",大多数学者已取得共识:从《甘氏星经》以及新出土的帛书《五星占》可证,起码在战国中期,已开始行用"十二岁名"的岁星纪年,林庚先生的怀疑由此可以冰释。

第二,关于岁星、太岁是否超辰。由于屈原时代距战国占星家所定"岁在星纪"的标准年份(前366年夏历11月)较近,尚未发现"超辰"现象;但从秦、汉间曾经行用的实例看,郭沫若、浦江清所主岁星超辰、太岁与之相应超辰,是有根据的。

第三,历史纪年表的干支纪年,已脱离岁星纪年系统,确是东汉以后才采用的纪年方法,故不宜据此推算屈原自述的岁星纪年生辰。

第四,战国时代确已存在浦江清先生所说岁星纪年"甲"、"乙"两式,但在行用上,"乙式"(以岁星居星纪宫、十一月与日晨出东方为"摄提格之岁")比"甲式"更早,且更接近屈原时代。

第五,岁星纪年方式与战国时代行用的历法(此指岁首所建月份的区分)有关。岁星纪年"乙"式属"周正"历,且楚在战国时代亦兼用"周正"。

但是,从屈原生年的具体推算看,这一场延续数百年的争论,实在还不能说已取得决定性成果。从目前推定的各种结果看,邹汉勋、陈玚、刘师培等按历史纪年干支考定的楚宣王二十七年戊寅,明显不合"摄提贞于孟陬"的岁星纪年要求,当予推翻;郭沫若考定的前340年正月初七、汤炳正推定的前342年正月二十六,则又因岁星不居星纪而失去了可靠性;浦江清运用岁星纪年"甲式",定屈原生于前339年正月十四,则又缺乏屈原时代行用"甲式"的证据;胡念贻推算的前353年正月二十三,岁星却不在娵訾,也不符"正月与日晨出东方"的"摄提格"之要求(若按"乙式",则应取同年十一月与日会于星纪并晨出东方),且与屈原作《离骚》时"老冉冉其将至"的年岁不合;陈久金用"周正"推算屈原生于前341年周正正月,但从战国朔闰表中又找不到此年周正正月有"庚寅"日。作为一位影响深远的中国古代诗人,屈原的存在无疑是真实的,他所生活的时代也有范围可确定,而且《离骚》已约略告诉人们他所降生的岁星纪年特点(有些学者如董楚平提出,《离骚》的主人公"吾"非即诗人自己,而是诗人"虚构"的艺术形象,其降临的吉日也是诗人"编造"的,不可据此推算屈原生年。本人以为此说不妥。已发表《〈离骚〉疑义略说》予以辩驳),现在却还无法准确考定其出生的具体年月,问题的症结究竟在哪里? 本人以为主要在以下三点:

(一)须准确考定战国岁星纪年元始摄提格岁之标准年

有些研究者如张汝舟、蒋南华等,根据《左传》有关岁星天象的记载和汉代纬书"天正甲寅元""人正乙卯元"的说法,以前510年(鲁昭公三十二年)作"岁星值年"标准点,以前427年(周考王十四年)作"殷历甲寅元近距",通过"跳辰"来凑合屈原生年"太岁在寅"的要求(张说见张汝舟《二册室古代天文历法论丛》所收《再谈屈原的生卒》一文)。这推算方法显然不妥。正如前文所说,《左传》所记岁星位置并非当时的实测天象,而是战国占星家据后来的岁星天象,按"十二一周"反推的结果,因为尚未发现岁星超辰规律,故所得结果无一与春秋时代岁星天象相符。即以张汝舟定为"岁星值年标准点"之一的鲁昭公三十二年"岁在星纪"看,岁星的实际位置其实处在"寿星"。岁星的超辰率为86年,张先生在列表推算时却以83年一跳辰,以证明前343年既是干支纪年之寅年,又与"岁星值年"的天象相符。这岂非错上加错,又怎能推出正确的结果?至于汉代行用的颛顼历之历元,据《淮南子·天文训》及《后汉书·律历志》引刘向《洪范传》,均以"甲寅"为元,并无"人正乙卯元"之说。所谓"人正乙卯元",乃是东汉改用干支纪年后上推所得。据许多天文历算家考证:汉代所用"颛顼历"的测制年代,约当秦始皇元年(前246),马王堆汉墓出土的《五星占》岁星纪年,正以此年为岁星纪年甲式的"摄提格"岁(甲寅)。但由于此年正月朔旦立春并非甲寅日,故又上推120年,至前366年正月朔旦立春恰为"甲寅"。这大约就是颛顼历甲寅元之"近距"。至于太初元年的岁星纪年,用的则是与周正相联系的"乙式",是根据岁星居星纪以十一月与日晨出东方为摄提格岁的标准,直接定为"焉逢摄提格"(甲寅)年的。可见周正历元亦为"甲寅"。但《汉志》又为什么称此年为"丙子"呢?考"丙子"之称,早在《淮南子·天文训》中就已出现:"淮南元年(前164)冬,太一在丙子。"它的来源,大抵是以秦始皇元年为"摄提格岁"的岁星纪年甲式顺推而来,再下推至武帝太初元年,亦为"丙子"。这些都属于岁星纪年干支,因为所据岁星纪年方式有甲、乙式之不同,才出现了太初元年有"甲寅""丙子"的称名之异。刘歆发现岁星超辰现象后,也没有改变太初元年为"丙子"岁的记载,而只是对秦始皇八年(前239)、武帝太始二年(前95)作了太岁超辰处理。到了东汉出现的干支纪年方法,才将王莽建国八年的太岁纪年"丙子"固定下来,上推至汉秦、战国,太初元年、淮南元年因之由"丙子"变为"丁丑",秦始皇元年和颛顼历甲寅元之近距(前366)也由"甲寅"变为"乙卯"了。这大抵就是"人正乙卯元"之所由来。从它所述与《淮南子》《汉志》有矛盾,也可知道其说非古,乃东汉人之所改造。

倘要进一步推算的话,则马王堆《五星占》所记岁星位置也有差错。因为前246年(秦始皇元年)岁星并不居营室"与日晨出东方",

而恰恰是在"星纪"。颛顼历甲寅元的"近距"即前366年夏正正月，岁星则还在"析木"，只能符合"晨见东方"的要求而非"晨出东方"。这对战国后期改变了的岁星纪年法是适合的，但却不符合战国中前期岁星纪年关于岁星"晨出东方"的要求。据现代天文学推算，前365年周正正月（夏正前366年11月）岁星居星纪宫，这一年才应是初创的岁星纪年"乙式"十二岁名"摄提格"岁的元始标准年。由于当时的占星家尚未发现岁星超辰规律，只按"十二一周"习惯推算岁星所在。所以以此上推，即可发现《左传》《国语》所记岁星位置均相符合；以此下推《吕氏春秋》"唯秦八年，岁在涒滩"（按岁星纪年"乙式"），亦正相符。这应该成为我们考证屈原生年的正确前提。

（二）推算屈原生年，须确定运用"周正"

前文已经证明，岁星纪年存在着"甲式""乙式"两种方式。"甲式"（以岁星居"婺訾"、夏正正月与日晨出东方为"摄提格岁"）后起，"乙式"（以岁星居星纪宫周正正月与日晨出东方为"摄提格岁"）则在甘、石时代即已行用。屈原出生的时代既与甘、石相近，其所行用的无疑当为"乙式"。由于"乙式"摄提格岁的起始之月正是"周正"正月（夏正前一年11月），其所依附的历法自当为"周正"。由此判断屈原《离骚》自述生辰的"摄提贞于孟陬兮，惟庚寅吾以降"，其所称"孟陬"就应该是周正正月，而不是夏正正月。以往的研究家（陈久金先生除外）多用岁星纪年"乙式"推算屈原生年，却又试图在夏正正月确定其降生的"庚寅"之日，这显然不符合"乙式"依附的"周正"纪月特点，其推算结果即使符合"摄提格岁"之要求，所定生日也难免南辕而北辙了。

我则依据屈原生平活动情况，以及他在再迁江南后方作《离骚》的大体年代，并根据战国元始摄提格岁标准年（前365年周正正月）顺推，屈原的降生年代当以前341年周正正月（此年岁星亦居星纪宫，并以周正正月与日晨出东方）较为可靠。因为此年无论从岁星实际所居位置，还是从战国时代按"十二一周"岁星纪年的推算习惯看，都符合"摄提贞于孟陬"的"乙式"要求。而且屈原自此年降生，至顷襄王八、九年作《离骚》，大约五十一二岁，与当时以"五十六岁"为"老年"之期的规定相去不远，也正符合《离骚》"老冉冉其将至兮"的自述。除此之外的前353年、前329年"摄提格岁"，均与《离

《骚》所述年龄状况不合。

（三）须考虑战国"周正"的置闰特点

我纠正以前的推算结果，而定前341年周正正月为屈原降生年月，并非个人之创见，而是受到了陈久金《屈原生年考》的启发。但是前341年周正正月并无"庚寅"日，这又该如何解决？我以为，关键在于前342年的置闰问题。

关于战国时代的闰年设置情况，实际上在司马迁时代即已不甚明了。《史记·六国年表序》指出，太史公所本《秦记》"又不载日月，其文略不具"。其《历书》亦叹息"幽厉之后，周室微，陪臣执政，史不记时，君不告朔"，至于"秦灭六国"，虽亦"颇推五胜"，"然历度闰余，未能睹其真也"。现代历算家所定战国时代的置闰年月，除了偶有见诸史载外，多是按"十九岁七闰"规律推算确定的，这本身就未必符合战国置闰的实际情况。何况在确定"十九岁"的起始上，诸家又多有歧见，结果也往往不同。例如日本学者新城新藏与我国天文历算家张培瑜先生，在推算前366年至前330年的置闰年份时（以夏历为例），短短36年中就有前366年（张闰，新城不闰）、前354年（新城闰，张不闰）、前347年（张闰，新城不闰）、前335年（新城闰，张不闰）4次不同，故在朔日干支上也便大相径庭。可见，在对战国具体置闰的年份上，由于可供印证的资料极少，研究家们至今尚无定论。由此想到楚在战国初期行用周历，其在置闰年份上必也会与行用颛顼历的秦国等有所不同。从屈原自述生辰与岁星纪年的对应情况看，既然前341年周正正月最为恰当，则此年正月必含"庚寅"日。现在历算家推算的前341年周正正月找不到庚寅日，正可反证他们的推算不符合当时的情况。而影响朔日干支的最重要原因，正在于是否置闰。从目前历算家们的推算情况看，多以前341年为夏正或周正闰年。但从战国时代的具体情况考察，未必都会严格按照3332332的置闰方式办，中间必亦有失闰或改变置闰常例的情况。即以张培瑜《三千五百年历日天象》推算的战国颛顼历置闰情况看，自前370年至前332年，就出现了"3332332，3332333"的变例。其他如汉高祖八年，据《汉书·律历志》记为"十一月乙巳朔旦冬至"，张培瑜则推算此年十一月"三十乙巳冬至"。显然高祖七年有一个闰月，张氏未置闰，才造成了两者的不同。不妨据此推断：被大多数现代历算家定为闰年的前341年,可能与历史上的实际闰年不符,闰年其实当为前342年。因为前342年多了一个闰月,周正闰月为此年夏正11月,则前341年周正正月朔日干支就不是"己未",而应是"己丑"。那么,前341年周正正月就不仅有"庚寅"日,而且这"庚寅"正是紧接朔日之后的初二。所以,屈原的生辰应为前341年周正正月初二,亦即夏正前342年十二月初二。

[原载《安徽师大学报》(哲学社会科学版)1997年第3期,辑入本集有改动]

从汉人的记述看屈原的沉江真相

一、为什么要考察这个问题

　　屈原这位伟大的放逐者,究竟为什么要以自沉汨罗的激烈举动结束自己的生命?对于这个问题,明代以前的治骚者从未发生过怀疑。他们都知道,屈原之所以沉江,从根本上说,是楚王朝壅君谗臣排击、摧残、迫害他的结果。屈原痛君不明,不忍见到楚国的前途败送在"倒上以为下"、"变白以为黑"的旧贵族党人手中;加之长期放逐,身心交瘁,再无重返朝廷、实施理想"美政"的一线希望。为了保持清白峻洁的操守,捍卫自己所毕生追索的理想,他因此庄严宣告:"世溷浊莫吾知,人心不可谓兮。知死不可让,愿勿爱兮。明告君子,吾将以为类兮。"终于带着不尽的遗恨,怀石自投于汨罗江中——这就是诗人在绝命前的《怀沙》中,对于自己为何沉江所作的愤懑自白。熟悉屈原诗作的人们,耳边至今还震响着这位爱国诗人的铮铮遗言!

　　但是明清以来的治骚者,对屈原的死因却发生了怀疑。他们竟不能相信屈原自己的申说,总感到他的死应该与楚国败亡中的重大事件有联系,由此出现了一些新的推测。明人汪瑗在《楚辞集解》中首倡新说,把屈原的《哀郢》与秦将"白起破郢"的历史背景联系起来,认为《哀郢》之作,乃为"悲故都之云亡,伤主上之败辱,而感己去终古之所居,遭谗妒之永废"。此后,清人王夫之等,亦提出了类似的见解。这就把屈原的晚年生涯,推延到了楚郢陷落、襄王东迁以后的更加衰弱的动乱时期。

　　不过,无论是汪瑗还是王夫之,都没有因此断言,屈原沉江是由于"白起破郢"而"殉国难"。王夫之倒是以为,屈原《哀郢》作于白起破郢九年以后,则他的沉江当更在楚襄王三十年(前 269)之后的事了。但王夫之的这一推测,与司马迁《屈原贾生列传》中指明的"自屈原沈汨罗后百有余年,汉有贾生,为长沙王太傅,过湘水,投书以吊屈原"的年限矛盾。屈原的沉江既然距此"百有(又)余年",则最迟不会晚于前 277 年,即顷襄王二十二年。那么,王夫之所推测的"白起破郢"九年之后的顷襄王三十年,屈原早已作古,何得更有《哀郢》之赋?

但汪瑗、王夫之对《哀郢》背景所作的新解释,却启发了近世的楚辞研究者。游国恩、郭沫若诸先生,继承了汪、王之说而又加以发展,对屈原沉江的原因,作出了全新的推测。他们认为,屈原的自杀,决不是由于长期放逐、理想破灭所致。"单单的被放逐与不得志,不能成为他的自杀的原因。他的所以年老了而终于自杀的,是有那项国破家亡的惨剧存在的"[1]。屈原是由于秦人白起攻陷郢都,"秦兵大至,攻陷巫郡,情势险恶,眼见就要做敌国的俘虏",因此才"下沅水,入洞庭湘水一带,最后走到长沙东边的汨罗江"[2]。所以,他们断言:屈原的自杀,事实上是殉国难。

这就是郭、游二先生在屈原沉江年代和原因上提出的新见解。这一见解在近三十余年几乎被当作定论,并写进了有关的文学史和其他介绍屈原生平的著述之中。

其实,屈原的沉江与"白起破郢"根本没有联系。对此,我在1982 年《江汉论坛》上发表的《关于屈原自沉的原因及其年代》一文中,曾提供过充分的论据。章培恒先生 1981 年发表在《学术月刊》上的《关于屈原生平的几个问题》,更作过有力的辩驳。然而,楚辞研究界对此重大问题似未引起重视,仍有不少研究者依然将对屈原晚年活动的研究,建立在所谓"白起破郢"、屈原"殉国"的沙滩上。

关于屈原沉江的问题,距离屈原生活时代较近的汉人,早有相当的了解,并作过不少评说。本篇拟对这些记载和评论,作一粗略考察,看一看他们是怎样记载屈原的沉江原因并评述屈原之死的,以此作为我在《关于屈原自沉的原因及其年代》一文中提出的屈原之死与"白起破郢"无关的意见的补证。关于另一引起纷争的《哀郢》的

---

① 郭沫若:《屈原研究》,《郭沫若全集·历史编》(4),人民出版社 1982 年版,第 36 页。
② 游国恩:《屈原》,中华书局 1963 年版,第 38 页。

背景和主旨,本人另在 1988 年《成都师专学报》发表的《再论〈哀郢〉非"哀郢都之弃捐"》一文中做过分析,读者可以参阅。

二、汉人怎样记载屈原的沉江原因

在汉代,有关屈原生平的著述不多,但在各种史书和杂著中提及屈原沉江原因的,仍不乏其例。其中最权威的,当然要推司马迁的《史记》了。

《史记·屈原贾生列传》在叙及屈原沉江前夕的行状时,直接引述了《楚辞·渔父》的内容。现代的治骚者大多同意,《渔父》一文即使未必出于屈原自己的手笔,起码也是熟悉屈原事迹的人们事后的追忆。因此,它所记叙的屈原放于江南,"被发行吟泽畔,颜色憔悴,形容枯槁"的落魄、迷乱情状,及其在与渔父交谈中,感慨于"举世混浊""众人皆醉"的世道,愤然宣告"宁赴常流,而葬乎江鱼腹中耳"的死志,当与事实相去不远。司马迁称引此文,接着便叙诗人"乃作《怀沙》之赋","于是怀石遂自投汨罗以死",中间并无一语涉及楚国危亡的史实。这就从实际上指明了屈原沉江的真正原因,乃是激于《怀沙》所说的"凤凰在笯,鸡鹜翔舞""变白为黑、倒上为下"等黑暗世道,绝望于"世溷浊莫吾知,人心不可谓兮"的遭际,不愿"以身之察察,受物之汶汶者乎",才愤然沉江、葬身鱼腹的。值得注意的是,司马迁在记叙屈原沉江前的背景时,只提到了顷襄王前期谗臣当政、君王昏乱的情况,并未叙及郢都的沦陷。但在屈原既死以后,他却特意追补一笔:"其后楚日以削,数十年,竟为秦所灭"。其中的"楚日以削",考之以《楚世家》,正约略包含了秦于顷襄王十九年后,接连取楚上庸、汉北,陷西陵,破郢都,"拔我巫、黔中郡",以及后来考烈王的"纳州于秦以平"等一系列削食楚国的事变在内。由此可知,司马迁所了解的屈原之死,显然发生在这些足以表明"楚日以削"的重大事件之前。所以,断言屈原沉江是因为"白起破郢"而"殉国难",这与司马迁的记载是矛盾的。

不少论者往往借口司马迁记事颇多疏漏,而不信《屈原列传》所叙内容,这当然是不对的。不过,为了说明屈原的沉江真相,我们当然不能仅凭司马迁一人的记叙为据。就现存史料看,汉代提及屈原身世的,最早是汉初大政论家贾谊。贾谊生活的时代,距屈原之死才一百多年,而且由于被贬长沙,能更直接从当地父老那里了解屈原沉江的情况。他的名作《吊屈原赋》说到屈原死因的,有如下数句:

> 仄闻屈原兮,自湛汨罗。造托湘流兮,敬吊先生。遭世罔极兮,乃陨厥身。

所谓"遭世罔极",其典出自《小雅·青蝇》的"谗人罔极,构我二人"句。朱熹《诗集传》释此句曰:"诗人以王好听谗言,故以青蝇飞声比之,而戒王以勿听也。"这与东汉王符《潜夫论·明暗篇》所说"屈原得君而椒、兰构陷"的情况正相近似。贾谊引用此典,正是指明了屈原的"陨身",乃是由于谗臣当政、构陷迫害所致。所以,他在赋中进而痛斥"阘茸尊显兮,谗谀得志。贤圣逆曳兮,方正倒植"的楚国世道,发出了"嗟苦先生,独离此咎"的深沉叹息。可见,贾谊所了解的屈原之死,也与"白起破郢"的事变无关。

贾谊以后、司马迁之前,提及屈原死因的,还有那位滑稽大家东方朔的《七谏》。据王逸《章句》云:"东方朔追悯屈原,故作此辞,以述其志,所以昭忠信,矫曲朝也。"那么,东方朔所了解的屈原之死,是否与"白起破郢"有关呢?也不。《七谏·初放》提到屈原之所以心怀死志,是由于——

> 巧佞在前兮,贤者灭息。尧舜圣已没兮,孰为忠直?……往者不可及兮,来者不可待。悠悠苍天兮,莫我振理。窃怨君之不寤兮,吾独死而后已。

至于屈原最后的怀石自沉,《沈江篇》亦有交代:"愿悉心之所闻兮,遭值君之不聪。不开寤而难道(导)兮,不别横之与纵。听奸臣之浮说兮,绝国家之久长。灭规矩而不用兮,背绳墨之正方。离忧患而乃寤兮,若纵火于秋蓬。业失之而不救兮,尚何论乎祸凶?彼离畔而朋党兮,独行之士其何望?"正因为如此,诗人才"怀沙砾而自沈兮,不忍见君之壅蔽"。有些论者引述"业失之而不救"之句,证明屈原之死当在"白起破郢"之后,这显然是误解了上引诗句的含义。上引数句在"离忧患而乃寤"以前,说的是屈原沉江前的现实:奸臣横肆,君王"不聪",故国家之前途已为之断绝;此句之后则是代屈原预料未来之事,即到了遭遇国难再醒悟,就来不及了——它正如"纵火于秋蓬",已无可挽救。可知东方朔所了解的屈原之死,正是在"白起破郢"这样的大灾难发生之前,楚之君王依然昏乱"壅蔽"而未寤之际。眼看着满朝谗臣"离畔而朋党",诗人这样的"独行之士"已陷入绝望之中,他不忍见到"纵火于秋蓬"的大难降临,才满怀怨愤怀石沉江的。所谓"白起破郢"、屈原"殉难"的推断,在东方朔《七谏》中,也只有否定的证明。

在司马迁以后提到屈原沉江的事迹的,西汉有桓宽、扬雄和刘向等,东汉有班固、王逸、应劭等。他们的记叙也大体相同,这里仅引桓宽、刘向、班固的记载为证。桓宽《盐铁论》记贤良文学与御史大夫桑弘羊的辩论,引文学之语曰:"不反诸己而行非于人,执政之大失也。夫屈原之沉渊,遭子椒之潜也;管子得行其道,鲍叔之力也。今不睹鲍叔之力,而见汨罗之祸,虽欲以寿终,无其能得乎。"盐铁会议召集于昭帝始元六年(前81),其时司马迁之《史记》尚存秘府,世间未曾流传,故各地前来参加会议的贤良文学,未必已看到《屈原列传》。他们所提到的屈原沉渊原因,当另有所本,但它与司马迁所述,并无多大出入。此后,刘向作《新序》,其《节士》篇亦记载了屈原的死因:"屈原疾暗王乱俗,汶汶嘿嘿,以是为非,以清为浊,不忍见于世,将自投于渊,渔父止之。屈原曰:'世皆醉,我独醒;世皆浊,我独清。吾独闻之,新浴者必振衣,新沐者必弹冠,又恶能以其泠泠,更事之嘿嘿者哉?吾宁投渊而死。'遂自投湘水汨罗之中而死。"《节士》篇所叙屈原行状,在有些地方与《史记》略有不同,当亦另有所本。但其记述屈原沉江原因,与司马迁所说却是一致的——也与"白起破郢"无关。

在东汉的学者中,班固素以治史谨严闻名后世。他所记载的屈原之死,又是怎样的呢?《汉书·地理志》述及吴中治楚辞者时说:"始楚贤臣屈原被谗放流,作《离骚》诸赋以自伤悼。"贾谊《吊屈原赋》亦云:"屈原,楚贤臣也。被谗放逐,作《离骚》赋,其终篇曰:已矣哉!国无人兮,莫我知也。遂自投汨罗而死。谊追伤之,因以自喻。"都强调了屈原的作诗、投江与"被谗放逐"有关。班固对屈原死

因说得最明白的,要数其《离骚赞序》:

> 至于襄王,复用谗言,逐屈原。在野又作《九章》赋以风谏,卒不见纳。不忍浊世,自投汨罗。原死之后,秦果灭楚。其辞为众贤所悼悲,故传于后。

班固曾指责司马迁《史记》"甚多疏略,或有抵牾",而自称颇重视史料的信实。因此,他对屈原的沉江传说,应该会持慎重态度的。但他也明白无误地指出了,屈原之死在于绝望于世道混浊,多次讽谏楚王而不纳,而不是因为"白起破郢"。

　　以上,我们对汉人有关屈原沉江的记载作了一个大略的考察。它表明:从汉初到东汉,凡是提及屈原事迹的大学问家,无不确认屈原之死是由于"被谗放逐"、对楚王朝的黑暗朝政失去希望所致。这是距屈原生活时代最近、有关屈原传说正开始流行时期的人们,对屈原沉江原因所提供的唯一答案。我们可以怀疑《屈原列传》不记屈原之死与"白起破郢"的联系,是出于司马迁的"疏略";可以怀疑王逸《楚辞章句》注《哀郢》而不提"白起破郢"的背景,是出于他的寡闻。但总不能认为,司马迁前后的所有汉代学问家都不了解事情真相,或者都"疏略"了屈原因"白起破郢"而"殉国难"的事实吧!如果屈原真是由于楚都沦陷而殉国难,这一悲壮的事迹难道不会深深震撼洞庭、汨罗一带的楚人之心而在民间广为流传?难道不会经由宋玉、景差、贾谊等骚人辞家之手而著之竹帛?然而事实上却一无此类记载。因此,它只能证明,在历史上,屈原的沉江原本就与"白起破郢"毫无联系。所谓屈原"殉国难"之说,纯粹是两千年后某些治骚者附会《哀郢》而作的想象和虚构!

三、汉人怎样评价屈原的沉江举动

　　如果我们再将考察的角度变换一下,看一看汉人对屈原沉江举动是怎样评价的,可以从另一侧面,帮助我们进一步澄清屈原之死的真相。

　　从现存史料看,凡是熟悉屈原事迹的汉人,大多对这位诗人的人品、遭遇，怀有由衷的敬仰和同情。淮南王刘安的《离骚传》、司马迁的《屈原列传》，更给了屈原的志节以高度的评价。他们一致认为，屈原《离骚》所显示的人品、志气，"濯淖污泥之中，蝉蜕于浊秽，以浮游尘埃之外，不获世之滋垢，皭然泥而不滓者也。推此志也，虽与日月争光可也"！在历史上能够得到如此高度评价的人物，实在是为数不多的。但有一点人们也许没有注意到：给屈原以高度评价的司马迁，恰恰没有把屈原的沉江，看作为国难而殉死的大节来赞扬。如果屈原事实上是殉了国难，从司马迁《史记》曾热情表彰蔺相如"引璧睨柱"，"及叱秦王左右，势不过诛，然士或怯懦而不敢发，相如一奋其气，威信敌国"的凛凛气节及表彰过栾布抚哭故主彭越之尸，"趣汤如归"、"不自重其死"的烈士之风看，他无疑会在评论屈原时，突出地表彰这位诗人为国死难的壮节的。然而，正如司马迁记叙屈原生平并无一语涉及他的"殉国"一样，他对屈原精神的评价，所看重的也恰恰是"死而不容自疏"的恋国之情和"皭然泥而不滓"的清白操守，并无一语论及他为国殉难的表现。这不是很可以发人深省的吗？

我们再看看贾谊。这位与屈原有着相似遭遇的政治改革家，对屈原的钦敬和同情，可以说是浸透了《吊屈原赋》全文。但令人惊异的是，他对屈原的评价，恰恰又在沉江之举上感慨深沉："已矣！国其莫吾知兮，子独壹郁其谁语？凤缥缥其高逝兮，夫固自引而远去。袭九渊之神龙兮，沕深潜以自珍……横江湖之鳣鲸兮，固将制于蝼蚁！"这无疑是惋惜于屈原不能像凤鸟、神龙那样远身避害，徒然像鳣鲸横江，受制于蝼蚁之欺。正因为如此，贾谊甚至惊讶，屈原为什么不"历九州而相其君"，反而要苦苦地"怀此都"也？所以贾谊以为，屈原的离尤，实在是由他自己造成的："般纷纷其离此尤兮，亦夫子之故也。"

贾谊对屈原沉江的评价，自然不是指责，而是透露着深深的惋惜和不平。不过有一点是清楚的：他实际上并不赞成屈原沉江自尽的方式。这一评价，当然是以他对屈原死因的充分了解为依据的。如果屈原之死，是为了不做秦国之俘虏，激于楚都之破灭而殉难，那么深受儒家"杀身成仁"、"舍生取义"古训陶冶的贾谊，当会以赞许的庄重口吻予以肯定，而不会有此充满惋惜的诘问之辞了。

在汉代，一反刘安、司马迁的高度赞扬，而对屈原颇有微词，甚至作出否定判决的，是扬雄和班固。扬雄对于屈原的为人既寄予同情，又颇有批评。其《法言·吾子篇》云：

> 或问："屈原智乎？"曰"如玉如莹，爰变丹青。如其智！如其智！"

这段评论究竟是肯定屈原，还是批评屈原？前人颇有争议。晋人李轨《法言注》释为："夫智者达天命，审行废，如玉如莹，磨而不磷。今屈原放逐，感激爰变，虽有文采，丹青之伦尔。"显然是把扬雄之语作批评屈原理解的。清人汪荣宝则以为："以玉喻德，而智在其中，昭质无亏，以成文采，智孰有过于此者？此子云深致赞美之义也。"（《法言义疏》）解释恰好相反，实在令人无所适从。好在扬雄对屈原的评价，不只见于《法言》，他在蜀中时还有《反离骚》传世。《反离骚》对屈原颇有批评，则是人所共知的：

> 灵修既信椒兰之唼佞兮，吾累忽焉而不蚤睹？
> 驰江潭之泛滥兮，将折衷乎重华。舒中情之烦惑兮，恐重华之不累与！
> 知众嫭之嫉妒兮，何必飏累之蛾眉？

这些诗句，都隐含了扬雄对屈原不能审时度势、预见祸难的委婉批评。这一批评更突出地集中在屈原的沉江举动上："违灵氛而不从兮，反湛身于江皋！""夫圣哲之不遭兮，固时命之所有。""昔仲尼之去鲁兮，斐斐迟迟而周迈。终回复于旧都兮，何必湘渊与涛濑！溷渔父之餔歠兮，洁沐浴之振衣，弃由、聃之所珍兮，蹠彭咸之所遗！"对屈原的沉江，表述了相当的不满。

扬雄在历史上也是一位颇有争议的人物。特别对于他的屈仕王莽新朝，时人更有"失节"之讥。即便如此，扬雄毕竟还是明白是非的人。他早年"不汲汲于富贵，不戚戚于贫贱"，"自有大度，非圣哲之书不好"；晚年也"好古乐道"，安于"寂寞"。当王莽诛甄丰父子，连及扬雄时，他也未临危乞怜，而是愤然"投阁"，差点死去。他晚节纵然不终,但也不至于公然指斥前贤的守节"殉国"之义。因此,他在《反离骚》中非难屈原的沉江举动,也从反面证明了屈原的自杀并非是"殉国难"。

如果说,扬雄的责难还是出于"责之深,岂非爱之切"①的深切同情的话,则班固《离骚序》对屈原的指责,几乎近于严厉的否定了。耐人寻味的是,班固的否定意见,也集中在屈原自沉汨罗这一点上:

> 今若屈原,露才扬己,竞乎危国群小之间,以离残贼。然责数怀王,怨恶椒、兰,愁神苦思,强非其人;忿怼不容,沈江而死,亦贬絜狂狷景行之士。……

班固对于屈原,正如他对于司马迁的评价一样,显然带着正统儒者的偏见和敌意。因此,这一批评激起后世许多志士仁人的愤慨和反讥,也是可以理解的。这我们且不论。引起我们兴趣的,主要是班固借以批评的依据。按照郭沫若、游国恩诸家的说法,屈原的自杀,"事实上是殉国难"。如果班固了解的真相确实如此,那就非常奇怪了:我们知道,班固的思想尽管比较保守,但对于忠君爱国的志士,他毕竟还是钦佩的。在《汉书·苏武传》中,他不正充满敬意地褒扬了这位宁死不降匈奴,"杖汉节牧羊,卧起操持,节旄尽脱"而十九年不易其节的伟大爱国之士的吗?人们怎么可以设想,对于屈原"殉国难"而沉江的壮烈之举,他竟会如此贬斥!只有当屈原之死与"殉国难"并无联系,他的自杀表现了对于谗臣构陷、壅君弃逐的极大"忿怼"和抗争之情时,才会触痛班固的正统思想,而受到这样严刻的指责。这难道还有怀疑吗?

以上考察的是汉人对屈原之死的不同评价。评价尽管不同,有一点却是共同的:即汉人对屈原的沉江自杀,其实都不太理解。激烈的批评者如班固之流,固不必说;就是对屈原沉渊"未尝不垂涕想见其为人"的司马迁,在《屈原列传》的论赞中,也还是发出"屈原以彼其材,游诸侯,何国不容,而自令若是"的疑问和叹息。这些不同的评价和共同的不理解,正是从另一侧面,为后世的人们提供了屈原之

---

① 卫仲璠:《〈扬子法言〉论屈原章析义》,《安徽师大学报》(哲学社会科学版)1985年第2期。

死的真相:他的死,与"白起破郢"并无关系。因此,所谓的"殉国难"说,不仅不符合汉人对于屈原之死的记载,也不符合汉人对屈原沉江举动的评价。

四、澄清真相无损于屈原爱国思想的光辉

人们常常把屈原因"白起破郢"而"殉国难",视为这位诗人爱国精神的集中体现。当章培恒先生和本人的辨析文章相继发表,证明屈原沉江与"白起破郢"没有关系以后,有些研究者在充分肯定这两篇文章"论据比较充分"、"亦较入情入理"的同时,又不无担心地指出:"否定了屈原的'殉国难'说","对于屈原之死的社会意义,他的爱国主义精神的具体内容都要重新评价。十分明显,屈原卒年的考定,直接关系到评价屈原的根本问题,论者不可不慎"①。

这一担心其实是不必要的。屈原沉江真相的澄清,丝毫无损于这位伟大爱国者的光辉。因为,屈原的爱国精神,并不只是体现在他那自沉汨罗的悲壮举动上,而是贯彻于他为楚国的振兴、富强而奋斗的坎坷一生中,也熔铸在他早、中、晚期的一系列诗作中。

早在屈原遭谗被疏之初,诗人的爱国激情,在自励之作《橘颂》中,就有了热烈动人的喷发:"后皇嘉树,橘徕服兮。受命不迁,生南国兮。深固难徙,更壹志兮……"这当然不仅是对橘树习性的赞美,更是诗人对自己的激励。他要为生养自己的祖国贡献一生,在任何情况下也决不迁徙异邦。屈原热爱祖国,有着远大而美好的理想追求,那就是"奉先功以照下""国富强而法立"(《惜往日》),引导楚王"及前王之踵武",实现由楚国统一天下的目标。诗人在《离骚》中,回顾青年时代的壮志时,不就发出过"乘骐骥以驰骋兮,来吾道夫先路"的热情高唱?他因此鄙弃私利的追逐,不倦修治耿介的品性,同时为国家精心培育"众芳"(贤材)。当祖国遭受敌寇侵犯时,诗人所愿效法的,就是那些在"敌若云"和"矢交坠"中争先杀敌的将士。在屈原看来,能够为了自己的祖国杀敌捐躯,即使"首身离"也"心不惩",就是死了也是鬼中之雄杰(《国殇》)。当党人群小朋比为奸、误

① 赵沛霖:《近年来屈原生平研究述评》,《锦州师院学报》(哲学社会科学版)1984年第4期。

国害民时，诗人则"览民尤以自镇"，挺身而出与之抗争，向君王强谏，毫不顾及自身的"招祸"(《惜诵》《抽思》)。他因此遭到谗臣的构陷、楚王的"弃逐"。在这样的时刻，他心中系挂的依然不是个人的祸患，而是"恐皇舆之败绩"，并高声宣布："虽体解吾犹未变兮，岂余心之可惩。"(《离骚》)诗人被迁江南之际，正是怀王客死于秦，楚国人心浮动、政局不稳之时，屈原在《哀郢》中描述自己"出国门而轸怀""去故乡而就远"，真正是一步一回首，步步恋国情，痛切地喊出了"曾不知夏之为丘兮，孰两东门之可芜"的凄怆之音。像屈原这样"明于治乱"、富有才干的政治家，倘要离国出走，谋求个人的仕进，在其他国家何愁不得卿相之位？而在楚国，却是"黄钟毁弃，瓦釜雷鸣。谗人高张，贤士无名"(《卜居》)，实现"美政"的理想早已化为泡影。但诗人于身心交瘁之际，在"九年不复"的漫长放逐生涯之中，时刻怀念的仍是祖国象征的郢都。他蘸着血泪写下了"鸟飞反故乡兮，狐死必首丘！信非吾罪而弃逐兮，何日夜而忘之"的凄楚苍凉之句，表达了对于故都生死难舍的思情。就是在迷狂、惑乱的幻觉之中，在云空疾驰的"神游"之际，诗人也不容许自己远离故都、"旧乡"，一旦在"升皇赫戏"中临睨"旧乡"，便"仆夫悲余马怀兮，蜷局顾而不行"。所有这些，难道还不足以体现这位伟大诗人的深沉如海的爱国情感么？

至于屈原最终的自沉汨罗，虽然不是因为"白起破郢"而"殉国难"，但他是愤激于壅君佞臣的不识忠良、祸害国家，不忍心看到自己热爱的祖国将再次遭遇比怀王失国还要危险的祸难，才愤然投江的。这样的死，当然不是怯懦或逃避对祖国的责任。他是在万不得已的情况下，拼将一死，以期用"忿怼沉江"的激烈举动，震醒壅君的昏愦，震撼人心离散的楚人，同时表达对于党人群小误国殃民、迫害忠良的抗议。这样的死，尽管不是由于"白起破郢"的"国难"所促成，却同样是出于对楚国前途和命运的关注和担忧，出于对宗土、百姓的热爱(当然也包含了理想破灭后的"绝望"。在这一点上，我们也不必为贤者讳)。这一切，在《怀沙》《惜往日》中都有明确的表述。也就是说，在屈原的晚年，他对祖国前途的关切之情、对党人误国的愤慨之情、对自己决不改变志节的决绝之情并未衰颓，相反更加强烈。他所害怕的，不是个人的遭祸；他所期望的，也不仅仅是个人的

"叶落归根"、终老牖下,而依然是对祖国未卜前途的担忧。但他已失去了可以同壅君、佞臣斗争的一切手段,相反(按民间传说),在他沉江前夕可能又遭到了君王的进一步"逼逐"(《屈原外传》),因此他采取了唯一可以表示自己抗议的方式,即投江自尽。这样看来,他的死同样有着深刻的社会意义,同样是他爱国情感的强烈迸发和升华。正因为如此,刘安、司马迁明明了解屈原的沉江与"白起破郢"无关,仍然称道他"其行廉,故死而不容自疏"的志节,并誉之为"与日月争光可也"。正因为如此,在汉至明清的两千年间,屈原虽未被虚构为"殉国难"者,但屈原精神仍以不可抗拒之力,影响了千千万万志士仁人,影响了整个中华民族。

[原载《安徽师大学报》(哲学社会科学版)1989年第3期,辑入本集有改动]

关于《离骚》的创作年代问题

《离骚》是爱国诗人屈原的一篇划时代作品。它在七国争雄的广阔背景上，展示了诗人为坚持"美政"理想而不屈不挠斗争的大半生经历，再现了他那热爱祖国、同情人民、"阽余身而危死兮，览余初其犹未悔"的伟大献身精神和峻洁人格。南朝文艺理论家刘勰《文心雕龙·辨骚》说："不有屈原，岂见《离骚》。"从上述意义说，我们无妨再可加上一句："不有《离骚》，岂识屈原。"对于时隔千百年的后世来说，对于那些大多不很熟悉屈原生平事迹的人们来说，屈原的伟大精神和光辉品格，不正是通过读他的一系列诗作，特别是《离骚》，而得到真切的认识和了解的么？司马迁说："余读《离骚》、《天问》、《招魂》、《哀郢》，悲其志""观屈原所自沈渊，未尚不流涕想见其为人"。他的话，说出了多少人诵读《离骚》而"想见其为人"的共同体验呵！

一、对《离骚》写作时期的极其矛盾的说法

可惜的是，对于这样一首重要诗作的产生年代，无论是司马迁、班固，还是刘向、王逸，均未有明确的记载；或者说，他们均作出了极其矛盾的回答，因此给后世的研究者带来了许多争议。

司马迁在屈原本传中，把《离骚》之作记叙在屈原被疏以后、张仪之楚诈怀王以前，给人们造成了《离骚》作于屈原被疏时期的印象。可是，在《太史公自序》及《报任安书》中，同一个司马迁又一再指出："屈原放逐，著《离骚》""屈原放逐，乃赋《离骚》"。这就与本传的记载发生了矛盾。

刘向也曾多次提到《离骚》。其《新序·节士篇》曰："屈原为楚东使于齐，以结强党。秦国患之，使张仪之楚……共谮屈原。屈原遂放于外，乃作《离骚》。"按刘向所述，此时正当怀王十六年。但在他

的《九叹》中,却又说:"违郢都之旧闾兮,回沅湘而远迁……兴《离骚》之微文兮,冀灵修之壹悟。"似乎又认为,《离骚》之兴,是在诗人远迁江南的顷襄王时期了。

班固的说法也很矛盾。在《离骚赞序》中,他采用了司马迁屈原本传的说法,把《离骚》定为屈原"见疏"以后的作品;而在《汉书》的《贾谊传》和《地理志》中,他又两次指明,屈原"被谗放逐,作《离骚》"①。

王逸的回答是否要确定一些呢? 也不。他甚至在同一篇《离骚》章句中,就作出了三种绝然不同的说明:他在《序》中说,此诗作于屈原"被疏"以后,但在解释《离骚》题意时,又称此诗"言己放逐离别,中心愁思"云云,突然与"放逐"联系了起来。到了注释"余既滋兰之九畹兮"二句时,则说"言己虽见放流,犹种莳众香,修行仁义,勤身自勉,朝暮不倦也",把《离骚》视为怀王"放流"屈原以后的作品。最后,在"世溷浊而嫉贤兮"二句注文中,却又说"再言'世溷浊'者,怀、襄二世不明,故群下好蔽忠正之士,而举邪恶之人"——《离骚》之作又跨入了顷襄王再迁屈原时期了。这样变幻不定的说法,岂不教人瞠目?

有些屈赋研究者断言:从"宏观"上考察汉人关于《离骚》作期的说法,均在怀王之世,决无作于顷襄王时期之说。上面所引材料足以证明:这种断言在"宏观"上其实是毫无根据的。

二、《离骚》决非作于屈原"被疏"时期

宋以后、清以前的屈赋研究者,大多认为《离骚》作于屈原"被疏"时期。这种看法对吗? 我认为不对。证据无须外求,只要看一看《离骚》本诗内容,即可得到证明。

《离骚》云:"余既不难夫离别兮,伤灵修之数化。"许多研究者断言,《离骚》"一句也没有提到'放逐'的事"。其实,这两句就是屈原提到"放逐"的明证。王逸曰:"离,别也;骚,愁也。""言己放逐离别,

---

① 《汉书·贾谊传》说:"屈原,楚贤臣也。被谗放逐,作《离骚》。其终篇曰:已矣! 国亡人莫我知也。遂自投江而死。"可见班固所称正是《离骚》,而不是泛称为《离骚》的《九章》。班固此一记述,甚至把《离骚》视为诗人的绝命诗了。

中心愁思,犹依道径,以风谏君也。"联系到下文所说"余虽好修姱以
鞿羁兮,謇朝谇而夕替"可知:这里所说的"离别",正与《惜诵》中的
"终危独而离异"、《抽思》中的"眇独处此异域"一样,指的均是屈原
被楚王的废黜、窜逐,而不仅仅是"被疏"。据此两句还可知道,屈原
这次与"灵修"的离别,是在楚王数次反复、变化国策以后,由于屈原
的犯颜直谏(謇朝谇)所招致的。这几句所回忆的放逐起因,与《天
问》所透露的,屈原曾经严厉警告楚怀王享国不会长久("吾告堵敖
以不长"所喻)的情况,互为印证,证明了我在有关文章中所说"屈原
是因强谏怀王武关之会而被放流"的结论。与此同时,它们又成为
《离骚》作于"被疏"时期见解的强有力的反驳证据:屈原"被疏",据
本传记载是由于上官大夫的"夺稿"和进谗。当时怀王的施政国策
尚未"数化",对屈原也并无犯颜直谏的记载,又何得称为"朝谇夕
替"? 又何得称为"伤灵修之数化"? 而且遭谗被疏,尚留朝中,难道
能用"离别"相称? 但当经过了怀王十六年的绝齐合秦,二十四年的
"迎妇于秦",三十年的不听忠谏而入秦被拘和最终丧身,诗人因此
痛切地责数怀王的"数化",并为之泣血伤心,在回顾自己大半生坎
坷经历时,犹念念不忘于这一点,就是在情理中的事了。

　　《离骚》又云:"老冉冉其将至兮,恐修名之不立。"近人郭沫若、
陈子展先生均正确地指出,屈原既称"老"之"将至",可知其写作《离
骚》,必在"将老未老"的五十岁上下。而屈原的整个被疏时期,据考
察,是在怀王十六年至三十年之间,行年方在二十七八至四十二三岁
之间。其时正值壮盛之年,怎可遽称为"老"? 有人说:"魏文帝行年
四十不到,便在《与吴质书》中自称'已成老翁,但未白头耳'。屈原
于三四十岁之际称'老'之将至,为何不可?"我认为,曹丕自称"老
翁",只是一种因岁月流逝、身心衰弱而生出的未老先衰之感慨而
已。试看他前面自称"行年已长大",下文又称"少壮真当努力",中
间又称"但未白头",曹丕何尝真以自己为"老"哉! 而屈原之称
"老"却不同此例。他在《离骚》中说"将至",《涉江》中又称"既老",
说明屈原所说之"老",乃为老年之期的确指,并不含有"未老先衰"
之意。"未老先衰"是指体质、精神上已经出现的衰老状态,用"将
至"加以描述,岂不可笑! 明白乎此,《离骚》必不作于屈原被疏的壮
年时期,还不清楚吗?

《离骚》又云:"余以兰为可恃兮,羌无实而容长。""兰芷变而不芳兮,荃蕙化而为茅。"王逸注此句时,把"兰"释为子兰之暗喻。有些研究者如朱熹等,就斥之为附会不经、"流误千载"①。殊不知这一解释,早在西汉时期即已存在。与司马迁同代的东方朔《七谏》,已提到"惟椒、兰之不反兮,魂迷惑而不知路";司马迁之后的扬雄,早在蜀中,尚未有机会看到《史记·屈原列传》的时候,也已在《反离骚》中明确指出:"灵修既信椒、兰之唼佞兮,吾累忽焉而不蚤睹?"可见《离骚》之传世,其"椒"、"兰"暗喻子椒、子兰之意,本是古义;对于了解屈原身世的人,均早已洞若观火,哪能说是东汉王逸的附会?所以连比较谨严的史家班固,也因为《离骚》"责数怀王,怨恶椒、兰",而指斥屈原。因此,把上引诗句中的"兰"理解为暗喻子兰,是没有错的。这一点确定以后,我们就可据此判断《离骚》的写作时期了。子兰丑恶面目的暴露,是在怀王赴会武关前夕;而在怀王被拘、顷襄王继位、子兰当上令尹以后,更有对屈原的进谗和进一步迫害。在当令尹以前,司马迁只称其为"怀王稚子子兰",而未著其官职,可知他尚未当政。因此,屈原的"怨恶"子兰,称其为"变而不芳",必在怀王三十年以后。这又证明了,《离骚》之作,决不能在子兰尚未当政的屈原早年"初疏"时期。

三、《离骚》的写作地点在江南

上面已经谈到,《离骚》反映了屈原已被"放逐"的身份。但屈原的放逐有汉北和江南两次,《离骚》是否作于放逐汉北时期呢?我以为也不是,其证据依然在《离骚》本身。

《离骚》在假托女嬃对诗人进行一番规劝之后,有以下几句诗:"依前圣以节中兮,喟凭心而历兹。济沅湘以南征兮,就重华而陈词。"这当然只是屈原在痛苦无诉之时的一种浪漫主义想象。在这里,重要的不在于因为重华(舜)葬于九疑山,所以诗人需要出发"南征",而在于诗人借以展开浪漫主义想象翅膀的起飞点。人对自身的"行程"想象,即使再"浪漫",也往往是以自身当时居住的地方作

---

① 见朱熹《楚辞集注·楚辞辩证》。汪瑗《草庭记》、王夫之《楚辞通释》亦有类似见解。近人钱锺书《管锥编》第二册对汪说曾有批驳。

为起点的。例如李白的《梦游天姥吟留别》,以梦记游,充满了浪漫主义奇思。但因为身在"东鲁",其叙梦游行程便是:"我欲因之梦吴越,一夜飞渡镜湖月",取的是由鲁历吴而入越的路线。倘若他是在"交趾",梦游天姥,就不会取这样的路线了。杜甫《闻官军收河南河北》,惊喜之际,想象自己"青春作伴好还乡"的行程,亦富浪漫主义奇趣,其至被誉为"生平第一首快诗"。但因为他当时身在梓州(四川三台),故其想象中的"还乡"行程便是:"即从巴峡穿巫峡,便下襄阳向洛阳。"倘若他是在扬州,想象中的还乡路线,就不会是这样的了。这都说明,人们即使在抒情想象之中,也往往会在不自觉中受现实境遇的支配,这是一种非常值得注意的心理现象。回头再看屈原想象中的"南征"路线,我们便可知道:诗人展开他那"南征"想象翅膀的起飞点,也应该正是写作《离骚》时的居处之地。这个地方是在哪里?上引诗句证明,它并不在汉北,而恰恰是在大江之南的沅湘一带。正因为如此,当他想象自己去向重华陈词时,只要"济沅湘以南征"即可。倘若他是在汉北或郢都,其想象便应是"济大江以南征"了。

在《离骚》的第三大段中,诗人想象自己上下求索、四处碰壁以后,又返回到现实中来。这个现实的地点又在哪里呢?诗中写道:"巫咸将夕降兮,怀椒糈而要之。百神翳其备降兮,九疑缤其并迎。"蒋骥注曰:"九疑居楚南,若地主然。故山神迎众神并降以告原也。"占卜、降神,这同样是诗人的一种想象,但它总有一个现实的基点。这个想象基点在汉北或郢都吗?不是。它明明是在"南楚"沅湘之间,这也正是诗人当时居处的地方。如果诗人是在汉北,那么,经过了浪漫主义神游以后,他所返回之地也应在汉北。他要占卜、降神,正应以汉北山神为"地主",全不必揽入楚南的"九疑"山神。况且,巫咸大神也非南楚所专有。当年蓝田大战前夕,秦国就曾在自己的国土上求告过它。屈原欲邀巫咸之神,在汉北有何不可?岂必涉想远在江南的"九疑"之神?

这正是《离骚》作于江南的又一证明。此外,还有一个重要证据,那就是《离骚》所用南楚方言,从中亦可探明它的写作地点。《离骚》云:"谣诼谓余以善淫。"扬雄《方言》曰:"诼,愬也。楚以南谓之诼。"《离骚》云:"夕揽洲之宿莽。"《方言》曰:"㞟、莽,草也……南楚曰莽。"《离骚》云:"曾歔欷余郁邑兮……"《方言》曰:"曾、訾,何也。湘潭之原、荆之南鄙谓'何'为'曾'。"这些"南楚""湘潭"土语,倘不是身临其境、日久熟习,是不易掌握的,更不要说极其自然地形诸于笔墨了。《离骚》使用了"南楚""湘潭"一带的土语,正是它作于诗人放逐沅湘之间以后的铁证。

四、《离骚》之作不能晚于顷襄王十四年

为了证明这一点,我们需要深入考察一下《离骚》"老冉冉其将至兮",以及《涉江》"年既老而不衰"中"老"字的确切含义。对于这个"老"字,前人有过许多解释。有人引证《礼记·曲礼》所说"七十曰老",推算屈原起码活了七十多岁①。但按屈原生年推算,屈原进入七十之年,已是前 270 年,下距贾谊作《吊屈原赋》只有 94 年,与司马迁所说"百有余年"不合。因此,"七十曰老"的说法,与屈原心目中的"老"年之期不符。邢昺《论语注疏》说"老谓五十以上";皇甫谧则说"六十以上谓之老"。这些推断大体是正确的,可惜未提供证据。这里,我想依据前些年出土的文物,参照汉初制度,提供另一个关于"老"的似乎较为确切的解释。

在湖北云梦睡虎地十一号墓出土的竹简《秦律》中,有这样一段律令说到了"老"字:

> 匿敖男,及占癃不审,典、老赎耐,百姓不当老,至老时不用请,敢为酢(诈)伪者,赀二甲;典、老弗告,赀各一甲……傅律。

黄盛璋先生对这段律令作了如下说明:"根据秦律,秦傅籍制度可知有以下几点:(1)百姓到成年,要登记名籍,叫做傅或傅籍,年达五十六岁,叫做'老',也要呈报,并不准作伪欺诈,否则受罚……"②何以

---

① 见王夫之《楚辞通释》、刘梦鹏《屈子纪略》。但另有一些研究者,则引东方朔《七谏》"终不变而死节兮,惜年齿之未央""哀独苦死之无乐兮,惜予年之未央",证明屈原沉江之时,未至五六十岁,或仅四十多岁(见林庚《诗人屈原及其作品研究》)。其实,"未央"乃未尽天年之谓也,并不能证明屈原"死年尚少"。何况,《七谏》还有"年既已过太半兮""岁忽忽其若颓""寿冉冉而愈衰"等句。王逸分别注曰:"言己年已过五十""年且老也""自伤不遇、年衰老也"。可证"未央"非言年未老之意。

② 黄盛璋:《云梦秦简〈编年纪〉初步研究》,《考古学报》1977 年第 1 期。

知道《秦律》所说之"老"是"五十六岁"呢？有卫宏《汉旧仪》为证：
"秦制二十爵，男子赐爵一级以上，有罪以减，年五十六免。无爵为
士伍，年六十乃免老"。又《汉书·高帝纪》二年五月引如淳注曰：
"《汉仪注》云：民年二十三为正，一岁为卫士，一岁为材官骑士；习射
御、骑驰、战陈。又曰：年五十六衰老，乃得免为庶民，就田里。"同书
四年八月，如淳注又引《汉旧仪》注曰："民年十五以上至五十六，出
赋钱，人百二十为一算，为治库兵车马。"这都告诉我们，不仅秦代，
而且汉初，百姓至五十六岁，方可称为"老"年，可以免去兵赋和戍
役。《秦律》出于秦昭王时代，正是屈原生活的中、晚年。秦作如此
规定，楚在通常情况下当也不会例外。这个"老"年的规定，关系到
千家万户、地方典、老，违反了就要受法律制裁，因而是社会公认、人
人牢记不忘的。屈原虽遭放逐，原是有爵的贵族，他在《离骚》及《涉
江》中一再提到的"老"年之期，也当以五十六岁为始无疑。

屈原进入五十六岁老年，当在顷襄王十四年间，而《离骚》既说
"老冉冉其将至"，则屈原创作《离骚》之时，与五十六岁必还相差数
年，因此必在顷襄王十四年前。

五、《离骚》当作于顷襄王八、九年间

现在再看《离骚》写作年代的前限。据我的考证，屈原的再迁江
南，是在顷襄王四年仲春。但《离骚》之作，应该还在顷襄王七年以
后。为什么这样说呢？因为，屈原再迁之时，顷襄王继位还不久。秦
楚关系由于怀王的客死而急剧恶化，关东诸侯"不直秦"，纷纷转而
与楚合纵，整个局势对楚尚还有利。顷襄王本人，虽然听信谗言，放
逐了屈原，但政治上的昏庸面目，毕竟还刚刚显露，屈原对他也还多
少抱有一些希望。屈原赴江南途中所作的《思美人》，一再想要"寄
言于浮云"，"因归鸟而致辞"，就是证明①。顷襄王六年，秦昭王约与
楚决战，顷襄王吓得魂飞魄散，赶忙屈膝求和，"谋与秦平"。七年，
楚"迎妇于秦"，终于与敌国结亲交欢。楚之政局的这一变化，使顷

---

① 《思美人》有"开春发岁"之语，而春来鸟飞"归"北。屈原欲因"归鸟"而向郢都的楚王"致辞"，
可知他作此诗时，身在郢都以南。故判定《思美人》当作于屈原迁赴江南之时。诗中又有"观南人之变
态"(奇风异俗)之句，也是证明。

襄王的昏庸、懦弱面目彻底暴露,屈原思想上开始经历一种前所未有的破灭之感。他因此痛定思痛,全面回顾大半生为"美政"理想奋斗的坎坷历程,追述与怀王共事,乃至遭谗被疏和放逐的往事,以及遭到顷襄王再迁以后彷徨无主、希望破灭的情况,终于愤懑地表述了与楚王分手、愿为"美政"理想殉身的决心。《离骚》之作于顷襄王七年以后,原因盖出于此①。

《离骚》又有"兰芷变而不芳兮,荃蕙化而为茅。何昔日之芳草兮,今直为此萧艾也"之句。前面已经指明,诗中的"兰、椒"之喻,实即包含了对令尹子兰的斥责。从这些内容,我们又可推知,屈原写作《离骚》之日,不可能在子兰失势以后,而只能在子兰还执掌着令尹大权、正还嚣张跋扈之时。我在分析《哀郢》之作与"白起破郢"无关时,曾引证《战国纵横家书》有关史实证明,顷襄王十年至十三年,齐相韩夤受命赴楚为相。因此,子兰担任楚相(令尹),只能是在顷襄王十年以前。《离骚》既然以那样愤激的语气斥责子兰的变节和误国,并以"今直为此萧艾"相比拟,它的写作年代,当然不会在子兰去职失势的顷襄王十年以后,而只能在十年以前、顷襄王七年"迎妇于秦"以后的八九年间了。

顷襄王八九年间,屈原行年正当五十岁上下,与五十六岁的老年之期,已逐渐临近。从《离骚》可以知道,屈原在极度痛苦之时,也曾产生过去国"远逝"以"求女"的念头(当然,对楚国的深深热爱,使他最终否定了这一想法)。作为力主联齐抗秦的屈原,当时可能投奔的去向,正是齐国。但顷襄王十年前数年,齐任用亲秦派韩夤为相,屈原即使想去,恐怕也不受欢迎。可见屈原在诗中诉说"欲远集而无所止兮",也并非是过甚其词——他确实是走投无路了。所能抉择的,就只有在万不得已之时,投江自沉,"从彭咸之所居"了。

[原以《〈离骚〉作于顷襄八、九年考》为题载于《复旦学报》(社会科学版)1982年第1期,辑入本集有改动]

---

① 《离骚》后半部分的"求女",即以浪漫主义的扑朔迷离之词,表现诗人在顷襄王朝追寻与楚王遇合之路的失败。其中的"宓妃",即暗喻顷襄王。诗中写到宓妃的"纬繣难迁",终于"归次"于西方的"穷石"、"濯发"于日落之山的"洧盘",实暗指顷襄王的西"迎妇于秦"的政治变化。可参阅潘啸龙《论〈离骚〉的男女君臣之喻》及《〈离骚〉疑义略说》等文。

《离骚》"结构"研究论略

在《离骚》的艺术研究中,"结构"研究占着引人注目的地位。之所以如此,大抵与"结构"在文学艺术作品中的重要地位有关。

德国学者恩斯特·卡西尔在《人论》中指出,文学艺术的创造,并不是一种"非自愿的本能的反应",而是一种"有目的性的""构形"过程。所以,"在每一种言语行为和每一种艺术创造中我们都能发现一个明确的目的论结构"①。按照美国学者韦勒克的看法,文学艺术作品的"本质"和"存在方式",正在于它的"结构":"一件艺术品如果保存下来,从它诞生的时刻起就获得了某种基本的本质结构","这种结构的本质经历许多世纪仍旧不变";而且它也是人们讨论作品"价值"的基础,"因为价值是附着在结构之上的","能够认识某种结构为'艺术品',就意味着对价值的一种判断"②。法国"发生学结构主义"学者卢西恩·戈德曼亦指出,"伟大的文学、艺术或哲学的作品,都极可能构成凝炼而有意味的结构","文艺作品的魅力在于它是一种有凝聚力的内在结构"③。这与德国"完形"心理学家K.考夫卡在《艺术与要求性》中所提出的"艺术品是作为一种结构感染人们的。这意味着它不是各组成部分的简单的集合,而是各部分互相依存的整体"④的见解不谋而合。文学作品的"结构"既如上引诸家之说所论,涉及文学创作的"构形"特征以及文学作品的"存在方式"和之所以"感染"人们的表现效果,那么它之所以成为文学研究中引人注目的课题,也就毫不奇怪了。

在缺少文学经验的人们眼中,文学作品的"结构",似乎就是指

---

① 恩斯特·卡西尔:《人论》,甘阳译,上海译文出版社1985年版,第181页。
② 韦勒克、沃伦:《文学理论》,刘象愚等译,生活·读书·新知三联书店1984年版,第163—164页。
③ 朱立元主编:《现代西方美学史》,上海文艺出版社1996年版,第782—783页。
④ 朱立元主编:《现代西方美学史》,上海文艺出版社1996年版,第684页。

它在内容层次的安排方式;进行"结构"分析,就在于划分作品的内容段落,揭示各段落间的相互关系。这种看法,无疑是将文学作品的结构研究简单化了。事实上,一部文学作品,乃是一个多层面结构的统一体:它既涉及构成作品的"材料"特征(正如一幢建筑之有"砖木结构"或"钢筋混凝土结构"的区分一样),又涉及作品构成的"外形"特征(亦如一幢建筑有"工字形"结构或"环形"结构之不同一样),还涉及作品构成中的"主结构"、"次结构"、规模、节奏和韵律等。正是文学作品的这种多层面结构特点,为人们对它的结构研究,提供了多方面的考察"视角"和剖析侧重,并且在不同"视角"的观照下,呈现其不同的构成风貌。以为一部作品只有一种结构,揭示了作品的这种结构特点,就完成了对一部作品的结构研究的看法,显然是不全面的。

楚辞学界对屈原抒情长诗《离骚》的结构研究,正突破了旧时代只重段落层次划分的局限,而呈现了多视角考察其构成特征的新生面。下面试就近 60 年来《离骚》结构研究的不同视角及代表性见解,作一简略的评述。

一、文章学的结构分析:"两个主题旋律"说及"一个中心链条"说

在《离骚》的结构研究中,从思想内容上对其作段落层次划分的"文章学"结构分析,依然占着重要地位。但与旧时代的段落层次分析所不同的是,新时期的这种分析,更带有现代学者的系统性思考特征,并且与作品整体表现的"主题",以及不同段落的表现方式结合起来探讨,显示了更深入、更细致的特点。这种结构分析,可以金开诚、戴志钧二位先生的论文为代表。

金开诚先生的论文《〈离骚〉的整体结构和求女、问卜、降神解》[①]认为,"《离骚》在整体上是个'三段,两线,一结'的结构;必须把握这个结构,恰切认明'两线'在'三段'中的具体表现,才能准确了解各个局部之间的联系与区别"。所谓"三段"、"一结",指的是"这篇宏伟的辞作,从内容上看显然应依清人王邦采《离骚汇订》中

① 金开诚:《〈离骚〉的整体结构和求女、问卜、降神解》,《文学遗产》1985 年第 4 期。

所作划分,读为三大段加一个结语:一、开头——'岂余心之可惩';二、'女嬃之婵媛兮'——'余焉能忍与此终古';三、'索藑茅以筳篿兮'——'蜷局顾而不行';最后以'乱辞'作结。上述三大段的内容是层次分明、互不相混的,所以它们又都可以用一句话来概括,即一、写诗人在现实中的斗争与失败;二、写诗人在想象中的追求与幻灭;三、写诗人设想去国而终于不忍离去"。金氏分析《离骚》结构最有特色的,是他的"二线"即"两个'主题旋律'"说。金氏取司马迁、班固关于"离骚者,犹离忧也"、"明己遭忧作辞也"之解,确定《离骚》的创作旨意和主要内容是"遭忧作辞"。而"《离骚》所述之'忧',概括地说就在于不能通过政治变革以实现'美政',所以诗人在篇末结出题旨时明确声称:'既莫足与为美政兮,吾将从彭咸之所居!'但具体说来,这种忧患又可以分析为二。屈原要在当时的楚国实行变革、实现'美政',事实上只有两种手段:一是通过君王(楚怀王)由上而下实行变革(这是主要的),二是集结志同道合的人互相扶持、共张声势。但在《离骚》创作之时,屈原在这两方面所作的努力均已彻底失败,所以他深感得不到君王信任之忧,也深感孤立无援之忧。表现这两种忧患的诗的形象,就像交响乐中的两个'主题旋律'在全篇中反复出现,并在其他内容的陪衬之下多次'变奏',谱成全曲"。金氏还结合《离骚》本文,对其"两个主题旋律"在诗中的展开作了举证。

上引金氏对《离骚》整体结构的分析,没有停留在全诗内容段落划分的浅层次上,而是抓住此诗之"题旨",从诗人"遭忧作辞"的"忧"之内涵作深入剖析,揭示在全篇中"反复出现"的"两个'主题旋律'",从而为把握《离骚》全诗的情感,提供了清晰的贯串脉络。同时,金氏的"两个主题旋律"说,又为后文解决众说纷纭的《离骚》"求女"喻意之争,提供了自己的解释依据:诗中主人公的"上叩天门"及其受阻,既已表现着诗人"得不到君王信任之忧"的主题旋律,则"下求诸女"之内容在金氏看来,当然应是象征诗人"寻求志同道合者"失败的另一主题旋律——"孤立无援之忧",在诗中的凄婉之情振响了。这些论析,都显示了金氏对《离骚》结构的考察,具有整体的视野和系统的思考。不过金氏的"两个主题旋律"说也有缺陷。严格地说,金氏此说并不是从《离骚》本文的实际内容中归纳的,而是从《离骚》题旨的"遭忧作辞"中推断的。因为诗人实现"美政"的手段有"两种",所以诗人"彻底失败"后的"忧"思内涵也只能是"两种",这样的推断其实是有问题的。首先是推断的前提不正确:在屈原时代要实现"美政",事实上只有自上而下依靠国君这唯一"手段",并不存在自下而上"集结同志"、"共张声势"的其他"手段"或途径。其次是推断结果的简单化:屈原经历了两方面的"彻底失败",并非只能产生"两种"忧思——除了"得不到君王信任之忧"和"孤立无援之忧"外,《离骚》中不是还贯串着"岂余身之惮殃兮,恐皇舆之败绩"的深切忧国之思,反复倾诉着"亦余心之所善兮,虽九死其犹未悔"的伏清死直之志,以及被刘安、司马迁赞为"死而不容自疏"的凄怆恋国之情? 这样看来,《离骚》的诗旨既非只有二重,对其结构分析亦不宜只从表现忧患的种数着眼。所以金氏的"两个主题旋律"说,虽然令人耳目一新而且脉络清晰,毕竟仍有千虑一失之憾。

　　戴志钧先生对《离骚》的结构分析,主要体现在与金开诚论辩的《也谈〈离骚〉的整体结构和求女、问卜、降神问题》①,以及《论〈离骚〉的形象体系和抒情层次》②中。戴氏认为,《离骚》的总体结构,可用"一个中心链条"、"两部分"和"三个抒情层次"概括。所谓"一个中心链条",是针对金氏的"两个主题旋律"说提出的不同见解:《离骚》并不存在"两个主题旋律","只有一个艺术形象中心链条,表现一个抒情基调"。"长诗形象中心链条包括四个环节:抒情主人公、楚王、党人、'兰蕙',主要形成三种关系:主人公与楚王;主人公与党人;主人公与'兰蕙'。"其中"最关键的环节则是诗人与楚王的关系"。"一个抒情基调",则指《离骚》全诗所表现的"对'美政'理想不得实现的忧愤基调",但其具体"表现情态"却又是复杂的:"对楚王是'忧'与'怨'","对党人是'忧'与'愤'","对'兰蕙'变质感到'忧'与'哀'"。所谓"两部分",则是针对大多数研究者将《离骚》分为"三大段"提出的不同看法。戴氏认为"在三大段之前,还应有一个'两部分'的层次"。"从开篇至'岂余心之可惩'为前一部分;从'女嬃之婵媛兮'至'蜷局顾而不行'为后一部分('乱曰'一章为全篇结尾,姑属于此)。前一部分主要写抒情主人公现实政治斗争经

　　① 戴志钧:《也谈〈离骚〉的整体结构和求女、问卜、降神问题》,《中州学刊》1987 年第 3 期;载戴志钧:《论骚二集》,黑龙江教育出版社 1990 年版,第 112—125 页。
　　② 戴志钧:《论骚二集》,黑龙江教育出版社 1990 年版,第 91—111 页。

历和不幸遭遇,故以实为主,以虚为辅;后一部分主要是写抒情主人公政治斗争失败后的心灵矛盾,理想追求和幻灭,故以虚为主,以实为辅"。并采用王邦采"后两大段另辟神境"说,以为后一部分"以神话故事化形式来表现,故为'神境'",前一部分则为"人境":"全诗是'人境'与'神境'变幻交织,构成恍惚迷离、光焰夺目的璀璨的艺术世界"。所谓"三个抒情层次",则指"《离骚》通过'三致志'的抒情方式",将诗人的"痛苦忧伤,往复加深,逐步深化加以表达"的过程:"《离骚》三大段,(其划分与王邦采同),恰恰是由实化虚,由浅入深,虚实相生的三个抒情层次"。三个不同的抒情层次,则又有三种不同的"意象体系"所构成:"在第一个结构层次中,以政治意象体系为主,婚姻爱情意象体系次之";"在第二个结构层次中,爱情意象体系跃为主要地位,这种关系以神话传说意象表现出来,寓托政治生活关系";"在第三个结构层次中,神话传说体系跃为主要地位,爱情生活意象、政治生活意象更加恍惚朦胧"。

应该说,戴氏对《离骚》的结构分析,不但涵盖了全诗内容的大层次("三个抒情层次"),而且论及了前、后两部分诗境构成上的不同色彩和虚实变化特点("两部分"),还深入辨析了《离骚》"抒情基调"在三种不同关系中的同中之异,揭示了不同抒情层次中"意象体系"的特征及其主次变化。这样的结构研究,既基于"文章学"的段落层次分析,又超越了文章学的考察视野,而带有了"抒情艺术"考察的独到眼光。较之于金开诚先生的"三大段"、"两个'主题旋律'"的分析,无疑更为精当而深入了。需要指出的是,戴氏的《离骚》结构研究,在早先的《〈离骚〉的组织结构与构思艺术》①中,即已有"两大部分"的"人境"、"神境"区分,以及抒情方式上的"直陈"写实为主和"象征"虚写为主的剖析,但毕竟还没有形成系统的见解。金开诚先生论文的发表,推动了戴氏对《离骚》结构的重新审视,进而提出了与金氏"两个主题旋律"说不同的"一个中心链条"及"三个抒情层次"说,从而与前后"两部分"说相融合,构成了戴氏自己对《离骚》整体结构的论析系统。仅从这一点看,人们即能体会:学术

① 戴志钧:《〈离骚〉的组织结构与构思艺术》,载《北方论丛》丛书第三辑《楚辞研究》,1983年版,第176—189页;后收入戴氏《读骚十论》,黑龙江人民出版社1986年版,第117—129页。

上不同见解的争鸣,对于推动研究的深化,具有怎样重要的意义了。

二、楚辞学的结构分析:《离骚》的"二段式结构"说

对《离骚》的结构研究,"文章学"的分析提供了就一篇作品进行内容层次剖析的方式。这种结构分析,在作品教学或赏析中较为流行,也较适合初学者或文学爱好者条理清晰地把握作品的内容和主旨。不过,对《离骚》的结构分析也可以超出《离骚》本身,而将它与屈原的其他楚辞作品融汇在一起,以揭示其共有的结构特点及意义。这便是楚辞学的结构考察视角。在这方面作了出色探索的,是日本著名楚辞学者竹治贞夫。

竹治贞夫对《离骚》的结构,也曾从"文章学"角度作过考察。在《〈离骚〉——梦幻式叙事诗》①中,竹治贞夫既确认《离骚》"在本质上是倾吐他(笔者按:此指屈原)忧愤不平之情的抒情诗",但"它的表现手法却是叙事诗式的,因而构成了囊括现实世界与梦幻世界的宏大的传奇故事"。对于这篇"一气呵成"的"大型叙事诗",竹治贞夫认为应当分为五段:第一段从开头到"惟昭质其犹未亏",第二段从"忽反顾以游目兮"到"沾余襟之浪浪",第三段从"跪敷衽以陈辞兮"到"余焉能忍与此终古",第四段从"索藑茅以筵篿兮"到"周流观乎上下",第五段从"灵氛既告余以吉占兮"到"蜷局顾而不行",最后附以短篇之"乱"作为结尾。并且指出,"从《离骚》的第二段开始,承接叙述作者在现实世界里被谗失意之状的第一段,讲述了在梦幻界中虚构出来的宏大的传奇故事";直至"忽临睨夫旧乡"而"完全回到现实世界,以'仆夫悲余马怀兮,蜷局顾而不行'二句,为宏大的幻想曲写了休止符"。总之,"《离骚》是屈原忧愁愤懑的情绪借着宏伟壮丽的叙事诗的结构铺陈开来的作品,并且梦幻形式的叙事时时因感情的喷发而直指现实"。上引竹治贞夫关于《离骚》是"梦幻式的叙事诗"的分析,显然借鉴了清人吴世尚以《离骚》为"千古第一写梦之极笔也","须知此是幻梦事,故引用许多神怪不经之说"②的见

---

① 竹治贞夫:《〈离骚〉——梦幻式叙事诗》,孙歌、林岗译,载马茂元主编:《楚辞研究集成·楚辞资料海外编》,湖北人民出版社 1986 年版,第 225—254 页。

② 吴世尚:《楚辞疏》,清雍正五年丁未尚友堂刊本。

解。但竹治贞夫关于《离骚》并非真是"写梦",而是在"自由幻想的梦幻般的"虚构世界中的"大漫游";其"郁愤之情"又往往激发诗人"从梦幻的世界跳向现实世界","形成直指现实的表现形式"等论析,则又是不同于吴氏"写梦"说的别具只眼的独到阐发。

竹治贞夫在《离骚》结构研究中最富创意的见解,则来自他的论文《楚辞的二段式结构》①。正如本节开头所述,竹治贞夫此文并非是单独探讨《离骚》结构的,它的重点乃在探讨包括《离骚》在内的所有楚辞作品的结构特点及其文学意义。所谓"二段式结构",简单地说就是"本文+乱"的二段结构。竹治贞夫指出:"作为屈原创造的新体抒情诗《离骚》及《九章》诸篇,它们在本文之后附有'乱',或者是把类似的段落设置在本文的中间,这样就使一篇作品形成了二段"。"在作为楚辞主流的抒情作品中,可以看到上述二段式结构,正是叙述上的一大特色"。

初看起来,这种"本文+乱"的"结构分析"似乎并无多大意义。但竹治贞夫却紧紧抓住这一特点,作了深入发掘。首先是考察"二段式结构"在屈原作品中的具体体现。他以楚辞中除"本文"外,还有"乱"、"少歌"、"倡"、"重"的"标目",从训诂上探讨其含义:"'乱'是总理总撮前意的意思,'少歌'亦其类,'重'是前意不足而重复设辞。'倡'是更造新曲,意思大约接近于'重'"。由此考察它们在作品结构中的作用,正"具有使作品形成两段的意义"。但在不同的作品中,其"二段式"构成形式,又有三种不同样式:一是"乱"的形式,以《离骚》《哀郢》《涉江》《怀沙》为代表,均在"本文"之后附有"乱"辞。二是"重"的形式,以《橘颂》为代表:"它没有附以'乱',只由本文构成";但全诗"被明显地分为两段","同其他由本文和'乱'构成的篇章之间,存在着结构上的相通之处"。在体式上,则与《远游》的中间标出"重曰"相似,故采取的是"'重'的形式"。三是"乱"与"重"的重合形式,以《抽思》为代表。《抽思》由"本文"、"少歌"、"倡"、"乱"四部分构成。其中"少歌"相当于"乱",与"本文"构成前段;"倡"与"乱"构成后段,"相当于'本文'与'乱'的关系"。故全篇显示的是"乱"与"重"两种形式相重的"特异结构"。

---

① 竹治贞夫:《楚辞的二段式结构》,徐公持译,戴马茂元主编:《楚辞研究集成·楚辞资料海外编》,湖北人民出版社 1986 年版,第 109—130 页。

　　其次是考察"二段式结构"的文学意义及其成因。竹治贞夫分析屈原作品中"本文"与"乱"的意义,大抵有四种:"①把前段的大意在后段里概括叙出。"此种情况仅见于《抽思》的"少歌"。"②前段运用假托性的表现,后段表示现实的立场。"此以《离骚》《抽思》较典型。"③前段叙述自己的经历或事件始末,后段表示现在的心境。这在《离骚》《哀郢》《涉江》《怀沙》诸篇中可见。""④前段描写事物的性状,后段赞颂其德,并寓含理想化的人物形象。此惟《橘颂》中可见。"竹治贞夫以为,屈原作品之所以会采取"二段式结构","第一,这是乐曲形式的残余痕迹"。"乐歌并不标示出'乱'来,其词章的末尾自然就是相当于'乱'的部分,而演变成了诵读诗的屈原赋,就对应当歌唱的末章有了记上'乱曰'的必要性"。"第二,这是屈原赋的叙述形式的特色。……屈原抒情诗好用比兴手法,这种表现方法是假托的、象征性的。这样,就有必要把作品写成两段,并在后段中以直叙法为主,让作者的某些意思明白表出"。

　　竹治贞夫就这样将楚辞所独具的"本文+乱"的二段式结构,从在不同作品中的构成变化,"本文"与"乱"在内容、时态乃至叙述方法上的区别和联系,屈原作品之所以采用"二段式结构"的成因,抽茧剥笋似地层层展开;从一个看似简单的课题中,一层深入一层地揭示了其内在的复杂变化,引出了富有启迪的重要结论。这种从同类作品的比较中总结其整体特征,又回到具体作品中揭示其丰富内涵,不把问题简单化,而是按事物本身的复杂性,探寻和总结其构成或变化的多种方式的研究,本身就带有典范式的方法论意义。

　　不仅如此,当竹治贞夫从"楚辞的二段式结构"之总体来观照《离骚》的时候,一些不被"文章学"的结构分析所注意的特点,也鲜明地显现了出来。竹治贞夫指出:"《离骚》是足以代表屈原作品的长篇鸿制,而其本文的特色,无论如何说,首先恐怕就在于它的假托的表现手法。开头的名字就使用了'正则'、'灵均'的假名,以下出现的人物或地名,全都是历史的、传说的、幻想的。就是君臣关系,也被假托为男女关系。……然而,在仅有四句短章的'乱'辞里,却使用了'为美政'之类露骨的表述手法。与本文的假托性相对,'乱'辞是颇为现实的"。这一对《离骚》"本文"与"乱"之特点的揭示,无疑是精当的。竹治贞夫还发现了《离骚》"本文"结束处所表现的情感与"乱辞"的矛盾(这是大多注家所未曾发现的),并用"二段式结构"原理作出了自己的解释:"在本文的末尾,尽管以'忽临睨夫旧乡。仆夫悲余马怀兮,蜷局顾而不行'状态作结束,表现出不愿抛弃楚国的感情。但是,'乱'却笔锋一转而为'已矣哉!国无人莫我知兮,又何怀乎故都',表明了对故国的绝望之情。"这不是相互矛盾了吗? 但是从竹治贞夫揭示的"本文用来叙述从过去到现在的事件始末,而'乱'则专门用来表明现在的心境"的"二段式结构"的又一特点看,这个矛盾就不存在了:《离骚》本文结尾所表现的,实际上是诗人以往所经历过的不忍去国之情;而"乱"辞所表现的,则是诗人创作《离骚》时的对故都的"绝望"之情。"应当说在本文与'乱'之间存在着'落差',即平面的不连续,表述角度有所不同。"人们尽管可以对竹治贞夫的这一解说持有异议,但就他的"二段式结构"说而言,这个解说却是前后一贯且能自圆其说的。正因为如此,当竹治贞夫在论述《离骚》乃"梦幻式的叙事诗"时,仍不忘提醒读者:"《离骚》全篇是由本文和'乱'宏大地、二段式、立体地构成"。

由上可知,竹治贞夫的楚辞"二段式结构"说,虽非是专对《离骚》单篇所作的结构研究,因而未担负揭示《离骚》主体(即本文)在结构上有什么特点的任务,但他从对屈原作品总体研究中揭示的"二段式结构"特征,却为观照《离骚》"本文"与"乱"的关系及在文学表现上的不同"意义",提供了新的视野,并弥补了局限于作品本文的"文章学"结构分析之不足。

三、民俗学的结构分析:"巫事活动形式"构成说

任何文学作品都是一定时代的创造物,都必然会在意象驭使、"材料"选择和构思方式上,烙有它所生成的那个时代的鲜明印记。屈原是富有南方独特民风民俗的楚国诗人,他的诗歌创造,正与尚还盛行于楚国的"巫风"习俗和神怪想象,有着割不断的联系。这一重要的文化背景,为《离骚》的结构研究,提供了考察、分析的又一视角。

较早注意到《离骚》创作艺术与楚地民俗之关系的,是我国东北学者王锡荣先生。早在20世纪60年代,他即在论文《〈离骚〉的浪

漫手法与古代巫术》①中,批评了《离骚》艺术研究中"很少结合楚国社会历史、风俗、文化的特点及屈原所受的影响,进行深入的探索"的问题。王氏认为,郭沫若先生是"运用马列主义的文艺观点,来研究《离骚》的浪漫主义艺术手法"的较早学者,"在其著作中看到屈原在思想上和艺术上的矛盾现象",指出屈原"在艺术上却受到楚国较为原始的(迷信鬼神的)生活习惯的影响","在一定程度上接触到了问题的本质"。但令人感到不足的是,郭沫若也"尚未明确指出这种生活习惯就是巫风,也没有具体地指出屈原的创作怎样地受了它的影响"。

王氏的论文,正是在郭沫若等学者研究的基础上更深入了一步。王氏发现"《离骚》中奇幻诡谲的浪漫主义手法,与巫术有着极密切的关系,换句话说,《离骚》的浪漫主义是通过巫术的形式表现出来的"。王氏考察《离骚》以"绝大篇幅"描述的"神界漫游"和"求女",均受到了"巫术"的启示:其漫游昆仑、升登天宫的构思,正从巫术"登葆山"、"登昆仑"、"登之乃神"、"登之而不死"等奇想中生发。其所游神界的"地理",如"不周山""赤水""流沙""县圃"等,多与带有"巫书"性质的《山海经》所记"相近"。对抒情主人公出游时"盛大的仪仗队"的描述,也与《淮南子·俶真训》《韩非子·十过》所述"真人"、"黄帝"出游的仪仗景象相仿,"同源于巫术"(如《山海经》所记神灵的"乘龙"、"驾车"、役使"凤凰"、"青鸟"之类)。《离骚》中的"求女","也是受到巫术影响而采取的手法":"'求女'即巫者的求神,如说女巫求男神,则男巫自当求女神。而在求女中对女方致以爱慕,也正是楚国巫歌的一般特点的反映"。此外,王氏还考察了"《离骚》中出场的人物"(如"高阳""宓妃""西皇""女嬃""灵氛""巫咸"等),"《离骚》中的衣饰服器"(如花草、"琼""糈"、"薜芷"、"筳篿"等),也多与巫术宗教中的神灵、巫者及降神、占卜时的装饰、器物"有关"。王氏认为,《离骚》中之所以"带有如此浓重的巫术色彩",原因正在于"楚国的巫风"给了它以"决定性的影响":"(屈原)从小就生活在宗教气氛极浓的环境当中,受到宗教和神话的教育、影响。由于他的思想气质的积极向上,使他在精神性格上更多吸收神

---

① 王锡荣:《〈离骚〉的浪漫手法与古代巫术》,《吉林大学学报》(社会科学版)1962年第4期。

话中积极因素的影响;同时在创作上他却吸取并熔铸了笼罩在神话上面的巫术成分,作为其表达思想的形式"。但屈原是"使巫术为他抒发情感服务,而没有陷入巫术迷信的泥坑"。

将屈原伟大抒情诗作的艺术表现与神秘的巫术宗教形式联系起来,王锡荣先生并不是第一人。国外的学者如日本教授藤野岩友,在20世纪50年代初出版的《巫系文学论》[①],就提出了楚辞起源于祭祀天神和咒禁仪式所使用的文辞即"巫系文学"的见解。但王锡荣先生处在20世纪60年代国内颇为严峻的政治氛围中,而能实事求是地提出《离骚》艺术与巫术关系的课题,表明自己的重要见解,就不仅要有慧眼,更需要有学术勇气了。王氏的分析虽然没有涉及《离骚》的结构,但他从楚地宗教巫术的背景,考察《离骚》艺术表现形式的来源,实际上已为《离骚》结构的研究,开辟了一条民俗学研究的新蹊径。

继承王氏的研究路子,从民俗学的视角对《离骚》结构提出全新见解的,则是湖北的楚辞学者黄崇浩。他在1985年提交"中国屈原学会成立大会暨第四次学术讨论会"的论文《巫风对〈离骚〉构思之影响》[②]中指出,"《离骚》的内容很丰富,诗人的百感千愁汇集于中,可以说是屈赋的集大成的作品。但作品却没有采取组诗的形式,而是一气贯注。这就需要高度的综合构想的组织能力。我们不能仅仅强调诗人的高度想象力。就《离骚》本身考察,诗人在构思想象时,是综合了当时社会的多方面客观因素的,或者说是受到了多方面因素影响的。"黄氏在列举了"楚人的时空观念"、"周穆王巡游天下"的神话传说、"纵横家的驰骋想象和夸张铺叙"风气等影响因素后强调说:"但是,影响《离骚》结构形成的客观因素,主要的还是巫风——巫事活动形式。可以肯定地说,凡是《离骚》内容的转折递进之处,都是以巫事活动形式为关节,从而形成一个悠长的连环,使这篇抒情之作具有宏伟的结构。"

黄氏接着分析《离骚》结构展开中的几个主要"关节":一曰"卜名"。《离骚》自述"皇览揆余初度兮,肇锡余以嘉名",黄氏引刘向

---

① 藤野岩友:《巫系文学论》,韩基国编译,重庆出版社2005年版。
② 黄崇浩:《巫风对〈离骚〉构思之影响》,载中国屈原学会编:《楚辞研究》,齐鲁书社1988年版,第148—160页。

《九叹》"兆出名曰正则兮,卦发字曰灵均"之句,以及"近人陈直亦证肇即兆之假借",列举"古人于生子之际往往卜筮,视兆象而命名"之例,证明"屈原之名,正自卜筮而得"。二曰"节中""陈词"。《离骚》于"女媭劝说"后,即有"依前圣以节中"、"就重华而陈词"之抒情情节。黄氏以"林云铭、吴汝纶训节中为折中"为据,指明"折中之义乃判决狱讼以定是非,不得偏颇";而"屈原之陈辞,实则是向舜帝提出申诉"。随后的"耿吾既得此中正","乃是筮卦的术语","屈原完全有可能在舜之神位之前占卜,而卜筮结果是'得中',肯定了他没有错。"三曰"戒具"。《离骚》在"陈辞"后展开升天神游奇思,有"鸾皇为余先戒兮,雷师告余以未具"之句。黄氏引《周礼》有关记载证明"戒具本指祭祀朝觐时的准备活动":"戒"指"戒敕百官","具"指"典礼时需用的陈设器具和荐羞"。故《离骚》此节是抒情主人公"在已过灵琐、迫近帝阍之时,指派鸾皇戒敕属下,指派雷师具办陈设,然后才慎重地去朝见帝君"。四曰"求女"。《离骚》述诗人"未能见到帝君以获得支持","又转而求女以为援"。黄氏以为"这一关节的构想,显然和巫事活动中有关人神恋爱的形式有关"。五曰"占行""降神"。《离骚》"求女"失败后,又有"索藑茅以筳篿兮,命灵氛为余占之"和"巫咸将夕降兮,怀椒糈而要之"二节。黄氏以为"结草折竹以卜",是楚人的独特占卜方式;而巫咸本为殷之神巫,他发扬灵光夕降百神,并代表百神向诗人"告吉",亦正是一次巫术降神活动。在此分析基础上,黄氏令人信服地指出:"《离骚》全诗的关节所在,如卜名、折中、戒具、求女、占行、降神等,都与宗教活动或者说与巫事活动有着密切的关系。诗人正是采用了巫事活动形式以构成一个有机的连环,一条活的脊椎,如同以骨附肉那样,组织起丰富的内容,造成宏伟的篇章。"

如果说王锡荣先生对《离骚》艺术形式与巫风关系的考察,以其独到的眼光和翔实的考证显示其特色的话,那么黄氏对《离骚》结构"关节"的分析,则又以思路的清晰和行文的简洁令人刮目相看。王氏的研究开了从"巫风"背景研究《离骚》艺术渊源的风气,但在洋洋一万七千余言的论述中,却无一处论及其总体"结构"。黄崇浩的结构分析似乎正是为了弥补这一缺憾,开篇即从《离骚》"构思"入手,抓住其与"巫事活动形式"相关的结构"环节",纲举目张地揭示了

《离骚》结构的形式来源。或许黄氏的论述中对"巫风"习俗特点的举证还嫌简略了些,在这方面,王锡荣先生的论文恰又穿过相隔20余年的时光,为黄崇浩的论析提供了强有力的例证支撑。王锡荣、黄崇浩二位的论文,正这样互为补充,为研究《离骚》的艺术构成特点,提供了"民俗学"考察的独特视角和精当见解。当然,"民俗学"的《离骚》结构考察,毕竟更多着眼于《离骚》构成环节的"材料"特征及其来源,至于揭示《离骚》全诗的层次构成或表现特征,就不是这一视角的考察所担当的任务了。

四、审美形态学的结构分析:《离骚》的"悲剧结构"说

从春秋战国时代楚之"巫风"习俗,转向现代美学的"审美形态"学,这在《离骚》结构考察"视角"上,堪称乾旋坤转的大变换。中国香港学者陈炳良于1978年发表的论文《〈离骚〉的悲剧主题》[1],正为从"悲剧"角度研究《离骚》结构,提供了独辟蹊径的分析。

陈炳良先生在谈到"拟将这篇杰作(按:指《离骚》)作为一部悲剧加以分析"时特意指出:"此处所谓的'悲剧',是取其本意,尽管《离骚》实际上并不是戏剧。"考虑到有些学者断言"传说的中国文学缺少悲剧",陈氏还提供了他将《离骚》视为"悲剧"的学术渊源:美籍华人陈世骧在《诗歌时间的肇始,从一个新角度看屈原的伟大》[2]中,就曾明确指出"《离骚》描述了对人类美德所作的悲剧性的执著的追求,而且明确地称屈原是一位悲剧英雄"。这就使我们有必要在介绍陈炳良的《离骚》"悲剧结构"说之前,了解一下陈世骧先生的见解。

陈世骧先生的论文,其实主要不是研究《离骚》的"悲剧"性问题,而是从"诗的时间"的角度,探讨了《离骚》的独特意义。陈氏精辟地指出,与孟子、庄子以全然"客观的"态度对待时间不同,"屈原为了人类,也为了自己,以全然诉诸感情的主观主义对待时间"。

---

[1] 此文刊香港英文期刊《新亚学术集刊》比较文学专号(1978),收马茂元主编之《楚辞研究集》,湖北人民出版社1986年版,第297—312页。

[2] 此文刊于台湾《清华学报》1973年6月号,马茂元《楚辞研究集成》收入时改为《"诗的时间"之诞生》。

"《离骚》展示着极其丰富的感情,倾吐着人类最深刻的焦虑(即'人在短暂、难熬的世界里存在的真实性问题'),细心地思考着在日月轮转中人的存在和自我的身份,于是'诗的时间'便诞生了"。屈原以自己"执着、热烈"的追求、"无畏无惧"的探寻和极力肯定"人类纯洁本质的价值","拓展了人类的视野","提高了人类自身在新发现的'忽其不淹'的岁月面前的尊严"。令人感兴趣的是,当陈世骧先生强调"我希望我们的注意力直接投射在这篇巨作的内在结构上,以恢复它作为有机统一体的某种意义"时,还提出了他自己对《离骚》结构特点的精彩见解:陈氏发现《离骚》创作中最"重要的契机",就在于诗人"独出心裁地去架构时间",以至于"时间意识"在《离骚》的"措词造句、布局谋篇方面是无所不在的"。陈氏指出,《离骚》"主角开头即以美言妙语介绍自己的诞辰",用的"是诗的、热情洋溢的陈述,叙说着一个生命的降临"。"他在时间中诞生后","一方面为滚滚不息的时间之流所挟带,或与之赛跑,或逆而抗争,一方面不得不艰苦地维护、培育他那人的本质"。在"汩余若将不及兮"以下,《离骚》的抒情内容,即是"以壮观的时间队列"展开的,甚至"构成全诗象征语言的意象"如"香花芳草",也都带有易变和短促的特点:"凭借诗歌的主观性质,它们变得个性化,浸透着人类对时光短暂的伤感"。"诗中所有主要的母题,诸如善恶之象征、政治爱情情意结、对'老冉冉其将至'的恐惧、日月轮转带来的失望以及热切的宁死之愿",都"以维系万物命运的时光之流为背景"。当诗人进入上下求索的诗情发展之"高潮"时,与时间相联系的"时暧暧其将罢兮"之句,正"居于高潮段落之顶点,在结构上也成了转折的明显标志"。而在"悲剧结局"到来之前的"远逝"中,诗人那"聊假日以媮乐"、"奏《九歌》而舞《韶》","似乎在某个方面是自由自在的",但"这一片刻毕竟是'借来的时间'。那不可抵挡的时间洪流突然向他袭来,幻觉遂泯于乌有"。所以到了《离骚》的"乱曰",所展示的就是这样一个处在"人生的真正的悲剧"中的"孤独的人物":"他在彻底的寂寞中面对着广大的宇宙"。

由上所述可见,陈世骧先生对《离骚》的分析,实际上提供了一个从"时间"角度剖析《离骚》的"结构"新说。仅从这一点说,他的论文已是新见迭出、富于启迪的了。至于陈氏对《离骚》"悲剧"性的分析,在文中虽涉及不多,却也同样精辟而发人深省:"诗中的主角即为诗人自己,而这首诗即是为了理想的善和美而作英雄般追索的记叙;诗中的'吾'燃烧着为公众利益而抗争的热情之火……独自拼死地维护着人的德操、人的本质以及人的存在"。并引比利时诗人梅特林克所说"人生的真正的悲剧仅仅肇始于所谓冒险、悲哀、危急已经消失的时刻","其趣味无一例外地集中在个人与宇宙直接对峙上",而称《离骚》"正像所有伟大的悲剧作品的结局那样","在一个悲剧性的宁静时刻",展示了诗人与宇宙的这种"对峙"。

陈世骧关于《离骚》"悲剧性"的上述提法,在他自己的论文里,显然已被淹没在对"诗的时间"问题的滔滔论述之中了。但它却被当时还是年轻讲师的陈炳良敏锐地发现,并成了后者研究《离骚》的悲剧主题和结构的重要起点。陈炳良对照亚里士多德以来关于"悲剧"的理论,联系屈原及其作品《离骚》指出,"屈原出生于王室贵族","承袭了显贵的地位,后来又官至左徒",正符合"一个悲剧英雄必须是他所处的那个社会所承认的某阶级的代表人物"的要求(陈炳良引述了查理·H.格兰蒂宁的论文《悲剧英雄再评价》之见解)。屈原身上有着悲剧英雄常有的"超出本阶级成见的过激的地方",即"过度的热情"和"不妥协"的"固执"性格,而正是这些"导致了他的悲剧"。"作为一个悲剧英雄,屈原处于困境之中。在他面前有三条路可走:(一)屈从于权势,与那些腐败的官吏合作;(二)坚持自己的理想,斗争到底;(三)离开祖国,避开那些难题。女嬃和巫氛劝他选择第一或第三条道路",但诗人正与所有"悲剧英雄"一样"不愿苟且偷生"(陈氏引述了亨利·A.麦尔斯《悲剧:一种生活观》之见解):"就是他的热情、他的固执和他悲剧性的骄傲,使他选择了为理想而斗争的道路。这样,他就达到了更高尚的道德标准,即他所谓的'彭咸遗则'。"陈氏认为,当屈原以自己的"道德理想战胜了他生存的欲望","同时准备承受一切后果"时,正与悲剧理论中的"悲剧的转折点"即"割舍"相似(陈氏引述了尤金·福尔克《克制自己:悲剧的焦点》之见解)。而诗人最终拒绝巫师们的劝告,"他这种反抗精神是悲剧的精髓"。诗人虽然在这一斗争中失败了,但他"对道德标准的重新肯定使读者得到悲剧的快感":读者看到他的英雄受苦难而痛心,但又因看到英雄没有屈从强权而欣慰。"他从英雄的行为中领悟到'精神的伟大',使自己的精神得以升华。"这种效果正是悲剧的又一要素"对人类尊严和人生价值的肯定"的体现(陈氏引述的D.布鲁克的《悲剧要素》之语)。依据上述对照分析,陈氏得出结论说:"到此为止,我们已经从这首诗中看到许多悲剧的重要因素:冲突的必然性、命运的逆转和悲剧的效果。由此我们深信《离骚》可以叫做悲剧诗"。

正是在对《离骚》作为"悲剧诗"的坚实论证基础上,陈氏进一步剖析了《离骚》的悲剧结构。陈氏认为,"从结构方面说,《离骚》具有悲剧的全部因素"。其一是"它有一个悲剧英雄:他起初命运很好,但最后归于失败"。其二是"英雄身上有悲剧性的缺陷,即诗人过度的热情和悲剧性的骄傲"。其三是悲剧结构中的"命运的逆转",这逆转发生在"何桀纣之猖披兮,夫唯捷径以窘步"之后。其四是紧接而来的"悲剧性的矛盾冲突",即"诗人的理想和腐败的社会之间的冲突"。陈氏认为"这种涉及两种主要价值观的个人和社会的冲突构成了悲剧的基本观念主题"。最后是"对真理的认识"(亦即悲剧英雄的"毁灭")。陈氏指出,在《离骚》中,"虽然悲剧英雄的事业最终没能成功,但读者却领悟到了人生的奥秘。……苦难最终给人带来智慧,如埃斯库罗斯的《阿伽门农》中所唱的那样。这智慧帮助他们认识人生的复杂,并给他们带来力量。……有了智慧,读者才知道生活不仅是吃吃睡睡;有了力量,他们才能为自己的理想而斗争。获得这些新的美德,读者就步入人道的一个更高的层次中去了"。

上引陈炳良先生对《离骚》"悲剧主题"及"悲剧结构"的见解,既有亚里士多德以来有关悲剧、悲剧要素、悲剧精神等理论的有力支撑,又有对《离骚》实际展示的诗人悲剧性命运的细致剖析,因而带有相当的理论层次和阐释深度。陈氏揭示诗人"处于两种力量的折磨之下:一方面是行将崩溃的社会和道德秩序的压力,另一方面是他内心难以抑制的要建立新秩序的要求"。正是这要求,推动着诗人与国君所代表的"腐败的社会"之间发生了冲突。陈氏将"这种涉及两种主要价值观"的冲突,视为"构成"悲剧的"基本观念主题",见解无疑是深刻的。在确证《离骚》为"悲剧诗"的前提下,进而揭示《离骚》的结构也与大多数悲剧一样,具有"悲剧英雄→命运逆转→矛盾冲突→对真理的认识(即悲剧英雄的失败或毁灭)"的构成流程,自也清晰可观。《离骚》的"悲剧结构"说，提供了从审美形态学考察《离骚》结构的新视角，它所探讨的是《离骚》这部作品的审美形态特征及其在结构上的体现。这样的特征及结构，亦是其他各种考察"视角"所难以触及或揭示的。

如果说陈炳良先生的分析还有什么不足之处的话，在我看来大抵有二：一是理论上的"套用"痕迹较重，特别是对亚里士多德等关于悲剧英雄"性格过失"理论的套用。陈氏一方面将屈原的"热情""固执""不妥协反抗"，视为"人性的崇高价值也因此得以表现"，使读者"看到英雄没有屈从强权而欣慰"，并"领悟到'精神的伟大'"的美德；一方面又认为屈原"过度的热情成为他悲剧性过失，成为使他罹难的因由"，"固执""不妥协"是英雄身上的"悲剧性的缺陷"等。套用"性格过失"理论来分析屈原的"悲剧性"，就这样使陈氏的立论出现了自相矛盾。二是将《离骚》实际上当作"戏剧"来进行分析。陈氏在论文开头尽管强调了"《离骚》实际上并不是戏剧"，他所注重的是《离骚》体现的悲剧精神。但当进入具体的结构分析时，却又套用戏剧的"结构"因素来展开了。从《离骚》的抒情诗特征看，诗中并无戏剧"主角"和其他角色之分，而只有"抒情主体"；诗中也并无现实事件的展开、冲突和结局，而只有现实斗争所折射的心灵矛盾的倾诉及情感的推涌、变化。所以陈氏指出《离骚》带有"悲剧"式的情感发展流程是可以的，倘要直接视为"悲剧"的实际构成情节，就不甚妥当了。

＊　　　＊　　　＊　　　＊　　　＊

以上评述的几种"《离骚》结构"说，虽不能概括《离骚》结构研究中的所有代表性见解，却大体能概括这一研究中的主要考察"视角"。令我感到高兴的，并不是这些"结构"说的完美无缺，而在于它们无一不在《离骚》结构研究中，提供了各自的崭新视野和创造性的思考。在这些结构研究中，不存在哪一种分析正确或错误的区分，只存在切入的视角和侧重的层次之不同："文章学"的结构分析，侧重于《离骚》的内容层次（同时涉及不同层次中的表现方式）；"楚辞学"的结构分析，侧重于楚辞作品共有的《离骚》之"本文"与"乱曰"的"二段式"构成及其文学意义；"民俗学"的结构分析，涉及《离骚》构成"环节"与"巫事活动形式"的联系；"审美形态学"的结构分析，则侧重于《离骚》的"悲剧精神"及其构成上的"悲剧因素"之揭示。正因为切入的"视角"和侧重的层次均有不同,其所揭示的《离骚》"结构"特点,也就只有交叉而决无重复。如果说,上述诸说中哪一说都揭示了《离骚》结构的某种层次的特点的话,不要忘记再加上一句:哪一说也未能穷尽《离骚》结构之奥秘。因为正如波兰美学家罗曼·英伽登所说,文学作品是一种"多层次的"、"复调而不是单调的构造"①。那么对它的结构,又怎么可能用单一的视角和层次研究穷尽呢?上述四种"视角"对《离骚》的结构研究,固然取得了令人耳目一新的成果,但也依然还有一些新的"视角"有待展开。例如,我曾考虑到《离骚》作为区别一般"文章"和"叙事诗"的"抒情诗"特质,从《离骚》"抒情主体的两重性"(即"现实性的自我"和"幻化的自我"之不同),《离骚》抒情借助比兴(象征)"幻境"展开的独特方式,以及抒情主体("自我")从现实"幻化"又"回返"现实的变化,分析了《离骚》在虚实交替(纵向)中的"幻境纷呈式"(横向)结构方式和诗情展开中"寓情草木,托意男女"(朱熹语)的象征"意象系统",并揭示了其情感表现在这种结构中的"升腾"和"跌转"效果②。不妨可称为从"抒情学"角度,对《离骚》结构提供的一种分析。其他如从《离骚》语式构成、韵律变化分析其结构特点,也都是值得重视的"视角"。我们期待着楚辞研究界对《离骚》,包括《九歌》《天问》《九章》等的结构艺术,有更多出色的研究成果展现。

[原载《安徽师范大学学报》(人文社会科学版)2004年第3期,辑入本集有改动]

---

① 罗曼·英伽登:《文学的艺术品》,转引自朱立元主编《现代西方美学史》,上海文艺出版社1993年版,第491页。

② 潘啸龙:《〈离骚〉的抒情结构和意象表现》,《中国社会科学》1993年第6期,收专著《屈原与楚辞研究》,安徽大学出版社1999年版。

《九歌》二《湘》"恋爱"说评议

在屈原《九歌》的研究中,"神、神恋爱"、"人、神恋爱"说的提出,是近世以来最引人注目的新奇成果。而作为这种"恋爱"说最重要例证的,便是《湘君》《湘夫人》(以下简称"二《湘》")。如何理解二《湘》的内容?它们所表现的,究竟是祭祀中的人、神交接之情,还是所谓的湘君、湘夫人之间"生离死别"的"恋情"?对这一问题的回答,不仅关系到对二《湘》本身的认识,还涉及对整个屈原《九歌》性质的探讨。我在1986年发表的《九歌六论》①中,曾经对《九歌》研究中的"神、神恋爱""人、神恋爱"说有所批评,只因限于篇幅,未能充分展开。这里,愿结合对二《湘》研究的具体情况,再加申说。

一、二《湘》"恋爱"说之由来

二《湘》"恋爱"说之提出,经历了宋、明以来近八百年的孕育和发展过程。

在较早的楚辞研究中,二《湘》只被视为祭歌,而并无从湘君、湘夫人的"恋情"关系上立说的。例如王逸《章句》,虽已隐约点示"湘君"与舜之关系②,"湘夫人"则为舜之二妃;但在解说二《湘》内容时,均从主祭者屈原一方立说,"言己供修祭祀,瞻望于君,而未肯来"(《湘君》),"言己……修设祭具,夕早洒扫,张施帷帐,与夫人期歆飨之也"(《湘夫人》)。王逸将主祭者视为屈原自己,并多用诗人与怀王之君臣关系比附,固然不妥;但将二《湘》视为分别祭祀湘君、湘夫人的祭歌,而不是抒写这对夫妇之神的恋情之作,则绝无疑问。

---

① 潘啸龙:《九歌六论》,《中国社会科学》1986年第4期。
② 其注"搴谁留兮中洲",有"尧用二女妻舜","所留,盖谓此尧之二女也"之语,正暗示了"湘君"即"二女"所留之"舜"。

这一不含男女恋情的祭神之说,为宋元明清大多楚辞注家所继承,成为解说《九歌》二《湘》的基本见解①。

从目前所见资料看,较早将二《湘》视为男女赠答之辞的,要数宋人罗愿。其《尔雅翼》谓:"以湘君为神奇相,二女死后之配,夫人即二女。"并明确指出,"二篇(按:指二《湘》)乃相赠答之辞"(转引自蒋骥《山带阁注楚辞》)。与罗愿同时的朱熹,则对整个《九歌》的情调及某些措词,提出了自己独到的见解。其《楚辞集注·九歌序》指出,沅湘间流传的《九歌》"其阴阳人鬼之间,又或不能无亵慢淫荒之杂",故屈原"颇为更定其词,去其泰甚,而又因彼事神之心,以寄吾忠君爱国眷恋不忘之意。是以其言虽若不能无嫌于燕昵,而君子反有取焉"。从朱熹的具体注文看,他确实发现了《九歌》中有些地方,其措词是"无嫌于燕昵"的"人慕神之词";不过他认为这都是"比兴"之语,并非真就在表现人神间的恋爱,所以在解说二《湘》时,仍从主祭者屈原立说,以发挥其"求神而不答,比事君之不偶"之意(见朱熹《楚辞集注》"湘君"注文)。但朱熹的"亵慢淫荒"、"无嫌于燕昵"之说,却启发了后世某些楚辞学者,并成为"神、神恋爱"、"人、神恋爱"说提出者的重要依据。这恐怕是颇出乎朱熹之预料的罢?

到了明代,则有闵齐华《文选瀹注》,对二《湘》提出了全新的解说:"《湘君》一篇,则湘君之召夫人者也;《湘夫人》一篇,则夫人之答湘君者也。前以男召女,故称'女',称'下女';后以女答男,故称'帝子',称'公子,称'远者'。其中或称'君',或称'佳人',或称'夫君',则彼此相谓之辞也。以男遗女,故有玦有佩,此男子所有事也;以女遗男,故有袂有褋,此女子之所有事也。"闵氏此说曾受到游国恩先生的极高评价,称其"要其觑破《湘君》《湘夫人》之作男女之辞,则诚千古不磨之卓识也"②。其实,"觑破"二《湘》作"男女之辞"者又岂止闵氏,在此之前,汪瑗《楚辞集解》即已提出此说:"此篇(按:指《湘君》)盖托为湘君以思湘夫人之词,后篇又托为湘夫人,以思湘君之词……湘君则捐玦遗佩而采杜若以遗夫人,夫人则捐袂遗褋而搴杜若以遗湘君,盖男女各出其所有以通殷勤,而交相致其爱慕之意

---

① 明清间大多注家未取"男女相赠之词"说;当代注家中,刘永济《屈赋音注详解》、聂石樵《楚辞新注》等亦未采用此说。

② 游国恩:《论九歌山川之神》,《楚辞论文集》,古典文学出版社1957年版,第125—130页。

耳。二篇为彼此赠答之词无疑。"汪瑗此说乃宋人罗愿以来,以男女"赠答之词"解释二《湘》主旨的最透彻之说,甚至已包含了后世"恋爱"说的基本用语(如"交相致其爱慕之意"等)。

有了汪瑗、闵齐华等学者富于创新精神的开拓,二《湘》"恋爱"说便逐渐在楚辞研究领域流行起来。现代楚辞研究的代表人物如闻一多、苏雪林、游国恩、郭沫若等,在《九歌》特别是二《湘》研究上,就都受到过他们的启发和影响。其中,苏雪林女士主要发挥的是朱熹"阴阳人鬼之间,又或不能无亵慢淫荒之杂"的意见,创立了"人、神恋爱"说。闻一多对此给予了高度的评价:"苏雪林女士以'人神恋爱'解释《九歌》的说法,在近代关于《九歌》的研究中,要算最重要的一个见解,因为他确实说明了八章(按:此指《九歌》中《东皇太一》《礼魂》《国殇》之外的八篇)中大多数的宗教背景。"而闻氏本人则进一步指明,《九歌》中的"八章歌曲是扮演'人神恋爱'的故事,不是实际的'人神恋爱'的宗教行为。"因为"二千年前《楚辞》时代的人们对《九歌》的态度,和我们今天的态度,并没有什么差别。同是欣赏艺术。所差的是,他们是在祭坛前观剧———一种雏形的歌舞剧,我们则只能从纸上欣赏剧中的歌辞罢了";但二者的态度则都是"审美的,诗意的"。正是按照这种理解,闻氏在《〈九歌〉古歌舞剧悬解》中,将祭祀二《湘》的内容,想象成了"湘君"与"女甲""二人携手往花草丛中去了","湘公子"盯着"女乙",女乙"脱去了外衣"……。郭沫若则更多发挥了"男女相赠之词"的"神、神恋爱"说,认为"古时候祭祀神祇时正是男和女发展爱情的机会……故在祭神的歌辞中叙述男女相爱,男神与女神相爱,或把男女之间的爱情扩大成为人神之间的关系,都是极其自然而现实的"①。他因此解说《大司命》写的是"大司命追求云中君",《云中君》《少司命》是写"歌者或祭者向女神求爱",《湘君》《湘夫人》《山鬼》"是叙述女神的失恋"。

在二《湘》"恋爱"说方面阐发较早并最有思致的,是游国恩先生。早在 20 世纪 30 年代初,游氏即已在《论九歌山川之神》中,发挥闵齐华之说曰:"今按《湘君》《湘夫人》两篇文词,针锋相对,且明为男女慕恋之情……此等男女相悦之词,若非湘君、

---

① 屈原:(《离骚 九歌》,郭沫若译,人民文学出版社 1987 年版,第 114 页。

湘夫人本属配偶之神,岂所宜道?"他还例举二《湘》内容,指明文中有"拟两情邂逅之无缘"者、有"重申彼此遇合之难谐"者、有"相爱既深,而终不获相遇"者:"凡此所云,岂不以湘君之与夫人,本为配偶之神,作者以人道拟之,遂故作此等艳语耶?"游氏的独到之见,则在纠正闵氏以《湘君》为"湘君之召夫人"、《湘夫人》为"夫人之答湘君"之说,以为闵氏"所言未有尽合":"如《湘君》首句之'君'为夫人之语气,与《湘夫人》首句之'帝子'为湘君语气是,余别有说"。游氏提出的这一新说,后来在《湘君湘夫人捐玦遗佩捐袂遗褋解》中,又作了极有思致的阐说:"如《湘君》一篇云:'君不行兮夷犹。'又云:'望夫君兮未来。'又云:'隐思君兮陫侧。'此作夫人口气以求湘君之证也。又《湘夫人》一篇云:'帝子降兮北渚。'又云:'思公子兮未敢言。'又云:'闻佳人兮召予。'此作湘君口气以求夫人之证也。"人们对此或许会有疑问:"《湘君》之词既为湘夫人语气,何以不曰捐袂遗褋(按:袂与褋才是女子之事)?《湘夫人》之词既为湘君语气,何以不曰捐玦遗佩,而必颠倒言之?"游氏解释说:"玦也,佩也,男子之所赠也;袂也,褋也,女子之所赠也。夫彼此既心不同而轻绝矣,故各弃其前此相诒之物,以示决绝之意。""盖是时民俗相传,以帝舜为湘水之神,号曰湘君;二女为湘君之配,号曰湘夫人。舜崩苍梧,二女未从,此生人之至悲,夫妇之极恸也。是以祀湘神者,即以此歌之。言其终无会合之期,至于互相怨恨,而各弃其贻赠之物。"游氏的这一解说,似乎在判明二《湘》语气特点,湘君、湘夫人何以"两情邂逅之无缘",以及又何以"捐玦""捐袂"等问题上,作出了较为圆通的回答。因此几乎成了当代二《湘》"恋爱"说的经典式解释,而为大多楚辞注本所采用。

也就是说,对二《湘》主旨和内容特点的解释,经历了宋代罗愿首倡的"二篇乃相赠答之辞"、朱熹的"不能无嫌于燕昵"、明代汪瑗的"交相致其爱慕之意"见解的发生发展,又经过现代楚辞学者苏雪林、闻一多、郭沫若、游国恩诸家的多方面探索和阐发,终于形成了以表现湘君、湘夫人间恋情瓜葛为基本内容的完备新说,即二《湘》"恋爱"说。

二、二《湘》"恋爱"说能否成立

倘若这一"恋爱"说出现以后影响不大,我们现在还来回顾它的发展历史,探讨它是否成立,便没有多少意义,最多只能让人们了解,二《湘》研究中曾经有过这一说罢了。问题在于,用所谓"恋爱"之说研究和解释二《湘》,在当代几乎成了二《湘》研究的主要倾向;而且当人们在运用此说解释二《湘》的时候,往往还以为这是有着"神话学"、"民俗学"的充分依据,因而是较"科学"的解释。这就使我感到非常惊奇了,因为只要认真审视二《湘》便可发现:这一"神、神恋爱"的新奇解说,是完全不符湘君、湘夫人传说的神话背景,也不符合祭祀湘水之神的民俗的。

先看湘君、湘夫人传说的神话背景。从沅湘民间流传的有关湘神传说,以及二《湘》有"九嶷缤兮并迎""吹参差兮谁思""帝子降兮北渚"之语看,大多注家以舜为"湘君"、二妃为"湘夫人",应该是不错的。舜与二妃的神话传说,有尧嫁二女于舜、二女帮助舜逃脱他父亲、弟弟数次暗害的记载,与我们讨论的内容暂且无关,故先不论。与此有关的就是舜之晚年南巡而崩、二妃哀伤沉湘的悲剧故事了。综合刘向《列女传》、张华《博物志》、郦道元《水经注》等记载,这传说大抵包含了如下内容:帝舜陟方死于"苍梧之野";二妃追随至于洞庭湘水,闻讯悲啼,"以涕挥竹,竹尽斑";二妃沉于湘江,"神游洞庭之渊,出入潇湘之浦";沅湘民间因此尊舜与二妃为湘水之神,岁岁为之祭祀。

这就是二《湘》的神话传说背景。由此背景考察游国恩等解释二《湘》的"恋爱"说,起码在下述两方面显得极为荒唐:

一是帝舜与二妃的关系,乃是久共患难的老夫老妻,而非燕尔新婚的多疑情人。据《史记·五帝本纪》及《竹书纪年》所记传说,帝尧以二女妻舜,舜已是"三十"而立之年;舜得尧举"用事二十年,而尧使摄政";"摄政八年而尧崩,三年丧毕,让丹朱,天下归舜";舜"践帝位三十九年,南巡狩,崩于苍梧之野"。是帝舜升天之时已为百岁老翁,二妃不到百岁起码也是九十以上的老妇了。而按游国恩等对二《湘》的解说,简直就将舜与二妃看作了燕尔新婚的多疑情人:你送我玦、佩,我送你袂、褋,而后又怀疑对方另有外遇,"互相怨恨,而各弃其贻赠之物",岂不荒唐? 至于闻一多先生,则将湘君(舜)视为放荡之神,动辄与"女甲"躲到"花草丛中"乱合;湘公子(夫人)更是迫不及待,急与"脱去外衣"的"女乙"狂舞(同性恋?)。这样的"人、神恋爱",据说还与两千年后"我们"的态度一样,是"审美的,诗意的",真是奇闻! 郭沫若先生则译《湘君》之词曰:"爱情毫无呵,谁能说合? 爱情不深呵,容易分张。"显然又将九十多岁的娥皇、女英,错作了二三十岁的"失恋"少妇,是不是也太可笑了些?

　　二是帝舜与二妃,生前只有互助互爱之情,而无"不谐"、"离异"之说;他们死而为神,又共居湘水为夫妇,这在神话历史传说的记载中尤见得分明。例如二妃嫁舜以后,舜父让舜掘井,欲借机堵井害舜。二妃即让舜"裳衣龙工",终于"从他井出去"。舜父"使舜上涂廪",并"从下纵火焚廪",二妃又教舜"鹊汝衣裳鸟工往",从而得免火害。二妃虽为尧女,却"不敢以贵骄,事舜亲戚,甚有妇道"(《史记·五帝本纪》)。就是到了晚年,帝舜南巡,二妃犹关心牵挂,追随至湘水。听说帝舜崩驾,竟悲啼而沉湘以殉。这些都说明了二妃与舜夫妇感情之深厚,他们的结局所表现的,是一种殊为动人的生死相随之情,而不是"恩不甚"、"交不忠"的相弃决绝和生死分隔。即使他们最后死于不同地点,但既共居湘水为夫妇之神,也就不会从此"分隔"。因为在古人的心目中,相爱夫妇之间纵然生前分隔,死后也能相会,如《孔雀东南飞》所云"黄泉下相见"是也。而且《湘夫人》一诗,就有"九嶷缤兮并迎,灵之来兮如云"之语,王逸注曰:"言舜使九嶷之山神,缤然来迎二女。"则二《湘》词意,也指明舜、妃夫妇为神以后,是能够相会的。游国恩先生的解说竟断言,二《湘》写了舜与二妃"心不同而轻绝",以及"终无会合之期,至于互相怨恨"。这样的解说,究竟是出于舜与二妃之神话历史传说,还是游氏异想天开之虚构?

　　马茂元先生在《九歌》注释中,虽曾指出,沅湘之间"所祭神祇,多半是不见祀典的'淫祀',附丽于这种'淫祀'的神祇的身上,必然更多带有地方色彩的离奇怪诞、'亵慢淫荒'的神话"。但他又不主张在缺少这类神话依据的情况下,对《九歌》内容作随意悬想的解释。他曾经在《楚辞选》"少司命"注释中尖锐批评郭沫若先生将"少司命说成司恋爱的处女神","把《大司命》通篇译成大司命追求云中君的语气",认为"这类出于悬想的新奇的看法之所以产生,只是由于作品本身所依据作为背景的神话故事已经失传,而说者又不肯阙疑的缘故"。可惜的是,二《湘》的神话背景,典籍明明已见记载,游国恩等用所谓"恋爱"说解释二《湘》,明明与这神话背景大相径庭。而马氏在自己的解释中,却仍取游氏之说,大谈其湘夫人"对湘君的怨望"、湘君对湘夫人"决绝"以及他们之间"死生契阔、会合无缘的悲痛"。这与郭沫若"不肯阙疑"的新奇"悬想",又有多少区别?难道在舜与二妃的神话传说中,提供了这类"新奇"之说的依据么?

再看二《湘》"恋爱"之说,是否符合古代祭祀的"民俗"。在讨论《九歌》包括二《湘》祭祀之礼的时候,人们往往忘记了两个基本事实:

一是屈原《九歌》对诸神的祭祀,已不是原始蒙昧的时代,而是理性已经觉醒、社会关系也已进入文明期的战国中期。处在这样时代的沅湘民间,固然仍有不少古俗遗存,但若将其想象成人神不分、男女乱交的荒古时期,无疑是判断上的一大错觉。有些学者还广泛引证中外民俗学资料证明,古代的祭祀总与"性爱"联系在一起,甚至还有实际"性交"的舞蹈之类掺杂其间。但是他们往往不去考察,带有这类原始性爱内容的祭祀活动,究竟盛行于何种文化的发展阶段,其所祭祀的对象又是何神?即以弗雷泽《金枝》为例,他所探索的内米湖畔狄安娜神庙传说的古老习俗,其实是与远古野蛮时期的观念和生活联系在一起的。同样,《墨子》记载的夏启沉湎于《九辩》《九歌》的荒淫情景,亦远在屈原之前近两千年的原始时代。我们怎么可以用神话传说中反映的远古习俗,来比附屈原时代沅湘民间的实际祭祀活动?何况,即使是处于野蛮阶段的人们,也并非在祭祀中都涉及性爱、野合之类内容。只有在祭祀生育神、春神或爱神、"高禖"的活动中,才穿插有性爱内容。在祭祀其他神灵的活动中,有时恰正要禁止性爱活动,如北美人狩猎野牛前的跳"野牛舞"、苏兹人猎熊前对"熊神"唱歌跳舞的巫术活动,就与"性爱"毫无联系。老挝的猎人在"上路以前,训示自己的妻子,在他离家时要绝对禁欲";许多地方渔人出猎前,"必须预先斋戒、沐浴和禁欲",如努特卡—桑德族印第安人捕鲸前,要向神祈祷,"遵守着最严格的斋戒","还跟自己的妻子断绝任何接触"①。由此观察二《湘》,研究者们既未提供沅湘民间祭祀湘神必有"性爱"活动的依据,又怎可断言二《湘》所述内容,必与他们的"性爱"有关?

人们忘记的第二个基本事实,就是我们所讨论的《九歌》,是经过屈原改作的。按照王逸的说法,沅湘民间的《九歌》"其词鄙陋",故屈原为之另作了歌词;按照朱熹的推测,则是因为原先的歌词"不能无亵慢淫荒之杂",屈原因此"更定其词,去其泰甚"。倘若我们承认这大抵符合事实,就更不能再用"亵慢淫荒"的眼光来考察屈原改作的《九歌》。且不说早在春秋时代,稍有理性精神的人们,已对"亵慢淫荒"的现象持严厉的批评态度。如《国语·鲁语》批评"齐弃太公之法而观民于社";《左传》庄公二十三年批评鲁君"如齐观社,非礼也";《墨子》亦批评夏启"淫溢"、"康乐于野"、"万舞翼翼,章闻于天"的荒乐之行。就是屈原自己,也在《离骚》《天问》等诗中,对神话传说的宓妃之"康娱淫游"、夏启的"康娱自纵"作过愤懑的抨击。我们怎么可以想象,他在作这些抨击的同时,还会在改作的《九歌》中,大事渲染祭祀活动中的"亵慢淫荒"之行,而予以肯定呢? 由此反观闻一多先生在《什么是九歌》中的二《湘》之说,以为"地域愈南,歌辞的气息愈灵活,愈放肆,愈顽艳,直到那极南端的《湘君》《湘夫人》,例如后者的'捐余袂兮江中,遗余褋兮醴浦'二句,那猥亵的含义,几乎令人不堪卒读",便知这理解一定不符合屈原的原意。遗憾的是,当代有些《九歌》研究者,至今还在引用原始蒙昧时代的"民俗学"资料,来解释屈原改作过的《九歌》,以致像闻一多这样,将其理解成包含了"不堪卒读"的"猥亵"含义之作,岂不可叹!

游国恩先生对二《湘》的解说,自然不像闻一多那样"放肆",但也同样不符合祭祀神灵的"民俗"。据洪兴祖《楚辞补注》可知,《九歌》篇名"一本自《东皇太一》至《国殇》上皆有祠字",可见屈原改作的《九歌》,就其性质而言,决非如汪瑗所说是屈原"惟借此题目,漫写己之意兴"之作,而确为民间用作祭祀的乐歌。从祭祀的"民俗"考察,任何祭祀都回避不了"谁祭"、"祭谁"和"为什么祭"这三个问

①　见商务印书馆 1981 年版法国学者列维-布留尔《原始思维》第六章所引材料(分见第 221、222、228、232 页)。

题。沅湘民间再怎样"淫祀",也不会"淫祀"到改变了祭祀者的身份、对象和祭祀愿望。由此考察二《湘》,其主祭者无疑应是民间俗人(或代表他们的巫者),所祭对象则是作为神灵的湘君、湘夫人,祭祀的目的无非在向神灵转达深切的思念和祝愿之情,以祈求神灵的保佑和降福。但按游国恩的解说,祭"湘君"则由巫装扮成湘夫人,用湘夫人的口气祭唱;祭"湘夫人"则由巫装扮成湘君,用湘君的口气祭唱。这样的解说真是连起码的祭祀常识都不顾了——人们不禁要问:这究竟是"人祭神"还是"神祭神"?是沅湘俗人之祭湘神夫妇,还是缥缈天界湘神夫妇之"互祭"?而且此一祭祀的目的,似乎不在表达对神灵的思慕和祈愿,而是游氏解说的,在表达"互相怨恨,而各弃其贻赠之物"的"决绝"之情!试问:像这样一种"怨恨"、"决绝"神灵的祭祀,在中外的祭祀民俗中,难道有吗?

三、二《湘》祭祀内容新解

由上分析可证,游国恩等现代楚辞学者的二《湘》"恋爱"说,决无湘君、湘夫人"神话传说"背景之依据,也不符战国时代祭祀神灵的"民俗"。他们的具体解说虽然颇有思致,但从根本上看,却都是"新奇的悬想"而已。

那么,对《九歌》二《湘》又该如何解说呢?它们的祭祀方式究竟有什么特点?

我认为解决这个问题的关键,在于了解"巫风"祭祀的装扮性和迎神、降神的方式。我在《九歌六论》中,曾经引证汉代尚还流行的巫风降神记载证明:在巫风祭祀中沟通人、神关系的,是专职的巫觋。巫觋祭神的第一步,便是装扮成神灵的模样、布置好符合神灵生活环境特点的祭室,以迎接神灵的降临。这就是《史记·封禅书》所记少翁对汉武帝所说"上即欲与神通,宫室被服非象神,神物不至"所透露的信息;更有《荆楚岁时记》所记民间"作其形"以迎祭"紫姑"神的习俗为证。巫风祭神除了"装扮性"(即"象神"、"作其形")的特点外,还有一个特点即"巫、神"的合一性。倘若装扮成神灵模样的巫觋,通过"灵魂出窍"的"神游"方式(即"迎神"),邀到了神灵,神灵即附身于巫觋降临祭所。此时的"迎神"巫觋,也便摇身一变而为神灵本身,所说的话语就是神灵之"代言"了。对于这一点,朱熹《楚辞集注》其实早已有过明确论述。他在《九歌·东皇太一》"灵偃蹇兮姣服"注文中即指出:"灵,谓神降于巫之身也……古者巫以降神,神降而托于巫,则见其貌之美而服之好,盖身则巫而心则神也。"这一特点,也为《封禅书》所记上郡之巫"下"鬼神、汉武帝"因巫为主人,关饮食",以及《汉书·武五子传》所记广陵厉王胥使女巫降武帝之神的记载所证明。

了解了这一巫风迎神、祭神的特点,二《湘》(还有《山鬼》《河伯》《少司命》等篇)的有关疑问便可迎刃而解。游国恩先生等在解说二《湘》时,发觉《湘君》之语气不类湘君,《湘夫人》之语气亦不类湘夫人:其中的"君""帝子""公子"等称呼显指湘君或湘夫人,则"吾""予"又是谁的语气呢?只能视为对应的湘夫人或湘君了。现在我们可以明白:这"吾""予",恰正是装扮成湘君、湘夫人以迎神的巫者。则二篇的内容,就根本不是湘君夫妇"交相致其爱慕之意",而是迎神巫者表达对神灵的思慕和祈愿之意了——这恰正符合巫风迎神的"民俗",与"恋爱"之类风马牛不相及也。

在许多楚辞注家看来,祭祀中的迎神,或许只消在祭坛上歌舞一下即可,二《湘》中却有"沛吾乘""北征""登白薠"等情节,与"迎神"似无关涉。但据我观察,《九歌》"东皇太一""云中君""少司命""国殇"等之迎神,固然即在祭坛;但《东君》("抚余马兮安驱")、《大司命》("踰空桑兮从女")、《河伯》("与女游兮九河")、《山鬼》("路险难兮独后来"),就均有离开祭坛前往神灵处所接迎的描述。这在汉代巫风迎神中亦有实例。如《后汉书·列女传》记曹娥之父曹旴,就有"能弦歌为巫祝,汉安二年五月五日,于县江溯涛迎婆娑神,溺死不得尸骸"的记载。其中的"于县江溯涛迎婆娑神",不正是在祭坛之外接迎神灵的明证?所以在二《湘》的描述中,有相当篇幅叙述的,就是装扮成湘君、湘夫人的巫觋,在湘水、洞庭一带接迎神灵的情状(《湘夫人》还有对"筑室兮水中"的铺陈渲染,以期吸引神灵降临)。但令人不解的是,二《湘》(还有《山鬼》《河伯》)的祭神,似乎自始至终未见神灵现身或降临祭所(后者如《河伯》),这究竟是什么原因?对此问题我也作过长久的探索,终竟由于缺乏民俗学的实证资料,而难以作出确切的解释。萧兵先生曾以二妃之女英(又作女匣），推测二妃之神为燕子（舜为"玄鸟"亦即燕子）。燕子秋来南归时，或许受气候影响先后而至，故有相互寻找而不遇的情况。似亦缺少神话和民俗学的依据，而令人难以置信。考虑到在整个《九歌》中，只有二《湘》、《河伯》、《山鬼》或寻找神灵而不遇，或虽遇而不临（《河伯》），这些神灵又均属"山川之神"，我因此根据古代祭祀山川多取"望祀"方式"遥望而致其祭品"的习俗，提出了一个假说：二《湘》、《山鬼》等之所以迎神而不遇，乃是由这"望祀"的祭祀习俗所决定的。但尽管与这些"山川之神"不遇或神灵不临祭祀现场，巫者仍须装扮成神灵模样前往接迎，并表达对神灵的思慕和祈愿之情，以求得他们的福佑。至于《湘夫人》中有"闻佳人兮召予"之语，似乎写到了神灵的出现。其实，这只是风"闻"而已，乃是迎神巫者神思恍惚中的幻觉。此篇前文即有"荒忽（按：即慌惚）兮远望"之辞，指明了迎神巫者不遇神灵的"慌惚"之状。故黄文焕在《楚辞听直》注文中早对此句作过精当的解说："忽闻召予，胸中妄想邪？耳中妄听耶？绝望之时，机缘偏在意外，未可知也。"。钱澄之在《庄屈合诂》中亦称："闻佳人召予者，妄想生妄听也。"。可见篇中湘夫人并未真的降临。

最后所要探讨的是：二《湘》既为祭祀湘神夫妇之歌，而不是表现这对夫妇的"性爱"之歌，为什么篇中杂有"恋爱"式用语？二《湘》篇末的"捐玦遗佩""捐袂遗褋"又作何解？

我的回答是：古人心目中的神灵，并不像我们想象的那般冷漠，他们也是怀有喜怒哀乐之情的。且看《诗经·生民》对上帝的描述：当后稷"卬盛于豆，于豆于登"祭祀上帝的时候，"其香始生"，上帝在"居歆"安享之际，即高兴地脱口夸赞道："胡臭亶时！"它因此慷慨降福于后稷及其子孙，以至"庶无罪悔，以迄于今"。正因为如此，我们的古人在祭祀神灵的人、神交接之时，便格外热忱，极力要讨好神灵，不仅表现"诚惶诚恐"的恭敬之意，也还得转达不忘亲近的怀思之情。在表达对神灵的怀思之情时，就如朱熹所说的那样，是"不能无嫌于燕昵"，甚至可以用男女间的"思慕"之词来比附的。这种情况，我们在西汉时代朝廷祀典的《郊祀歌》中还可看到。如《天门》云："饰玉梢以舞歌，体招摇若永望"；"神裴回若留放，殣冀亲以肆章"；"泛泛滇滇从高斿，殷勤此路胪所求"。又如《景星》云："微感心攸通修名,周流常羊思所并"(《汉书·礼乐志》)。这些歌辞,正都表达了世人对于神灵的"殷勤"、"亲"近和怀"思"之情。其用语虽不"放肆",但其亲昵之意却是非常明显的。至于屈原《九歌》,则不仅在二《湘》、《山鬼》、《少司命》中运用"无嫌于燕昵"之辞(但并不"亵慢淫荒"),就是在大多注家不以为是抒写"人、神恋爱"的《云中君》("思夫君兮太息")、《大司命》("结桂枝兮延伫,羌愈思兮愁人")中,也都有类似于"男女"相思的用语。由此观察二《湘》中的某些用语,如"心不同兮媒劳,恩不甚兮轻绝""思公子兮未敢言",也无非是表达迎神不遇的悲怨之情——以神灵喜欢的"悲音",求得其垂怜和关切而已,又岂可视为真的在表现所谓的"人、神"或"神、神"恋爱?判断二《湘》之意旨,当从全篇着眼,并参照其祭祀的神话背景和习俗,本不能只从少数句子妄下断语。即以《湘君》而言,除了上引"恋爱"式句子外,不还有"交不忠兮怨长,期不信兮告余以不闲"的非"恋爱"式用语么?王逸注曰:"交,友也。忠,厚也。言朋友相与不厚,则长相怨恨。"上二句以男女婚姻喻人、神交接之不遇,此二句又以朋友交往写候神不临之幽怨,与所谓"恋爱"又岂是一回事?

关于二《湘》篇末的"捐玦遗佩""捐袂遗褋",倘若不是被游国恩先生"各弃其贻赠之物"之说搅糊涂了的话,其含义本身并不难理解。"捐""遗"均有"置"义(见五臣注),在这里则是投赠、遗赠的意思。王逸牵于屈原"风谏"之说,将其解为"(屈原)言己虽见放逐,常思念君,设欲远去,犹捐玦佩置于水涯,冀君求己,示有还意";"屈原托与湘夫人共邻而处,舜复迎之而去,穷困无所依,故欲捐弃衣物,裸身而行,将适九夷也",显然是凿空附会。洪兴祖则从祭祀的角度指出:"捐玦遗佩,以诒湘君";"捐袂遗褋与捐玦遗佩同意",可谓别具只眼。事实上,二《湘》到了篇末,既已令巫者迎神而不遇,便即按"望祀"方式"遥望而致其祭品",并遥祝神灵"逍遥容与",岂不正表达了世人的虔诚致祭之情和美好祝愿么?因为湘君是男神,故捐赠的祭品为玦、为佩;湘夫人是女神,故贻其袂、褋衣物,正使男女神灵各得所需也。

综上所述,用所谓的"神、神恋爱"说解释《九歌》二《湘》,看似新奇独到,却是不符二《湘》神话背景和祭祀民俗的臆说。而从神话背景和祭祀之俗考察,将二《湘》还原为屈原时代"望祀"湘水之神的乐歌,许多疑点和争论,均可得到较为圆通的解释。考虑到二《湘》"恋爱"说至今仍为大多注家依从,其穿凿附会之处未曾得到认真的批评,我因此结合自己的研究,谨以此文稍加评议。其中疏误之处,敬请方家指正。

[原载《安庆师范学院学报》(社会科学版)2000 年第 6 期,辑入本集有改动]

关于《九歌》二《湘》的神灵问题

一、引论:二《湘》神灵与"舜、妃"传说无关吗

在对《九歌》之《湘君》《湘夫人》(以下简称"二《湘》")主旨的解说中,游国恩、马茂元先生所主的表现"舜与二妃""死生契阔、会合无期"的恋情说,数十年来在楚辞学界占了统治地位。对此,我在八年前所作《〈九歌〉二〈湘〉"恋爱"说评议》①中,曾从与"舜与二妃"的神话传说背景不符、与祭祀神灵的礼俗不符二端,较深入地批评了此说的疏误,并从二《湘》分别为沅湘民间祠祀湘君(舜)、湘夫人(二妃)之祭歌角度,对其内容主旨作了新的阐发。

细心的读者当然会发现,我的批评有一个重要前提,即首先确认在战国南楚所祭二"湘"神灵,已与"舜与二妃"的神话传说有了联系,这也是王逸以来许多楚辞学家所共同确认的。

但对这一前提,研究者中却还有一部分人持怀疑态度。较早的是晋人郭璞,他在注《山海经·中山经》"洞庭之山,帝之二女居之"一节时指出:

> 说者皆以舜陟方而死,二妃从之,俱溺死于湘江,遂号为湘夫人。按《九歌》,湘君、湘夫人自是二神。江湘之有夫人,犹河洛之有虙妃也。此之为灵,与天地并矣,安得谓之尧女?②

---

① 潘啸龙:《〈九歌〉二〈湘〉"恋爱"说评议》,《屈原与楚辞研究》,安徽大学出版社 1999 年版,第132—147 页。
② 见四部丛刊本郭注《山海经》卷五。

此后,明清之际也有一些楚辞学者继承郭说,对将湘君、湘夫人神灵定为舜与二妃之说,提出了异议。如汪瑗《楚辞集解》即以为:"然湘君者,盖泛谓湘江之神;湘夫人者,即湘君之夫人,俱无所指其人也。或以为尧之二女死于湘,有神奇相配焉。湘君谓奇相也,湘夫人,谓二女也。或以为湘君尧之长女娥皇,为舜正妃,故称君;湘夫人谓尧之次女女英,为舜次妃,自宜降称夫人。或以为天帝之二女,俱非也。"顾炎武《日知录》卷二十五《湘君》条除引郭璞之注以申己意外,还进一步提供了自己的证据:"又按《远游》之文,上曰'二女御,《九招》歌',下曰'湘灵鼓瑟',是则二女与湘灵,固判然为二。即屈子之作,可证其非舜妃矣。后之文人,附会其说,以资谐讽。其渎神而慢圣也,不亦甚乎!"王夫之《楚辞通释》更斥秦博士以湘神为"二妃"之对为"妄说":"王逸谓湘君,水神;湘夫人,舜之二妃。或又以娥皇为湘君,女英为湘夫人。其说始于秦博士对始皇之妄说。《九歌》中并无此意。"

正因为有这些异议,我的好友周建忠教授对我评述二《湘》"恋爱"说的意见,也作了委婉的批评:"(潘文)直指舜妃悲剧传说为二《湘》神话传说背景,证据似嫌不足,而且还须清理神话发展的渊源线索,一般认为,虞舜与二妃的悲剧是二《湘》创作的背景之一,亦非'原型'"①。已故中国屈原学会会长褚斌杰教授在其《楚辞要论》中,亦不指名地回应我对二《湘》"恋爱"说的批评曰:

关于湘水神的神话,与舜本没有关系。后来在关于舜的神话历史化中,由于舜有娶尧之二女的传说,恰与《山海经》记载洞庭山"帝之二女居之"相同(实际上"帝"乃指上帝)②,从而附会为一,并为"楚辞"注者所采取。诗人屈原《九歌》,本属在当时万物有灵论的观念下,关于楚地山川的自然神的故事。湘江、洞庭,乃楚境中之大水,势必认为有神,而成为祭祀的对象。至

---

① 周建忠:《楚辞与楚辞学》,吉林人民出版社2000年版,第171页。

② 褚先生此意见与郭璞同。但袁珂《山海经校注》(上海古籍出版社1980年版)第176页则明确否定郭璞此说曰:"珂按:尧之二女即天帝之二女也。盖古神话中尧亦天帝也。"又同书第285—286页再次指出:"《山海经》所载未著主名之'帝',皆天帝,除《中次七经》'姑媱之山,帝女死焉'之帝指炎帝,《中次十二经》'洞庭之山,帝之二女居之'之帝指尧,《海外东经》'帝令竖亥'之帝指禹而外,余均指黄帝。"

于其故事内容,除本诗外,殆已失考。但这并不妨碍我们对其基本性质——湘水神男女恋爱故事的确认……①

其实,周、褚两位先生对二《湘》神灵的怀疑意见,有许多与 20 世纪三四十年代某些持疑者相近,而且游国恩先生当时就在自己的论文中作过回答和反驳②。

只是由于时隔数十年,出现了我批评游先生所主二《湘》"恋爱"说的新情况,他们似乎没有想到回过头去了解一下游先生当年的论述而已。

这样,在我批评游国恩先生所主二《湘》"恋爱"说的时候,我还必须同时回答他当年回答过的一个重要前提:即战国南楚所祭湘水神灵,是否如郭璞以来的怀疑者断言的那样,与"舜、妃"传说没有关系?

二、秦博士之"闻":南楚民俗提供的湘神与"二妃"联系之证

在许多情况下,对有关作品与神话传说背景之联系的争论,仅仅回顾古代神话传说的记述资料,还是难以作出准确判断的。原因在于中国古代神话记述的散乱和片段,使得人们引述的资料本身就有相互矛盾的地方。

即以"舜与二妃"的神话(古史)传说而言,据王逸《楚辞章句》所述,应是"尧用二女妻舜。有苗不服,舜往征之。二女从而不反,道死于沅湘之中,因为湘夫人也。"张华《博物志》也称:"尧之二女,舜之二妃,曰湘夫人。舜崩,二妃啼,以涕挥竹,竹尽斑。"《水经·湘水注》亦记:"大舜之陟方也,二妃从征,溺于湘江,神游洞庭之渊,出入潇湘之浦。"但《礼记·檀弓上》却记曰:"舜葬于苍梧之野,盖三妃未之从也。"正因为如此,郭璞在反对王逸之说时,即引此条记述曰:"《记》曰:'舜葬苍梧,二妃不从。'明二妃生不从征,死不从葬,义可知矣。"

---

① 褚斌杰:《楚辞要论》,北京大学出版社 2003 年版,第 333 页。
② 参见游国恩《楚辞论文集》之《论屈原之放死及楚辞地理》、《论九歌山川之神》,古典文学出版社 1957 年版,第 85、125—130 页。

因此我以为,在文献记述混乱不清的时候,弄清有关神话传说内涵的最好途径,就是去考察与此相关的古代民俗。因为古代民俗不只是一种文献的记述,它更是一种在古代民间延续数十百年乃至千年的实践活动即客观存在。

解决屈原《九歌》二《湘》所祭神灵究竟为谁的问题,当然也应该走这样的考察途径。令我感到非常欣慰的是,恰好在这个问题上,《史记·秦始皇本纪》为我们提供了一个最有力的南楚民俗佐证——

> 二十八年……浮江,至湘山祠,逢大风,几不得渡。上问博士曰:"湘君何神?"博士对曰:"闻之,尧女舜之妻而葬此。"于是始皇大怒,使刑徒三千人,皆伐湘山树,赭其山。

这则记述,已被千多年来研究《九歌》二《湘》者征引过不知多少遍了,完全不是什么新出的资料。但我发现,却很少有人注意到其中所蕴涵的真意义。以至于连目光锐利的大思想家王夫之,也竟然对秦博士之说嗤之以鼻,斥之为"妄说"。

这则记载的真意义,恰在于秦始皇至洞庭湘山祠所问的湘神,也正是屈原为沅湘民间改写的《九歌》二《湘》所祭的同一神灵。而在博士对秦始皇的回答中,有一个最关键的"闻之"之语,又明白告诉了当代后世的人们,以"尧女舜之妻而葬此"被奉为湘神的回答,并非是秦博士自己的妄想或臆测,而恰是他从当地百姓那里听说的祀神民俗。——也就是说,在秦始皇所到的湘江洞庭一带,当时被奉为湘神而受祭的,不是郭璞所臆测的"斯之为灵,与天地并"而无主名的湘水之神,也不是两千年后的褚斌杰先生所推断的"其故事内容,除本诗(按:此指屈原《九歌》二《湘》)外,殆已失考"的湘水"自然神",而正是"尧女舜之妻而葬此"的"二妃"。

据《史记》记载,秦始皇"浮江,至湘山祠"之年,是他统一六国后的第三年(前219),上距诗人屈原放逐沅湘之间约七十余年。我们知道,在历史上作为民风、民俗而流传的民间祭祀活动及内容,其延续的时间往往会长达数十百年乃至千年。既然在秦始皇二十八年的湘江洞庭,其所祀湘水神灵,乃是与大舜相联系的"二妃";那么由此上溯七十余年,诗人屈原为此同一地区改作的祭祀同一湘水之神的二《湘》,其所祀神灵毫无疑问也应与"二妃"及舜的传说有关。

我所要强调的,上面所引秦博士之"闻",决不是后世楚辞注家的牵强附会、胡断妄说,而是秦博士所听说的沅湘民间实际流传的祀神之俗。它所揭示的湘水神灵是谁的答案,已不是一种"学术"见解,而是沅湘洞庭民间长期以来祭祀的客观事实。见解是可以商榷的,民俗所显示的事实,却是难以用臆测或空论所推翻的。

有了沅湘民间所祭湘神,当与"舜、妃"传说有关的民俗依据,再来对照屈原《九歌》二《湘》,人们便可以发现,二《湘》本文实际上也提供了可与南楚民俗相印证的证据——

《九歌·湘君》云:"望夫君兮未来,吹参差兮谁思。"诗中所云"参差",即传为舜所创制的排箫。应劭《风俗通》载"舜作箫,其形参差,象凤翼"。洪兴祖解此句曰:"参差,不齐之貌。此言因吹箫而思舜也。"可见,《湘君》一诗所反映的沅湘迎神、祭神对象,即当与吹"参差"所"思"的舜有关。有的研究者认为,这不过是偶合,未必就能据此认定所迎神灵即舜。但我要反问:那为什么在迎云中君、东君、河伯、山鬼等神灵时,却无一处见有"参差"之器呢?可见诗人屈原是熟知"舜作箫,其形参差"的传说,故在祭湘君(此指舜,详见下面)时,也不忘以吹箫(参差)来表达迎神之思。

再看《湘夫人》,其辞有"九疑缤兮并迎"之句。句中提及的"九疑"即九疑山,正是神话传说中的帝舜葬地。王逸注此句意为"言舜使九疑之山神,缤然来迎二女,则百神侍送,众多如云也"。正因为《湘夫人》所祭神灵,当为与舜有关的"二妃",故诗人想象连九疑山神也"缤然来迎"了。倘若此歌所祀乃与"二妃"无关之神,则又何须远涉舜之葬地的九疑山神?褚斌杰先生以为:"《离骚》写屈原将从卜远行,复又祈祷于巫咸时,亦有'百神翳其备降兮,九疑缤其并迎'句,故九疑神未必指舜,九疑山乃楚地名,大约于传说中为楚地众神所居处的地方。"①其实,《离骚》之称"九疑"正与大舜有关:此诗前有"济沅湘以南征兮,就重华而陈词",说明诗人在想象中已来到大舜所葬的九疑山。陈词后的上下求女,也是从九疑山一带出发的

---

① 褚斌杰:《楚辞要论》,北京大学出版社2003年版,第344页。

（"朝发轫于苍梧兮"）。故当其上下求女失败后想象中的回归和占卜、降神之地，当还在他的出发之地九疑山一带。《离骚》"九疑缤其并迎"之句，正指明了这一点。褚先生为了将九疑山与舜割断关系，因断言"（九疑山）大约于传说中为楚地众神所居处的地方"，这恐怕倒是不顾上下文联系的无根据附会了。

然后再看《湘夫人》之首句："帝子降兮北渚。"因为当时沅湘民间所祀湘神乃是与舜有联系的"二妃"，她们又是神话传说中的帝尧之女，故可称为"帝子"。倘若当时所祀"湘夫人"，乃是与帝女"二妃"毫无关系的远古水神，则《湘夫人》又何得称其为"帝子"？

可见，以上对二《湘》诗句例证的引述，即使只就本身而言，也已约略可证，二《湘》所祀湘水之神，应该与创制"参差（排箫）"并葬于"九疑山"的大舜，以及身为帝尧之女而可称"帝子"的"二妃"有关。而有了秦博士提供的南楚沅湘所祀湘神的民俗之证，则屈原时代《九歌》二《湘》所祀湘神，已与"舜、妃"传说相联系，便更成了铁证而难以推翻了。

三、由"原型"到"舜与二妃"：湘神受祀对象的变迁

现在，我们再回到为楚辞研究者所反复称引的郭璞之说上来。

郭璞云："江湘之有夫人，犹河洛之有虑妃也。此之为灵，与天地并矣，安得谓之尧女？"有了我在上面所引南楚祠祀湘神"二妃"的民俗实证，我们是否可以因此将郭璞之说全部推翻了呢？我以为也不可以。因为郭璞之说，虽不符合战国时代南楚祠祀湘神的实际情况，但若将其推之远古"万物有灵论"时代，则此见解的某些部分，就成了精当的科学判断了。

谁都知道，作为长江在南楚的一大支流，湘水的存在，无疑要比传说中的尧、舜、禹时代久远得多。它虽然肯定不会与"天地"开辟的"盘古"时代相"并"，但起码也当有亿万年的历史。那时人类还没有诞生，地球上也不会有标志早期人类认识水平的"万物有灵论"，则湘水之"神"的问题，当然也无从谈起。

而当人类出现在古老的中国江河大地上，处于文明以前蒙昧时代的认识水平，他们的思想中就无疑会带有"万物有灵论"的观念。

正如意大利著名学者维柯所说，"各异教民族所有的历史全部从神话故事开始"，远古的人们"生来就对各种原因无知。无知是惊奇之母，使一切事物对于一无所知的人们都是新奇的……他们想象到使他们感觉到和对之惊奇的那些事物的原因都在天神"，"他们把一切超过他们的窄狭见解的事物都叫做天神"①。法国学者列维-布留尔《原始思维》，也引述提出"万物有灵论"说的学者之意见，以为"（原始人）在一切生物身上，在一切自然现象中，如同在他们自己身上，在同伴们身上，在动物身上一样，统统见到了'灵魂'、'精灵''意向'"②。我国神话学者谢选骏则具体指明了这种认识的特点："新石器时代的原始人类，生活在万物有灵观念的支配之下。这种观念认为宇宙万物都像原始人类一样具有生命甚至'灵魂'"。而神话传说，就正是人类万物有灵论观念进一步神圣化的产物。故谢先生进而指出，"支配神话的是万物有灵观念"，"（它）是一种无意识的集体信仰"③。

我们由此可以推测，在这种观念支配下的南方沅湘一带的原始人，自然也会持湘水有神的看法。但他们是否会像后来那样，以为湘水之神有夫有妻，分为"湘君""湘夫人"，就不得而知了。因为在我国古代神话传说中，水神固然亦有夫妇配偶之例，但一般都分属两水，如黄河之神为"河伯"，其妇宓妃则为洛水之神④。也就是说，地处南方的湘水之神，应该早在"舜、妃"神话尚未流传的远古时代即已产生。我们因此也可以从情理上推测，当时湘水民间也应流行着祭祀这位与"舜、妃"传说完全无关的湘神之习俗（虽然我们至今还没有获得这方面的神话传说或考古文物之证据）。

但是在历史发展中，与民俗相联系的某些受祀对象，也往往会发生变迁。这种变迁，一般表现为由后出的历史人物，取代先前受祀的神灵。这后出的人物之所以能取代先前受祀的神灵，其原因一定在于他（或她）的生死，带有极大感动当地百姓心灵的力量。这样的实例无须远求，南方楚、越之地端午节祭神民俗的变迁，就是一个有力

---

① 维柯：《新科学》，朱光潜译，人民文学出版社1986年版，第43、162页。
② 列维-布留尔：《原始思维》，丁由译，商务印书馆1981年版，第11页。
③ 谢选骏：《神话与民族精神》，山东文艺出版社1986年版，第4—5页。
④ 屈原《天问》："帝降夷羿，革孽夏民。胡射夫河伯，而妻彼洛嫔？"

的旁证。

据闻一多先生考证,南方五月端午的"龙舟竞渡"和"包粽子水祭"风俗,在最早的时候,"与龙有着密切的联系,并且还可以进一步推测,说它就是古代吴越民族———一个龙图腾团族举行图腾祭的节日"①。而到春秋时期,出现了介子推隐居介山,"抱木而烧死,(晋)文公令民五月五日不得发火"的历史故事,"端午节"在并州地区,就变成了纪念介子推的节日。而在南方,则又有伍子胥被吴王夫差赐死,装入"鸱夷"形皮囊中,抛入姑苏东南江中的大悲剧发生。此后人们因又以伍胥为水神,五月端午便成了吴越地区迎祭"伍君"的节日。只是到了战国后期,楚国的伟大贞臣屈原谏君不从,忠而被逐,为保持清白之节,毅然投汨罗而死以后,"楚人哀之,每至此日,辄以竹筒贮米,投水祭之"②;并在此日举行龙舟"竞渡,俗为屈原投汨罗日,伤其死所,并命舟楫以拯之"(《太平御览》三一引《荆楚岁时记》)。这一习俗在魏晋以后便逐渐固定下来,端午节就演变为专祀屈原的传统节日了。

从端午节祭祀民俗的"原型"及变迁,我们同样可以确定,南方沅湘民间祭祀湘神的习俗,大抵也经历了类似的变化:在远古时代,在"万物有灵论"的观念支配下,人们祭祀的湘水之神当时并无特定的祀主,也未必就有"君"与"夫人"之区分。而到有关"舜陟方"而死,葬于九疑,二妃从之,沉湘而死的悲剧流传开以后,为这一悲剧深深感动的湘水一带民间,其所祀湘神也逐渐发生了变化,即由"舜"与"二妃",取代原始的无主名湘神,而变为"舜、妃"共祭的湘水夫妇之神了。

这一变化具体发生的年代,现在是无法考定了。但有了秦博士对始皇帝"湘君何神"的回答证据,以及屈原为沅湘民间改作的《九歌》二《湘》之词的印证,我们当然可以认定:在屈原放逐于沅湘之间的战国时代,沅湘民间所祀的"湘神",已经不再是原始的无主名水神,而恰是其生死悲剧传说发生在湘江一带的"舜、妃"了。

弄清了湘水之神的"原型"及其变迁,我们便可发现,从郭璞直

---

① 闻一多:《端午考》,收《神话与诗》,华东师范大学出版社1997年版,第152页。
② 欧阳询:《艺文类聚》,汪绍楹校,上海古籍出版社1982年版,第74页。

至当代某些楚辞学者,否定沅湘民间所祀湘神与"舜、妃"传说有关的意见,尽管有其一定的原始依据,但用来解说战国时代屈原为沅湘民间改作的《九歌》二《湘》背景,就犯了极大的时代错位:此时的沅湘祀神民俗,早已用"舜与二妃"之神,取代了被褚斌杰先生称为"殆已失考"的原始"湘神",则屈原为之改作的二《湘》祭歌之神话背景,也当然就与"舜、妃"传说有了联系。在这个关涉《九歌》二《湘》如何解读的重大争论问题上,我们究竟应该相信秦博士所提供的当时民间祠祀"二妃"的民俗事实,相信屈原自己在二《湘》歌辞中提供的湘神与"舜、妃"传说有关的重要证据呢,还是像郭璞和现代某些楚辞研究者那样,完全不顾沅湘民间湘神祀主已经发生变迁的事实,而相信全凭"万物有灵论"的理论推断,却又于传说事实完全无考的原始湘神的所谓"男女爱情"背景呢? 答案不是已经很清楚了吗!

四、论王逸注文对"湘君"、"湘夫人"的解说
——兼评"湘君娥皇、湘夫人女英"之说

在《九歌》二《湘》的神灵研究中,还有一种意见为某些学者所执持,那就是以"湘君"之神为"娥皇"、"湘夫人"之神为"女英"之说。

前面在引述秦博士答始皇"湘君何神"之语时,只证明了当时民俗祭祀的湘神,已与舜、妃传说相联系。但有一个问题人们虽然没有提出,心中却自会怀疑:按屈原《九歌》,沅湘民间所祀不仅有"湘君",还有"湘夫人"。秦博士所闻的民俗既以"二妃"为"湘君",那么"湘夫人"又是谁呢?

西汉大学者刘向在《列女传·有虞二妃》中也记载了有关湘神的传说:"舜既嗣位,升为天子,娥皇为后,女英为妃。……舜陟方死于苍梧,号曰重华;二妃死于江湘之间,俗谓之湘君。"①刘向当然读过《史记》,对秦博士之答"湘君何神"无疑熟悉,故其确认的"湘君"也是"二妃"②。刘向同时又是西汉流传的《楚辞》本子的重要编辑者,他当然也熟知屈原《九歌》中除《湘君》外,还有《湘夫人》,可惜他对"湘夫人"是谁的问题,并没有留下任何解说。

---

① 见四部丛刊本刘向《古列女传》卷一。
② 游国恩:《论九歌山川之神》注引王照圆《列女传》校补,以为原文应为"俗谓之湘君、湘夫人也。"但由于古本《列女传》失传,我们对此校补只能存疑。

在这个问题上作出重要改变的,当数东汉楚辞学者王逸。自韩愈以来直至宋人洪兴祖,均误认"王逸以为湘君者,自其水神,而谓湘夫人,乃二妃"。这一判断,其实并不符合王逸在二《湘》注文中透露的意见。我们且看王逸之注《湘君》"君不行兮夷犹"句:

> 君,谓湘君也。夷犹,犹豫也。言湘君所在,左沅湘,右大江,苞洞庭之波,方数百里,群鸟所集,鱼鳖所聚,土地肥饶,又有险阻,故其神常安,不肯游荡。既设祭祀,使巫请呼之,尚复犹豫也。

在这句注文里,王逸对"湘君"究竟为何神的问题,并没有说明。所以根本谈不上洪兴祖《楚辞补注》断言的"逸以湘君为湘水神"的结论。但王逸心目中自有答案在,这答案正寓于他对接着的"蹇谁留兮中洲"句的注文中:

> 言湘君蹇然难行,谁留待于水中之洲乎? 以为尧用二女妻舜。有苗不服,舜往征之,二女从而不反,道死于沅湘之中,因为湘夫人也。所留,盖指此尧之二女也。

这句注文,不仅清楚地指明了沅湘民间所祀"湘夫人"之神,乃为舜妻"二女",而且进一步回答了上面未点示的"湘君"何神的问题:湘君神灵之所以犹豫不来,原来是被"湘夫人"即"尧之二女"留待于水中之洲了。"二女"作为"夫人",所殷殷"留待"的"湘君"之神,当然不可能是与她们的丈夫无关的其他男神,而应该就是她们的夫君大舜。正如游国恩先生所说:"按叔师承先秦之旧说,据南楚之传闻,故径以舜事释之,原无不合,特未明言湘君当为舜耳。其意固自以二女为湘君之配也。……夫二女得留湘君于中洲,非以湘君配夫人而何? 非以湘君为舜,夫人为二女而何?"[1]

由上所论,王逸以舜为"湘君","二女"为"湘夫人",这与秦博士所闻"尧女而舜之妻"为"湘君"的情况虽不相同,但似更合情理。

---

[1] 游国恩:《楚辞论文集》,古典文学出版社 1957 年版,第 128 页。

因为沅湘民间的"湘神"既然分为"君"与"夫人",则将"二妃"视为"湘君",就实在难以解说"湘夫人"又是谁了。而秦博士的回答之所以与王逸不同,我以为可能与秦博士在湘山祠一带询问民间传闻时的特殊情况有关:从屈原《九歌》有二《湘》看,沅湘民间当时所奉湘神,原就有"湘君"与"湘夫人"之分。由于二妃溺死于湘江洞庭,其湘山祠所祀湘神,犹以"二妃"之事为当地人们所乐道。故秦博士问以湘君,民间则可能多谈"二妃"传说。秦博士不知此情,以为只有"湘君"一神,故将"二妃"误作"湘君"而答秦始皇了。所以,还是唐人司马贞说得好,他在《史记索隐》注释秦博士之语时指出:"《列女传》亦以湘君为尧女。按《楚辞·九歌》有《湘君》、《湘夫人》,'夫人'是尧女,则'湘君'当是舜。今此文以'湘君'为尧女,是总而言之。"①

这当然也只是从情理上所作的推测。但不管怎样,自王逸《章句》以"二妃"为"湘夫人"(同时点示"舜"为"湘君")以后,东汉末郑玄之注《礼记·檀弓》,西晋张华之《博物志》,均不再如秦博士、刘向那样,以"二妃"为"湘君",而直指"《离骚》所歌'湘夫人',舜妃也"(郑)、"尧之二女、舜之二妃,曰'湘夫人'"(张)了。

将王逸以"湘君"、"湘夫人"为何神的问题辨明以后,我们再回到本节开头提出的课题,即企图根本推翻王逸之说,而将"娥皇"、"女英"分属"湘君"、"湘夫人"的新见解。较早提出此说者,当为唐人韩愈②。其《黄陵庙碑》曰:

> 以余考之,璞与王逸俱失也。尧之长女娥皇为舜正妃,故曰"君",其二女女英自宜降曰"夫人"也。故《九歌》辞谓娥皇为"君",谓女英为"帝子",各以其盛者推言之也。礼有"小君"、"君母",明其正,自得称"君"也。

韩愈此说后为洪兴祖《楚辞补注》所从,并影响到朱熹以及明清直至现代的楚辞学家如戴震(《屈原赋注》)、蒋骥(《山带阁注楚辞》)、郭

① 见《二十五史·史记》,上海古籍出版社、上海书店1986年版,第30页。
② 今查《全唐文》卷三百四十六所载刘长卿《湘妃诗序》已有此说。但刘长卿乃在韩愈之前,而此序却有"韩愈《黄陵庙碑》曰"之语,可知此文非刘氏之作,当为韩愈以后之人所作而误入刘氏名下者也。

沫若等。

但韩愈此说新则新矣,却既不合情理,也不合他自己所举礼制。

从情理上说,其最大失误在于将"二妃"的丈夫"舜"排除在了"湘君"、"湘夫人"之外。我们知道,沅湘民间关于"二妃"的传说,从来就是与"舜"之南巡而崩的传说紧相联系的。"二妃"之泣于洞庭湖畔,并最终投湘水以死,亦正表现了对夫君大舜生死相随的至性、至情。可以说,如果没有舜之南巡、崩于苍梧,就决没有"二妃"泪洒翠竹、沉湘以死的动人传说。沅湘民间,如果确如秦博士之闻,只传说有"湘君"一神,倒也罢了。但据屈原《九歌》,其所祭湘神明明有"湘君"、"湘夫人"之分。则所传湘神中既有"二妃",又怎么可能没有大舜呢? 韩愈不顾这一神话传说自身结构之二重元素,生硬地将舜从二"湘"神灵中排除,是难以令人信服的。而且从《九歌》所祀湘水之神有"君"有"夫人"看,其"夫人"与"君"自当为夫妇关系。韩愈却将其变为姊妹关系,使屈原《九歌》显示的湘水夫妇之神,一变为没有夫君的姐妹之神,岂非大背于情理?

从礼制上看,韩愈所举"君"与"夫人"的称呼,也根本不符合"二妃"之作为人帝(或天帝)大舜之妻的身份。《论语·季氏》对"君"、"夫人"的称谓是这样解释的:

> 邦君之妻,君称之曰"夫人",夫人自称曰"小童",邦人称之曰"君夫人",称之异邦曰"寡小君",异邦人称之亦曰"君夫人"。①

所谓"邦君",据《论语正义》当指"诸侯"之君。此文则明确指出,诸侯之妻称之"异邦"才可谓之"寡小君"。而《春秋·庄公二十二年》,则有"葬我小君文姜"之记。那么在史家记述时,亦可称为"小君"。但均得称"小君"而已,却绝对没有称夫人为"君"的。按韩愈关于娥皇为正妃的说法,则应称为"湘小君",又怎么可以称为"湘君"? 同时我们要注意,这都是指称"诸侯"之妻的。而大舜则是传说中的帝王、天子,娥皇乃帝舜之正妃,而非诸侯之妻,又岂得以诸

---

① 《十三经注疏》(下册)之《论语注疏》,中华书局1980年影印版,第2522页。

侯妻之"小君"称之？

由此可见，韩愈的以"娥皇"为"湘君"、"女英"为"湘夫人"之说，也只是不合情理，且于礼制无证的附会之说罢了。

五、结　语

以上我从秦初洞庭一带民间所祀湘神，乃是与舜之传说相联系的"二妃"，证明了与此相去七十余年的屈原《九歌》二《湘》所祀神灵，也当与"舜、妃"有关。并从湘水之神的"原型"及其变迁上，论述了屈原时代所祀湘神，已不再是远古时代"万物有灵论"观念下产生的无主名水神，而已为有主名"舜、妃"之神所取代。在此基础上辨明王逸所注"湘夫人"为"二妃"，"湘君"则为"二妃""所留"之"舜"；韩愈以娥皇为"湘君"、女英为"湘夫人"之说，乃是既不合情理也不合礼制的附会。

有了以上这些论述及结论，我便可以更加确信地回到八年前对《九歌》"恋爱"说所作的评议上来：《九歌》二《湘》之神灵，既与"舜与二妃"有关，则游国恩用"舜与二妃""终无会合之期，至于互相怨恨，而各弃其贻赠之物"、"以示决绝之意"解说二《湘》，就根本不符合"舜与二妃"的神话传说背景。《九歌》二《湘》之神，既然在屈原时代早已摆脱了远古时代无主名水神之"原型"，而已由有主名的"舜"与"二妃"所取代，则褚斌杰先生试图用"殆已失考"、无凭无据的远古湘水神的所谓"男女恋爱"背景，来为《二湘》"恋爱"说圆场，也就成为于事无补的徒劳了。

[原载《安徽师范大学学报》(人文社会科学版)2008 年第 6 期，辑入本集有改动]

《九歌·山鬼》研究辨疑

屈原《九歌》之"情致缥缈"、"善言鬼神之情状"（吴世尚《楚辞疏》），曾博得历代读者之惊叹。可惜的是，对屈原创制的这一组祭歌，研究者们的理解却至今歧议纷纭，使不了解背景的读者无所适从。本篇所要讨论的《九歌·山鬼》，就是异说丛出、莫衷一是的篇章之一。例如，《山鬼》所祭究竟是沅湘间"山神"还是"巫山神女"；此篇表现的是人、神的交接之情，还是"女神的失恋"；"山鬼"在祭祀中究竟现身了没有；诗中的"灵修"、"公子"指称的又是谁等，研究者们似乎都有不同的理解和说法。本篇的意图，即在对《九歌·山鬼》的研究疑点作些清理，并结合自己的研探，提出一些不同的意见。

一、"山鬼"就是"巫山神女"吗

《山鬼》研究中首先遇到的问题，就是"山鬼"究竟是谁。对于这个问题，从熟知故楚沅湘间风俗的汉人王逸，到宋元明清间大多楚辞注家，似乎从未有过疑问：在他们看来，"山鬼"就是"其俗信鬼而好祠"的"南郢之邑，沅湘之间"所祠的"山神"，本不必考实其究竟为何山之神。

最早试图将"山鬼"与具体山名联系起来的，是清人顾成天。《四库全书总目提要》引述其《九歌解》曰："又《山鬼》篇云：楚襄王游云梦，梦一妇人，名曰瑶姬，通篇词意似指此事。"顾氏所称传说，出于传为宋玉所作《高唐赋》，则顾氏理解的"山鬼"，无疑就是与楚怀王梦会于高唐之观的"巫山神女"了。不过顾氏的意见毕竟带有猜测成分，而且也未提供证据，故清代研究者大多不予信从。《四库全书总目提要》作者更明确批评说："屈原本旨岂其然乎？"

但顾氏的推测却得到了郭沫若先生的响应，而且为这一推测提供了重要证据。他引证《山鬼》"采三秀兮於山间"句指出："於山即

·104·

巫山。凡《楚辞》兮字每具有於字作用,如'於山'非巫山,则於字为累赘"①。既然《山鬼》篇明确提到了"於山(巫山)",则此"山鬼"不是"巫山神女"又是什么?郭沫若此证一出,"山鬼即巫山神女"说即在楚辞研究界迅速流行起来。当代楚辞研究家如马茂元、陈子展、聂石樵、金开诚、汤炳正等,几乎翕然从风,无不认定屈原《山鬼》歌咏的"山鬼"就是"巫山神女"。马茂元先生在《楚辞选》中,不仅从《九歌》"兮"字的"代字作用"上论证,"采三秀兮於山间"之"於"不可"照本字解",否则便"和'兮'字重复";"郭沫若说,'於山'即'巫山'。因为'於'古音巫,是同声假借字。这话是不错的。"他还引证《文选》江淹《杂体诗》李善注引《宋玉集》之文,以及《山海经·姑瑶之山》有关内容证明:巫山神女即"帝之季女"瑶姬,亦即《山海经》所称死后"化为䔄草"的帝女"女尸";"䔄草之所以得名,由于是瑶姬的精魂所化。在《山海经》里把它叫做䔄草,《高唐赋》里却又说成灵芝,足见这两者是二而一的东西。本篇(按:指《山鬼》)里的'三秀'又是灵芝的别名。那末'采三秀兮於山间',正所以表现女神缠绵生死终古不化的心情,决不是一般的叙述了"。这就从"三秀"的来源上,似乎又为"山鬼即巫山神女"说提供了新证。汤炳正先生虽不同意郭氏将"於山间"解为"巫山间",认为这"於"字之与"兮"相重,乃"后人不知而妄增,与前面'云容容兮而在下'误衍'而'字同例。或释'於山'为'巫山',非是"。但他又以为,"从全诗看,却与《高唐》《神女》赋之内容隐约相似。如作为一个热恋生活、追求爱情的少女形象,她'既含睇兮又宜笑,子慕予兮善窈窕',不正是《神女赋》所谓'目略微眄,精彩相授;志态横出,不可胜记'?'云容容兮而在下'、'东风飘兮神灵雨',不正是《高唐赋》所谓'云气兮直上'、'旦为朝云,暮为行雨'?'留灵修兮憺忘归'之独称'灵修',不正是巫山神女'愿荐枕席'于'先王'的神话缩影?"②经过这样一比较,"山鬼"岂不正就是"巫山神女"的形象写照?

　　这就是自顾成天以来提出"山鬼"为"巫山神女"说者的主要论据。现在我们试评判一下,这些论据究竟能否成立。

---

① 郭沫若:《山鬼》注,《屈原赋今译》,人民文学出版社1953年版,第52页。
② 汤炳正、李大明、李诚等:《山鬼》注,《楚辞今注》,上海古籍出版社1996年版,第72页。

首先看郭沫若的论据。郭氏以为"采三秀兮於山间"之"於",与"兮"所具有的"於"字作用相同,所以为免"累赘","於山"只能作"巫山"解释。这理解本身就遭到了《楚辞》用"兮"之例的反驳。诚然,在《楚辞》特别是《九歌》中,"兮"字的用法正如闻一多先生在《什么是九歌》中所说,"就音乐或诗的声律说,是个'泛声',就文法说,是个'虚字'"。它在特定的位置上,几乎可作"夫"、"而"、"於"、"以"、"之"等虚字的"总替身"。但是我们又要看到,屈原《九歌》之造句,"兮"字主要还是作"泛声"即音乐上的延长作用使用的,并未有意识地用作文法上的"虚字"。正因为如此,《九歌》有不少句式,在"兮"字后面仍然接以"以"、"而"、"於"等"虚字",而不嫌重复。例如《大司命》"君回翔兮以下"(一本"以"作"来"),《东君》"杳冥冥兮以东行"(一本无"以"字);就是《山鬼》本文,也还有"云容容兮而在下"之例,与"采三秀兮於山间"句式相同。前二例虽有"一本"的不同用语,但又有谁能证明,屈子原作定必不作"以下"、"以东行"之语?第三例出自《山鬼》本文,且又没有他本作"云容容兮在下"之证,又怎可如汤炳正先生那样,轻易断为"因后人不知而妄增"?既然没有他本证明"妄增",则"采三秀兮於山中"之"於",为什么就不可以是"虚字"(实为介词)?退一万步说,就算我们同意郭沫若先生的意见,将"於"不作"虚字"解,而将之与"山"相连读,则"於山"就一定是"巫山"么?"於""巫"读音固然相同,但这二字并没有"同声假借"之证。对于这一点,张元勋先生即曾引证屈原《离骚》"饮余马於咸池兮"、"夕归次於穷石兮"及"巫咸将夕降兮"等例,证明在屈原那里,"'於'与'巫'分用得很清楚",屈原诗作中绝无"於""巫"假借之例[①],则"於山间"又怎能如郭氏那样武断为"巫山间"?

再看马茂元、汤炳正二位先生的证据。马氏引证宋玉《高唐赋》及《山海经·姑瑶之山》的传说证明,帝女死后所化之"䔄草"即"灵芝",《山鬼》篇所采之"三秀"亦为灵芝,可见"山鬼"就是"巫山神女"。此说貌似有理,其实却需要一个最重要的前提,即诗中所述的"采三秀兮於山间"之"於山间",必须解作"巫山间"。倘若此"山

---

① 张元勋:《九歌十辨·山鬼辨》,中国广播电视出版社 1991 年版。又雷庆翼《楚辞正解》(学林出版社 1994 年版)对此说亦有批评。

鬼"确为"巫山间"之山鬼,则所采之"三秀",或许与封于此山的帝女瑶姬有关,或者说就是她的"精魂"所化。但前面既已证明,"於山间"与"巫山间"根本不是一回事,又怎能用"三秀"即灵芝之说,来反证此山必为巫山、山鬼必为巫山神女?灵芝之为瑞草,名山大川皆有。当年白蛇为救许仙,不就曾冒九死一生,远赴嵩山采取灵芝?按马氏的推断方式,凡言灵芝就必与巫山神女有关,则嵩山岂非也应是"巫山",而南极仙翁也该改称为"巫山神女"了?至于汤炳正先生的论据,缺乏了"於山"即"巫山"之证,其所作的"山鬼"与"巫山神女"的形象比较,也一样不足为据。"山鬼"能"含睇"(微视),《神女赋》有"微睇";《山鬼》篇中有"云"有"雨",《高唐赋》中亦有朝云暮雨,"山鬼"就一定是"巫山神女"?那么曹植之赋"洛神",亦有"转眄流精"之貌,陈琳之赋"汉川"女神,更有"托嘉梦以通精"之情,岂非亦与《高唐赋》《神女赋》情状相似,是"宓妃"、"汉女"也都可证为是"巫山神女"不成?可见不从"全诗"着眼,只取其"含睇"、"云"、"雨"之局部相似,以证明"山鬼即巫山神女",将显得何其荒唐!倘若真要将屈原《山鬼》与传为宋玉所作的《高唐赋》《神女赋》作比较的话,人们恰可从二者在衣饰、驾从的不同上,作出明显的区分:"山鬼"是"被薜荔兮带女罗"、"乘赤豹兮从文狸",显示的是朴野热情的山间女鬼情状;巫山神女却是"驾驷马,建羽旗""动雾縠以徐步兮""罗纨绮缋盛文章",表现的是雍容华贵的天帝之女气派。我们又怎么可以将如此不同的神、鬼混为一谈?至于汤先生因为《山鬼》用了"灵修"之语,就以为它必是指称与神女梦会的"先王"(怀王),这也是一种错觉。若按此例推断,《离骚》曾称"怀王"为"美人",《抽思》曾称君王为"荪",而《少司命》亦有"荪"与"美人"之称,则"少司命"必也与怀王有了纠葛?

由此可见,郭沫若、马茂元、汤炳正诸家将"山鬼"认作"巫山神女"的新说,根本缺乏可靠的证据。他们所能提供的依据,恰正从相反方面证明:《九歌》所祭"山鬼",决非"巫山神女"。

二、人鬼"恋情"说可靠吗

研究《山鬼》所遇到的第二个问题,就是此诗究竟抒写了什么。

对这个问题的回答,自宋人朱熹,到现代注家马茂元、陈子展、游国恩诸先生,均在不同程度上提出了人鬼"恋情"说。

朱熹《楚辞集注》在《山鬼》篇注文中指出:"'若有人',谓山鬼也","'所思',指人之悦己,而己欲媚之者也","'灵修',亦谓前所欲媚者也,欲俟其至,留使忘归,不然则岁晚而无与为乐矣"。按照这些注文之意,则《山鬼》所抒写的,无疑就是"悦己(按:己指山鬼)之人"与"山鬼"之间的相"悦"相"媚"恋情了。不过朱氏的这些解说,最终仍从屈原与怀王的"君臣"关系立论,以为"以上诸篇(按:指《山鬼》以前各篇),皆为人慕神之词,以见臣爱君之意。此篇鬼阴而贱,不可比君,故以人比君,鬼喻己,而为鬼媚人之语也"。在通解全诗时又进一步指出:"欲留灵修而卒不至者,言未有以致君之寤而俗之改也。知公子之思我而然疑作者,又知君之初未忘我,而卒困于谗也。至于思公子而徒离忧,则穷极愁怨,而终不能忘君臣之义也。"① 这种处处作"君臣"关系的附会虽显迂腐,但朱氏首创的"鬼媚人"之说,却为明清间不少注家所继承。独有蒋骥在《山带阁注楚辞》中从祭祀之俗着眼,对朱氏"鬼媚人"之说作了有力的批驳:"次山鬼于河伯之后,意亦山之灵怪,能祸福人者,故祭之。《集注》独以为'鬼媚人'之辞。窃意祭之有歌,本以导祭者之意。而全首俱代所祭者(按:指山鬼)立说,已属不伦。且人方祭己,而语皆怨人之不来,于理尤为难解。况就其文义言,'若有人',人谓鬼也;'子慕余',忽又鬼谓人。是果可通乎?"考虑到《九歌》诸篇除《礼魂》外,一本标题上"皆有祠字",可见都是祭祀神鬼的乐歌。从祭祀神鬼的民俗考察《山鬼》,居然会在祭辞中出现鬼神埋怨祭祀之"人"不来,而大抒诸如"媚人"、"思人"之情,实在是滑天下之大稽! 由此看蒋骥对朱熹的批驳,可谓独具慧眼,自不必再费唇舌了。

当代研究者对《山鬼》内容的解说,当以马茂元、陈子展的"女神失恋"说为代表。在此之前,郭沫若已在《屈原赋今译》的《九歌解题》中提出此说,但郭氏未作充分阐发,此处不拟评述。马茂元则发挥郭氏之说,并明确指出,"篇中所写的女神就是楚国民间神话传说中的巫山神女";诗中的"子"、"灵修"、"公子"、"君","都是指山鬼

---

① 朱熹:《楚辞集注》,上海古籍出版社 1979 年版,第 44—46 页。

所思念的人"；全诗"所描绘的则是一位女神失恋的悲哀"，"通过她的失恋，表现出一种始终不渝坚贞纯洁的情操"。陈子展先生的想象则更要丰富些，他不仅断然肯定"山鬼"就是《高唐赋》所称帝女瑶姬未行而亡的"巫山神女"；其至推测诗中那位"慕山鬼者殆与帝女生前有婚约"者；而《山鬼》所表现的，正是这帝女瑶姬与"有婚约"者的生死恋情："一则未嫁而死，一则待娶而生，生死暌违，永无邂逅。是诚一大悲剧！"①。但无论是"女神失恋"，还是女神与"有婚约"者的"生死暌违"恋情，马、陈之说的前提，仍在于必须证明《九歌》所祭"山鬼"必是"巫山神女"。但正如我在前面所辩驳的："山鬼即巫山神女"说，根本就是郭沫若、汤炳正、马茂元等先生之主观臆断，既缺少"采三秀兮于山间"的"兮"、"於"不可重复之版本、句式依据，亦无"於"、"巫"同声假借的实例，更无"山鬼"形象与"巫山神女"形象相通的确凿证据。在这种情况下，再侈谈《山鬼》的内容是在表现"巫山神女"的恋情云云，岂非全成了天方夜谭？所谓"皮之不存，毛将焉附"，连"山鬼即巫山神女"的前提都不存在，又何论"女神"之失恋，又何来"待娶而生"的"婚约"者？当年游国恩先生曾指出："拿《高唐》巫山神女的事来附会，岂不可笑？"陈子展先生即举游先生"拿《河伯》篇去附会河伯娶妇的故事"反唇相讥。现在我们可以看到：陈先生以《山鬼》之文附会"巫山神女"之事本已无稽，又以连"巫山神女"传说中都子虚乌有的"有婚约"者，比附"思慕山鬼"之人。这样一种神话传说资料阙如，就干脆自己编造一个"与帝女生前有婚约"的新神话来补充的研究方法，如果还不算可笑，则天下真没有可笑之事了！

游国恩先生对《山鬼》内容的解释，并没有信从"巫山神女"的附会之说。但他又别开蹊径，提出了"设为山鬼思其山公"的新"恋情"说。他在《论九歌山川之神》中以为："夫《九歌》一篇，祭神之辞耳，今篇中再三致意于拳拳眷媚之情者何哉？曰：此又古人谓山鬼亦有配偶，如河伯之有妇，湘君之有夫人，故作者设为如此之词也。"游氏并以《后汉书》所记九江太守宋均，禁止浚遒民间为山娶亲之例为证，以为"浚遒本楚故地，其民间娶山之事，必楚人之遗风"。可知

①　陈子展：《〈楚辞·九歌〉之全面观察及其篇义分析》，载马茂元主编：《楚辞研究论文选》，湖北人民出版社1985年版，第439页。

"《九歌·山鬼》之词,断为作者故作山鬼思其配偶语气,非慢然而为之也。又浚遒民俗之祠山也,既用山公,又用山姬,则是山神本有男女之分,而《九歌》所祀之鬼之必为女鬼,又可知也。其写缠绵婀娜之情者,岂非古者神民相杂,设为山鬼思其山公(即篇中所屡称之公子),有如生人婚姻之故者,故不觉其言之眷恋如此乎"?游氏之说以楚地民俗为证,本来应该有相当的说服力。但可惜的是,他所引证的材料及"章怀太子注"又明确告诉人们:浚遒民间祭的是"唐、后二山",祭祀中又"以男为山公,女为山姬,犹祭之有尸主也"。故所谓"为山娶者",乃是以民间男、女装扮成山神以祭祀,并非表现男山神与女山神之间的爱情纠葛。而游氏则将《山鬼》的祭祀,设想为表现山姬(女鬼)思念山公(男鬼)的"眷恋"之情,则完全改变了所举浚遒民间的祭(娶)山之俗,把人、神之间的交接变为神、神之间的恋爱了——这样的"祭祀",正如我在《〈九歌〉二〈湘〉"恋爱"说评议》中质疑的,究竟是"人祭神"还是"神祭神"?天下究竟有没有这样一种"神祭神"的民俗?当然,人们完全可以对游氏之说加以修正,将其设想为是表现"女山鬼"眷恋民间为她提供的"男公子"的祭辞。但这样一来又与《山鬼》的内容不合,而且也一样缺乏祭祀的民俗依据:既然人们已在祭坛前供上"男公子"为山鬼之"夫",则山鬼岂非已适其愿,为什么《山鬼》篇却又再三诉说"怨公子兮怅忘归"、"思公子兮徒离忧"?难道俗人为山鬼娶"夫",是发誓不让山鬼得到其"眷恋"的对象,而故意惹她怨恨祭祀她的俗人的么?祭祀神鬼而却去表现神鬼对俗人的怨思,这样的"祭祀",恐怕在古今中外的民俗中也绝无先例。

如此看来,无论是朱熹的"鬼媚人"之说,还是马茂元、陈子展的巫山神女"失恋"说,或是游国恩的"山鬼思其山公"说,在解释《山鬼》主旨及有关内容上都成了问题。所谓的人鬼"恋情"说,其实均不可靠。

三、"山鬼"在祭祀中现身了没有

研究《山鬼》所遇到的第三个问题,是山鬼神灵在祭祀中究竟降临了祭坛没有。

　　这个问题对王逸以来的楚辞注家来说，几乎都没有疑问。《山鬼》篇中不明明有一句"余处幽篁兮终不见天，路险难兮独后来"么？王逸《章句》的解说是："言（笔者按：指山鬼）所处既深，其路险阻又难，故来晚暮，后诸神也。"又注"表独立兮山之上"曰："言山鬼后到，特立于山之上，而自异也。"也就是说，由于山鬼与诸神居处不同，所以比诸神后到，但她毕竟还是降临祭坛，现身于世人面前了。

　　不过在承认"山鬼"现身的同时，各家在具体人称解说上又有不少差异。如朱熹《楚辞集注》以为，《山鬼》先述"媚人"之鬼在山中现身情状，但自"留灵修兮憺忘归"以下，则表明"鬼卒不来，而反欲使人造其所居也"。其中"若有人"、"余"、"山中人"等，乃山鬼自称；而"灵修"、"公子"、"君"、"子"，则指山鬼"所欲媚者也"。是《山鬼》通篇皆作"山鬼"之辞，她的现身亦只在山中，而并未叙及对她的祭祀和降临祭坛的事。洪兴祖《楚辞补注》则以为"留灵修兮憺忘归"二句，乃指屈原留于山鬼之所，"言当及年德盛壮之时，留于君所。日月逝矣，孰能使衰老之人复荣华乎"？并明确指出："自此以下，屈原陈己之志于山鬼也。"是洪氏之主张，乃在以"山鬼"喻君王，"我"、"予"则为屈原自指，"灵修"、"君"、"公子"均指"山鬼"了。在现代注家中，马茂元先生对《山鬼》的理解，除了将"山鬼"定为"巫山神女"外，具体人称所指大多采用朱熹之说，以为"本篇除'余处幽篁兮终不见天'一节外（按：马氏以为此节乃'山鬼的唱词'），其余都是女巫的叙述。其中'予''我'等第一人称，均系代替山鬼自称的语气"，"'子'，和下面的'灵修'、'公子'、'君'都是指山鬼所思念的人"。可见在马氏看来，"山鬼"即"巫山神女"在祭祀中也是降临祭坛的。闻一多先生对《山鬼》篇的见解，则体现在他的《〈九歌〉古歌舞剧悬解》中。他给《山鬼》的布景，设置了远望可及的"永远深藏在云雾中的女神峰——巫山十二峰中最秀丽，也最娇羞的一个"。显然也以为此"山鬼"与"巫山神女"的神话背景有密切联系。而在剧情唱词中，则又以"公子"、"山鬼"对唱的方式，表现他们之间的思恋之情。全诗除开篇至"路险难兮独后来"为"公子"所唱（后文对唱中不断取其中数句重复歌唱），其余均为山鬼的唱词。是诗中的"山鬼"也现身于祭所，并以"灵修"、"公子"等指称"山鬼"思念之人。陈子展先生的解说则恰与闻一多相反："文之首段，言山鬼出行，求其所思者。其称子,乃指慕山鬼者之称。其称予,或称余,则山鬼自称。明此为饰山鬼之巫所歌……彼段云山之上、山中人,指慕山鬼者无疑……末段,言慕山鬼者留待山鬼不至,而自悲年岁迟暮,徒遭离忧。其称神灵与灵修,公子与君,皆指山鬼。其称予称我,则慕山鬼者所自称。此当为饰慕山鬼者之觋所歌。"所以陈氏在《楚辞直解》中又指出,《山鬼》"全篇明为先后巫觋两不见面之独唱"。既然"首段言山鬼出行",可见陈氏也认为"山鬼"在祭祀中降临了现场,只不过未与"慕山鬼者"相遇而已。

从上引古今代表性注家的意见看,"山鬼"在祭祀中降临了祭祀现场,似已成为定论。那么本人还专为提出"'山鬼'在祭祀中现身了没有"的问题,岂非成了多余? 但是我们不要忘记,上述解说有一个共同的前提(王逸、洪兴祖之说除外①),即几乎都将《山鬼》篇之主旨、内容,附会成了表现"山鬼"与所思慕者的"人鬼恋情",这才作出了"灵修"、"公子"、"余"、"我"之类的人称所指判断,也才有可能据此判定"山鬼"确实"降临"了现场。而我在前面的考察中,已经指明从朱熹到马茂元、陈子展、游国恩诸家的"人鬼恋情"说均不可靠,则上述种种人称判断,就全都需要重新加以审视。连《山鬼》中的人称所指尚须重新判定,我们又怎能断言"山鬼"一定就降临了祭祀现场?

我以为,判明《山鬼》篇人称所指的依据,不在研究者的主观臆断,而应考虑《山鬼》所属《九歌》的性质,以及诗人屈原在《九歌》其他篇章中的人称所指实例。从《九歌》的性质而言,大多注家都承认它是一组祠神祭歌,那么每篇内容就必涉及主祭者和被祭神灵的人称和口吻。在《九歌》其他篇章,除去降临祭坛的神灵自称外,凡称"吾"、"余"者,一般都为主祭者的口吻。那么,在《山鬼》中出现的"予"、"我"、"余",也应多为主祭者之自称。但上引诸家对《山鬼》的解说,均掺入了与山鬼相恋的角色,而偏偏没有了主祭者的存在,可见其误解之明显。从《九歌》其他篇章的用语习惯考察,凡称"君"、称"子",亦多指所迎所祭的神灵,如《东皇太一》之"君欣欣兮安康",《云中君》之"思夫君兮太息",《大司命》之"吾与君兮斋速",

---

① 王逸、洪兴祖虽未从人鬼"恋情"立说,但又将"山鬼"或"主祭者"视为屈原自己,亦不妥。

《少司命》之"君谁须兮云之际",《河伯》之"子交手兮东行",《国殇》之"子魂魄兮为鬼雄"等(二《湘》亦如此,我另有《〈九歌〉二〈湘〉"恋爱"说评议》对此作了分析)。但上引诸家却有将《山鬼》中的"君"、"子"指为"欲媚"山鬼者或山鬼"所思之人"的,可见也不准确。至于"灵修"、"公子"之所指,我们亦可在《湘夫人》《少司命》的相似指称中得到旁证。如《湘夫人》的"思公子兮未敢言",明指神灵"湘夫人"无疑。古人视山川之神例同诸侯或三公,则《山鬼》中一再提到的"公子",当然也应指称"山鬼",而不宜指为山鬼"所思"者。至于"灵修",正与"荪"一样,本是屈原《离骚》《抽思》对君王的美称。但在《少司命》中,"荪"又只有指称神灵之例(如"荪何以兮愁苦"、"荪独宜兮为民正")。那么与此相似的《山鬼》中之"灵修",无疑也只有与"少司命"同类的神灵"山鬼"方可当得。而以"荪"或"灵修"来指称主祭者或神灵"所思"的俗人,则在《九歌》他篇绝无例证,可知也是错误的。

判明了《山鬼》的人称所指,我们便可发现:此篇中的主祭者"余"、"我",曾一再诉及"君思我兮不得闲"(此正与《湘君》所述神灵"告余以不闲"同例)、"君思我兮然疑作"、"思公子兮徒离忧"(此又与《湘夫人》之"思公子兮未敢言"同例),不正指明了在祭祀山鬼的仪式中,神灵"山鬼"也与"湘君"、"湘夫人"一样,并没有现身于祭祀现场?对于这一点,朱熹《楚辞集注》其实已隐约猜到,前面所引"鬼卒不来"就暗示了这一点。朱氏的误解,乃在将开篇一节说成是山鬼出行。在清代注家中,蒋骥看得更为透彻些。他在《山带阁注楚辞》中明确指出:"此篇亦为主祭者之辞……篇中凡言我者,皆祭者自谓。"其注《山鬼》首章,就未将辞意视作山鬼出行,而看成祭者"遥拟山鬼容饰之工"的迎神之辞。又注"余处幽篁"一节曰:"祭鬼神当于质明之候,'不见天'则起晚,'路险难'则行迟,是以后来而向鬼自诉也。"历来注家多以"后来"者为山鬼,唯蒋氏指明此乃是祭者入山迎神之"后来",洵为创见!又注"采三秀"一节,以为神灵原在山中等着祭者迎己,但"倏忽之间,但见石葛,无复鬼矣"。最后两节则是祭者"饮泉荫松,有所待也……而所待(按:指山鬼)者卒不来","惟忧思而独归耳"。可见在蒋骥的理解中,"山鬼"在祭祀中实在并未降临祭坛。

蒋氏的这一剖析,可以说是从祭祀山鬼角度立论的最圆通之说。他所留下的唯一疑点,就是为什么在祭祀中"山鬼"不临祭坛。

四、《九歌·山鬼》通解

从前面的辨析,我们大体可得到如下结论:《九歌·山鬼》所祭神灵,从目前掌握的资料看,没有可靠的依据证明其为"巫山神女",故只能定为沅湘民间所祭的"山神"。《山鬼》的内容,也没有表现"鬼媚人"或神灵与"公子"之类的人鬼"恋情"。朱熹以来特别是现代注家,用人鬼"恋情"说解释《山鬼》,既不符《山鬼》内容,更不符祭祀神灵的民俗。从《山鬼》篇的人称关系和祭神内容考察,此篇中的"山鬼"并没有现身于祭坛。所以有些注家将《山鬼》解说为神灵与"公子"或"祭者"的对唱,显然对诗中的人称关系和祭祀特点有所误解。

现在需要说明的,尚有两个重要问题:一是《山鬼》篇之开头一节,明明写了"山鬼"的装束打扮和车骑虎从,那不是"山鬼出行"又是什么? 为什么本人还认为"山鬼"并未现身于祭坛? 二是纵然承认"山鬼"未临祭坛,这究竟又是什么原因?

对第一个问题的回答,涉及"巫风"祭祀中的迎神特点。大家知道,古代的巫风祭祀,第一步就是要有巫者前往神灵居所去接迎。而据《史记·封禅书》所记迎神习俗,巫者接迎神灵,必须将自己装扮成神灵模样,才有可能吸引神灵并使神灵降附于巫身。这就是少翁对汉武帝所说的"上即欲与神通,宫室被服非象神,神物不至"所透露的信息。这习俗在荆楚民间祭神活动中亦有证明,据《荆楚岁时记》记,民间在祭"紫姑神"时,就正是"作其形迎之"的。所谓"作其形",便就是打扮成"紫姑"模样之意。由这一习俗看《山鬼》开头一节(《东君》、二《湘》等亦同),正是通过迎神巫者的自述,表现了她打扮成"山鬼"模样(其"被服"正带有生活于山中的"山鬼"特点),"乘赤豹兮从文狸"(车从也带有山野中的特色),前往山中接迎神灵(山鬼)。她所折的"芳馨"(花枝),自然也是要赠予那位"山鬼"姑娘的。至于"子慕予兮善窈窕"一句,更是迎神巫者的自夸自赞,其用意无非在说："我打扮得如此美好，你（子）何不赶快降附我身呢！"

明白了这一迎神特点，《山鬼》篇的后文亦可得到合理的解释："余处幽篁兮终不见天"二句，是迎神巫者诉说从"山之阿"进入深林后的窘困处境，向神灵表白之所以"后来"的原因。"表独立兮山之上"以下，则自述在山上眺望，以寻觅山鬼之踪影。"留灵修兮憺忘归"，更申说留止山中以待神灵的心境。"采三秀兮於山间"，则是因为久待神灵而不现身，故采灵芝以求通神。后文反复表达对"公子"（山鬼）的思怨哀情，也都是要以哀婉动人之情打动神灵，企求神灵的垂怜。所有这些，正如陈本礼《屈辞精义》所说，"《九歌》之乐，有男巫歌者，有女巫歌者，有巫觋并舞而歌者，有一巫倡而众巫和者，激楚阳阿，声音凄楚，所以能动人而感神也"。我在前面曾说，在祭祀中表现神灵对世人的怨怒，是荒唐而不合祭礼的。现在我要说，在祭祀中表现世人对神灵别去（如《云中君》《大司命》）、或不临（如二《湘》）的幽怨和愁思，却是合乎"动人而感神"的要求的。古人"好音以悲哀为主"，故在祭神、娱神时，不仅有庄严的颂声，而且也伴以悲切缠绵的哀音，其用意正在于感动神灵，以求得神灵的关切和福佑。以上从祭祀中"巫风"迎神的特点解说《山鬼》，所谓"余"、"予"为迎神巫者，"灵修"、"公子"则指所迎者山鬼，不都得到了较为圆通的答案，又何须另起炉灶，揽入"鬼媚人"的曲解、"有婚约者"之杜撰！

对于第二个问题，即"山鬼"为何不临祭祀现场，回答就较为困难了。由于缺少相应的民俗学资料可供考察，最谨慎的办法，就是只指出《山鬼》中神灵不临祭坛的事实，而将原因的探究付之阙如。不过，我们也不妨依据有关祭礼，提出一个假说。在《九歌》的祭祀中，人们可以发现：除了《山鬼》中神灵未临祭坛外，《湘君》《湘夫人》也有这样的情况。二《湘》也描述了迎神巫者四处寻觅和久待神灵的情状，但最终神灵"不行"、"未来"，便只好将祭品捐于江中、置于澧浦，以遥祝神灵"逍遥兮容与"。与此相近的还有《河伯》，迎神巫者倒是在远迎中见到了神灵，但却被河伯邀去游览了"九河"，登临了河源"昆仑"，并参观了水中的"龙堂""贝阙"，河渚的"白鼋""文鱼"。最后"子交手兮东行",神灵终于还是没能降临祭坛,只好为河伯送上"美人"和陪嫁的"鱼"群①为祭。如果考究一下这些"不临"的神灵类别,恰又都属于"山川之神"。而古代对"山川之神"的祭祀,又称之为"望祀",即"遥望"而"致其祭品"。那么在祭祀的世人心目中,是否正有"山川之神"并不降临祭所的观念?不过神灵虽不降临,祭神的巫者却仍须装扮成他们的模样,表现其寻觅和接迎之热忱,以求得神灵的福佑?或许屈原的二《湘》、《河伯》和《山鬼》,就是按照这种"望祀"礼俗构思的罢。这一假说,我在十多年前所写的《九歌六论》中已经提出,此次借着对《山鬼》研究辨析的机会再加申说,以期得到方家的指正。

[原载《安徽师范大学学报》(人文社会科学版)2000 年第 1 期,辑入本集有改动]

---

① 结尾似与"河伯娶妇"之俗相近,但屈原时代为河所娶的"美人"已非活人,而是泥俑或木俑,这从楚墓出土文物中有陪葬的木俑可证。

论屈赋情感宣泄的"托游"方式

情感宣泄是人们舒散心中郁积的重要途径。在富于浪漫色彩的屈赋中,诗人除运用虚拟对话展开内心冲突外,还常借助铺排缤纷的"托游"来宣泄情感。"托游"一词是袭用前人的说法,洪兴祖在《楚辞补注》中就说过"《骚经》、《九章》皆托游天地之间,以泄愤懑"的话,即诗人把愤懑的舒泄托化于天地间之"游历"。这是屈赋情感抒写的一种重要方式①。

"托游"与屈赋中常出现的"纪游"式抒情不同。后一种指诗人在记叙亲身经历的漂泊际遇中抒写内心触发的情感。"托游"的特点,则在于诗人实际上并无现实的"游历"活动,只是在想象中的一种心灵"浮游"。王逸、朱熹、汪瑗等均曾以"设"、"托"等字样揭示这一特点。如汪瑗在《楚辞集解》中曰:"托为远游伤古之辞,以发泄其愤懑之情"。虽然这种"游历"全在虚拟中展开,"游历"的内容,也全由情感表现的需要所构想,不具备现实的品格,但其所游历的"境遇"和结局,又受现实的处境和心境所支配和引导。这种方式在屈原以前的抒情诗作中尚未出现,是屈原在抒情方式上的一大开拓。

一、"托游"的缘起和三种形式

"托游"与"纪游"虽是情感抒写的两种不同方式,却又有着内在的联系。诗人虚拟的心灵之"游",实质是诗人现实之"游"的转换和深化。从迁逐纪行的一步一回头(如《哀郢》《涉江》),到谪居行吟中的远眺顾盼(如《思美人》《怀沙》),诗人对君国的牵念、对遭黜的怨愤一直纠结在心。也可以说,"纪游"是诗人内心郁结的情感外泄和发散的一种重要途径。但当"纪游"也不足以倾泻诗人郁积心中

---

① 本篇由我与文学硕士刘学合写,刘学执笔,我作了一些修改。

的强烈情感时,深受南楚巫风文化影响的诗人,就很自然地把抒情方式转化为更能自由抒发心志的"托游",以冲破现实的拘囿和束缚,在神越魂驰中淋漓尽致地宣泄郁积于胸的情感了。《远游》虽未必是屈原所作,但其首句却道出了采用这种"托游"方式的根本原因:"悲时俗之迫阨兮,愿轻举而远游。"可见,"托游"缘于诗人现实境遇的窘迫和情感表现的强烈需要。在这种"迫阨"的困境中,诗人痛苦情感的抒写,需要一种不受现实限制的广阔空间,又需要某种"经历"作附着物以获得外化,并酣畅淋漓地倾泻内心的情感波涛,便只能在虚拟的时空中、托化的游历中展开。正如王逸所言:诗人"设乘云驾龙,周历天下,以慰己情、缓幽思也"。从先秦文化背景考察,当时人们普遍存在着这样一种观念:生人由肉躯和灵魂所构成,"灵魂"依托躯体,但在睡眠、惊厥或疾病中,又常会离体外游。灵魂倘若长时间迷失不归,人就会死亡,故又有"招魂"之风。这一习俗和观念当然也影响了楚辞作家的艺术构思及其情感表现形式。当其形体受到束缚时,他们便常常托魂"代行",这就出现了屈赋中"羌灵魂之欲归兮,何须臾而忘反"(《哀郢》)、"惟郢路之辽远兮,魂一夕而九逝"(《抽思》)等诗思。同时,从《九歌》中可以看出,巫风祭祀中的神巫多能"神游天地"以通神,其中的神灵则又乘云御龙、扈从缤纷。这种巫祭风俗对诗人的"托游"艺术构思无疑也具有启迪。

屈赋"托游"方式的缘起和来源大抵如上所述。若要深入考察这一抒情方式的特点,则又可区分为三种不同的形式:即梦游、神游和幻游。下面就其特点分别作些论析:

一曰"梦游"。"梦"是人们睡眠过程中的一种潜意识活动,但在古人心目中,却误认为是灵魂离开肉体的游荡。在屈赋中,诗人就常把现实中无法实现的愿望,寄托于梦中的灵魂飘游来展开,这种方式可称之为"梦游"。屈赋中的"梦游",可能真是诗人所作"梦"境在诗中的展开,也可能诗人并未真正做"梦",但借托"梦"的形式来抒写情感。有直接标明为"梦"的,如《惜诵》:"昔余梦登天兮,魂中道而无杭";也有不标明为"梦"的,但实际上写的是梦境的,如《抽思》:"望孟夏之短夜兮,何晦明之若岁!惟郢路之辽远兮,魂一夕而九逝。曾不知路之曲直兮,南指月与列星。愿径逝而未得兮,魂识路之营营。"

　　"梦游"的拟写,适应"梦"之片段、飘忽而不具备完整情节的特点,在诗中的抒写往往较为简短,虽亦有细节,却很少情节的铺展。如《惜诵》中描述灵魂登天而突然失去航船的梦境,就只有上引简短的两句,即使《抽思》中那段对梦魂归郢的描述,也还是相对简略的。梦境中展开的情景一般也不带有神奇性,其"游"虽为拟托,驾驭的意象却大多是现实的:无论是《惜诵》中的游魂乘船(杭),还是《抽思》中的孤魂"识路"、"南指月与列星"等,运用的都是现实的意象。

　　从情感表现的意向看,"梦游"往往有着明确的指向,情感表现也较为直接。诗人以梦游作为艺术手段,多表达对故国、楚王撩拨不去的思念之情。也就是说,梦游中的情感内容与现实情感较为一致,不带有象征、"变形"的特点。以《抽思》为例,据我们考证,此诗当作于屈原放逐汉北的次年秋季①。诗人有着在怀王前期君臣相契、改革朝政的美好经历,所以对怀王仍怀有望其悔悟的急切心愿。如今君忧国危,便更激起诗人对故国的思念和对君王的担忧。由于山隔水阻,郢路遥远,他只好在白日以远望当归,夜晚则寄托于梦境,让梦魂往来于汉北与故都之间。可见,"梦游"不是诗人灵魂的任意飘逝,而是有着明确的指向:"惟郢路之辽远兮,魂一夕而九逝"——直接指向日夜思念的楚之郢都。梦中所表现的"一夕而九逝"之情,也正是诗人的现实情感,二者并无不同。

　　二曰"神游"。"神游"的特点在于不再借助灵魂与身躯分离的梦境形式展开,而是借助神话传说创造瑰丽神奇的境界,并将诗人自身也"神化",而进入这种"神境"中去游历。它打破了古与今、神与人的界限,上天入地、穿越古今,进行超现实的驰骋。清人王邦采称《离骚》后半篇"另辟神境",本章所说的"神游",指的正是这种诗人自我的"另辟神境"之游。

　　"神游"在诗境的构成上,与梦的片断、零碎不同,往往有着曲折的虚拟情节和主人公变幻多姿的遭际铺排。在《离骚》后半篇中,诗人即虚拟了"自我"上天入地多次求索理想中的"女子",而又终归失败的历程。其情节在时空和游访对象不断转换中依次展开:他令羲和驾车,使望舒先驱,朝发苍梧,夕至县圃,日夜兼程。因帝阍阻隔而

---

　　① 潘啸龙:《楚辞》,黄山书社1997年版,第71页。

反顾高丘,因高丘无女而下求宓妃,因宓妃无礼而改求简狄,因鸩媒告谗、雄鸠轻佻而另求二姚,因理弱媒拙终归失败。神话传说中的"扶桑"在极东,"若木"则在极西,而抒情主人公却可瞬间"总辔"于扶桑,"折若木"以阻日。不仅如此,远古时代的宓妃、简狄、二姚都能成为主人公寻求的对象。在这里,神奇的游历完全打破了现实和历史的时空界限,诗人完全可以对其进行随心所欲的撮合和移置。难怪清人吴世尚要惊叹"其词忽朝忽暮,倏东倏西……片晷千年,尺宅万里"了。

"神游"中抒写的情感,也与现实境遇中的情感内容不同,而带有了一种随境而生的特点:它不再是现实情感的直接倾泻,而表现为对现实境遇、情感的一种象征或折射。例如《离骚》中"上下求女"所表现的情感,或为受帝阍阻隔的怨愤,或为对宓妃"纬缡"、"无礼"的憎恶,或为被鸩媒进谗而无法与佚女相合的忧伤等,均为"神游"遭际中所产生的特殊情感,带有因情生幻、随境变化的"虚拟"特点,与诗人现实中被谗遭黜所激发的冤屈、愤懑和悲慨的情感,在性质上有着明显的不同。但《离骚》既然作于诗人流放江南期间,是诗人回顾大半生奋斗历程的自传性的抒情诗,则其上叩天阍、反顾高丘、下求佚女以及后面远逝求女诸情节,就又是诗人现实经历的一种折射,是诗人在追求政治理想的过程中所产生的多种情感冲突,在"神境"中的变形"演绎"。故"神游"中的情感内容虽与诗人现实情感不同,但毕竟又与后者有着密切的联系:它具有某种象征的特点。

三曰"幻游"。这种托游方式既有别于接近现实的"梦游",因为它不采取"梦"的形式,又有别于"另辟神境"的"神游",因为它不是借助于神话形象创造出一种神奇境界而游历其间,而是直接让自身在相对现实(偶而也借用神话事物)的时空中展开的幻觉式的飘游,故称之为"幻游"。《九章·悲回风》中有一节描述诗人在"心冤结而内伤"中,"思不眠以至曙"、"痛从容以周游"(可见不是在梦中),"随飘风之所仍"、"超惘惘而遂行",而后"登石峦"、"上高岩"、"冯昆仑以瞰雾"和"借光景以往来"的飘游景象,就正是这种"幻游"的实例。

"幻游"的时空一般都是现实的,而"游历"的情节却带有想象、虚拟的特点。如《悲回风》中出现的"石峦"、"大波"、"峭岸"、"昆仑"、岷山、长江,都是相对现实的事物。但诗人的凭山瞰江,则又带着非现实的想象,故其整个飘游,正是一种想象中的虚幻之游。如"据青冥而摅虹兮,遂倏忽而扪天。吸湛露之浮源兮,漱凝霜之雰雰""观炎气之相仍兮,窥烟液之所积。悲霜雪之俱下兮,听潮水之相击。借光景以往来兮,施黄棘之枉策"等,均超越了诗人放逐生涯的现实时空,而显示了迷惘中飘游时所带有的虚幻特征。

与此相联系的另一个特点,就是诗人"幻游"中的情感表现,往往缺少具体的内涵和指向,而重在表现一种孤寂、哀凉的心境。在《悲回风》中,诗人凄迷恍惚,处在若思若幻之间,忽而登上陡峭的高岸,忽而栖息于"风穴",以舒展郁结之情,但最终因"倾寤"又跌落到痛苦的现实。孤寂的诗人,置身在登昆仑、凭岷山、瞰江涛的迷幻之境中,缥缈变幻的氛围笼罩难耐静寂的心灵,表现了一种空间中的孤独。诗人在迷幻中不仅突破了空间,又在时光的隧道中穿越,追随历史上的申徒狄、伯夷、伍子胥等先贤前行,但在恍惚之间,又失去了他们的身影,表现为一种时间上的孤独。《悲回风》所托化的"幻游",表现的正是诗人在放逐晚年压抑郁闷、孤独无助的哀伤和凄凉。

二、不同"托游"境界的创造及其抒情效果

屈原在情感表现强烈需求的推动下,不仅创造了"托游"的三种不同形式,而且作为一位有着丰富想象力的诗人,他还适应着"梦游"、"神游"和"幻游"的不同特点,在诗作中创造了风神迥殊的境界,为情感倾泻提供了多姿多彩的表现空间和奇妙动人的诗情氛围。下面试分别论述之:

(一)《抽思》——星月照耀下魂归郢都的"梦游"诗境

诵读《抽思》,几乎没有一个读者不被诗中所展开的魂归郢都的凄怆梦境所打动:

> 望孟夏之短夜兮,何晦明之若岁!惟郢路之辽远兮,魂一夕而九逝。曾不知路之曲直兮,南指月与列星。愿径逝而未得兮,魂识路之营营。何灵魂之信直兮,人之心不与吾心同!理弱而媒不通兮,尚不知余之从容!

这无疑是一个风清月明的"孟夏"之夜。初看"月与列星"之句,其所展开的夏夜之境,似乎显得极其明朗而静谧。置身在这样的夜晚,本不会觉得它的漫长"若岁"和孤清难耐。但对于放斥"汉北"的贞臣屈原来说,却因远隔郢都的困顿处境,而显得格外心神难安了。特别是当诗中突然飘现出诗人那一介孤魂,匆匆"识路"于朗月、明星的照耀之下时,整个诗境氛围就被完全改变了:那朗照的明月,此刻看上去不显得分外惨淡?那静谧无声的夜晚,不因惨淡月色的笼罩而变得愈加孤清和凄凉?这一梦境的创造,使诗人的情感表现,获得了极其清阔的空间。在辽远的汉北和遥望难及的南天郢都之间,诗人之梦魂正曲折奔波,苦苦寻觅,借助于一轮孤月和璀璨的星辰,辨识着返归故都的方向和道路。这能不令人备感诗人"魂一夕而九逝"的劳顿、孤独和哀伤!难怪明人汪瑗读此,也不禁要掷笔而叹"吾见屈子之梦魂徒劳,而思之心孤矣。悲夫"了。在《抽思》中,诗人正是采用"梦游"的形式,创造了一个身"无良媒"、道路"卓远"的凄怆梦境,以表现他在现实中对楚王的强烈牵念和欲归不得的焦灼与哀伤。最后,那欲"自申而不得"的伤情,终于化为梦魂飘逝中的苍楚呼号:"何灵魂之信直兮,人之心不与吾心同!理弱而媒不通兮,尚不知余之从容!"这呼号袅袅不绝,久久回荡在汉北那个月白星稀的夜晚。置身在这样凄婉的"梦游"之境中,能不令读者产生强烈的共鸣,而与诗人一起潸然泪下?

(二)《离骚》——"极穷愁中偏写得极富丽"的"神游"诗境

相比较而言,《离骚》后半篇中"神游"诗境的创造,却又大不同于《抽思》的诗境。特别是在"上下求女"失败之后,抒情主人公遵从灵氛、巫咸的劝告而"远逝"之际,诗人又驾驭缤纷的神话意象,为抒情主人公创造了极为瑰丽的"远逝"奇境:

> 扬云霓之晻蔼兮,鸣玉鸾之啾啾。朝发轫于天津兮,夕余至乎西极;凤皇翼其承旗兮,高翱翔之翼翼。忽吾行此流沙兮,遵赤水而容与;麾蛟龙使梁津兮,诏西皇使涉予。路修远以多艰兮,腾众车使径侍;路不周以左转兮,指西海以为期。屯余车其千乘兮,齐玉轪而并驰,驾八龙之婉婉兮,载云旗之委蛇。抑志而弭节兮,神高驰之邈邈。奏《九歌》而舞《韶》兮,聊假日以媮乐。

从"陈词"重华的九疑山下,跃上银河灿烂的"天津"启程,历经神话传说中的"西极""流沙""赤水""不周(山)"——诗中所展开的"神游"空间,竟是如此"尺宅万里"、缥缈无际!而一路上云旗飘展、凤皇飞腾,"蛟龙"为其架梁(桥),"西皇"受诏"涉予",而后屯车千乘、齐驱并驰,在"八龙婉婉"中直指"西海"——诗人的"神游"之行,竟有着如许富丽的扈从拥簇;其跨空远逝,又带有如此"役使众灵"、挥斥八极的气象!不仅如此,当诗人在云烟缥缈中"抑志弭节"之时,高空中又有天乐《九歌》之奏响,眼睫间更有美妙《韶》舞之翩跹!这就是《离骚》后半篇所创造的"神游"之境,正如清人蒋骥在《山带阁注楚辞·余论》中所赞叹的:"纯用客意飞舞腾那,写来如火如锦,使人目迷心眩,杳不知町畦所在"。

这一"神游"之境的创造,从表面看似乎颇有妨于诗人悲怆情感的抒发:因为诗人在"上下求女"一再失败之后,已完全处于穷途末路的绝望之中,又怎宜将诗境描述得如此瑰丽?但是清人王夫之在《姜斋诗话》中早就指出,在情感的抒写与诗景的衬托之间,完全可以打破正常的方式,而采用反衬来增强抒情效果:"以乐景写哀,以哀景写乐,壹倍增其哀乐"。屈原对"远逝"之境的创造,于"极凄凉中偏写得极热闹,极穷愁中偏写得极富丽",正具有这种以乐境衬哀情的强烈效果。所以,当主人公在"神游"中突然"陟陞皇之赫戏兮,忽临睨夫旧乡"之时,诗中那虚幻的"热闹"和"富丽",便全都如海市蜃楼,倏然幻灭,穷愁绝望的诗人最终又跌入痛苦、忧伤的现实,而激荡起对故国旧乡无限深切的悲怆恋情。马茂元先生曾将这种"在幻想的破灭里,放射出强烈的万丈爱国主义光芒"的抒情方式,称之为"骏马注坡,帷灯匣剑"[①],正是指明了这种在诗境和情感的两极反衬、"跌转"中所造成的强有力的抒情效果。

(三)《悲回风》——幽寂飘行天地之间的"幻游"诗境

前面已经指出,屈原在抒情中托化的"幻游",既不同于保留"梦"之形式的"梦游",也不同于纯用神话传说意象虚拟的"神境"之游,而带有恍惚迷离的幻觉特征。当我们体会《悲回风》所创造的

---

① 马茂元:《楚辞选》,人民文学出版社 1958 年版,第 55 页。

诗境时,感受到的正是这种充满幻觉意味的虚景之纷呈。

诗之开篇展出的,是一个"回风摇蕙"、鸟兽号鸣的凄凉秋令。这对处于漫长放逐生涯中的诗人来说,无疑在伤痛和愁思中倍增哀凉。在这样的时刻,只有古贤"彭咸"的幽渺身影,恍惚间还穿过历史的烟云,时时浮现在"思不眠以至曙"的诗人眼前,并遥遥引导着他,孤独而又高傲地飘行于天地之间。诗中由此出现了"随飘风之所仍"、"超惘惘而遂行"的纷纭幻境:诗人登上高高的"石峦",眼际展现的却是"景响之无应"的一派渺茫;诗人掠过"冥冥"的"大波",耳畔只听闻吹拂"峭岸"的烈烈"流风";转眼间,石峦消隐,波风静歇。下引一节,是诗人在"翾冥冥之不可娱"之际,所展开的与天地四时往来、与古人先贤为伴的幻境:

> 上高岩之峭岸兮,处雌霓之标颠。据青冥而摅虹兮,遂倏忽而扪天。吸湛露之浮源兮,漱凝霜之雰雰。依风穴以自息兮,忽倾寤以婵媛。冯昆仑以瞰雾兮,隐岐山以清江。惮涌湍之磕磕兮,听波声之汹汹。纷容容之无经兮,罔芒芒之无纪。轧洋洋之无从兮,驰委移之焉止。漂翻翻其上下兮,翼遥遥其左右。……观炎气之相仍兮,窥烟液之所积。悲霜雪之俱下兮,听潮水之相击。借光景以往来兮,施黄棘之枉策。求介子之所存兮,见伯夷之放迹。心调度而弗去兮,刻著志之无适。

诗人迷茫中已升上"倏忽而扪天"的"雌霓"之标巅,休憩于传说中的昆仑"风穴"。但从这里俯瞰迷蒙的"岐山"、"清江",也不曾给诗人带来任何慰藉:"惮涌湍之磕磕兮,听波声之汹汹"、"悲霜雪之俱下兮,听潮水之相击"——汹汹的涛声,凛冽的霜雪,正衬托出诗人心境的伤痛不宁和哀凉,世界仿佛从来就这样混沌和冷漠!幸好这其间还存有古贤"介子推"的隐身之处、"伯夷"不食周粟的漂泊之迹,令诗人在"幻游"中流连低回而"弗去"。

诗中所描述的景物,几乎无一处出于实写,一幕幕"幻游"之景的缥缈更替,正与诗人的孤身飘行相伴,而显得分外虚寂。如果说《抽思》的"梦游"之境,毕竟还有一个星月照耀的辽远郢都,可供诗人牵念和寻觅;如果说《离骚》的"神游"之境,毕竟还有一线"远逝"

求遇的渺茫希望，聊作诗人的慰藉；那么《悲回风》所展开的孤身飘行于天地之间的"幻游"，却再没有这样的牵念和希冀可以依托了！读者从这一幕幕虚幻之境的隐现中，深切感受到的，分明只是在这位默然无语的诗人心中，那一片无尽的哀伤和悲凉！所以郭沫若先生读了此诗，也不禁要感叹其"最为悲愤"了。

以上我们逐一探讨了屈原在"托游"中创造的几种不同诗境，从中可以看出，不同"托游"的境界之创造，使诗人的抒情空间获得了极大的拓展，情感的抒发也因不同诗境氛围的烘托或反衬，而变得愈加深沉、哀切。由于"托游"终究无法超越现实，所以无论是"梦游"、"神游"，还是"幻游"，其结局往往总是被现实所惊破，跌落到痛苦的实境。诗人郁积胸间的情感舒泄，经过托化之境的突现和幻灭，也便得到了更加激荡淋漓的展现。

三、屈赋"托游"方式对后世的影响

以"托游"方式来抒情，是屈原对抒情艺术的又一开拓。他所创造的"梦游"、"神游"和"幻游"等不同形式，都极大地启迪了后世诗人的抒情诗思，在历代诗人的创作中被不断地运用，从而开辟了一个缤纷绚丽的抒情艺术的新天地。

在"托游"的几种不同形式中，影响最大的当是《离骚》式的"神游"。诗中的"上征"和"远逝"两节，奠定了后世诗赋"神游"的艺术思维模式，对宋玉的《九辩》、汉代拟骚之作和辞赋及魏晋以降的游仙诗都产生了重大的影响。他们多从《离骚》"神游"中主人公乘凤御龙、扈从缤纷得到启发，纷纷在自己的诗作中模拟。如："飞朱鸟使先驱兮，驾太一之象舆。苍龙蚴虬于左骖兮，白虎骋而为右騑"（《惜誓》）、"借浮云以送予兮，载雌霓而为旌。驾青虬以驰骛兮，班衍衍之冥冥"（东方朔《七谏》）、"使枭杨先导兮，白虎为之前后。浮云雾而入冥兮，骑白鹿而容与"（严忌《哀时命》）。特别是《九辩》结尾一节：

乘精气之抟抟兮，骛诸神之湛湛。骖白霓之习习兮，历群灵之丰丰。左朱雀之茇茇兮，右苍龙之躣躣。属雷师之阗阗兮，通飞廉之衙衙。前轻辌之锵锵兮,后辎乘之从从。载云旗之委蛇兮,扈屯骑之容容。

在乘云驾雾、车骑雍容和诸神相拥的诗境展开中,隐约可见屈骚的流风遗韵。这些"游历"多表现"励节缥霄,抗志浮云"的人格意境,但却缺少诗人自己的创造性和生气,既失去《离骚》"神游"所具有的象征和寓意,也没有其曲折复杂的动人情韵,就是司马相如的《大人赋》、张衡的《思玄赋》等也多是如此。魏晋之际,曹操、曹植和郭璞等人的游仙诗,则可以视为这种方式的变例。这些诗人在承袭《离骚》借用神话意象展开登天巡游之境的同时,又多杂入道家的"仙话",使"神游"最终演变为"仙游"。曹操一生写了《气出唱》、《精列》、《陌上桑》和《秋胡行》四题七首游仙诗,开创了游仙诗寄兴咏怀的新境界,诗作多抒发"不戚年往,忧世不治"(《秋胡行·愿登泰华山》)拯世济时的人生理想和情怀。其子曹植也写下了《远游》《游仙》《五游咏》等十二首华美的游仙诗,他因后期个人境遇的突变,故多借游仙来慰藉孤独抑郁的心灵,抒发对现实的愤慨,以"意欲奋六翮,排雾陵紫冥"(《游仙》)的羽化遁逸,开一方心灵解放的空间,显示出游仙诗的新创造。郭璞是六朝时期"游仙诗"创作成就最高的诗人,其《游仙诗》今存十九首(包括一些残篇),可列为游仙诗的精品。他多借"辞多慷慨"的游仙,表现对门阀制度的批判和否定,被钟嵘称为"乃是坎壈咏怀,非列仙之趣"(《诗品》)。"仙游"这一"神游"的变体,一直被后来的文人不断沿用。在有唐一代,王勃、陈子昂和李白、李贺等,更把这一抒情方式推向了发展的新阶段。

至于"梦游",在后世诗作中也多被采用。诗人常用梦中灵魂离体飘行的"托梦""寄梦""凭梦",来抒发诗人内心的相思。如:"相思不相见,托梦辽城东"(李白《寓言三首》)、"一从分首剑江滨,南国相思寄梦频"(杜牧《寄卢先辈》)、"万里凭梦归,骨肉在眼前"(邵谒《秋夕》)等。值得注意的是,杜甫《梦李白二首》还有着精巧独特的艺术构思:诗人从对面落墨,写梦中故友的灵魂从远方飘来,这就使得单方面的情感抒发,变成了双向的情感呼应,既写出了故友灵魂的漂泊,又写出了诗人灵魂的惊恐,创造了一个惶惑悲哀的梦境,"真得屈《骚》之神"。陆游写梦的诗作就更多了,据今人统计,《剑南诗稿》中写梦的诗作多达 157 首,其中为数最多的是抒写戍边杀敌、收复中原的梦思。诗人多以苍凉悲壮的梦境,展示冷酷的现实与诗人"铁马横戈"雄心壮志的矛盾:如"壮心自笑何时豁,梦绕梁州古战场"(《秋思》)、"谁知蓬窗梦,中有铁马声"(《书悲》)、"夜阑卧听风吹雨,铁马冰河入梦来"(《十一月四日风雨大作》)等,多是如此。

李白的诗则又常将"神游"和"梦游"结合起来,可以说是对屈原"托游"抒情方式的创造性继承。如《梦游天姥吟留别》一诗,写诗人梦魂在明月清辉之下飞渡镜湖,来到清水荡漾、猿声清越的"谢公宿处",接着又登上盘曲云间的石径。在山花迷人、倚石而憩中,笔锋一转,又展现出熊咆龙吟、云沉欲雨、水澹生烟的暮色奇景。这深林层巅也为之惊悚的梦境,似乎到了无以为继的绝处。可诗人却又以如椽之笔,豁然另开一番昈烨壮丽、神光四溢的天地:"列缺霹雳,丘峦崩摧。洞天石扇,訇然中开。青冥浩荡不见底,日月照耀金银台。霓为衣兮风为马,云之君兮纷纷而来下。虎鼓瑟兮鸾回车,仙之人兮列如麻。"这异彩纷呈的神仙之境实在使人心驰神移!事实上,诗人对洁净缥缈仙境的向往,实出于对污浊黑暗现实的强烈抗争,和对天宝年间遭谗离京后报国无门的沉痛怨愤。而其艺术构思,则无疑受到屈赋"托游"方式的影响。

屈赋抒情的"托游"方式,甚至还启发了后世叙事诗的艺术构思。如白居易的《长恨歌》,诗中描述了方士上天下地为唐玄宗寻觅杨贵妃:"排空驭气奔如电,升天入地求之遍。上穷碧落下黄泉,两地茫茫皆不见。"这里"托游"的主体已不再是诗人自己,而是以第三人称出现的"方士",但其上天下地寻觅的方式,却依然是《离骚》式的。"托游"方式在《长恨歌》中的展开,不仅强化了叙事功能,更为叙事诗境增添了神奇动人的意韵。

由此可见,"托游"的诸种方式,在后世抒情、叙事艺术中取得了令人瞩目的成就。但若追溯其源头,则不能不归功于屈原对这一方式的创造。

[原载《淮阴师范学院学报》(哲学社会科学版)2003 年第 5 期,辑入本集有改动]

狂放和奇艳

——屈辞审美特色研究

给中国先秦时代的文化艺术带来神奇恢宏气象，并对后世产生深远影响的，无疑是以缤纷的异彩辉耀了南天的楚文化和楚艺术。而既为楚文化、楚艺术所养育，又为它增添了无限魅力，使"楚于十五国之外，矞然有以自见"的，则是被称为"东南文字之祖"的楚国伟大诗人屈原。

对屈原诗作的审美特色，似乎很难用简略的语言作出精确的概括，因为它的内涵是那样丰富，在艺术表现上又那样多姿多彩。下面仅从前人曾经指明的两大特点作些探讨：那就是屈辞的"狂放"和"奇艳"。

唐人裴度在《寄李翱书》论及屈辞特点时指出："骚人之文，发愤之文也。雅多自贤，颇有狂态。"刘勰在《文心雕龙》中更以热情洋溢之辞，赞叹屈辞之"气往轹古，辞来切今。惊采绝艳，难与并能"（《文心雕龙·辨骚》）。这都说出了许多人读咏屈辞时的共同审美感受，它们之作为屈辞审美特色中的引人注目之处，当无可疑。现在需要探讨的是：屈原的"狂放"和不符"中庸"、"平和"要求的个性，是否只与他个人的身世遭际有关？构成屈辞"狂放"的审美内涵究竟有哪些境界？屈原在诗作的表现色彩上，为什么又那样爱好"奇艳"？它对屈辞的情感抒发又有什么影响？

一、从楚俗"剽轻"说到楚多"狂人"

屈原是楚民族的骄子。在屈原身上及其创作中所表现的某种"狂态"，除了个人身世遭际的影响因素之外，我以为还有着更深层的影响渊源，即在长期历史发展中形成的楚人的民族性格。

我在《楚文化和屈原》一文中，曾经论述到楚人的历史发展及其较之于中原民族的相对原始性。这是一个僻处"荆蛮",在历史上长期遭受殷人、周人的歧视和排斥,多次遭到侵伐和伤害,只是靠自身不屈不挠的奋斗,才赢得自立于南方独立地位的民族。直到春秋战国之际,它在上层建筑和意识形态领域里,还保留着某些较为原始的习俗和观念。它气魄雄大,富于奋斗和开拓精神,但又常常沉湎在巫术宗教的诪诡想象之中,笼罩着相当的神怪世界的气息和情调。

大凡一个民族处在较为原始的发展阶段,其精神风貌和"性格"表现,往往更多受被法国学者列维-布留尔称之为"集体表象"的神秘观念和古老风俗习尚的支配,而倾向于"情感型"。楚人就正是如此。楚人长期生活在南方,南方的湿热气候,本就容易造成狂放和倜傥不羁的习性;那莽莽的丛林、水泽、奇峰高峦,也更能引发诪诡奇幻的遐想。加上"楚越之地,地广人希,饭稻羹鱼,或火耕而水耨,果隋蠃蛤,不待贾而足,地势饶食,无饥馑之患,以故呰窳偷生,无积聚而多贫"(《史记·货殖列传》)。生产既相对原始,对天地神明的仰仗和神秘信念也自根深蒂固。所以宗教巫术和"淫祀"之风在楚地盛行不衰。列维-布留尔在分析"支配不发达民族中间的集体表象"和其"神秘的性质"时指出:"情感或运动因素乃是表象的组成部分";当人们在巫术仪式中(例如"成年礼"),经历"神经的严酷考验的折磨中,发现了该社会集体的生活本身所系的秘密时,这些表象的情感力量很难想象有多么大"。"恐惧、希望、宗教的恐怖、与共同的本质汇为一体的热烈盼望和迫切要求、对保护神的狂热呼吁——这一切构成了这些表象的灵魂",使人们"对它们感到既亲切,又感到可畏而且真正神圣"。即使不在进行仪式的时候,当他们的意识中"浮现出这些表象之一的客体时",他们也"始终不会以淡泊和冷漠的形式来想象这一客体"。他们身上立刻会"涌起情感的浪潮",其强大"足可以使认识现象淹没在包围着他的情感中"①。春秋战国时代的楚人,当然早已走出了布留尔所说的这种"原始思维"阶段。但楚人较之于先秦理性精神觉醒较早的中原民族来说,无疑还处在相对原始的发展状态之中,其思想、性格更多受"神秘"信仰所支配而倾向于"情感型",也就不难理解了。因为尚未经历中原式礼仪规范的充分

---

① 列维-布留尔:《原始思维》,丁由译,商务印书馆1981年版,第26、27页。

训练和约束,在面对重大问题而作出行动上的反应时,就常常受情感的激荡而表现为躁急、偏执和犷放不羁的"狂态",很少符合诗礼文化所要求的"中庸"、"平和"之道。

这似乎只是个人的纯理论推断,其实却有着史实记载的确证。司马迁在描述他所考察到的楚地风习时,曾有这样的记述:西楚"其俗剽轻,易发怒……徐、僮、取虑,则清刻矜已诺";东楚"其俗类徐、僮";南楚"其俗大类西楚"(《史记·货殖列传》)。所谓"剽轻",就是形容楚人性格中较易受情感支配而显示的躁急、强悍的性气;所谓"清刻,矜已诺",则又触及了楚人那清峻而笃信神明的热情、执著和重信念的品格。司马迁所考察的,虽然是汉初楚人的习俗,但考虑到民风、民俗带有相当顽强的承继性,它们当然也应是春秋战国时代的楚人所赋有的特征。这样的楚风楚习,与中原民族显然有着颇大的差异。正如司马迁所告诉我们的,它既不同于梁、宋的"重厚多君子,好稼穑",也不同于"犹有周公遗风"的邹、鲁之"俗好儒,备于礼""地小人众,俭啬,畏罪远邪",当然也不同于泱泱齐俗的"宽缓阔达而足智,好议论"。

重情感而少理智,凭血气之性而好走极端,执著于信念而矜持于"已诺"。在这些习性之中,正显示着楚人那一种尚未受北方诗礼文化充分陶冶和约束的朴野之风,一种倜傥狂放的原始热情。正因为如此,在南方楚地,史籍所记载的"狂人"或带有类似风貌的狂态人物,也远较中原为多。如《庄子·天下》记"南方有倚人焉曰黄缭,问天地所以不坠不陷,风雨雷霆之故"——吃饱了饭,苦苦追问于这些辽远空阔的宇宙奇因,在执迷之中正带有几分狂诞。《论语·微子》记孔子适楚游说楚王,"楚狂接舆歌而过孔子曰:'凤兮凤兮!何德之衰?往昔不可谏,来者犹可追。已而!已而!今之从政者殆而!'孔子下,欲与之言。趋而避之,不得与之言"(接舆"凤歌笑孔丘"之事,又见《庄子·人间世》)。这位"凤歌笑孔丘"的接舆,在《庄子·逍遥游》中更曾以"大而无当,往而不反"、"不近人情"的"河汉"之语,令肩吾"惊怖"得目瞪口呆,自然也"狂"得可以了。

这些都还是民间的"狂人"。其实就是在楚之上层,带有司马迁所说"剽轻"、"易发怒"式的狂态人物,也不在少数。如被列为春秋五霸之一的楚庄王,性格就颇狂急。《左传》记楚庄王令申舟使齐而不准他"假道于宋"。宋人杀申舟,"楚子闻之,投袂而起。屦及于窒皇,剑及于寝门之外,车及于薄胥之市。秋九月,楚子伐宋"(《左传·宣公十四年》)。楚庄王在盛怒之下,竟就这样拂袖而起,赤着脚板,风风火火奔了出去。侍者直追到甬道才给他鞋子,追到寝宫外才奉上佩剑,追到薄胥市集才拉住他上车。接着便兴师伐宋,雷厉风行。楚庄王在历史上颇有明君之誉,性格中仍不免带几分楚人的躁急之性而狂怒如此;至于昏昧之君如楚灵王者,在干那愚不可及的蠢事时,便更有一种偏执的愚狂了。史载灵王占卜,询问能否"得天下",卜象"不吉"。他竟"投龟,诟天,而呼曰:'是区区者而不余畀,余必自取之!'"(《左传·昭公十三年》)但他又"简贤务鬼,信巫祝之道",以致"躬执羽绂,起舞(祭)坛前。吴人来攻,其国人告急,而灵王鼓舞自若,顾应之曰:'寡人方祭上帝,乐明神,当蒙福佑焉,不敢赴救。'而吴兵遂至,俘其太子及后姬以下"。要么就急得"诟天而呼",要么就笃信神明到了执迷愚妄的地步,都表现了列维-布留尔所说那种"对保护神的狂热呼吁"的狂态。还有一位伍子胥,可以算得是历史上之大贤了,但在办事的作风气度上,也一样受强烈的情感所支配。当楚平王杀了他的父兄,他在亡命中立下"我必覆楚"的誓言。数年后即率吴师攻破郢都,"求昭王,既不得,乃掘楚平王墓,出其尸,鞭之三百,然后已"(《史记·伍子胥列传》)。为了报仇,竟至于掘墓、鞭尸,其情感之炽热、行事之偏激而走极端,也几近于"狂"了。

与屈原同时代的楚人,我们可举上官大夫和楚怀王。上官大夫在朝中地位颇高,是一位鼓舌如簧的可恶谗臣。但若从性格风貌考察起来,似乎也颇带躁急之性。司马迁记他与屈原"争宠而心害其能。怀王使屈原造为宪令,屈平属草稿未定。上官大夫见而欲夺之,屈平不与。因谗之曰……"(《史记·屈原贾生列传》)妒忌他人,竟不顾身份教养地上前抢"夺",这在注重礼节的儒者眼中,恐怕也狂躁得未免可笑。至于曾任诸侯"从长"的楚怀王,从某种程度上看,就更当得起楚之"狂人"之称了。他办起事来很少考虑后果,张仪告诉他只要与齐断交,秦便割让"六百里"商於之地给楚,他即派出使者到齐王殿上痛骂一顿,以示决绝之心(《史记·楚世家》)。一旦明白是张仪使诈,他即狂怒"兴师伐秦";打了败仗也不罢休,又"悉发国中兵以深入击秦",终于导致蓝田之役的惨败。楚怀王还"心矜好高人",为了享受"伯王之号"的乐趣,竟异想天开"铸金以象诸侯人君,令大国之王编而先马,梁王御,宋王骖乘,周、召、毕、陈、滕、卫、中山之君皆象使随而趋"。诸侯听说大怒,"故兴师而伐之"。怀王又因士民不肯为他效命御敌,"乃征役万人,且掘国人之墓。国人闻之振动,昼旅而夜乱。齐人袭之,楚师乃溃"。真是狂妄而又猴急得可悲!这些虽只是史籍记载的少数实例,却也足以反映楚人那在相对原始的发展状况中,所形成的偏重于情感激荡而"剽轻"、"易发怒"、"矜已诺"的民族性气了。

屈原不是天生的哲人。他是在自己民族长期发展的南方楚地蹒跚学步、成长和屹立起来的伟大诗人。楚人的风俗习性、思维方式、性格情感,都会对屈原产生潜移默化的影响,并渗透到他个性气质的形成之中,而烙上有别于中原民族的楚人印迹。由此看来,屈原诗作中显示的"雅多自贤,颇有狂态"的特色,不仅与他的个性、情操有关,也与他坎坷的遭际和"发愤以抒情"的创作方式有关,而且在其深层形态上,反映着南方楚人所共有的情感炽热、性格"剽轻"、狂放而又执著的民族性格了。

二、论屈辞狂放之三境界:孤傲、愤激和迷幻

作为偏重于情感激荡而较少受礼节约束的民族,楚人因为好使性气、躁急执著,在行事作风上总不免带几分狂态,已如上述。但由于个人的文化修养、志趣追求不同,其个性特点和精神风貌,又有很大的差异。即以前面所举之例看,黄缭之狂近于哲,接舆之狂近于诞,楚灵王之狂近于愚,楚怀王之狂近于痴;至于楚庄王、伍子胥,其躁急、偏执之狂,又显然带有积极进取、说干就干的雄风和不达目的誓不罢休的锐气,较之于愚痴、骄横之狂,自不可同日而语。

屈原诗作所显示的"狂态"亦有自身的特点。这是一位在相对落后的南方较早觉醒的哲人之狂,一位有志于振兴楚国而惨遭黑暗势力迫害的志士之狂,一位为着国家、民族命运哀愤扼腕、"幽愁忧思"的骚人之狂。清峻的情志、光辉的人格,熔铸成屈原那沉郁顿挫的发愤之作,其境界自是光芒万丈、与众不同。若要大略地分辨一

下,屈辞之狂放大抵有三种境界:孤傲、愤激和迷幻。

读屈原的诗作,谁都能强烈地感受到,其间升腾着一股不可遏抑的孤傲之气。《离骚》开篇即曰:"帝高阳之苗裔兮,朕皇考曰伯庸"、"纷吾既有此内美兮,又重之以修能"——自夸世系之尊贵、禀赋之美好,真是高傲极了。说到自身的志向,则是"乘骐骥以驰骋兮,来吾道夫先路",以引导君王的辅臣、先驱自命,口气也不同凡俗。提及朝中的贵族党人,则斥之为"户服艾以盈要(腰)""众竞进以贪婪",根本不屑与他们为伍:"謇吾法乎前修兮,非世俗之所服。虽不同于今之人兮,愿依彭咸之遗则。"用《九章·涉江》中的话说,就是"世溷浊而莫余知兮,吾方高驰而不顾"——完全拒人于千里之外,不肯稍假以颜色,态度之孤傲于此可见。最令贵族党人难堪的,还得数《卜居》和《渔父》。"吾……宁超然高举以保真乎?将哫訾栗斯,喔咿儒儿,以事妇人乎?宁廉洁正直以自清乎?将突梯滑稽,如脂如韦以洁楹乎?宁昂昂若千里之驹乎?将泛泛若水中之凫,与波上下,偷以全吾躯乎?……"以"千里之驹"自喻,而将贵族党人形容为"与波上下"的偷生野鸭一语骂倒,并直斥楚王母后为"妇人",语气之辛辣正显示其傲气之十足。所以当"渔父"问及诗人何以被放逐至江潭时,诗人的回答简直惊世骇俗:"举世皆浊我独清,众人皆醉我独醒,是以见放!"这不仅否定了满朝的贵族党人,而且否定了整个的黑暗世道,大有"一洗万古凡马空"的味道了。

这些诗中所显示的精神境界,无疑都非常孤傲,而且带着那样一种目空一切的狂放之态。在通常情况下,这样的狂傲是很少能给人以美感的。但在屈原诗中,它却如孤峰之拔耸于丛莽、高云之飞曳于峭壁,顿令读者升起一种"高山仰止"的崇高感,这究竟是什么原因呢?原因就在于屈辞的孤傲,是与腐朽的楚王朝、卑劣的贵族党人的丑恶相对抗的,其中灌注着一股峻清、浩然的正气。我们从屈原诗作中,可以鲜明地感受到,当时的楚王朝从君王到臣下,从前殿到后宫,几乎被愚妄和守旧、"贪婪"和"嫉妒"、屈节和倾轧、"喔咿儒儿"的逢迎和"突梯滑稽"的圆滑空气弥漫了!这样一种"鸡鹜翔舞"、"邑犬群吠"的恶浊世风,不仅足以将世上最美好的事物玷污和淹没,而且将葬送一个国家和民族的前途。正是在这样的背景上,屈原却以"独立不迁"的身骨,从诗中挺峙而起,对祸害国家、民族的贵族党人及其煽扬沸嚣的腐浊之风,投去了最鄙夷、最高傲的一瞥。而且借助于那狂放的性气,使高傲的投射更显得冷锐和强烈,恰如高崖之闪电,刹那间击退汹汹的浊浪,而照耀了千古读者。它所带给读者的,不正是司马迁赞扬《离骚》时所说的"濯淖污泥之中,蝉蜕于浊秽,以浮游尘埃之外"(《史记·屈原贾生列传》)的峻洁、崇高之美么?——这就是屈辞狂放的"孤傲"境界。进入这样的境界,是可以令志士仁人增生许多独立浊世、不坠壮志的勇气和信心的。

屈辞狂放的第二种境界是"愤激"。倘若贵族党人的污浊之行只止于自身,则屈原完全可以投以孤傲之一瞥而掉头"不顾"。但令诗人痛心的是,弥漫于楚朝廷上的愚妄、贪婪、狗苟蝇营之风,却正以迫害贤良、祸国殃民的严重恶果愈演愈烈。"何桀纣之猖披兮,夫唯捷径以窘步?惟夫党人之偷乐兮,路幽昧以险隘!"眼看着楚国之"皇舆"将要"败绩",诗人的孤傲由此一变而为对党人、对楚王那狂潮般的愤激抨击。"余以兰为可恃兮,羌无实以容长","椒专佞以慢慆兮,樧又欲充夫佩帏";"苏粪壤以充帏兮,谓申椒其不芳"!这正是《离骚》向贵族党人发出的充满怒火的战叫。它在《天问》中,则又借助于对壁画"呵问"的恸泣之音,震荡了先王庙堂内外:"彼王纣之躬,孰使乱惑?比干何逆,而抑沈之?雷开何顺,而赐封之?何圣人之一德,卒其异方——梅伯受醢,箕子详狂?"这愤激的诘问,显然已越过满朝的佞臣,而汹涌澎湃地指向了最高统治者楚王,真有鲁迅在《摩罗诗力说》中所赞叹的"放言无惮,为前人所不敢言"的胆气!倘若读者将它们与《卜居》中的"千钧为轻,蝉翼为重!黄钟毁弃,瓦釜雷鸣!谗人高张,贤士无名!吁嗟默默兮,谁知吾之廉贞"合起来听,更将感受到诗人的愤激,带有怎样狂放哀慨的气象和力度——它是足以裂石撼山、颠风倒海的!

我在前面曾经指出,楚人的民族性格"剽轻"、躁急而最易受情感之激荡。屈原之狂放虽也带有楚民族性格的鲜明印迹,但绝非只是情感的一时冲动或放纵。作为一位受到先秦理性精神影响而较早觉醒的哲人,屈原的情感激荡更多发自于对现实政治的深刻认识和对民族命运的清醒估量。因为看得透彻,其忧愤也就格外深沉凝重,其情感激荡也如浩浩江河一样,不仅恣肆狂猛,而且滚滚不绝,久久汹涌在他放逐生涯以至投江自沉前夕的大多诗作中。"鸾鸟凤皇,日以远兮！燕雀乌鹊，巢堂坛兮！露申辛夷，死林薄兮！腥臊并御，芳不得薄兮"——这愤激的浩叹传自诗人再放江南的"涉江"途中，令人听来，分明有一种愤满天地的悲云愁雾之感。"变白以为黑兮，倒上以为下！凤凰在笯兮，鸡鹜翔舞！同糅玉石兮，一概而相量！夫惟党人之鄙固兮，羌不知余之所臧"——当一个人坦然走向死亡之境时，心情理应是异常平静的，因为这时再没有什么可以扰乱他的决心的了。但屈原不同，就是在他怀抱着"知死不可让，愿勿爱兮"的决心"汩徂南土"时，《怀沙》中依然掀动着如此愤激的情感狂澜！宋人高似孙在《子略·贾谊新书》（卷四）中说："士之有所激而奋者，极天地古今之变动、山川草木之情状……其言往往出于危激哀伤之余，而其气有不可过者。"明人刘凤亦称："词赋之有屈子，犹观游之有蓬阆，纵适之有溟海也。"①屈辞狂放之"愤激"境界，正有"极天地古今之变动"的"危激哀伤"之气。当其汹涌之时，无疑如"蓬阆"弥空、"溟海"陡立，带有涤荡古今的浑茫、浩瀚之势。这是交织着对自身奋斗理想无可更改的信念的愤激，是涵容着至死不变的祖国之爱的情感之汹涌。正因为如此，它愈是狂放猛烈，便愈加悲壮动人！

情感过于强烈的人，往往又是精神最专注、最执著的人。当其受到意料之外的刺激或打击的时候，便可能出现情感的某种迷乱状态。屈原就正出现过这种状态。有许多记载可以证明，他在遭受贵族党人的迫害和巨大事变的震撼时，屡次有过"情感迷狂"的状况。如《史记》记他放逐江南"至于江滨"时，不仅"颜色憔悴，形容枯槁"，而且"被发行吟泽畔"，精神状况就颇有异态；《卜居序》记他向郑詹尹问卜时"心烦虑乱，不知所从"；《天问序》记他在放逐中"彷徨山泽，经历陵陆，嗟号昊旻，仰天叹息"；《屈原外传》记他"遂放而耕，吟《离骚》，倚末号泣于天"以及"披蓁茹草，混同鸟兽"的景象：这些都多少透露着一些消息，即屈原在身心遭受巨大摧残、震荡中，一度处于迷乱恍惚和神智失控的状态。这在屈辞的创作中，便表现为"狂放"之第三境界：迷幻。屈原那双峰并峙的奇作《天问》《离骚》，可以说是这种"迷幻"境界的最凄苦、最神奇的显现。不过当着我们指明屈原经历过"情感迷狂"状况时，还得着重指出：屈原的创作，却不是

---

① 转引自蒋之翘《七十二家评楚辞》，载孟庆文主编：《新古文观止赏析》，南海出版公司1997年版，第108页。

在"情感迷狂"之时进行的,而是在恢复清醒后,才进入有意识的创作。这样的创作,正如西方两位学者所说,是"把心神迷乱时获得的对生活的幻觉,与有意识的、精心的安排结合起来,以表现这种幻觉"①。

《天问》在艺术表现上的独特方式,曾经令许多诗论家震惊。因为它居然在先王宗庙和公卿祠堂中,对着默默无声的壁画,执拗而又顽固地发出了一百七十多个诘问。从天地之创生,问到四方之神怪,而后又一气直下,从夏、商、周三代之兴亡,问到春秋时代的吴楚之争。用清人夏大霖的惊叹之语说就是:"创格奇,设问奇,穷幽极渺奇,不伦不类奇,不经不典奇,颠倒错综奇……问过又问,说了重说更奇。一枝笔排出八门六花……转使读者没寻绪处,大奇大奇。"②可惜夏大霖没能揭示,《天问》之"奇",恰恰创自于诗人屈原无限悲愤中的情感迷狂③。正因为屈原如《天问序》中所说,在进入庙堂之前已处于"嗟号昊旻"、"经历陵陆"的迷乱恍惚之中,他才会一见到壁画而触动"天命反侧"、历史兴亡的无限疑丛和伤痛。从而使失控的神思超越于壁画和庙堂之上,置身于天地创始之初和倒转的历史长流之间,仿佛不是对着壁画,而是直接面对着四方神怪和历史上正在发生的兴亡盛衰之变,苦苦呵问。屈原在清醒以后,正是借助于"心神迷乱"时获得的幻觉景象,运用似乎直接面对四方神怪和历史兴亡之变的方式,创作了包含一百七十余问的奇诗。诘问之颠倒错综,正表现出诗人曾经经历的情感之迷乱;而"问过又问、说了重说",又显示着诗人寻根究底的何其执著!《天问》之狂放,由于是在"烦懑已极,触目伤心,人间天上,无非疑端"④之中,借助于对天地神明和茫茫历史的无穷诘问展开的,故其境界之"迷幻",带有一种天旋地转、奇峰颠连的壮观,既犷放、浑茫,又古朴、苍凉!

《离骚》的上下"求女"和"神游远逝",在想象之缤纷、境界之神奇上,堪称古今诗作中无与伦比的独步之作。诗人为抒写自己"路曼曼其修远兮,吾将上下而求索"的情思,竟出人意料地"驷玉虬以

---

① 韦勒克、沃伦:《文学理论》,刘象愚等译,生活·读书·新知,三联书店1984年版,第80页。
② 夏大霖:《屈骚心印》,载姜亮夫:《姜亮夫全集》(五),云南人民出版社2002年版,第198页。
③ 潘啸龙:《情感迷乱中的悲愤问难》,《江海学刊》1989年第6期。
④ 贺贻孙:《骚筏》,载梁启超、王国维等:《楚辞二十讲》,华夏出版社2009年版,第215页。

乘鹥兮,溘埃风余上征",进入了跨越时空和历史的缥缈驰骋之中。他忽而驾临昆仑县圃、喝令"羲和"弭节;忽而日夜兼程,升入云霓陆离的九天云关;忽而又"登阆风""游春宫",采折来荣华璀璨的"琼枝",以赠送"下女"。而当"求女"失败,诗人遵从灵氛劝告而"远逝"时,诗中又展开了"屯余车其千乘兮,齐玉轪而并驰"的跨空飞骋之奇境:那"发轫天津"、"夕至西极"、"遵赤水而容与"、"指西海以为期"的旗仗雍容、奏歌舞韶景象,在云烟缥缈中显得何其自得! 人们常把《离骚》的这种境界,视为诗人的有意识"比兴",其实它也应是屈原情感迷乱中所呈现的幻境。较早勘破此中奥秘的,当数清人吴世尚。他在《楚辞疏》中分析《离骚》之神奇境界时指出:"此千古第一写梦之极笔也……故其词忽朝忽暮,倏东倏西,如断如续,无头无踪,惝恍迷离,不可方物。此正白日梦境,尘世仙乡,片晷千年,尺宅万里。实情虚景,意外心中,无限忧悲,一时都尽,而遂成天地奇观、古今绝调矣!"日本学者竹治贞夫受此启发,也提出了《离骚》是"梦幻式叙事诗"的见解①。他们的看法无疑是精辟的,但这"梦幻"之造成,恐怕正在于屈原那"无限忧悲"中出现的情感迷乱。也就是说,《离骚》所抒写的,实在并非真是"梦",而可能是直接浮现在诗人眼际心中的幻觉,一种诗人所曾经身历的迷幻之境。正如《天问》一样,诗人那"悲极愤极"的情感狂澜汹涌之际,他便自然置身在某种幻境之中了——这就是屈辞狂放之第三境界:以超越时空的缥缈意象所造成的或浑茫奇峭、或绚烂神奇的"迷幻"。

三、奇艳:濡染着南国山泽和巫风色彩的屈辞

屈原的诗作就其情感表现说,是沉郁、忧愤而又恣肆狂放的;但就其形象的创造、景物的渲染、情感心境的形容而言,则又辞采纷呈、色泽绚丽,显示出了"惊采绝艳"的鲜明特色。

"屈平联藻于日月,宋玉交彩于风云"。打开屈原的诗作,谁都会有如猛然铺展华彩四射的画卷的感觉,禁不住为它的瑰丽和奇艳惊叹。这首先体现在诗人对自我形象的描绘上。正如司马迁在屈原

① 竹治贞夫:《〈离骚〉——梦幻式叙事诗》,孙歌、林岗译,收马茂元主编之《楚辞资料海外编》,湖北人民出版社1986年版,第225—254页。

本传中所说："其志洁，故其称物芳。"屈原审美的一条重要准则，就是"内美"与外美的统一。所以特别注重借用芳洁的花草和瑰奇的神话，来形容和渲染自我的装饰和车仗。如《离骚》：

> "扈江离与辟芷兮，纫秋兰以为佩。""朝饮木兰之坠露兮，夕餐秋菊之落英。""制芰荷以为衣兮，集芙蓉以为裳。""为余驾飞龙兮，杂瑶象以为车。""扬云霓之晻蔼兮，鸣玉鸾之啾啾。""前望舒使先驱兮，后飞廉使奔属。""凤皇翼其承旗兮，高翱翔之翼翼。"

如此芳洁、绚丽、不沾一丝尘浊，正象征着主人公品性、情操之峻清美好。当其出行时，缤纷的想象便驾驭着神话传说凌空而行，那在云霓掩映、月神风神簇拥之中，安坐于龙驾上的自我形象，又显得何其高逸和潇洒！

屈辞的瑰奇在创造主人公"上下求女"和"远逝自疏"的迷幻境界时，可以说被发挥到了酣畅淋漓的极致。请看诗中对上叩帝关的描写：

> 饮余马于咸池兮，总余辔乎扶桑。折若木以拂日兮，聊逍遥以相羊……吾令凤鸟飞腾兮，继之以日夜。飘风屯其相离兮，帅云霓而来御。纷总总其离合兮，斑陆离其上下。吾令帝阍开关兮，倚阊阖而望予。

从红日喷薄的咸池跃上九天，而后在霞彩斑斓中与"飘风"、"云霓"之神相会，再纷纷扬扬出现在巍峨高耸的天关前，向"帝阍"发出"开关"的命令。绚丽的辞采，在这里化出了多么神奇缥缈的境界！读者于吟赏之际，不正有如同置身九霄而被神光辉照的迷离和惊喜？至于诗人的"远逝"，那景象也一样纷纭多姿——

> 忽吾行此流沙兮，遵赤水而容与。麾蛟龙使梁津兮，诏西皇使涉予。路修远以多艰兮，腾众车使径侍。路不周以左转兮，指西海以为期。屯余车其千乘兮，齐玉轪而并驰。驾八龙之婉婉

兮,载云旗之委蛇。

这就是被蒋骥赞为"纯用客意飞舞腾那,写来如火如锦,使人目迷心眩,杳不知町畦所在"之境。诗人以浓笔重彩绘此虚境,于"极凄凉中偏写得极热闹,极穷愁中偏写得极富丽。笔舌之妙,千古无两"。难怪刘勰在论及以《离骚》为代表的屈辞特色时,要下以最高的形容之语——"惊采绝艳"了!

　　足可与《离骚》的"朗丽以哀志"比美的,还有"绮靡以伤情"的《九歌》和"耀艳而深华"的《招魂》。《招魂》是否为屈原所作,这里姑且不论,我们且看《九歌》。如果说《离骚》之辞采更多借助于缤纷的想象,而带有"瑰奇"的特点的话,则《九歌》对神灵服饰、环境氛围的描绘,就更多与山川草木相联系,而显示了"清艳"的异彩。例如《湘夫人》之描绘洞庭秋景:"帝子降兮北渚,目眇眇兮愁予。嫋嫋兮秋风,洞庭波兮木叶下"——将迎神巫者接迎湘夫人时恍惚难寻的思情,溶于八百里洞庭的波风落叶声中,显得又空阔、又凄清。明人胡应麟《诗薮》称其"形容秋景如画",而推之为"千古言秋之祖",实非虚誉。在这样的背景上,诗人又为读者铺叙祭祀湘夫人的"水室"之美:

　　　　荪壁兮紫坛,播芳椒兮成堂。桂栋兮兰橑,辛夷楣兮药房。罔薜荔兮为帷,擗蕙櫋兮既张。白玉兮为镇,疏石兰兮为芳。芷葺兮荷屋,缭之兮杜衡。合百草兮实庭,建芳馨兮庑门……

这简直就是芳香与色彩交织而成的世界! 浅绿的荪草, 葱翠的薜荔, "白质如玉、紫点为文" 的紫贝, 红丽照眼的荷花, 交汇着 "花发如笔" 的辛夷, 以及白芷、兰草、桂木、芳椒的馥郁之气。世间还有什么能比湘夫人的祭室更美好的呢? 诗中虽然没有直接描绘湘夫人的形象,但读者从这美好祭室的装饰上, 即可想象它的主人公该是怎样风姿绰约、艳美动人了! 对 "山鬼" 的描绘,诗人用的又是另一副笔墨: 除了巧妙地勾勒她 (巫者所装扮) 若隐若现的飘忽之态和 "被薜荔兮带女罗" "既含睇兮又宜笑" 的容貌外, 又推开镜头, 色彩浓烈地渲染她的车驾随从——

乘赤豹兮从文狸，辛夷车兮结桂旗。被石兰兮带杜衡，折芳馨兮遗所思。

火红的豹子，毛色斑斓的花狸，配上辛夷木制作的车驾、桂花枝结扎的旗仗，把巫者装扮的"山鬼"烘托得多么秀奇动人！使人一看就知道，这正是山林间的神女，满身洋溢着一种山间少女的朴野、爽朗之气，较之于雅艳清美的湘夫人，自是另具一种情态和气派。诗人之注重辞采，不仅表现在对女神的描绘上，就是表现"东君""河伯"这样热情、豪爽的男神，也不嫌施以重彩。如叙"河伯"的居处、出游，则"鱼鳞屋兮龙堂，紫贝阙兮朱宫""乘白鼋兮逐文鱼，与女游兮河之渚"；写"东君"之升天和射箭，则"驾龙辀兮乘雷，载云旗之委蛇""青云衣兮白霓裳，举长矢兮射天狼"——在这些景象的描绘中，不仅运笔辞采纷呈，而且非常注意色彩的映衬和配合："紫阙"与"朱宫"的辉耀，"青云"与"白霓"的对比，将河伯居处的富丽、东君服饰的潇洒，表现得更觉鲜明和迷人。明人陆时雍称"九章（按：此指《九歌》）短节简奏，触音有琳琅之声"；冯觐称《九歌》"情神惨恻，词复骚艳。喜读之可以佐歌，悲读之可以当哭。清商丽曲，备尽情态矣"！都真切感受到了《九歌》的这种辞采、音声之美。

倘若比较一下《诗经》，人们就可以发现，屈原之辞确实在中国古代诗歌的表现色彩上，划出了一个新时代：《诗经》的素朴质实之美，已为屈辞的绚烂奇艳之美所取代；从此以后，中国的古代诗歌将不但以优美的声情扣动人们的心弦，更将以绚烂多彩的风色照耀人们的眼目了！

屈原如此注重诗作的表现辞采并显示出鲜明的"奇艳"特色，究竟是什么原因？这曾经是许多诗论家所关注和探讨过的课题。南朝刘勰认为其原因有二。一曰时代风气："方是时也，韩魏力政，燕赵任权，五蠹六虱，严于秦令；唯齐楚两国，颇有文学。齐开庄衢之第，楚广兰台之宫，孟轲宾馆，荀卿宰邑；故稷下扇其清风，兰陵郁其茂俗；邹子以谈天飞誉，驺奭以雕龙驰响；屈平联藻于日月，宋玉交彩于风云。观其艳说，则笼罩雅颂。故知炜晔之奇意，出于纵横之诡俗也。"（《文心雕龙·时序篇》）。二曰地域影响："若乃山林皋壤，实文思之奥府。略语则缺，详说则繁。然屈平所以能洞监风骚之情者，抑亦江山之助乎？"（《文心雕龙·物色篇》）

刘勰不愧是一位视野开阔的文学理论家。他将对屈辞奇艳（"玮晔"）原因的考察，放到战国时代的诸子、策士游说之风的大背景中来认识，目光无疑是深邃的。屈辞之讲究铺陈，使抒情诗的体制一变为长篇，简约、素朴一变为恣肆辩丽，当然受到了战国说辞铺张扬厉风气的影响。不过，从屈辞又显示出与北方诗歌迥然有异的绚烂奇艳色彩而言，恐怕还是他所指明的第二个原因更重要些。楚人生长南国，那里山清水秀、花木繁茂；衡山、九疑耸其空翠，湘沅、洞庭漾其新碧；云梦之泽草木葳蕤，江汉之野稻绿禾青；有"青黄杂糅"的漫山橘树，有幽芳远播的岸芷泽兰；加之山岚翠微、霞光夕照，晕染着清溪、蓝天。长期生活在如此富于色彩的环境中，耳濡目染着如此艳丽秀奇的山水灵气，能不孕育出一个对色彩、光影、芳菲、音响之美更爱好、更敏感、更富于接受和再现能力的民族？人们只要观赏一下春秋战国之际楚人的彩绘漆器、木雕、锦绣、绘画，以及描摹楚宫"网户朱缀"、"砥室翠翘"、"红壁沙版"、"紫茎屏风"的繁华装饰，和那"芙蓉始发"的曲池、"兰薄户树"的篱落、"光风转蕙"的苑庭之美的《招魂》，便可知道楚人的审美怎样受到地域环境的影响，而倾向于富艳了。屈辞的奇艳当然也与此有关。唐人李华在《登头陀寺东楼诗序》中叙及他在楚地的观感时即指出："辨衡、巫于点黛，指洞庭于片白，古今横前，江下茂树方黑，春云一色，曰：屈平宋玉，其文宏而靡，则知楚都物象，有以佐之。"清人尤侗《西堂杂俎》亦云："昔屈子生沅湘之间，兰芷薜萝，映带左右，故采而赋之。"洪亮吉也以为："盖天地之气，盛于东南。而楚之山川，又奇杰伟丽，足以发抒人之性情。"[1] 看来，他们与刘勰一样，都真切地感受到了楚地"山林皋壤"对屈原辞风的影响。

但是屈辞的色彩不仅"艳"丽，而且更带有瑰"奇"的特点，

---

[1] 洪亮吉：《洪北江诗文集》（卷二），四部丛刊初编集部本。

这虽然也与楚地的"重岩叠嶂"、峭壁峻峰足以激发其奇思有关，但影响最大的，恐怕还是楚地的"巫风"。楚人处在相对原始的发展阶段，在思想上更多受富于神秘想象的宗教巫术支配，故无论在都邑宫廷还是民间草野，神怪思想和祭神娱神的巫风盛行不衰。灵巫降神往往要斋戒熏沐，浑身披戴上奇花异草，而且装扮得须与想象中的神灵相似而瑰奇艳丽。按照当时人的迷信，灵巫还具有升天入地交接神灵的特殊本领；并如《九歌》那样，既可飞越"空桑"追随"司命"、"导帝之兮九坑"，又可驾驭"两龙"，与"河伯"驰向遥远的河源"昆仑"。我们从江陵望山一号、天星观一号楚墓出土的卜筮竹简记载可知，当时地位尊崇的朝廷重臣，也都迷信问卜鬼神、祭祀"司命"、"大水"、"司祸"、"东城夫人"之类。河南长台关楚墓出土的锦瑟漆画，所绘灵巫形象或高冠长袍、或披发曳裳，正与《九歌》描述的一样奇艳动人。湖南长沙子弹库出土的楚墓帛画，更画有长髯佩剑男子驭龙升天的奇景，正如郭沫若题词所叙："仿佛三闾再世，企翘孤鹤相从。陆离长剑握掌中，切云之冠高耸。上罩天球华盖，下乘湖面苍龙。鲤鱼前导意从容，瞬上九重飞动。"这都说明，楚地的宗教巫风和神怪想象，本就带有瑰丽艳奇的色彩和升天神游之类的奇思。当楚人因特殊的地域环境影响而形成的富艳爱好，与在相当大程度上支配着他们精神生活和命运的宗教巫风所带有的瑰丽神奇融合在一起时，这种爱好便成为与"神秘观念"直接联系的相当固定的习俗而难以改变了。岑家梧《图腾艺术史》曾以许多较原始的土著部族为例，描述了他们的衣饰、文身、绘画、雕刻所显示的对色彩的特殊爱好和绚烂奇异的风貌。看来这也是相对原始的民族的普遍风尚。作为一位南国哲人，屈原虽然受中原理性精神影响，在思想上早就超越了南楚的巫风文化；但在他诗作的体式、艺术构思、意象驱使和辞色的运用上，毕竟不能不受到这种神奇而又艳丽的巫风形式的濡染。我们从《离骚》《九歌》对主人公、神灵形象的描摹，到升天神游的缤纷神奇之境的构想，以及迎神、娱神景象的色彩绚烂的渲染上，都可以认出这种濡染的鲜明印迹。

四、如何评价屈辞的狂放和奇艳

以"发愤抒情"为标志的屈辞，在情感表现上是狂放的，而在表现形式和色彩上则又瑰奇艳丽、无与伦比。这究竟是长处还是缺陷，是幸事还是不幸？

汉代以后的正统儒者，对屈辞的这两方面特色几乎都摇头叹气，并作出过严厉的批评。屈辞的狂放，在他们眼中尤其难以容忍。东汉班固就曾因为这点，指斥屈原"露才扬己"而贬之为"贬絜狂狷景行之士"；宋人朱熹亦称屈辞所表现的"志行""过于中庸而不可以为法"，其"辞旨""流于跌宕怪神，怨怼激发而不可以为训"。这些评价所涉及的对屈原思想、人品的偏见，这里且不论①。即从审美上看，我们也可以深切地感觉到，这里存在着屈辞狂放之美与儒家所推崇的"温柔敦厚"之美的差异和对立。我在这里并不想贬低儒家审美观所要求的"乐而不淫，哀而不伤"，以及"曲而畅之""志而晦""婉而成章""尽而不污"（《左传》杜预序）在艺术表现上的妙处。问题在于美是丰富多样的，屈辞的"狂放"虽有别于温婉有节的"中和"之美，却一样表现着人之情感抒发的需要和率真动人的人性之美。鲁迅说过："暴君的专制使人们变成冷嘲，愚民的专制使人们变成死相"；"世上如果还有真要活下去的人们，就应该敢说，敢笑，敢哭，敢怒、敢打"②。屈原的狂放，就表现出了这样一种活泼泼的人生意气。面对着贵族党人的卑劣和愚妄、迫害和打击，他没有改变自己的志节，没有屈服于鄙陋的世俗，而是以孤傲和愤激，在诗中尽情地倾泻自己的悲慨、不平和愤怒、忧伤。有人以为屈辞的狂放表现为一种"自我"的高度扩张，是对自身情感的故作夸张的渲染。这恐怕不确。事实情况正好相反：正是因为蓄积在诗人心中的痛苦、悲愤太强烈，才激得他非运用超乎常态、甚至近乎迷狂的方式喷薄不可。需要指出的是，屈辞狂放，但决非直露，它的"辞旨"往往通过形象的"比兴"意象和"跌宕怪神"的迷离之境显现，故能于狂放中得其

---

① 潘啸龙：《屈原评价的历史审视》，《文学评论》1990 年第 4 期。
② 鲁迅：《忽然想到（五）》，《华盖集》，人民文学出版社 1973 年版，第 33 页。

优柔蕴藉之致。但其情感的舒泄，却不是柔弱、细致或涓涓清流般的碎波微澜，而是借助于黄河落天之势颠荡、澎湃的。屈辞的狂放恰似绘画中的"放笔直干""泼墨挥洒"。无论是《渔父》的孤高自许，《卜居》的烦懑愤激，还是《离骚》的迷幻"求索"，或《天问》的忧愤"诘问"，都壮大、郁盛、空阔、浑茫，弥漫着一种充塞苍冥的浩然真气，其情感的激荡由此带有了疾雷破山、狂浪涌天般的震撼力。诵读屈原的狂放诗作，可以在幽愁忧思中升腾一种摆脱鄙俗、胆怯、污浊等庸人之态的勇气和自信，并气宇轩昂地走向人生的悲壮和崇高。这就是由屈辞所开创，并在曹植、左思、鲍照、李白、辛弃疾、高启、陈子龙、龚自珍、黄遵宪、秋瑾等诗、词中千古磅礴着的"狂放"之美，一种足与"乐而不淫，哀而不伤"的中和、温婉之美并驾齐驱的激烈、悲亢之美！为什么因为它带有"怨怼激发"之气就"不可以为训"呢？

至于屈辞的"奇艳"，在爱好"蔚如雕画"的辞赋的汉代，还没有遭到非难。扬雄《法言》虽然不满意于司马相如以来赋作的靡丽，但对屈原辞之富丽，仍推崇为"诗人之赋丽以则"而加以肯定的。南朝刘勰对屈辞略有微词，称之为"金相玉式，艳溢锱毫"，并批判了汉以后辞家"中巧者猎其艳辞"的风气，但也高度评价了屈原"取熔经意，亦自铸伟辞"的特色。唐代以后对屈辞奇艳的批评就颇严厉了。如卢照邻称"屈平、宋玉，弄词人之柔翰，礼乐之道，已颠坠于斯文"（《驸马都尉乔君集序》）；王勃以为"天下之文"之所以"靡不坏矣"，实因"屈、宋导浇源于前，枚、马张淫风于后"；卢藏用更直截了当地指斥"孔子殁二百岁而骚人作，于是婉丽浮侈之法行焉"（《右拾遗陈子昂文集序》）；还有一位柳冕，亦感叹于"王泽竭而诗不作，骚人起而淫丽兴""淫丽形似之文，皆亡国哀思之音也"，并直斥屈原之辞"哀而以思，流而不反，皆亡国之音也"（《答荆南裴尚书论文书》《与滑州卢大夫论文书》）等。这些意见虽然受到明、清之际许多诗论家的批驳，但对屈辞之"艳"终究不能理直气壮。如方东树以为"以六经较屈子，觉屈子辞肤费繁缛"，只是因为它"沈郁深痛"，才得"独立千载后"；刘熙载以为"文丽用寡，扬雄以之称相如；然不可以之称屈原。盖屈之辞，能使读者兴起尽忠疾邪之意，便是用不寡也"（《艺概·文概》）；陈廷焯也以为"幽深窈曲，瑰玮奇肆，《楚词》之末也；沈郁顿挫，忠厚缠绵，《楚词》之本也"，以"末"技视屈辞的艳奇，可见在评价上也颇费踌躇了。

其实，诗文的只求实用而贬斥艳丽之饰，乃是儒家（包括道家）审美之偏见。《诗经》所表现的素朴质直，显然有其产生地域和周人尚俭审美习俗影响的原因，但决不能因为它被尊为儒家经典，就连这种审美爱好也得定于"一尊"了。正如前面所说，美是丰富多样的，人们的审美需求也是各有不同的。素朴有素朴之美，瑰艳有瑰艳之美，岂能执此衡彼、崇朴而抑丽！国之兴亡在于君臣之贤否、政治治理之得失，与审美爱好的朴、华、素、丽并无多大关系。司马相如赋之富丽，并没有影响武帝时代大一统帝国的兴盛；初唐宫廷的艳诗，也没有妨碍"贞观之治"的美誉。倘若绮丽之美的爱好可以"亡国"，楚国早已亡于春秋之世了；倘若素朴之美可以兴世，则何以又会出现"王泽竭而诗不作"的东周衰世？这些本都是最粗浅的道理，正统儒者们却煞有介事地为反对绮丽嘀咕了数千年，给诗人之绚烂艳丽加之以种种罪名，真是可笑复可悲也。屈原之贡献，恰正在于完全藐视所谓"发乎情，止乎礼义"的说教，以及"素以为绚"、"五色令人目盲，五音令人耳聋，五味令人口爽"之类的禁戒（《老子》第十二章），大胆按照楚人的审美爱好和自身情感的表现需要，运用了绚烂、奇艳的色彩，描摹沅湘民间的祭神景象（《九歌》），构制主人公神游的缤纷境界（《离骚》）。就是在抒写个人愁思的《九章》中，也不排斥辞采纷呈的景物、氛围描绘（如《抽思》《悲回风》《思美人》《涉江》等）。正如朱冀在《离骚辩》中所说，"凡糗粮之精，车马之盛，旌旗导从之雍容……一切皆行文之渲染，犹画家之着色也"；并指出屈辞的这种热闹、富丽的渲染，恰能绝妙地反衬主人公内心的"穷愁"和"凄凉"。这就不仅从辞采上，而且从艺术表现的效果上，高度评价了屈辞"奇艳"的妙处。可见辞色素朴未必就"雅"，崇尚绚烂未必就"俗"，屈辞的高情逸志，恰正是借助瑰奇艳丽的渲染、反衬而得到光焰喷薄之显现的。只要不是妖艳俗丽、格卑调陋，则讲究辞采之清新、俊逸、瑰丽、艳奇，又有什么不好？还是杜甫在这方面看得较为通达，无论是"清新庾开府"，

"俊逸鲍参军"，还是"绮丽玄晖拥"，他都一样推重和欣赏。用他的《戏为六绝句》之语就是："窃攀屈、宋宜方驾""清辞丽句必为邻"——以一代"诗圣"之重，尚且不排斥俊逸、绮丽之用，则后世迂儒、斗筲之辈贬斥屈辞的奇艳，又何足道哉！要而言之，中国古诗的瑰丽、绚烂之风确实兴起于屈辞，但这绝非屈原的罪过，而是他的莫大开创之功！

〔原以《论屈辞之狂放和奇艳》为题载于《文艺研究》1992 年第 2 期，辑入本集有改动〕

改塑与发现

——屈原评价的历史审视

在我国古代哲人中,屈原对于整个中华民族的巨大影响,恐怕只有孔子这样的百代"素王",可与之相比。

孔子的影响,主要在他的思想。不管旧时代的人们怎样崇扬他,也不管近代以来的人们怎样希望打倒他,他所提出的社会思想,毕竟笼盖了两千余年的历史,成为人们所不能不面对的巨大幻影。直至今天,人们似乎还得时时为这个巨大的思想幻影之隐现而忧疑或惊奇。

屈原则是一位行动者。他对中华民族的影响,除了《离骚》《天问》等一篇篇回肠荡气的辉煌诗作外,他自身的遭际和在其中所显现的道德、人格,似乎更为人们所瞩目——他是作为一个为黑暗时代所埋葬的伟大悲剧人物,出现在历史上,并震撼了整个民族心灵的。在许多时代人们的心目中,他似乎成了某种精神道德的体现者或楷模,高高屹立在苍黄翻覆的历史烟云之上,俯视着百代千秋。

有趣的是,屈原对中华民族的影响方式,又与孔子如此的不同——屈原的意义和价值,几乎在每一历史时代,都须经历激烈的争辩,才得到部分的实现。从汉代到明清,从五四时期到抗战阶段,以至 20 世纪 80 年代的历史新时期,每个时代几乎都有自己的"屈原问题"。人们在探讨时代的命运和做人的规范时,往往把屈原作为一种历史参照进行比较,作出选择,从而对他的精神、人格进行再认识、再评价。正是在这种不断被重新认识和评价的历史中,屈原显示了精神风貌的某种偏移,并牢牢地保持了对一个民族的影响。

这种情况是由什么决定的? 在对屈原的评价历史上曾经有过什么争议? 它反映了不同时代不同人们什么样的需要或心理? 对这些颇有意义的课题,我们不妨作一简要的探讨。

一、屈原——投影于历史的双重精神

任何伟大人物能够对后世产生久远的影响,都是他们自身的功业或精神,给予历史以巨大影响的结果。所以要探讨屈原如何影响后世,须得考察在他的一生中,究竟有些什么功业或精神品格,足以震撼后人的心灵?

人们常常只把屈原视为诗人,但据司马迁、刘向记载的屈原事迹,他在当时显然是作为一位非同寻常的辅弼之臣,而登上楚国的政治舞台的。他"博闻强志,明于治乱,娴于辞令",一旦出现在楚朝廷中,便以卓绝的治国才华得到了楚怀王的倚重。《史记》说他"入则与王图议国事,以出号令;出则接遇宾客,应对诸侯"——在惜墨如金的史家笔下,这数十字的概述已完全足以证明,屈原早期在楚国政治生活中,具有怎样举足轻重的地位了。

但屈原在历史上却没有留下引人瞩目的功业——因为他不久就被贵族党人进谗诬陷,遭到了怀王的疏黜;接着而来的两次放逐,更把他远远地隔绝在政治生活之外。一位有志于辅助楚王,成就五帝、三王之业的大贤,就这样沦落为江上的憔悴迁客。

在屈原被重用期间,楚王君臣曾励精图治、整刷朝政,迎来了称雄南天的短暂兴旺。弃逐屈原以后,楚国之航船便在风雨飘摇中一再触礁搁浅,迅速降为睥睨天下的强秦之附庸;数十年后,便以灭国之祸在历史上从此消失。屈原的遭际,就这样与一个国家、民族(楚人)的兴衰联系在了一起;而他沉身汨罗的悲壮一幕,似乎也成了泱泱雄楚一朝覆灭的历史悲剧的序幕。

倘若屈原退出政治舞台后,从此以屈从命运的达观"明哲"自命,颐养天年,默默地老死于山野荒村,他便不会给历史留下多少记忆。但屈原却奋身抗争了——他忘不了曾寄予莫大希望的楚王,忘不了他曾为之奋斗的复兴楚国的梦想,更忘不了"筚路蓝缕"、经历了多少世纪艰难创业,而终于自立于南方的楚民族的命运。他虽不再能为这个民族的兴旺贡献心力,却要用自己尚存的生命,为它的苦难凄怆呼号。长长的十多年放逐生涯,由此成了屈原不屈不挠与党人群小斗争的延续。在他身上两种最主要的精神品质,在这段最黯淡的生涯中,得到了最光彩耀眼的闪射——那就是对于恶势力所施加的压迫、摧残所表现的无畏抗争精神,和即使蒙受多大冤屈、遭受多大摧残,也决不背弃祖国、民族的忠贞精神。

屈原对于恶势力的抗争,早在从政时期就有锋芒锐利的显露。他亲眼目睹过朝中党人,怎样狗苟蝇营地追逐于势利。"众皆竞进以贪婪兮,凭不厌乎求索!"为了实现个人的野心,竟不惜走那败国亡家的"幽昧"、"险隘"之路。楚王呢,居然也"猖披"放纵、"无辔御而自载"、"背法度而心治"。屈原出于对国家前途的关注,不顾自身的安危,起而揭露党人的罪恶,并不怕触犯楚王之逆鳞——"岂余身之惮殃兮,恐皇舆之败绩"。这就是他拼将一身捐弃,也要与恶势力抗争的铮铮自白。

这种不屈的抗争精神,在屈原遭受两次放逐之中,表现得就更鲜明了。黑暗的王朝满心以为,长期的放逐可以摧折这位耿直之臣的傲骨,迫使他噤若寒蝉,任凭党人们倒行逆施而缄默不语。屈原的亲朋则出于对他命运的担忧,也纷纷劝告他折节改行,装聋作哑,免遭伯鲧那样"夭乎羽野"的杀身之祸。屈原却毫不屈服——他回顾历史兴衰的教训,把抚平生奋斗的历程,对自己所追求的"美政"、所坚守的操节,充满了无怨无悔的自信。面对"瓦釜雷鸣"的黑暗王朝,和"邑犬群吠"的党人群小,他响亮地宣告:"阽余身以危死兮,览余初其犹未悔";"虽体解吾犹未变兮,岂余心之可惩"!在无法参与朝政的情况下,屈原举起了自己的笔,用《天问》《离骚》《九章》等蓄满怨火的诗篇,向昏庸的楚王、嚣张的党人开战了。这些诗作,正如恩格斯在称赞歌德时说的那样:"完成了一个最伟大的批判的功绩"。从民间传说的情况看,屈原的抗争遭到楚王最严重的"逼逐"。而诗人则用了更激烈的反抗,来回答这种逼逐——那就是发生在汨罗江畔的最悲壮的一幕:屈原终于以自己的"忿怼激发"之举,实践了他早就立下的"宁赴湘流,葬于江鱼之腹中,安能以皓皓之白,而蒙世俗之尘埃乎"(《渔父》)的誓言。这赴身江涛的悲壮声响,从此成为屈原抗争黑暗的生命之音,成为屈原精神的浩然迸发,而久久回荡在数千年历史的长河之上了。

不过倘若只是这一方面,屈原对一个民族的影响还不会如此深沉动人。屈原之所以极大震撼人们身心的,更还在于与这种不屈抗争所交织着的，对于自己国家、自己民族的那种万劫不移的忠贞精神。

谈到这种忠贞精神，人们似乎总要联想到"忠君"上去。其实，"忠君"思想在春秋战国时代，还没有形成一种道德伦理的规范。当时的一些哲人贤士在君臣关系上，倒是提出了一种相对的原则。诸如"君待臣以礼，臣事君以忠"（孔子）、"君之视臣如土芥，臣之视君如寇仇"（孟子）、"君道友逆，则顺君以诛友；友道君逆，则率友以违君"（左儒），都证明了这一点。但屈原之于楚王，显然表现过非常的忠贞。"事君而不贰兮，迷不知宠之门"（《惜诵》）、"何独乐斯之謇謇兮，愿荪美之可光"（《抽思》），都表明了"忠君"在屈原思想中所占据的重要位置。即使在屈原遭到楚王疏黜，以至被横暴地再迁江南期间，他对君王的忠贞之情，似乎也还未改变。《思美人》所呜咽诉说的"思美人兮，擥涕而伫眙"，《哀郢》所凄凄叹息的"哀见君而不再得"，都说明他纵然对君王的狂悖之行已极度失望，但"忠君"之情还溢满胸际。只是到了楚王的昏聩已无可救药，楚国眼看就要断送在楚襄王这样的雍君手中时，屈原对君王的忠贞之思终于因绝望而幻灭。当他在沉江前夕，怒斥楚王朝廷的"腥臊并御"、"阴阳易位"，并以激烈的言辞直斥楚王为"雍君"的时候，人们便难以想象，他此刻对楚王还怀有多少"忠"情了。

但是，屈原对自己的祖国、对于自己民族的忠贞，却又不同——这种在楚民族长期独立发展中、在苦难和奋斗中养育和强化起来的乡国之思和民族感情，在屈原身上可以说是得到了最热烈、最动人的表现。从屈原的青少年时代，对祖国的爱便已在《橘颂》中，以"受命不迁，生南国兮。深固难徙，更壹志兮"的动情诗句，作了明白无误的表述。所以屈原从政后急于"奔走"于君王先后，大声召唤君王"乘骐骥以驰骋兮，来吾道夫先路"，就绝不只是希望个人的建功立业、留名后世，而更多出于振兴楚国，把本民族引向"国富强以法立"的兴旺之路的素志。现在的人们，大约已很少能感受到，"楚国"对于屈原的生命究竟有多大意义了。但屈原当年却很清楚这一点，特别是当他遭受放逐，处在远离国都、身心交瘁的绝望、彷徨之中时，它便几乎成了维系屈原生命的唯一支柱。《哀郢》描述他远放江南途中，一次次回首"龙门"，一次次嚱泪"西思"，一次次对着"辽远"的

"郢路""侘傺而含慼"。《离骚》描述他在绝望之中，忽生"去国远逝"的奇思；然而他那云旗龙驾、车仗雍容的出行，终竟只在故国"旧乡"的上空周游盘旋而已——"陟升皇之赫戏兮，忽临睨夫旧乡。仆夫悲余马怀兮，蜷局顾而不行"：他明知楚国已无人知己，他明知楚王已"莫足与为美政"，按说应该对自己的祖国绝望了，按说可以满怀怨愤地像许多贤人志士那样去国离乡，去另觅个人的出路了（包括孔子、孟子也都曾如此）。但屈原却不能——"鸟飞反故乡兮，狐死必首丘。信非吾罪而弃逐兮，何日夜而忘之"！这就是屈原对于祖国象征的郢都，所发出的最凄怆呼唤。它唱出了一个被放逐、被摧残的伟大灵魂，在诀别人世前夕，对自己祖国、乡土多么深切的眷恋之情。至于他最后的自沉汨罗，更奏响了一支虽遭万劫，也不离弃祖国，宁肯将自己的生命葬于祖国江流之中的壮曲！

屈原的伟大也正在这里：他无所畏惧地抗争黑暗，但这种对黑暗世道的不屈抗争，并没有导致他对祖国母亲的任何抱怨，更没有想过欲借他国之力来伤害自己深爱的祖国。倒是可以这样说：正因为他深深爱着自己的祖国，才有那样的勇气向黑暗王朝抗争，才有那样不屈不挠的韧性，支持了十数年孤苦绝望的放逐生涯。他的死，既是不妥协抗争精神的最后迸发，也是对祖国忠贞不渝精神的灿烂升华——这两者的交汇、激荡，才使屈原的死产生了震撼千年历史的巨大回响。后世无数的志士仁人，难道不正是因为这，才临流扼腕，痛惜于屈原的逝去，才衔泪含悲，"想见"于屈原之为人？

闻一多先生在《屈原问题》中曾经指出："我们要注意，在思想上存在着两个屈原，一个是'竭忠尽智，以事其君'的集体精神的屈原，一个是'露才扬己，怨怼沉江'的个人精神的屈原。"通过前面的考察，我们无妨可以再引申一句：在屈原身上，存在着两种看似矛盾而其实统一的"屈原精神"，即不向黑暗势力屈服的"抗争精神"和不为任何摧折而移易的"忠贞精神"。所以，投影于历史的屈原精神，就不是单一的，而是双重的。这双重的精神投影，对于不同时代、不同人们的利益和需要来说，无疑会有某种侧重并有所排斥。正因为如此，屈原对后世的影响，才会经历意想不到的激烈争辩，才会发生一次次单向的改造或重塑。

二、从"怨怼"、"狂狷"到"忠君爱国"
——论封建时代对屈原精神的单向改塑

　　屈原对于历史的精神投影虽然是双重的,但在封建时代的评价中,却经历了一个引人注目的单向选择和改塑过程。

　　最早对屈原给予高度评价的,是西汉时代的淮南王刘安和伟大的史学家司马迁。司马迁在《史记》本传中引用淮南王刘安《离骚传》的话,盛赞屈原的高洁之志和廉贞之行:"其志洁故其称物芳,其行廉故死而不容自疏,濯淖污泥之中,蝉蜕于浊秽,以浮游尘埃之外,不获世之滋垢,皭然泥而不滓者也。推此志也,虽与日月争光可也。"

　　也许是由于距离屈原时代较近,对屈原精神的感受较为真切些吧,刘安、司马迁的这一评价,显然还不算偏颇:它既看到了屈原对君王、宗国那"死而不容自疏"的忠贞之志,又看到了他不与黑暗世道和"浊秽"同流的抗争精神和高洁之行。在"推此志也,虽与日月争光可也"的热烈颂扬中,表达了对屈原双重精神的多少钦敬之情!不过,他们还有另一段评述,表明对屈原精神有着深一层的认识:"屈平正道直行,竭忠尽智以事其君,谗人间之,可谓穷矣。信而见疑,忠而被谤,能无怨乎? 屈平之作《离骚》,盖自怨生也!"这一评述,在肯定屈原"竭忠尽智"的同时,更强调了他的"怨"君色彩——这就使屈原身上那富于"忿怼"、抗争精神的一面,鲜明地凸现了出来。

　　这一点也为东汉史学家班固强烈地感受到了。所不同的是,为刘安、司马迁所深深理解的这种"忿怼"精神,却遭到了班固的猛烈抨击:"今若屈原,露才扬己,竞乎危国群小之间,以离谗贼。然责数怀王,怨恶椒兰;愁神苦思,强非其人,忿怼不容,沈江而死。亦贬絜狂狷景行之士……谓之兼诗风雅,而与日月争光,过矣。"(《离骚序》)

　　人们常常指斥班固的这段评判有辱屈原。其实,班固的评判恰恰抓住了屈原精神的重要侧面,即对于黑暗势力的不屈抗争精神,就这一点说,班固并没有看错。只是班固太过敏感,以为屈原的这种精神,对封建统治阶级颇有妨害,而采取了激烈排斥的立场。这一立场在今天看来似乎很难理解,但在封建时代却曾得到过不少回应。如北朝儒者颜之推，亦曾指斥屈原"露才扬己，显暴君过"，而将他置于"自古文人，多陷轻薄"的长长名单之首（《颜氏家训·文章篇》）。唐代苦吟诗人孟郊，也不满意屈原的"忿怼"，作诗批评说："三绌有愠色，即非贤哲模""死为不吊鬼，生作猜谤徒。吟泽洁其身，忠节宁见输"（《旅次湘沅有怀灵均》）。宋人葛立方在《韵语阳秋》中对屈原不从渔父之劝、忿怼沉江的激烈之行，更表示了极不赞同的意见："使屈原能听其说，安时处顺，置得丧于度外，安知不在圣贤之域！而仕不得志，狷急褊躁，甘葬江鱼之腹。知命者肯如是乎？"这些都足以证明，屈原最早所影响于历史的，不是所谓"忠君爱国"精神，而是那不与浊世同污的忿怼、抗争精神。它在同样富于抗争精神的司马迁那里所得到的充分肯定，激起了正统儒者班固、颜之推等辈的严厉反驳，似乎已预告着屈原精神在封建时代的选择方向——它那富于抗争的一面将被排除，而对屈原精神的评价，只能在另一侧面（即"忠贞"）得到充分的展开了。

东汉王逸，是首先以屈原的"忠贞"来对抗班固批评的著名大将。他在《离骚后叙》中激烈地反驳班固说："且人臣之义，以忠正为高，以伏节为贤。故有危言以存国，杀身以成仁。是以伍子胥不恨于浮江，比干不悔于剖心，然后忠立而行成，荣显而名著。""今若屈原，膺忠贞之质，体清洁之性，直若砥矢，言若丹青，进不隐其谋，退不顾其命。此诚绝世之行，俊彦之英也！"——这是将屈原投影于历史的双重精神，引向"忠君"方向的第一次成功的尝试。它巧妙地化解了人们对屈原"忿怼"抗争之行所抱的疑惧心理，因此得到了唐、宋之际许多著名人士的热烈共鸣。如魏征在《隋书·文苑传序》中称赞屈原这样的"离谗放逐之臣"，是"愤激委约之中，飞文魏阙之下，奋迅泥滓，自致青云，振沈溺于一朝，流风声于千载"，给了屈原以高度的评价。就是唐太宗，也以孔子"臣苟顺者不得为忠"之义，肯定了屈原"孤直自毁"的"忠"节。政治改革家柳宗元，还针对班固以为屈原不可与日月争光的说法，引证《春秋》之例反驳说："《春秋》枉许止，以惩不子之福；进苟息，以甚苟免之祸。夫苟息阿献公之邪心以死，其为忠也污矣。惟其死不缘利，故君子犹进之。而原乃以正谏不获而捐躯，方息之污，则原与日月争光可也。"宋人洪兴祖则盛推屈原："虽身被放逐，犹徘徊而不忍去。生不得力争而强谏，死犹冀其感发而改行。使百世之下闻其风者,虽流放废斥,犹知爱其君,眷眷不忘臣子之义。""屈原虽死,犹不死也!""使遇孔子,当与'三仁'同称。"严斥班固、颜之推之说"无异妾妇儿童之见"(《楚辞补注》)。这些都是鲜明地站在"君臣之义"立场上,标榜屈原"忠正"、"爱君"精神的代表性评价。至于屈原身上那强烈的抗争精神,除了生性不羁的自由狂放之士李白等,曾发出过"彭咸久沦没,此意与谁论"及"屈宋长逝,无堪与言"的感慨,表示过相当的共鸣外,便很少有人再提及了。

对这场延续到宋代的论争,作了调解和小结的,是理学集大成者朱熹。他以"醇儒"的眼光,对屈原的思想人品,作了两方面的分析:一方面,他极为敬重屈原"忠君爱国之诚心",以为它可有所交发于"天性民彝之善","而增夫三纲五典之重";另一方面,他又不得不承认,屈原的志行"过于跌宕怪神、怨怼激发而不可以为训"。所以,屈原"其行之不能无过,则亦非区区辩说所能全也"。"欲以原比于'三仁',则夫父师、少师者皆以谏而见杀、见囚耳,非故捐生以赴死,如原之所为也",表示了对洪兴祖过分颂扬屈原的不赞成态度。

应该说,朱熹对屈原投影于历史的双重精神,理解得要比王逸、洪兴祖深刻得多——他不仅感受到了屈原"忠君爱国"精神的可贵和足堪发扬,而且也与班固一样,敏锐地觉察了屈原身上那可怕的怨怼、抗争精神,可能对封建统治者带来的危害。所以大声疾呼人们,"不可"以屈原这方面的志行"为法"。只是他的话未免说得太露,对统治阶级企图强调屈原的"忠君"精神而加以单向改塑的意愿未能领会。所以,他的调解和小结,在统治阶层并未得到满意的反应。相反,对于屈原"忠贞"精神的崇扬,正是在朱熹前后达到了高潮:唐绍宗天祐元年,屈原被追封为"昭陵侯";宋元封六年,改封屈原为"忠洁侯",后又追封为"清烈公";元延祐五年,又加封屈原为"忠节烈公"。统治阶级需要把屈原变为"忠君"的典范而让臣下效法,这是利益之所在。那么,对于屈原精神中的另一面,即"怨君"、"怨怼"等有害于君王的部分,就得过过筛子,全给筛去,或者作出新的解释了。这就使明清之际对屈原的评价,出现了新局面:与班固、朱熹强调屈原抗争精神的危害不同,明清之际的儒者则千方百计寻找证据,根本否认屈原带有这种精神。

　　例如明人赵南星就认为,屈原的志行决非"狂狷",他的"托为远游、求古圣帝之妃以配怀王",这与周大夫之作《车辇》"思得贤女以配君子",是意义相通的;班固居然斥其为"露才扬己""非明智之器",无异于"怀王之谐臣,而靳尚之知己"。"士君子苟有爱国家、扶世教之心,亦何忍讥屈原哉"(《离骚经订注后跋》)! 清人沈德潜在《说诗晬语》中则针对前人以屈原为"怨君"的说法辩驳说:"楚辞不皆是怨君",《离骚》"如赤子婉恋于父母侧而不忍去"。"要其显忠斥佞,爱君忧国,足以持人道之穷矣"! 蒋骥在《山带阁注楚辞序》中也声称:他在《离骚》中"但见其爱身忧国、迟回不欲死之心,未见其轻生以怼君也"。"屈子所以先后其君者,必曰五帝三王;其治楚,奉先功,明法度,意量固有过人者";"虽孔子孟子所以告君者当不是过"——活生生把屈原认作孔、孟第二了。

　　看了这一段论争,我们可以发现:明清时代的儒者们,为了给屈原"洗冤",不仅对班固的所谓"狂狷""忿怼"严词驳斥,甚至对朱熹也大张挞伐之词——他们在为屈原加上"忠君"美名、争得圣贤地位之际,已经顾不得许多了。最可笑的,还得数黄文焕、刘献庭、林仲懿诸家,他们竟然在屈原"忠君"之外,还找到了"孝父"和"中庸"之义! 黄文焕《楚辞听直》笺注"字余曰灵均"句说:"顾名思义,当生之日,便是尽瘁之辰。使为臣不忠,辱其辰,辱其考矣。此又不得不竭忠之前因也。远以亢宗,近以慰考,忠也,即所以为孝也。忠孝两失,而欲靦颜以立于人间,可乎哉?"刘献庭也说:"千秋万世之下,以屈子为忠者无异辞矣,然而未尝有知其为孝者也! 其《离骚》一经开口曰'帝高阳之苗裔兮,朕皇考曰伯庸'。则屈子为楚国之宗臣矣。""国事即其家事,尽心于君即是尽心于父。故忠孝本无二致","是《离骚》一经,以忠孝为宗也"。林仲懿《离骚中正》则以为,"名余曰正则"二句是"窃取子思之道","与《中庸》天命之性、率性之道相合"。这样的牵强附会,真叫人啼笑皆非! 怪不得连《四库全书总目提要》的作者,都要惊讶得大呼"是果骚人之本意乎"了。

　　屈原所投影于历史的双重精神,经过封建时代两千余年的争辩,就这样适应于统治阶段的需要,而出现了奇特的单向选择和改塑;那不屈不挠抗争黑暗势力的"怨君"、"忿怼"精神,逐渐被贬斥、排除;而对于君王、祖国的忠贞精神,则在越来越热烈的推崇和赞扬声中,几经改造,成了臣子"忠正之义"的楷模,而与屈原一起显现在了明清之际的历史天幕上。

三、从"帮忙"、"反抗"到伟大的"殉国"者
——论近代以来对屈原精神的重新发现

需要指出的是:封建时代对屈原的评价,虽然以"忠君爱国"相标榜,但其侧重点却始终落在了"忠君"这一臣子"忠正之义"上。当黄文焕大呼"千古忠臣,当推屈子为第一";朱冀忘形地赞叹屈原"忠君到至处,不惜踵顶之损摩";蒋骥更称屈子"拳拳之忠,可使薄夫敦。信哉百世之师矣"之时,屈原作为"忠君"楷模的地位,似乎已升达最高的峰巅而无可动摇。

这在封建时代毫不足怪。但当历史翻开新的一页,中国大踏步进入反帝反封建革命之途时,对屈原精神的这种改塑和颂扬,便不仅显得触目,简直令人难以容忍了。

鲁迅就是向屈原这一至高无上地位发出挑战的第一人。1908年,他在充满战叫之声的《摩罗诗力说》中尖锐地指出,屈原的诗作固然"放言不惮,为前人所不敢言",但其中"亦多芳菲凄恻之音。而反抗挑战,则终其篇未能见。感动后世,为力非强"。至于屈原之沉江,虽传为壮烈,毕竟未能动摇旧制度之任何根基,"孤伟自死,社会依然",堪足志士仁人"深哀"而已!这一评价,对于妄图用屈原"忠君"偶像来牢笼民众的旧势力来说,无疑是一声不祥的枭鸣!它表明,立志于改造中国社会的革命志士,已选择了一条与屈原完全不同的战斗道路——他们所要求的,既不是对君王的"竭忠"进谏,也不是"孤伟"自死式的个人抗争,而是唤起民众,从根本上"掀翻"封建社会那摆了两千余年的"吃人筵席"。故发为文章,也不需要那"悲慨世事,感怀前贤"的"可有可无之作",而是要震荡千万人耳鼓的"伟美之声"!

鲁迅的这一见解,几乎贯串了他的后半生。1933年,他在《言论自由的界限》中,即以贾府的焦大为例,论及了屈原"怨君"的实质:"其实是,焦大的骂,并非要打倒贾府,倒是要贾府好。不过说是主奴如此,贾府就弄不下去罢了,然而得到的报酬是马粪。所以这焦大,实在是贾府的屈原。假如他能做文章,我想恐怕也会有一篇《离

骚》之类。"1935 年,鲁迅在《从帮忙到扯淡》一文中,又一次论及屈原:"屈原是'楚辞'的开山老祖,而他的《离骚》,却只是不得帮忙的不平。到得宋玉,就现在的作品看起来,他已经毫无不平,是一位纯粹的清客了。"

将一位震撼了两千余年历史的贤哲,比之为贾府的奴才焦大;将一部光焰万丈的《离骚》,称之为抒写"不得帮忙的不平"之作——初看起来,鲁迅对屈原的态度似乎颇为不恭。但正如前面所说,鲁迅是从当代反帝反封建斗争的高度,来审视和批评屈原的。他的本意,决不是要贬低屈原,而在于希望当代出现远较屈原更彻底的新的战士,来完成"掀翻"两千年来吃人筵席的使命。如果把屈原放到他自己的时代,那么,他所表现的对于真理的不倦求索精神,和对黑暗势力的抗争,毕竟也是"孤伟"的,鲁迅对他也还是充满了钦敬之情的。在上引《摩罗诗力说》中,鲁迅就曾将屈原与"颂祝主人,悦媚豪右"之辈对立,赞扬了他"茫洋在前,顾忌皆去,怼世俗之浑浊,颂己身之修能,怀疑自遂古之初,直至百物之琐末。放言无惮,为前人所不敢言"的勇气。二十多年后,鲁迅在自己小说集《彷徨》的扉页,更引录《离骚》"路漫漫其修远兮,吾将上下而求索"一节,表达了对于屈原不倦求索真理精神的深切缅怀。

不过,在近世的屈原评价中,也确实出现过从根本上否定屈原精神的倾向,这就是 20 世纪 40 年代孙次舟对屈原的一次重大发难,由此引出了闻一多先生对屈原精神的著名分析。孙次舟在成都发表《屈原是"文学弄臣"发疑》一文,把屈原描述为类似于"王公大人,有所爱于色而使"的男宠式人物,"和怀王有一种超乎寻常君臣的关系"的"富有娘儿们气息的文人"。而他的《离骚》,则充满了这位"富有脂粉气息的美男子的失恋泪痕"。屈原对政治关心的重点,也不是为了国家,而是在"怀王对他宠信不终,而听信谗言,疏远了他这一种为自己身上的打算上"。所以,屈原的自杀,也与匹夫匹妇的"自经于沟渎"并无二致,实在没有多少值得钦佩的地方。

孙次舟的发难,挑起了一场如何评价屈原的大论战。作为对这场论战的总结,闻一多写了《屈原问题》一文,对屈原精神作了极为深刻的分析。闻一多认为,屈原固然是位文学弄臣,但并不妨碍他同时是个政治家。从屈原的身份看,近似于楚王的"家内奴隶"。但是,屈原不是一个顺从的奴隶,而是一个孤高激烈的反抗的奴隶。孙次舟所说的"天质忠良"、"心地纯正"、"忠款与热情",并不是屈原最突出的品质。"屈原最突出的品性,无宁是孤高和激烈。""被谗,失宠和流落,诱导了屈原的反抗性",屈原正是在反抗中,从"奴隶"变成了"人"。所以,闻一多得出结论说:"在思想上,存在着两个屈原。一个是'竭忠尽智以事其君'的集体精神的屈原,一个是'露才扬己,怨怼沉江'的个人精神的屈原。在前一方面,屈原是'他自己的时代之子'。在后一方面,他是'一个为争取人类解放……的斗争的参加者'。他的时代不允许他除了个人搏斗的形式外任何斗争的形式,而在这种斗争形式的最后阶段中,除了怀石自沉,他也不可能有更凶猛的武器。然而他确乎斗争过了,他是'一个为争取人类解放而具有全世界历史意义的斗争的参加者'。如果我也是个'屈原崇拜者',我是特别从这一方面上着眼来崇拜他的。"

人们可以看到,闻一多对屈原的评价,显然取了与鲁迅不同的视角。鲁迅是从屈原作为一个"他自己的时代之子",即"竭忠尽智以事其君"的局限性方面着眼,对屈原身上的"奴隶"性作了批判,从中引出对当代革命者的殷切希望的;闻一多则从屈原虽为"奴隶",毕竟作过"反抗"和斗争着眼,而给予了高度的评价。评价的方式看来趋于对立的两极,但都来自加强对黑暗势力不妥协斗争的当代历史的要求,反映的是一种共同的革命志士的心理。屈原作为一位"奴隶"所带有的"帮忙"主人的特性,以及他在压迫下终于站立起来"反抗"的特性,其实正如我在前文所说,是屈原投影于历史的"忠贞精神"和"抗争精神"的双重表现。在封建时代对屈原精神的单向选择和改塑之后,在屈原被作为"忠君"楷模受到颂扬,而其抗争精神被掩蔽了千百年之后,鲁迅对屈原"帮忙"特性的批评和闻一多对他"反抗"特性的赞扬,可以说是对封建时代屈原评价的一种带根本意义的反驳,是对屈原精神的一种富于时代感的重新发现。

与对屈原抗争精神的重新发现相并行的,还有另一个引人注目的评价倾向,那就是对屈原"爱国"思想的强调。正如前面已指出的,封建时代也谈屈原的"忠君爱国",但其重点始终落在"忠君"、"爱君"上。正因为如此,五四以后相当一段时间,屈原的"爱国"精神,并未在屈原评价中得到强烈的回响。

把屈原的"爱国"与中华民族的危亡联系在一起,并给予高度评价的,恐怕得首推郭沫若和游国恩先生。不过,郭沫若对屈原爱国精神的认识,也经历了一个重新"发现"的过程。1926年,郭沫若参加北伐经过汨罗的时候,对于屈原为什么沉江还很不理解,故在吊屈之作中还提出"楚犹存三户,怀石理则那"的疑问。在他看来,"仅仅是被放逐,仅仅是政治上的失意,一位有为的男子,应该还有很多可做的事情",故对屈原的"一纳头便去憔悴死"十分惊讶。数年以后,日寇侵华战争爆发,中华民族面临着生死存亡的严峻抉择。正如郭沫若自己所说:"因为国家临到了相当危险的关头,屈原的身世和作品又唤起了人们的注意。"(《蒲剑·龙船·鲤帜》)他又对屈原的死"经过了一番研究",终于有了一个重要的发现:屈原的死"是在楚襄王二十一年。那时秦将白起把楚国的郢都破了,取了洞庭、五渚、江南,楚国的君臣逃到了陈城去,几乎演出了国破家亡的惨状。屈原是看到了这样的情形,才迫不得已而自杀了的。所以屈原的自杀是殉国,并不是殉情"(见《深幸有一,不望有二》所录1935年所作短文)。这一发现,改变了郭沫若对屈原精神的根本看法。在他1940年所作《关于屈原》、1941年所作《屈原考》中,便一再强调屈原"是为了殉国而死,并非为失意而死";他"对于国族的忠烈"和创作的绚烂,"真是光芒万丈"!"他是一个民族诗人,他看不过国破家亡、百姓流离颠沛的苦难,才悲愤自杀的。他把所有的血泪涂成了伟大的诗篇,把自己的生命殉了祖国,与国家共存亡。这是我们所以崇拜他的原因,也是他所以伟大的原因"。差不多与郭沫若同时,游国恩先生也在《论屈原之放死及楚辞地理》中,提出了类似的见解。

屈原作为一位伟大"殉国"者身世的发现,是近代以来屈原研究中最引人注目的成果之一①。而当这一发现,与中华民族抗日战争的伟大斗争联系在一起时,便带有了更深广的意义。从那以后,屈原所投影于历史的"忠贞"精神,便不再在"忠君"一端发生影响,而是在"爱国"一端闪射出了熠耀的光芒。回顾新中国成立以后的屈原

① 虽然它并不可靠。我曾先后发表的论文,如《关于屈原沉江的年代和原因》,载《江汉论坛》1982年第5期;《从汉人的记述看屈原的沉江真相》,载《安徽师范大学学报》(哲学社会科学版)1989年第3期;《再论〈哀郢〉非"哀郢都之弃捐"》,载《成都师专学报》1988年第2期等,集中探讨过这个课题,批评了郭沫若为代表的"屈原'殉国'说"。

评价,可以说基本上是围绕着屈原的爱国精神展开的(包括与此相联系的"人民性")。虽然在改革开放的新时期,也曾有些研究者,从我国多民族的关系考虑以及对外交流的开放心态出发,或从理论上是否可靠的怀疑出发,对屈原的爱国主义思想提出过这样那样的异议。但由于屈原精神的这一侧面,已经在宣传中得到整个民族的认可并为之深切感动,少数的异议既然没有考虑到一个民族的承受心理,也就只能成为空谷回响,渐渐沉寂了。至于屈原的"反抗"精神,也主要影响于新中国成立前那一段时期,在用以对抗独裁专制统治时,为志士仁人所时时提及。在社会主义历史条件下,大抵因为人民群众享受着"广泛的民主权利","不需要"也"不应该"采取屈原那种"孤高激烈"的"反抗"方式。因此在实际生活中失去了回应,在屈原评价中也就不多提及了。

四、屈原评价历史审视之余论

上面就屈原精神对历史的双重投影,以及不同历史时代所引发的评价争辩和取向侧重,作了简略的回顾。通过这一历史审视,可以从中得到什么启示呢?

我以为,它起码可以告诉人们:屈原之所以能对历史发生巨大影响,首先在于他自身精神的伟大。无论是他身上所体现的"忠贞精神",还是"抗争精神",都带有远远超过常人的强度和力量,才能对后世造成长久的震撼力。对于屈原来说,这两种精神是交织在一起而不可分的——他的抗争,是忠贞于君王、宗国的另一种形式的表现;其所直接追求的,也是为了君国的富强和民族的兴旺。倘若没有后者支撑,便不可能表现出那种九死不悔的抗争勇气和毅力,他的死也不可能带有如此悲壮的色彩。反过来,他的忠贞,也正体现在为君国、为民族利益而与黑暗势力的不屈抗争上。正因为如此,这忠贞便与谄媚、愚忠、同流合污划出了界限,而带有了令人们肃然钦仰的动人内蕴。

但我们又不能不看到,当屈原的双重精神投影于历史时,并不是交融在一起发生影响的。它直接受到各个时代统治利益或思想主潮的制约,而出现选择取向上的某种侧重或偏移。封建时代对屈原

"忠君"精神的单向选择和改塑,正说明了这一点。至于在历史发展的新时代,站在潮流前头的志士仁人,由于自身面临斗争使命的不同或变化,对屈原精神的着眼点也同样会有所转换。近代以来对屈原的评价,曾经在"反抗"和"爱国"两个方向上的摆动,亦是一个很好的证明。

屈原精神的这种影响偏移和摆动,也许还将继续相当长的年岁吧。这是正常的,也是屈原仍还"活"在人们中间的可靠标志。从屈原评价的远景看,正如在我们的社会已不再充满邪恶,人们不再感受到专制的压迫和悲愤的蕴积,屈原的"抗争"精神便不再成为屈原评价的重点一样;当我们的国家,强大到没有任何外敌可能构成对它的威胁,当人们已把"爱国"视为人生之一部分,而不再需要借助历史人物来鼓舞自身的爱国意气时,屈原的"爱国"精神亦将不再成为评价的重点。那时候,对屈原的评价,将走出"抗争"、"忠贞"这双重精神投影之外,而把屈原纯粹作为一个往昔的贤哲和诗人还给历史。他那忧国忧民的悠长嗟叹,那还顾郢都的凄怆呼号,都将成为一种遥远的历史回音,只留在他的作品中,而引起读者一种淡淡的历史回忆。

当然,这样的时代还远远没有到来。

[原以《屈原评价的历史审视》为题载于《文学评论》1990年第4期,辑入本集有改动]

《招魂》的作者、主旨及民俗研究

在"惊采绝艳"的楚辞作品中,有一篇足与《离骚》《天问》鼎足而三的瑰玮幻奇之作,它就是曾被明人陆时雍赞为"文极刻画,然鬼斧神工,人莫窥其下手处"①的《楚辞·招魂》。

《招魂》所显示的艺术才华是惊人的。然而,关于它的作者、它的创作背景及主旨、它的民俗学依据和思想价值,治骚者们却众说纷纭,探索并争议了数百年。为了推进对这些重要课题的研究,本篇拟对过去的《招魂》研究作些清理,并提出个人的几点浅见。

一、一桩似成定论的悬案
——评"屈原作《招魂》"说的失误

研究《招魂》首先遇到的问题,就是它的作者究竟是谁。

自从东汉王逸《楚辞章句·招魂序》指明"《招魂》者,宋玉之所作也"以后,直到明代以前的治骚者,对这一说法均未产生过怀疑。虽然近来有人指出,早在初唐的王勃,其《春思赋》已曾提及"屈平有言:'目极千里伤春心'",似乎已指明《招魂》的作者是屈原②。但那是诗人的偶尔误记,非特王勃如此。此后的唐人吴融,在《楚事》诗序中也曾写有"屈原云:'目极千里伤春心'。宋玉云:'悲哉秋之为气'";宋人吴开《优古堂诗话》,更有"然屈原《招魂》已尝云:'成枭而牟呼五白'"之语。但均未引起治骚者的重视而动摇对王逸说的信任。

到了明代后期,宋玉作《招魂》以招其师屈原的说法,才开始遭到怀疑。其首发难者,便是那位与名臣黄道周同下诏狱的黄文焕。他在《楚辞听直·听二招》中,从《招魂》的季令与屈原被放时节的联

---

① 引自蒋之翘《七十二家评楚辞》卷七,明天启六年蒋之翘忠雅堂《楚辞集注》刻本。
② 姜书阁:《"屈原赋二十五篇"臆说》,载《楚辞研究》,齐鲁书社 1988 年版,第 388—389 页。

系,以及"屈原赋二十五篇"的确定上,推测它当是屈原"自招"其魂之作。并辩驳道:"必曰二《招》属其弟子(按:指宋玉、景差)所作,将招之于死后耶? 何以不溯死月之属夏(指屈原死于夏月)而概言春?将曰招之于生前耶? 既疑招魂为不祥之语,非原所肯自道,乃以弟子事师,于师之未死而遽招其魂,以死事之耶? 其为不祥,又岂弟子所敢出口耶?"这是将《招魂》断为屈原所作的首倡性见解。不过黄文焕对自己的见解,似乎也并非有十分的信心,故在下断语时还加了个"似属"之词;在笺注《招魂》一文时,更多处出现"此(宋)玉之微旨也"、"此玉之悲悰隐语也"之语,显示了判断、解说上的前后矛盾。

继之而起的是清人林云铭,他在《楚辞灯》中发挥黄文焕之说,并举出了此后反对"宋玉作《招魂》说"所必引的证据,即司马迁《屈原贾生列传》的论赞之语,从而在根本上动摇了王逸《章句》序的判断:"是篇千数百年来皆以为宋玉所作。王逸茫无考据,遂序其端。试问太史公作屈原传赞云'余读……《招魂》,悲其志',谓悲原之志乎? 抑悲玉之志乎? 此本不待置辩者。乃后世相沿不改,无非以世俗招魂皆出他人之口。不知古人以文滑稽,无所不可,且有生而自祭者。则原被放之后,愁苦无可宣泄,借题寄意,亦不嫌其为自招也!"①林氏之说一出,在当代后世影响之大,人们只要看一看从蒋骥《山带阁注楚辞》、吴世尚《楚辞疏》、屈复《楚辞新注》、陈本礼《屈辞精义》、方东树《解招魂》、胡浚源《楚辞新注求确》、马其昶《屈赋微》,到近世游国恩、郭沫若、姜亮夫、陈子展诸家作品无不翕然从风,定《招魂》为屈原所作,即可感受得到。有些研究者受到启发,还找到了新的证据,即刘勰《文心雕龙·辨骚》在评判屈骚时,所引用的"士女杂坐,乱而不分""娱酒不废,沈湎日夜"等语,均出自《招魂》,可见连刘勰也"固不谓此篇为宋玉作矣"(见《古文辞类纂评点》吴汝纶语)。

当然,林云铭定《招魂》为屈原"自招",似也有不妥之处。这一点清人方东树在《昭昧詹言》卷十三附《解招魂》中即已勘破:"且以为宋玉招师,则中间所陈荒淫之乐,皆人主之礼体,非人臣所得有也。"所驳虽仍为"宋玉招师"说,其所揭示的"礼体",则已隐隐指向

---

① 林云铭:《楚辞灯》,载马茂元主编:《楚辞评论资料选》,湖北人民出版社1985年版,第518页。

"屈原自招"说的破绽了。后来郭沫若在批驳"屈原自招说",而使游国恩不得不承认"是显著的事实,我们可以同意"的那段话,即"文辞中所叙的宫庭居处之美,饮食服御之奢,乐舞游艺之盛,不是一个君主是不够相称的",大抵即本方东树之意。于是又有了吴汝纶的"屈原招怀王生魂"新说:"《招魂》,屈子作也。'有人在下',谓怀王也。'魂魄离散',盖入秦不返、惊惧忧郁而致然也。屈子不能复见君身,而为文以招既失之魂,以寄其哀思也。"(《古文辞类纂评点》)接着张裕钊又修正吴氏意见,提出了屈原招怀王亡魂之说:"屈子盖深痛怀王之客死,而顷襄宴安淫乐,置君父仇耻于不顾,其辞至为深痛"。

从黄文焕、林云铭创立"屈原自招"说,到吴汝纶、张裕钊改变为"屈原招怀王"生、亡魂说,延续二百多年的《招魂》作者及创作背景研究,似已推进到了无以超越的境地。从清代到近世,怀疑"屈原作《招魂》"新说者虽仍不乏其人,如清人王邦采、孙志祖、刘熙载、王闿运,近人鲁迅、何其芳、陆侃如、孙作云、刘永济、胡念贻诸家,但均未能改变以上诸说取得的统治地位。故20世纪50年代以来所发生的《招魂》之争,已更多地转变为究竟是"屈原自招",还是招怀王之"生魂"抑或"亡魂"方面。至于今传《招魂》有无可能仍为宋玉所作的问题,似乎已不值得再加讨论。人们只要读一读陈子展1962年所作《招魂试解》①,曾怎样乐观地称说屈原作《招魂》的见解,"可以说已经取得国内研究古典文学的学者大多数的公认,《招魂》作者问题到此已经快要告一段落了";以及蔡汝鼎1990年的《〈招魂〉二论》,又怎样庄重宣告王逸之说为"无根之谈","凡由此而派生的宋玉作《招魂》之说,应当一律排除"②,就知道"屈原作《招魂》"说至此已成定论,再不容许有"宋玉作《招魂》"的异议"派生"了!

但实际情况是否值得治骚者如此乐观呢?我看并非如此。只要认真地考察一下"屈作《招魂》"说的证据,人们便可发现它们非但并不可靠,而且还使《招魂》的研究长期徘徊在一个似是而非的误区里。

先看林云铭所引证的司马迁之语,这是持"屈作《招魂》"说者的

---

① 陈子展:《招魂试解》,《中华文史论丛》1962年第1辑。
② 中国屈原学会编:《楚辞研究》,文津出版社1992年版,第272页。

最重要证据。诚然,司马迁在屈原本传的论赞中,确实说过"余读《离骚》《天问》《招魂》《哀郢》,悲其志"之语。而且将《招魂》与其余三篇屈原作品并列,可见它自当为屈原之作无疑,否则"悲其志"句便没有了着落。但是正如清人孙志祖《读书脞录·九辩》所指出的,《招魂》又有《大招》《小招》之别。现存《楚辞》中,正有被王逸《章句》序称之为"屈原之所作也。或曰景差,疑不能明也"的《大招》在。当司马迁之时,《楚辞》正刚传世,有关屈原作品的题名尚未确定(如《九章》即未有定名),则司马迁所读之《招魂》,又安知不是后来定名之《大招》?《大招》有疑为景差所作,有疑为秦以后的作品,但大多研究者仍依王逸序之首句判断,定为屈原所作。既然司马迁之时已有屈原作《大招》之传说,而且《大招》的内容也不同于《小招》,更多渗透了"正始昆"、"赏罚当"、"尚贤士"、"禁苛暴"、"尚三王"的政治主张,正有"因以风谏,达己之志也"的痛切情志寄寓在。司马迁读之而"悲其志",不正在情理之中么?①

　　至于《小招》,即今传《招魂》,则显非司马迁所读传为屈原所作之《招魂》。其理由也很简单:倘若今传《招魂》,在汉初已有屈原所作的传说,又经司马迁《屈原列传》论赞的称引,至刘向校书中秘、编辑《楚辞》时,自当加以说明。再经班固至于王逸,王逸作《楚辞章句》时,就绝不可能完全不顾司马迁的称引,而妄断其为"宋玉之所作也",竟连"或曰屈原,疑不能明也"的异说也不予并存。王逸在后汉曾任校书郎及郎中,入东观校书、修史多年,当然也不可能孤陋寡闻,竟至对司马迁读《招魂》而"悲其志"之说也"茫无考据"。他既然了解这一点,却还在《章句·招魂序》明确指出,今传《招魂》乃"宋玉之所作"。这岂不正可反证:西汉以来流传、并为司马迁读到的屈原《招魂》,并非今传宋玉《招魂》?林云铭等人明知汉代"楚辞"作品有两篇《招魂》,一为屈原作(或曰景差),一为宋玉所作,又有什么证据断言,司马迁所读竟不是当时传为屈原所作的《招魂》(即《大招》),反而是传为宋玉所作的《招魂》(即《小招》)?

　　清人吴汝纶因为刘勰《辨骚》,引用了今传《招魂》之语,便断言

---

① 当然,我个人认为,《大招》当为景差所作,说见潘啸龙著《楚辞》,黄山书社1997年版,第140页。

刘勰也知道此篇当为屈原所作。这证据同样并不可靠。因为刘勰在分析骚词之"异乎经典者"时所引内容，杂见于《离骚》《天问》《招魂》《九章》，是对包括宋玉作品在内的楚辞的总体评判，而并非止于屈作。这只要看他后文所说"故论其典诰则以彼，语其夸诞则如此。固知楚辞者，体慢于三代"一段即可明白。所以刘勰接着论及楚辞各篇的风貌时，又有"《骚经》《九章》，朗丽以哀志；《九歌》《九辩》，绮靡以伤情……《招魂》《大招》，耀艳而深华"等语，再次包括了宋玉所作的《九辩》《招魂》①。我们能因为其中引及了《九辩》，就断言《九辩》也不是宋玉所作？吴汝纶连《辩骚》的引文体例也未看明白，便急忙用为证据，以证明《招魂》非宋玉所作，其考据不嫌太过粗疏了么？

否定宋玉作《招魂》的另一重要证据，是王逸《章句》序称《招魂》乃"宋玉怜哀屈原"并"讽谏怀王"之作，与《招魂》内容明显不符，因而断言宋玉作《招魂》之说为"无根之谈"。这辩驳似乎有理，实际上却是推断上的偷梁换柱。王逸《章句》之序《招魂》，其实包含有两层意思：一是指明该篇的作者，一是解说该篇的内容、词旨。后者与前者虽有联系，但毕竟是两个不同的问题。对作者的说明有错，并不一定妨碍其对内容、词旨的正确解说；反过来，对作品内容、词旨解说有错，也并不意味着其对作者的说明就一定不对。这正如刘安、司马迁称《离骚》当作于屈原被疏不久，近世研究者大多不信其说，却没有因此推论《离骚》的作者就不是屈原一样。因此，《章句》序称《招魂》乃宋玉招师之作，兼有讽谏怀王之意，倘若不符合此篇内容，按正常的逻辑便该提出："宋玉《招魂》究竟招的是谁？其旨意何在？"但自林云铭以来的辩驳者，却以其序说明内容、词旨之误，来推断《招魂》的作者一定不是宋玉。这已是论证逻辑上不应有的混乱；同时又不顾《招魂》的实际内容根本没有对楚怀王客死于秦的任何暗示，却断言它当是屈原为客死的怀王招魂。试问：如此混乱的逻辑和对作品词旨的臆断，反而是有根之谈么？

综上所述，明清以来治骚者否定宋玉作《招魂》的证据，实无一条是可靠的。而被乐观地声称"屈作《招魂》"说已成"公认"的定

---

① 此引文据洪兴祖《楚辞补注》所附刘勰《辩骚》。

案,倒是一桩至今未能证成的悬案。因此,新中国成立以来以此说为前提所展开的争论,诸如是"屈原自招"还是"屈原招怀王亡魂"等,恰使《招魂》的研究长期徘徊在了误区之中,现在是到了应该予以认真反思的时候了。

二、从《招魂》内容看它的创作背景和词旨
——兼谈《招魂》所招乃楚襄王生魂

研究《招魂》所面对的第二个课题,便是它的创作背景和主旨。

对于这一重要课题,王逸《章句》序的解说,确实并不令人满意。我在前面着重强调了明清以来"屈作《招魂》"说的失误。现在所要强调的,则是在这"失误"之中,也仍包含着一些启发后人的宝贵见解。例如,方东树批驳"宋玉招师"说所指出的,文中所陈"皆人主之礼体,非人臣所得有也",以及郭沫若关于其盛奢排场"不是一个君主是不够相称的"意见,皆深中肯綮,足以破"宋玉招师"或"屈原自招"说之惑。也就是说,从《招魂》所陈居室、服御、游娱之盛看,其所招必为一位楚王无疑。又如吴汝纶以为此文所招,当为怀王之生魂,"是时怀王未死,故曰'有人在下';'魂魄离散',盖入秦不返,惊惧忧郁所致也"。其所称怀王,固有失误(下面将论及),但断《招魂》所招为生魂,却是符合文意的。因为在"帝告巫阳"之语中明确指出:"有人在下,我欲辅之。"倘若被招者已真死去,帝又何能再"辅成其志,以厉黎民"(王逸注)?而巫阳在回答"其命难从"后,帝又再次催促:"若必筮予之。恐后之谢,不能复用。"正因为被招者只是"魂魄离散"、尚未死去,上帝才急着催促巫阳"筮予",唯恐"后时而魂魄凋谢,不堪复用也"①。

这两点确定之后,便可进而探讨《招魂》所招为谁了。近世许多主屈原作《招魂》说者,大多将被招者断为楚怀王。因为他们判断,屈原与怀王有过一段君臣相得、改革朝政的难忘经历;在怀王入秦以后,屈原仍"眷顾楚国,系心怀王,不忘欲反,冀幸君之一悟,俗之一改也"。所以,不管怀王入秦以后是魂魄离散而病,还是客秦而亡,都将引起屈原的极大悲痛,并歔欷为之招魂。且不说将《招魂》断为

---

① 此取闻一多说,见《楚辞校补》,古籍出版社 1956 年版《古典新义》(下),第 452 页。我以为此句当指唯恐所留恒干凋谢、腐坏,而不能复用。

屈原所作的前提不能成立（前面已有辩驳），就是假设屈原所作成立，这样的解说也并不符合《招魂》的内容。若说此篇招的是怀王亡魂，则篇中却明言所招对象未死，此不符之一。屈原是一位志在实现"美政"理想的贤臣，这样一种政治情志，在其挥写招回怀王亡魂的长篇之辞中，定当扼腕恸泣并渗透全文。但今传《招魂》，却只有铺陈宫室之美、服御之盛、游娱之乐，而无一语透露对怀王的客死之悲和对朝政的荒废之哀，此不符之二。最重要的证据是《招魂》的"乱辞"。众所周知，楚辞的"乱辞"从内容上说，具有统摄全篇、"发理词旨，总撮其要"（王逸）的意义。倘若招的是客死的怀王，则"乱辞"必将以痛切之语，点明怀王客死的悲惨际遇。然而此篇的"乱辞"，却只幽幽追述了一次与君王射猎云梦的情景，与怀王的客死毫不相关，此不符之三。若说此篇所招是怀王生魂，则除了与招怀王亡魂同例的二、三两条不符外，更存有与招生魂细节上的矛盾。正如邓潭洲《读郭沫若先生〈屈原赋今译〉》①所驳难的，"如果说楚怀王只是被幽于秦，还没有死，是招他的生魂，使之延长寿命，但他的躯壳并不在楚国，招了他的生魂回到楚国来做什么呢？不是促其早死吗？"其次是导引魂魄的方位。《招魂》有"魂兮归来，入修门些"，据伍端休《江陵记》"南关三门，其一名龙门，一名修门"，可知当为郢都南门。怀王入秦而病，魂魄逃逸，即使招其归还故居，也当引导其东南来入郢都的西门或北门，何以偏又绕道南门？论者也许会说，古人"以文滑稽"，本在于"借题寄意"，可不必如此拘泥。但此篇既为招魂而作，所招又是飘荡异国的怀王之魂，其招呼之文该是庄重而严肃的。试观篇中所叙"工祝招君，背行先些。秦篝齐缕，郑绵络些。招具该备，永啸呼些"，可说是小心翼翼，不容有丝毫差错。为什么在导引其魂入城时，却错了方位呢？这些都可证明，《招魂》的作者既不是屈原，所招的对象也绝非怀王——无论是其生魂抑或亡魂，均与《招魂》内容不符。

那么《招魂》所招究竟是谁？这就还得落实到它的作者宋玉身上。关于宋玉的身世，史籍记载大多语焉不详。综合《韩诗外传》卷七、刘向《新序·杂事第五》、习凿齿《襄阳耆旧记》卷一等记载，大体

---

① 邓潭洲：《中国古典文学论稿》，湖南人民出版社 1957 年版。

可知宋玉乃楚之鄢（即今湖北宜城）人，主要活动的时期当在顷襄王在位时期。"襄王即位（前298）初年，他已过二十岁，而襄王死前他已垂老，并离开宫廷，所以在《九辩》中说到'贫士失职'和'老冉冉而愈驰'。有关他的材料，从未有涉及楚襄王之子考烈王完（前262年即位）者，可推知宋玉生卒年约为前320年（？）—前263年（？），死时年约近六十岁"①。我大体同意上引姜先生的分析。所要补充的是，宋玉出生于今湖北宜城，后汉的王逸恰是他的同乡，对他的传说当有更多了解。所以，王逸称宋玉曾师事屈原，恐亦非为臆说。而据我的考证，屈原放逐汉北的年代，当在怀王三十年的强谏武关之会②，此后直至顷襄王三年，都是在临近鄢城的汉北度过的。宋玉的师事屈原，疑即在此期间。屈原远迁江南以后，宋玉可能也离开宜城，来到郢中，经友人引荐而成为顷襄王之"小臣"。宋玉的身世既约略如此，终其身所事奉的君王又只有顷襄王，那么他所作的《招魂》，其所招对象，必为顷襄王无疑。

较早揭示《招魂》所招对象乃顷襄王的，是已故学者胡念贻先生。前些年当代的楚辞学者金荣权也赞同此说，他在专著《宋玉辞赋笺评》中明确指出，《招魂》的"作者是宋玉而不是屈原"，其所招的"是一个君王之魂而不是屈原之魂"，"它是宋玉为招死去的襄王而作"③。金荣权定此篇所招为亡魂，与《招魂》内容略有不符，但指明所招对象为顷襄王，实在是别具只眼的意见。弄清了《招魂》的所招对象，则其缘起及主旨亦可迎刃而解。只要仔细考察一下《招魂》的发端和"乱辞"，就会发现：此篇的发端数句其实正是宋玉设为襄王语气，向上帝的求告。也就是说，顷襄王由于意外缘故失魂落魄、病倒在郢城，需要请求上帝为他招魂。辞中的"朕幼清以廉洁兮"之"朕"，乃指襄王。所谓"清廉""服义"云云，则不过是为了夸说自己年轻时的品行端正、曾有"盛德"。"牵于俗累而芜秽"，才是他不得不承认的过失——正因为顷襄王荒于淫乐，才导致了"上无所考此盛德兮，长离殃而愁苦"，即丧魂落魄、卧病郢都。句中的"上"，显然指的是上帝。由此引出下面的"帝告巫阳曰：'有人在下，我欲辅

① 姜书阁：《先秦辞赋原论·宋玉传略》，齐鲁书社1983年版。
② 潘啸龙：《关于屈原放逐问题的商榷》，《安徽师范大学学报》（社会科学版）1980年第3期。
③ 金荣权：《宋玉辞赋笺评》，中州古籍出版社1991年版，第160、161页。

之……'"，正顺理顺章。那么襄王又因何"魂魄离散"而卧病的呢？《招魂》的"乱辞"，即透露了此中消息：原来在当年的春天，宋玉曾陪侍襄王到云梦游猎过一次。"乱曰"开首的"献岁发春兮，汩吾南征"，即追述宋玉的离家南行。宋玉家居鄢郢（宜城）。据谭其骧先生考证，在今襄阳宜城界有潼水，"水北有汉中庐县故城，中庐即春秋庐戎之国，故此水当有庐江之称。自汉北南行至郢，庐江实所必经"①。据此，"乱曰"中的"路贯庐江兮左长薄"也便得到了解释，那其实是宋玉由宜城南行的纪实。清人蒋骥将"庐江"指为安徽陵阳附近的青弋江，则正如谭先生所说，《招魂》后文所叙"倚沼畦瀛兮遥望博"等语，便"全不可解矣"——因为这几句所描述的，只有"襄阳江陵间多沼泽平野之地形"与之"相吻合"。"乱曰"接着便展开了襄王游猎的壮盛夜景。其中最值得注意的，便是"君王亲发兮惮青兕"一句，正是它点明了襄王得病的缘由：襄王由于亲自射兕，受了凶猛青兕的惊吓，从此卧病郢都。直至"皋兰被径兮斯路淹"，还不见起色。这就有必要为受惊的襄王招魂了。因为襄王受惊在江南梦泽之中，故"乱曰"的结尾，以最凄怆的语调，发出了"目极千里兮伤春心，魂兮归来哀江南"的长长呼唤。其旨无非在招襄王失落梦泽之魂，快快归来。

这便是宋玉所作《招魂》的创作背景和主旨，它们是《招魂》的内容本身所揭示了的，而且可使我们对此文的所有疑点豁然贯通：正如《战国策·庄辛说楚襄王》记述的，襄王的中期行事，确实是常常"左州侯，右夏侯，辇从鄢陵君与寿陵君……与之驰骋乎云梦之中，而不以天下国家为事"（《楚策四》）的。这正可成为本章"君王"射猎梦泽景象的确切注脚，而不需要像主张"屈原招怀王"说那样，牵强地解为屈原西行入沅，遇到襄王又在夜猎而写下的怨痛之词。因为襄王只是射兕受惊，并未死去，故篇首所记"帝告巫阳"之语，既称"有人在下""魂魄离散"，而仍有"我欲辅之"的可能；又因为襄王受惊在江南梦泽，故《招魂》结尾要呼之以"魂兮归来哀江南"。其"哀江南"的意思，也非如清人吴文英所说，是"魂若归来，庶可以得政行道，而哀怜此江南无辜之民而拯之也"（《屈骚指掌》），而恰是诉说江

---

① 见陈子展《招魂试解》引谭先生之"来函"。

南泽野"诚可哀伤,不足处也"(王逸注)。同时,篇中在导引其魂来归时,为什么要人郢城的南门("修门"),至此亦可冰释:因为襄王已卧病郢都,导引其散佚梦泽的生魂来归,自当由南门而入。

我的上述解说,虽亦包含了个人的研探所得,但主要之处,却是受到了钱锺书先生的启发。钱先生早就指出,"夫发端'朕幼清以廉洁兮'至'长离殃而愁苦',乃患失魂者之词,即'君王'也;自夸'盛德'而怨'上'帝之不鉴照,勿降之祥而反使'离殃'";"《乱》之'吾'即招者自称。'献岁发春……君王亲发兮惮青兕',乃追究失魂之由","盖言王今者猎于云梦,为青兕所慑,遂丧其魂";"《招魂》所招,自为生魂","特未必即属楚怀王"。这一段精辟解说,堪称揭破了《招魂》研究的千古之谜。惜乎大多研究者囿于林云铭之说而不予重视,遂使钱先生之创获,埋没至今。

三、《招魂》的民俗学依据及思想价值
——兼论先秦招魂之俗非招"亡魂"

《招魂》所招,乃是云梦射兕中惊失而病的顷襄王之魂。这样的解说,有无民俗学上的依据,这是我们所要面对的第三个课题。

不少研究者对这种"招生魂"说,尚抱极大怀疑。例如陈朝璧先生《关于〈招魂〉的作者和内容的商榷》①,就曾批评"屈原自招"或"招怀王生魂"之说曰:"战国时代的招魂,是在人初死时所举行的对死者表示哀伤的方法之一","我们没有足够的材料,证明屈原时代已有招生人之魂的风俗"。作者还举《招魂》之例说:"《招魂》词开头的'魂兮归来。去君之恒干,何为四方些?'被招的魂已经离去身体,怎能说还是生人之魂?"金荣权在《宋玉辞赋笺评》中,也举此文中"帝告巫阳"有"魂魄离散,汝筮予之"之语,证明说:"在春秋战国之前,普遍存在着一种认识,即人的生命是由精气结合而成,这种精气就是魂魄,魂魄附身就给人以生命,魂魄离散则等于生命的终结,上帝令巫阳所招之人,魂魄离散,明明说此人已死,并非为活人。"

这些驳难和批评,虽多指向了"屈原自招"说或"招怀王生魂"说,但对我前面所论招顷襄王生魂的意见一样适用,故也必须作出回

---

① 陈朝璧:《关于〈招魂〉的作者和内容的商榷》,《文学遗产》(增刊)1958年第6辑。

答。请问：人的灵魂"离开"躯体（"魄"）以后，在古人的心目中就一定算是死人了么？古人的招魂，所招的都是死后的亡魂么？

回答这个问题，需要从民俗学的记载作广泛的考察。在这方面，英国学者弗雷泽的《金枝》，以及法国学者列维-布留尔的《原始思维》，为我们提供了最丰富的反证实例。他们发现，在世界各地的古老风俗和迷信中，广泛存在着这样一种观念：即活着或行动着的动物和人体内，都有一个"小动物"或"小人"，那就是所谓的"灵魂"。"正如动物或人的活动被解释为灵魂存在于体内一样……睡眠或睡眠状态是灵魂暂时的离体，死亡则是永恒的离体。如果死亡是灵魂永恒的离体，那么预防死亡的办法就是不让灵魂离体，如果离开了，就要想法保证让它回来"①。而这保证让灵魂回来的主要手段，便是"招魂"。

按照未开化人们的观念，人在睡眠时的灵魂离体，有其危险性。因为万一灵魂受阻而不能及时返体，人就会死亡。弗雷泽举例说："一个达雅克人如果梦见自己落水的话，便以为是他的灵魂真的掉入水中，于是请来术士，在盛水的面盆里用网捞取他的灵魂，直到捞着后送回他的体内。""马图库岛上的一个斐济人，在打盹的时候，被人踩了他的脚，突然醒过来，灵魂未及返体，后来就大声呼喊，招他的灵魂"。

除了睡眠以外，灵魂离体的最大威胁，则来自意外受惊和疾病。例如，"婆罗洲一个名叫新当的地区，如果有人（无论男、女或小孩）从屋上或树上摔下，被抬回家中，其妻子或其他女性亲属便尽快到出事地点去，一面撒下金黄色的稻谷，一面口中念念有词：'咯！咯！咯！魂呀！某某人已经回到家里了。咯！咯！咯！魂呀！'接着把撒出的稻谷收回篮子里，带到患者面前，把稻谷撒在他头上"。据说这样可以"诱回在外面徘徊游荡的灵魂重返本人体内（头部）"。弗雷泽还举了澳大利亚伍龙杰里部族中为病人追索灵魂的实例："有一个人躺在床上奄奄一息，因为他的灵魂离开了他的身体。一位男巫到处追索这个离魂，在它正要进入夕阳霞晖中去的时候，恰好把它拦腰捉住……便放在鼬毛毯下带回家来，亲自躺到这位快要死的人

---

① 弗雷泽：《金枝》，中国民间文艺出版社 1987 年版，第 269 页。

的身下，把灵魂送进他体内，不一会儿，那人就活过来了。"弗雷泽所举为病人招回生魂的实例很多，其中还特别提到了"中国西南的倮㑩"（即彝族）人，为慢性病人招魂的仪式①。为节省篇幅，这里就从略了。

从上举世界各地的"招魂"习俗可以看到：未开化部族的"招魂"，从来就是为生人而招的；其原因在于睡眠、惊厥或病中的灵魂离体；目的是招回离体的生魂，使人恢复健康、避免死亡。那么，有没有招死人亡魂的呢？从弗雷泽所举实例中，并无一例可以证明。相反，弗雷泽倒是举了"俄勒冈的萨利什或叫弗拉塞德印第安人"，在巫师"招魂"时，"他首先拣出死人的鬼魂放在一边"，然后把生魂送入本人体内去的例子，根本排除了招收死人亡魂入体的情况。因为，"如果巫师把死人的鬼魂放进了活人体内，这个活人就会马上死亡"②。所以招魂无非是为未死的人招回灵魂，只要人们对某人的死亡确信无疑，便不再举行"招魂"仪式。对于这一点，列维－布留尔《原始思维》亦提供了证据。他指出，落后部族的人们，"正因为不知道死是不是肯定无疑了，灵魂会不会回到身体来，像它在梦、昏厥等等以后所作的那样，所以出殡和埋葬往往不是在死后立即就举行。因此，在死后要等待一会儿，同时采取一切可能的办法来使离去的灵魂返回。由此产生了大声喊死人，请求它、恳求它不要离开爱它的人们的一个极流行的风俗"。他举例说："加勒比人大声哀号，号叫中夹杂着……对死者的诘问：为什么他情愿离开这个可以过舒服日子的样样都有的世界……最后，只是在他们彻底相信了死者既不想吃东西，也不想返生，他们……才把墓穴填满土。"这种风俗，在"非洲西海岸的土人"那里也流行。"一般说，只是在尸体开始腐烂，因而亲属们完全相信灵魂不再回来了的时候才进行埋葬"③。

那么，这种风俗在中国先秦时代是否也有呢？由于这方面的记载较少，似乎至今还未有人提供实例。我却认为，这大抵在于学者们对古代"招魂"产生的误会，因而明明有实例在，也作了错误的解说。例如宗懔《荆楚岁时记》，在记叙"三月三日"的习俗时，就引证了《韩

---

① 弗雷泽：《金枝》，中国民间文艺出版社 1987 年版，第 272—277 页。
② 弗雷泽：《金枝》，中国民间文艺出版社 1987 年版，第 282 页。
③ 列维－布留尔：《原始思维》，商务印书馆 1981 年版，丁由译，第 302 页。

诗》"唯溱与洧,方涣涣兮。唯士与女,方秉蕑兮"之注:"注谓今三月桃花水下,以招魂续魄,被除岁秽。"臧庸《韩诗遗说》引其诗注略有不同:"郑国之俗,三月上巳之辰,于溱洧两水之上,招魂续魄,秉执兰草,被除不祥。"这便是先秦时代有招生魂习俗的重要证据。为什么要在春三月"招魂续魄"呢?应劭《风俗通义》在解说"禊"礼时,即引证《周礼》及《尚书》说:"谨按《周礼》男巫掌望祀,望衍旁招以茅;女巫掌岁时,以被除衅浴……《尚书》以殷仲春,其民析,言人解疗生疾之时,故于水上衅洁之也。"也就是说,为了治疗疾病或解除凶祸,才需要举行包括"招魂续魄"在内的"禊"礼。有"招魂续魄"的习俗,就必也存在生人的灵魂可以离体的观念。这证据无须另找,在屈原诗作中就不乏其例。如《抽思》:"惟郢路之辽远兮,魂一夕而九逝。曾不知路之曲直兮,南指月与列星。愿径逝而未得兮,魂识路之营营。"《惜诵》:"昔余梦登天兮,魂中道而无杭。"又如传为屈原所作的《远游》,亦有"载营魄而登霞兮,掩浮云而上征"的描述。这些都证明,先秦时代的人们,并不以为灵魂离体人就一定死亡。就这些看,他们与世界其他地区的观念是相近的。

与这种观念联系在一起的是某些禁忌和习俗,在汉、晋时代还屡见不鲜。例如上引《荆楚岁时记》,即记有刘敬叔《异苑》所说怪事:"新野庾寔尝以五月曝席,忽见一小儿死在席上,俄失之。其后寔子遂亡。"据当时习俗称:"五月人或上屋见影,魂便去。"可见庾寔所见"小儿",其实就是他儿子的离体之魂,只是由于没有及时招回,才导致了儿子后来的死亡。又如干宝《搜神记》亦记有"吴孙休有疾,求觇视者",及试验"觇视者"是否真能看见鬼、魂的事(原书第46则);又记有"会稽贺瑀,字参琚,曾得疾,不知人,惟心下温,死三日复苏",自言灵魂上天而"得剑"的奇事(原书第364则);以及"义兴方叔保,得伤寒,垂死,令(郭)璞占之,不吉",后得白牛厌之,"病即愈"(原书第64则)。这些记载均可证明:从先秦到汉晋,都有以疾病、凶祸为灵魂离体的迷信,并相信通过觇视、占卜和厌胜之法,可以使人失魂归体、复苏。这情况也与上引世界其他地区的习俗相同。

在这样的背景上,考察《周礼》《仪礼》《礼记》等所记先秦时代的"复"礼(即"招魂"),便可以推翻过去研究者的许多误会。关于先秦时代的"复"礼,《礼记》记载最为详尽。其《丧大记》云:"疾病,外内皆扫……寝东首于北墉下。废床，彻亵衣，加新衣，体一人。男女改服，属纩以俟绝气。"郑注"废床"曰："人始生于地，去床庶其生气反。"至病人绝气以后，《礼记》又云："复衣不以衣尸，不以敛"。郑注曰："复者庶其生也，若以其衣袭敛，是用生施死，于义相反。"《礼记》又记"招魂"云："凡复……唯哭先复，复而后行死事。"郑注曰："气绝则哭，哭而复，复而不苏，可以为死事。"孔疏曰："复而犹望生，若复而不生，故得行于死事。"①从这些记载可知，先秦时代的招魂，实在与列维-布留尔所举加勒比、非洲西海岸土人的招魂习俗并无不同。人们之所以先不办"死事"而施以"复"礼，根本就在于无法判断其"疾病"、"绝气"是否真的死亡。他们认为这人可能还活着，只是灵魂暂时离去，所以才"升屋而号"(《礼记·礼运》)、"北面招以衣"(《仪礼·士丧礼》)。等到确信其人已经死亡，便不再招魂，而是进行殡敛之类"死事"了。这样看来，曾被许多研究者征引的先秦"复"礼，也还是为招"生魂"而行的，用意在使"绝气"者复生，而不是安抚"亡魂"、"表示对死者的哀悼"。陈朝璧先生以为先秦无招生魂之俗，显然误会了"复"礼的含义。殷光熹先生曾发明"大招"、"小招"之义，是因为一施之于"将死者尸体入棺"的"大敛"，一施之于"人刚死时替死者穿衣"的"小敛"②。这也还是对"复"礼有所隔膜所致。《礼记》明明指出："复衣不以衣尸，不以敛"、"复而后行死事"。大、小敛即属于"死事"，其时人已确死无疑，根本不再用"复"，又何论大、小？

当然，在后世(例如汉、魏)也还有另一类习俗，如招亡妻鬼魂来归墓穴与亡夫合(《后汉书·邓晨传》)，或招抛尸外乡的野死者鬼魂来归"衣冠冢"(即所谓"招魂葬")等。但这与先秦所行的"招魂续魄"和"复礼"，显然是两回事，而且与《招魂》所述招离魂归返"故居""恒干"的内容不符，自不可引其为例。我所要证明的，则是人在受惊、卧病或死亡以前的招魂习俗，乃是招离去的生魂归体，而非招鬼魂(亡魂)。有了以上对世界各地"招魂"习俗的考察和对先秦"复"礼的剖析，我相信将宋玉《招魂》，判明为招楚襄王惊失的生魂

---

① 《十三经注疏》(下册)之《礼记正义》，中华书局1980年影印版，第1572页。

② 殷光熹：《〈大招〉探》，《屈骚：华夏文明之光》，云南大学出版社1990年版，80页。

之作,应该是有了民俗学上的充分依据。

最后再讨论一下《招魂》的思想价值。在这个问题上,明清以来的某些研究者,也往往陷于可笑的自相矛盾之中。例如陈本礼在批驳宋玉招师之说时,便嘲笑文中所叙声色荒淫之乐曰:"岂宋玉素知其师好色,故死后欲借美人之色,投其所好以招之耶?"①这样的说法,似乎正认可了刘勰《辨骚》批评楚辞的"荒淫之意"。但当认定《招魂》乃为"屈原自招"或"屈原招怀王"之作以后,却又改了腔调:"修门以下,盛言堂室女色歌舞饮食诸乐,乃述顷襄内廷荒淫、秘戏之事,国人莫知,惟原实深知之,故总借巫阳以发之","正使言之者无罪,闻之者足以戒"②。似乎又承认了此文的"讽谏"意义。只是这样解说,毕竟显得捉襟见肘,于是方东树又曲为圆说曰,此文表现的是屈原对国事之哀,"哀其外多祟怪,内有荒淫,其死征如魂已去身而不知反归也"。"既讽其荒淫,而复以荒淫招之,何也?曰:此于言为从顺,理体当然也。王者之居,匪同俭陋,既言其外之害,则不得不陈其内之乐,题面当如此也。而极其奢靡,则荒淫意亦在言外。此文用意既隐曲迷离,全用比兴体,岂可以寻常正言直谏之义例之乎?"③总之,批驳宋玉所作之时,《招魂》便荒淫、"好色",连宋玉也因此成了"全无心肝之人"(陈本礼语);赞扬屈原所作之时,此文便深寓哀痛、秉志忠洁,直可令司马迁读之歔欷而"悲"——这样的矛盾之说,又岂能教人信服?

我以为就宋玉《招魂》内容看,它确实如汤漳平先生指出的,是对"(招魂)民俗的现成形式"的"套用"④,大可不必用政治上的另有寄寓或比兴去附会。《招魂》的思想价值,与其说是在政治上的讽喻,或如当代有些研究者赞扬的"表达了诗人热爱祖国的精神"⑤,不如说是在对历史文化和民俗的认识意义上。它对"天地四方,多贼奸"的瑰奇想象,表现了楚文化在意识形态领域里,还弥漫着怎样浓重的神怪观念,处于怎样相对原始的巫术宗教影响之下。它对楚王

---

① 马茂元主编:《楚辞评论资料选》,湖北人民出版社1985年版,第524页。
② 马茂元主编:《楚辞评论资料选》,湖北人民出版社1985年版,第523页。
③ 马茂元主编:《楚辞评论资料选》,湖北人民出版社1985年版,第527页。
④ 汤漳平:《楚辞论析》,山西教育出版社1990年版,第155页。我以为《招魂》实际上只是借着为顷襄王招魂的由头,进行着一种表现文学才华的创作,其辞并非是交给巫师直接用于招魂的咒语。
⑤ 陈铁民:《说〈招魂〉》,《文学遗产》(增刊)第10辑(1962年)。

宫室及其日常享乐生活的繁盛铺陈，则又展示了楚文化在物质文明方面的创造成果和堂皇气派，令后世窥见了它在这方面足与中原文化并驾齐驱的高度发展水平。在这样一种存在着"奇异矛盾"的楚文化背景上，观察一下它的上层统治者，生前怎样穷奢极乐、娱戏射猎，最后终于在战国纷争中王冠落地，无疑能得到一些有益的历史启示。至于此文中一再招楚王"魂兮归来，反故居些"，不要"舍君之乐处，而离彼不祥些"，则又反映了当时的民俗，是怎样疑惧于死之恐怖，而爱恋于生之可亲。中国古代的巫术宗教及其习俗观念，决不像后世西方宗教那样，以俗世生活为人类"原罪"的惩罚而抱悲观态度，在此得到了充分的体现。既执着和爱恋于尘世生活，又希望"不死"、成仙以延续这生之欢乐，而不是视尘世生活为苦难的"炼狱"，以企求死后进入"天堂"，这便是《招魂》所显示的明朗而亲切的东方式人生态度。这样一种态度，无疑也值得研究中国古代民俗的人们重视。

[原以《〈招魂〉研究商榷》为题载于《文学评论》1994 年第 4 期，辑入本集有改动]

关于《招魂》研究的几个问题

在《楚辞·招魂》的研究中,有关此文的作者、所招对象、招魂礼俗以及开头、结尾二段的文意,自明清以来就有过许多争议。前些年我曾撰文梳理过此一课题的争议历史,并发挥钱锺书先生的意见,对上述问题提供了自己的浅见。我的看法大体是:《招魂》的作者仍应依王逸序言定为宋玉,后世学者疑为屈原所作并无根据;其所招对象当为射兕云梦受惊失魂的楚襄王,而非客死于秦而归葬的楚怀王;此文开头一段乃设为顷襄王口吻求告上帝复其失魂,结尾"乱曰"则为作者追述襄王射猎云梦的失魂之由;并引述世界各地原始部族以及中国古代的招魂礼俗,证明这种解说符合古代"招魂续魄"以望其病愈、复生的民俗①。

近读金式武先生的专著《〈楚辞·招魂〉新解》②,颇为金先生四十年来锲而不舍研究《招魂》的精神所感动,亦为金先生不拘成说、敢破敢立的勇气钦服。金先生提出的不少新见,有助于推进《招魂》研究的深入展开。不过也有一些见解,因缺少坚实依据,似还颇有可疑之处,今特提出以求教于金先生及学界同仁。

一、先秦"复"礼是庶其"复生"还是安其"亡魂"

在考察先秦"招魂"的礼俗时,历来的研究者多不忘征引《仪礼》《周礼》《礼记》所提及的"复"礼,并据汉人郑玄之注,判断"复"礼之行,其用意在于招引"绝气"的初死者之魂归体,而望其"复生"。其征引诸书中说得最明白的,莫过于《礼记·丧大记》及郑玄、孔颖达的注、疏,今迻录于下:

---

① 潘啸龙:《〈招魂〉研究商榷》,《文学评论》1994 年第 4 期。
② 金式武:《〈楚辞·招魂〉新解》,文汇出版社 1999 年版。

复,有林麓,则虞人设阶;无林麓,则狄人设阶。小臣复,复者朝服。君以卷,夫人以屈狄;大夫以玄赪,世妇以禮衣;士以爵弁,士妻以税衣。皆升自东荣,中屋履危,北面三号,卷衣投于前,司服受之。降自西北荣。其为宾,则公馆复,私馆不复。其在野,则升其乘车之左毂而复。复衣不以衣尸,不以敛。妇人复,不以裤。凡复,男子称名,妇人称字。唯哭先复,复而后行死事。(《周礼·丧大记》)

郑玄注"复"曰:"复,招魂复魄也"。注"复衣不以衣尸,不以敛"曰:"不以衣尸,谓不以袭也。复者庶其生也,若以其衣袭敛,是用生施死,于义相反。《士丧礼》云:'以衣衣尸,浴而去之'。"又注"唯哭先复,复而后行死事"曰:"气绝则哭,哭而复,复而不苏,可以为死事。"孔颖达疏曰:"复是求生,若用复衣而袭敛,是用生施死,于义为反,故不得将衣服袭尸及敛也。"又疏曰:"唯哭先复者,气绝而孝子即哭,哭讫乃复,故云唯哭先复也。复而后行死事者,复而犹望生,若复而不生,故得行于死事,谓正尸于床及浴袭之属也。"①

这就是先秦时代的"复"礼内容及郑玄、孔颖达的有关解说。从《礼记》所述"唯哭先复,复而后行死事"看,在先秦礼俗观念中,确是并不将"招魂"包含在"死事"中的。故郑、孔注疏解说"复者庶其生也"、"复是求生",也并非出于无根据的臆断。但是金式武先生却以为不然。金先生在其著第二章《招魂研究》中断然指出:"郑、孔诸人的解释对不对? 答:不对。"其主要理由是:"《周礼》《仪礼》《礼记》是先秦典籍,郑玄(后汉末期)、孔颖达(唐初)、马希孟(北宋)等后生不大懂得先秦典籍。"后又在第四章《〈招魂〉头两段文字如何理解》中,指斥以"复"为"使死者得魂气而复活的观念",是"东汉末期郑玄注释三《礼》时想当然地胡诌出来的,也就是他捏造出来的……郑玄之前从未有此理论。"最后又在《自序》中颇为自豪地宣称:"在第二章中,我驳斥了郑玄首创的被后人一再重复,百般称是的,所谓招死者之魂是为了使死者得魂气而复生的谬论,我认为招死者之魂

---

① 《十三经注疏》(下册)之《礼记正义》,中华书局1980年影印版,第1572页。

是要让游离在外的灵魂，重新和尸体相结合，即神形合一。如此鲜明，如此明白无误地提出神形合一，在现代，除了文怀沙先生的《屈原〈招魂〉今绎》外，大概只有我一个人吧！"①

金先生如此坚决地断言郑玄的解说为"捏造"，并称在郑之前"从未有此理论"，这恐怕是过于自信了。别的不说，就在金先生承认是"先秦典籍"的《礼记》中，就有郑玄对"复"礼解释的"理论"依据在。请看《礼记·问丧》的下述记载：

> 在床三日而敛，曰尸，在棺曰柩。……或问曰：死三日而后敛者，何也？曰：孝子亲死，悲哀志懑，故匍匐而哭之，若将复生然，安可得夺而敛之也。故曰：三日而后敛者，以俟其生也。三日而不生，亦不生矣。孝子之心，亦益衰矣。家室之计，衣服之具，亦可以成矣。亲戚之远者，亦可以至矣。是故圣人为之断决，以三日为之礼制也。②

这一段记述，正与《礼记·丧大记》关于"唯哭先复，复而后行死事"的记述相应，解释了亲死之初，为什么要先哭泣，再行"复"礼（招魂），非要等到"三日"之后再办袭敛之类"死事"的原因。这原因就在于希望初死之亲"复生"。文中"以俟其生也"五字，正如此清楚地说明了袭敛以前包括"复"礼（招魂）在内的行事之意愿和目的。由此反观郑玄关于"复者庶其生也"、"气绝则哭，哭而复，复而不苏，可以为死事"的注释，实在是确有根据，决非出于他自己的"胡诌"或"捏造"了。金先生在《〈招魂〉三论》中，曾经"惊讶"于某些教授、先生："既治《楚辞》，为何不读《周礼》，凭什么就说'先秦没有生招的文献'"等，并讥讽说："假如以这种臆测去教学生，甚至带研究生，怎能让人安心？"③倘若人们也像金先生这样对待争鸣中的不同见解，是否也可据此反问一下："金先生既然研究《招魂》多年，为何就不去读一读《礼记·问丧》，竟就如此轻率地断言先秦'从未有此理论'，并斥责郑玄的'复者庶其生也'之注是'胡诌'、'捏造'呢？"

---

① 金式武：《〈楚辞·招魂〉新解》，文汇出版社 1999 年版，第 12、63、6 页。
② 《十三经注疏》（下册）之《礼记正义》，中华书局 1980 年影印版，第 1656 页。
③ 金式武：《〈楚辞·招魂〉新解》，文汇出版社 1999 年版，第 37 页。

　　金先生否定先秦"复"礼是"庶其生"的另一论据,是元人陈澔对
《礼记·檀弓》一段记述的"牢骚"。《礼记·檀弓》云:"邾娄复之以
矢,盖自战于升陉始也。"郑玄注曰:"战于升陉,鲁僖公二十二年秋
也。时师虽胜,死伤亦甚,无衣可以招魂。"金先生即引陈澔之语批
驳说:"但是陈澔大发牢骚:'夫以尽爱之道,祷祠之心,孝子不能自
已,冀其复生也。疾而死,行之可也。兵刃之下,肝脑涂地,岂有再生
之理?复之用矢,不亦诬乎!'这通牢骚道出了实质:承认'复是让死
者复生',就应否定《檀弓》这段话……。反之,若承认《檀弓》的话,
就得认为'复是让死者得魂气而复苏'这种解释是错误的。"[①]其实,
《檀弓》的记述和郑注均没有错,错的恰正是陈澔的"牢骚"。唐人孔
颖达早就对此节文意及郑注作过明确的解说:

　　　　郑云此者解"复之以矢"之意,以其死伤者多,无衣可以招
　　魂,故用矢招之也。必用矢者,时邾人志在胜敌,矢是心之所好,
　　故用所好招魂,冀其复反。然招魂唯据死者,而郑兼云伤者,以
　　其虽胜故连言死伤以浃句耳。若因兵而死身首断绝不生者,应
　　无复法。若身首不殊因伤致死,复有可生之理者,则用矢招
　　魂。[②]

孔疏发明郑注之意,区分了伤死者的不同情况,指明可行"复法"(招
魂)者,乃是"身首不殊因伤致死"者;陈澔却用"肝脑涂地"、无"可
生之理"者发难,岂非文不对题? 倘若人们不能否认升陉之战中当
有相当数量"身首不殊因伤致死者",则《檀弓》之记、郑玄之注又有
何错? 不仅无错,而且《檀弓》之记恰又证明:即使在战场上施行
"复"礼,其意也是希冀"有可生之理"者复生,而决不是为了让灵魂
与"肝脑涂地"、决无生理的尸体"合一"埋葬。金先生引此为例,不
正反驳了自己的论断?
　　至于金先生所引其他例证,因为与先秦时代的"复"礼无关,这
里只能略加评述。例如他征引古朗士所述古代希腊、罗马人有"久

---

①　金式武:《〈楚辞·招魂〉新解》,文汇出版社1999年版,第14页。
②　《十三经注疏》(上册)之《礼记正义》,中华书局1980年影印版,第1278页。

信在第二世界魂亦不离肉体,魂既与体同生,死亦不能使之分离,皆幽闭于墓中"的信仰。但这一信仰与中国的"复"礼又有什么关系?正因为他们相信死亦不能使神形分离,所以他们的丧葬就根本没有"招魂"之礼。金氏引此信仰,又岂能解释中国古代的"复"礼?又如金氏所引我国汉晋时代流行的"招魂葬"之例,同样难以证成其说。"招魂葬"本就专为死于异乡、尸骸不存者而设,即使真能招回游荡他乡的死者之魂墓葬,但由于墓中并无尸骸,其形神岂非依然二分?金先生认定"招魂"的目的,是为了"使灵魂与尸体一同置之棺内,埋于地下","使灵魂安居墓中"。则上述形神不能合一的"招魂葬",又怎能让死者之魂"安居"?可见,金先生的"神形合一"招魂说,正是在他花了相当篇幅征引的"招魂葬"之例中,也遭遇了有力的反驳。

金先生还引"近世"中国人祭祖的"家祭仪式、墓祭和浇酒于地的行为"证明,"普通中国人都认为魂居于墓中、至少认为魂居于地下"。其实这种"家祭"、"墓祭"礼仪,早在先秦就有。如《礼记·王制》除规定王者、诸侯、大夫、士等得立庙祭祖外,即有"庶人祭于寝"的限制。《礼记·曾子问》记孔子回答"庶子无爵而居者"如何祭的问题时,亦有"望墓而设为坛,以时祭。其宗子死,告于墓,而后祭于家"①之说。可见,究竟是庙祭还是家祭或墓祭,反映的只是古代祭祖的贵贱等级区分,与死后灵魂居于何处的观念并无直接联系。对于后者,就连相信有鬼神的古人,也始终说不清楚。《礼记·郊特牲》称"魂气归于天,形魄归于地,故祭,求诸阴阳之义";《祭义》亦引孔子语曰:"众生必死,死必归土,此之谓鬼。骨肉毙于下,阴为野土;其气发扬于上为昭明,焄蒿凄怆,此百物之精也,神之者也。"似乎相信死后魂魄也一分为二:一升天为"神",一降地为"鬼"。所以《礼记·问丧》有"送形而往,迎精而反"之"送殡"、"虞祭"之礼,《祭义》亦有祭祀中的"报气"、"报魄"之分②。古代称帝王之死为"陟"(升天),《诗经》亦称"文王在上,於昭于天"(见《诗经·大雅·文王》);但汉乐府《蒿里》却称"蒿里谁家地,聚敛魂魄无贤愚",《怨诗行》则称"人间乐未央,忽然归东岳"——这灵魂究竟是"归天"还是"入地",究竟是居于"宗庙"还是"墓中",本就是一个未有定论的疑

---

① 《十三经注疏》(上、下册)之《礼记正义》,中华书局 1980 年影印版,第 1335、1399 页。

② 《十三经注疏》(下册)之《礼记正义》,中华书局 1980 年影印版,第 1457、1595、1656、1458 页。

案。所以连晋代朝廷的饱学之士也众说纷纭,从而在是否禁止"招魂葬"上引发了一场大争论。可见,从金先生片面征引的"近世"家祭、墓祭之例,并不能得出普通人均认为死后灵魂居于墓中或地下的结论,当然更不能由此推论:先秦"复"礼是为了使死者"神形合一"而"安居墓中"①。

二、《招魂》所招是客死于秦的"楚怀王死魂"吗

《招魂》研究中争议最大的问题,是"被招者"是谁?金先生在考察了古今研究者的十五种说法后,在第六章明确提出:"《招魂》是招楚怀王死魂。"金先生的理由大抵有二:第一,《招魂》开头那位自称"朕幼清以廉洁兮"的招魂者,"就是屈原的写照",除了屈原,找不出还有谁符合这前六句所述的身世的人了。既然如此,被招者就只能是"和屈原关系密切",当得起"人主之礼"身份的,"遭受了很大的不幸"而"魂魄离散",并能引起"'哀江南'的局面"的楚怀王了。第二,倘若因楚怀王陷秦且病而招其生魂,则"怀王躯干在秦,招魂入郢,就使神形无合一之望,而促怀王早死快死。所以,《招魂》只能是招楚怀王死魂"。金先生进而推断,"怀王始死,秦国不会为他举行复礼";"即使秦国为之举行了复礼,但由于没有入墓安居,灵魂又会逸出尸体远逝,所以无论如何,楚国在丧舆抵郢后,都要重新为之招魂"。"这种既是招魂又不同于'复礼'的仪式",金先生将它"归入'招魂葬'一类"②。对于金先生的第一条理由,我将在后面另作探讨,现在先探讨第二条理由。金先生的第二条理由,包含着许多似是而非的判断,今分别辨析如下:

首先,楚怀王客死于秦,其"复"礼应该怎样进行?对于这一问题,《礼记·杂记》即有明文规定:"诸侯行而死于馆,则其复如于其国。"孔颖达疏此句文意曰:

　　　　诸侯行而死于馆者,谓五等诸侯朝觐天子及自相朝会之属,

---

① 《礼记·檀弓下》记延陵季子观其长子之葬曰:"骨肉归复于土,命也。若魂气则无不之也,无不之也。"由此亦可见春秋时期人们对死后灵魂何归的观念,并非认为必居于墓中或地下。

② 金式武:《〈楚辞·招魂〉新解》,文汇出版社 1999 年版,第 91—98 页。

而死者谓诸侯于时或在主国死,于馆者谓主国有司所授馆舍也。则其复如于其国者,其复谓招魂复魄也,虽在他国所授之舍,若复魄之礼则与在己本国同,故云如于其国也。①

按照这一记述可知,楚怀王虽客死于秦,其"复"礼却不能由秦人代行,而亦应由随从怀王入秦的楚之"小臣"施行;施行的地点,则只能在怀王客寓的秦之咸阳馆舍,而不会是"归其丧于楚"的郢都宫中。之所以如此,正与施行"复"礼在于冀望初死者"复生"有关,故必须在"他国所授之舍"立即举行,而不能拖延到归丧返郢之后。金先生不明"复"礼之义,又不知《杂记》有此明确记述,竟以为怀王客死,"复"礼须由"秦国"为之施行,从而作出了秦国会不会为怀王举行"复"礼的猜测,岂非有误?

其次,楚怀王在秦被施行了"复"礼后,其灵柩返郢,还需不需要"重新为之招魂"? 对于这个问题,《礼记》有关丧礼的记述,均没有对死于国外而归丧者还需要重新"招魂"的规定。之所以如此,恐也与对"复"礼性质的认识有关:"复"礼之行本只是为了望初死者复生,既已在国外"复而不生",则其归丧返国,更无"复生"之理,又何须重新招魂? 金先生完全否认郑玄等对先秦"复"礼含义的正确解释,试图用自己臆造的"灵魂与尸体合一而葬"说取而代之,才会有此既行过"复"礼,又要"重新为之招魂"的奇想。事实上,从《礼记》所述"天子七日而殡,七月而葬;诸侯五日而殡,五月而葬;大夫、士、庶人三日而殡,三月而葬"②的礼俗可知,先秦时代的丧礼也并不是行了"复"礼,即就让死者"入墓安居"的。而且安葬之处,也并非就在宫庙或住家附近,故灵柩也还要在运送中遭受道路颠簸之扰。按照金先生的说法,其"灵魂"岂不"又会逸出尸体远逝"? 是整个"入墓安居"之前的袭敛、停殡、送殡、下葬阶段,岂非都要不断地为死者"重新"招魂? 仅此一端,就可看出金先生对先秦"复礼"的误解有多大了。

最后,金先生也似乎感到了此说的不妥,故在第二、第六章中一

---

① 《十三经注疏》(下册)之《礼记正义》,中华书局 1980 年影印版,第 1545 页。
② 《十三经注疏》(上册)之《礼记正义》,中华书局 1980 年影印版,第 1334 页。

再提醒人们:对怀王的"这种招魂完全不是'始死'时的复礼",而应"归入'招魂葬'一类","楚辞《招魂》就是招魂葬的一幅绘画"。但是,正如我在前面已经指出的,所谓"招魂葬"之俗,是专为在离乱、征战或其他祸难中死去,而且尸骸无法找到者所设的葬俗。金先生所节录的徐乾学《读礼通考》的"招魂葬"之例,也均为无尸而"葬魂"者,并没有金先生断言的"也有有尸体的特殊情况"之例。至于金先生所举"死者入葬后,家人在坟上插一竹竿,挑以长条形旗子,这就是招魂幡",并称"在中国的东南西北,几乎所有汉人居住的农村、城镇甚至大城市都有"这种风俗。但据我所知,这类旗幡只是在丧礼或墓祭时,供鬼魂识别、受祭的标帜,与"招魂葬"中引导亡魂入墓而葬的"招魂幡"根本不是一回事。所以连金先生自己也未敢断言,这种遍及"中国东南西北"的插幡之俗就是"招魂葬"。由此考察楚怀王的丧葬,毫无疑问也不是"招魂葬"。因为楚怀王虽客死于秦,但与尔后刘邦"丧皇妣于黄乡"的无尸之葬①,与晋代东海王司马越被石勒"烧其骨以告天地"的尸灰难寻不同②:楚怀王不仅有尸留存,而且明明被"归其丧于楚",则其葬礼的性质,完全属于《礼记·杂记》所称"诸侯行而死于馆"的情况,根本没有须行"招魂葬"之说。金先生怎么可以毫无根据地将其归入"招魂葬"之类?

我之所以不嫌其烦地与金先生讨论上述问题,根本原因就在于试图以先秦礼俗证明:楚怀王客死于秦,其"招魂"(复)之礼只会行之于其在咸阳的馆舍,而不会行之于楚之郢都;楚怀王之葬根本不属于"招魂葬",因此也无须在客死于秦、"归其丧于楚"时,在郢都"重新为之招魂"。辨明这两点十分重要,因为当我们以此考察《楚辞·招魂》的内容时,即会发现:这篇文字所反映的"招魂"地点,却不是在咸阳,而是在"魂兮归来,入修门些"的郢都!这意味着什么?我以为它至少从招魂的地点上,推翻了所招对象为客死于秦的"楚怀王死魂"的结论。

当然,这只是我的一部分论据。我的另一论据,就是《招魂》开篇一段所透露的"被招者"的生命状况:"帝告巫阳曰:'有人在下,我

---

① 见《史记·高祖本纪》"正义"引《陈留风俗传》:"沛公起兵野战,丧皇妣于黄乡。天下平定,使使者以梓宫招幽魂……。"上海书店1988年版,第207页。

② 《晋书·东海王越传》,中华书局1974年版,第1625页。

欲辅之。魂魄离散,汝筮予之。'"我在《〈招魂〉研究商榷》一文中,曾征引世界各地原始部族中的有关"招魂"实例,证明"未开化部族的'招魂',从来就是为生人而招的;其原因在于睡眠、惊厥或病中的灵魂离体,目的是招回离体的生魂,使人恢复健康、避免死亡"。如果仅从《招魂》对"被招者"生命状况的描述,是"有人在下,魂魄离散"看,人们自然还难于判定,这"被招者"究竟是死了还是活着。但若从"我欲辅之"的关键之语作综合考察,则"被招者"只是失魂而已,决不是真的已经死亡。倘若真已死亡,就根本谈不到"我欲辅之"了。这一点也为王逸所作的《招魂序》所证明:"宋玉哀怜屈原……魂魄放佚,厥命将落,故作《招魂》,欲以复其精神,延其年寿。"且不论宋玉所欲"招"者,是否为屈原之魂(后面将另作讨论),但确定其所招对象尚未死亡,则显然可与文中"帝曰巫阳"所称"我欲辅之"相印证的。倘若被招者实已死亡,则文中所称"我欲辅之",王逸所言"厥命将落"、"欲以复其精神"云云,岂非均没有了着落?

如此看来,金先生关于《招魂》所招乃"楚怀王死魂"的判断,不仅在何处进行"复"礼的关节上,遭到了先秦礼俗的有力否定,而且与《招魂》开篇所指明的"被招者"尚未死亡的事实相违背。金先生在考察世界上的招魂习俗时,虽也列出了有"招生者之魂"的一类,但在考察《招魂》时,却完全排斥了《招魂》所招为"生者"的可能性。这大抵正是金先生《招魂》研究的又一失虑之处罢?

三、《招魂》的开头所述,能证明作者是屈原吗

现在再回到前文所说的第一条理由,也就是金式武先生推定《招魂》所招乃"楚怀王死魂"的前提,即《招魂》的作者只能是屈原而不能是宋玉。从何证明这一点呢? 金先生的主要论据,就是《招魂》开头的一节文字:

> 朕幼清以廉洁兮,身服义而未沫。主此盛德兮,牵于俗而芜秽。上无所考此盛德兮,长离殃而愁苦。

金先生征引张兴武、陈子展等学者的论述称,"以'盛德'自夸,坚持

清廉高洁的人格,是屈子思想的又一重要方面"①;"自叙从幼修德服义,长为恶俗牵累,以至芜秽。而君上不能明此盛德高义,长罹忧而愁苦。此亦可为屈子'露才扬己'之一例"②。金先生由此确定:"熟悉楚辞的人都知道这六句就是屈原的写照。除了屈原,我们在有关当时的史书上,还能找得出符合前六句所述的身世的人吗?"

初看起来,金先生的征引文字和论断似乎言之有据、颇有道理,但若仔细考察上引《招魂》的开头六句,人们将会发现:它们所体现的,恰恰不可能是屈原的人格风貌。诚然,屈原确是"朕幼清以廉洁兮,身服义而未沫"的。这在《卜居》所称"宁诛锄草茅以力耕乎? 将游大人以成名乎"的二难之问中,在《橘颂》的"嗟尔幼志,有以异兮。独立不迁,岂不可喜兮"所反映的人生态度中,都可得到旁证。但是后面二句的"主此盛德兮,牵于俗而芜秽",则无论如何也套不到屈原身上了。什么叫"芜秽"?"芜者荒也,秽者恶也。"在屈原的心目中,只有那些不修德行、折节从俗,而导致人格有亏、行止秽恶者,才得称为"芜秽"。所以在《离骚》中,他曾谆谆劝导楚王"不抚壮而弃秽兮,何不改此度"? 更在目睹了朝中同僚的贪婪逐利、苟且"偷乐"后,发出过"哀众芳之芜秽"的沉痛慨叹。至于屈原自己,却从来没有向世俗屈服、退让,更没有改变过自身人格、美德之分毫。"亦余心之所善兮,虽九死其犹未悔""宁溘死以流亡兮,余不忍为此态也",这就是屈原永不更改的心志;"惟此佩之可贵兮,委厥美而历兹。芳菲菲而难亏兮,芬至今犹未沫",这才是屈原在利欲横流的俗世,始终保持自身美德的写照! 屈原是何等自信和高傲之人,他只会面对祸殃和迫害宣告:"知死不可让,愿勿爱兮""宁赴湘流,葬于江鱼之腹中。安能以皓皓之白,而蒙世俗之尘埃乎?"(分见屈原《离骚》《怀沙》《渔父》)又怎会"牵于俗累"而让自身的品行"芜秽"! 金先生等分析《招魂》开头之文意,只注意前几句的"清廉""服义",而无视后几句中的"芜秽"之意,便断定它必是屈原之辞,岂不过于粗疏了?

郭沫若、马茂元二位倒是别具只眼,看出了"牵于俗而芜秽"与屈原精神风貌的不符,干脆将《招魂》的开头六句划为两截,前二句

---

① 张兴武:《楚辞·招魂》作者考辨,《青海师范大学学报》1992 年第 4 期。
② 陈子展:《楚辞直解》,江苏古籍出版社 1988 年版,第 321 页。

归"屈原",后四句则落实到"怀王"身上。郭沫若提醒说:"这儿所说的'主此盛德'以下便是指的怀王,是说以此有盛德者为君,而此有盛德者不幸为俗所牵累,遭了芜秽。这上古以来所未曾见的盛德者,不幸是长久受了祸殃而不得解脱。须要知道'牵于俗而芜秽'的并不是'身服义而未沫'的'朕',不然那文义岂不矛盾?"①马茂元大体同意郭说,只是将郭氏对"上无所考此盛德兮"的解说,修正为"'上',上天。'考',成也。因为牵累于俗,所以盛德无成。"②

郭、马二位的解说,在否定"牵于俗而芜秽"者是指屈原这一点上,无疑是正确的。但是将"朕幼清以廉洁兮"至"牵于俗而芜秽"四句分开,使之前指屈原、后指怀王,却是完全不顾上下文联系的曲解。因为在这四句中的人称主语"朕",是一气而下,贯串到"牵于俗而芜秽"句的(并且兼为后二句中"长离殃而愁苦"句之主语)。想要在这"朕"之外,再插进一个另指"怀王"的主语,就无异于无中生有,且将文意完全改变了。

考察上述两种解说,我以为最根本的失误,就在于解说者心中都存有一个"屈原作《招魂》"的难解"情结"在。金式武先生志在将宋玉从《招魂》中"抹掉",使"《招魂》再也没有宋玉的影子",一上来就想证明,《招魂》头六句"的确出自屈原之手,移置他人不得"③,从而让屈原带有了"牵于俗而芜秽"的可疑品行。郭沫若、马茂元发现了"朕幼清以廉洁"与"牵于俗而芜秽"的"矛盾",但又舍不得放弃"屈原作《招魂》"之说,于是也闹出了将《招魂》开头六句强行划为分指屈原、怀王的新误解。看来,要想从《招魂》开头六句中找出个"屈原",以"抹掉"宋玉的影子,或证明司马迁也以为《招魂》"为屈原所作",是一样的白费劲了。

其实,要考察《招魂》开篇的"朕"之所指,不能只从前六句着眼,而应兼及下文"帝告巫阳"一节作总体思考。因为这两节文字是前后相承,并有着因果联系的。且看"帝告巫阳"一节:

　　帝告巫阳曰:"有人在下,我欲辅之,魂魄离散,汝筮予之。"

　　① 郭沫若:《屈原研究》,《沫若文集》(12),人民文学出版社 1959 年版,第 361 页。
　　② 马茂元选注:《楚辞选》,人民文学出版社 1958 年版,第 185 页。
　　③ 金式武:《〈楚辞·招魂〉新解》,文汇出版社 1999 年版,第 109 页。

巫阳对曰:"掌梦。上帝其命难从。""若必筮予之,恐后之谢,不能复用。"巫阳焉乃下招曰……①

由这一节可知,天帝获悉了"有人在下"遭受了"魂魄离散"之殃,出于"我欲辅之"之意,故即吩咐巫阳筮求此"人"之失魂,使之归体还阳。那么,天帝何以会获悉"有人"遭殃之情的呢?反观前一节便知,那是由于"朕"之诉告的缘故。考虑到前一节之"朕",就是"牵于俗而芜秽"、"长离殃而愁苦"者(这从六句文意的前后贯通可知),因此,"朕"不是在为他人,而是在为自身的"离殃"而诉告上帝以求帮助。这样一来,两节文字中的人称关系就非常清楚了:后节中天帝所称"魂魄离散"而欲为之招魂者,也就是前节中诉告"牵于俗而芜秽"的"离殃"者"朕"。

弄清了这一点也就可以明白:《招魂》前六句所涉及的,是"失魂者"也即"被招者"是谁的问题,从这里决推不出它的作者是谁。因此,倘若没有其他确凿证据,以推翻王逸的说法,则宋玉作《招魂》之说还是难以动摇。

那么这位"失魂者"究竟是谁呢?王逸认为是"屈原",故作者虽为宋玉,《招魂》开头一节则如五臣所称,是宋玉"代原为词"。但这说法与《招魂》内容显然不符。清人方东树在《昭昧詹言·解招魂》中批评"招屈原"说时即指出,文中所陈"皆人主之礼体,非人臣所得有也";郭沫若也以为"文辞中所叙的宫庭居处之美,饮食服御之奢,乐舞游艺之盛,不是一个君主是不相称的"②。我愿补充的又一证据,是《招魂》开头天帝所说"我欲辅之"之语,用在屈原身上并不妥当。天帝所辅助的,一般均指天子或诸侯国君。如《离骚》所云"皇天无私阿兮,览民德焉错辅",正指皇天"观万民之中有道德者,因置以为君,使贤能辅佐,以成其志"(王逸注)。由此可以判断:《招魂》所招者,实为一位具备国君身份的楚王。

正如前面所说,由于我们至今仍无证据推翻《招魂》的作者是宋

---

① 此节断句,以"若必筮予之"三句归帝之语,取闻一多说,见《古典新义》(下),古籍出版社 1956 年版,第 452 页;以"巫阳焉乃下招曰"为句,取王念孙说,见《读书杂志》,江苏古籍出版社 1985 年版,第 1040 页。

② 郭沫若:《屈原研究》,《沫若文集》(12),人民文学出版社 1959 年版,第 360 页。

玉,且宋玉的身世据姜书阁先生在《先秦辞赋原论·宋玉传略》中考证,主要活动的时期当"在顷襄王时期",故宋玉《招魂》所招者,自当为顷襄王较合情理。至于顷襄王当时究竟是因为生病还是死了而需要招魂,我们从《招魂》开头帝曰"我欲辅之"之语推断,他此时应该是生病而并非死亡。最重要的证据是《招魂》的"乱"辞。宋玉在"乱"辞中追述了一次陪同楚王的云梦狩猎,还明确点出了"君王亲发兮,惮青兕"的受惊情节,并在结尾三句发出了"湛湛江水兮,上有枫。目极千里兮,伤春心。魂兮归来,哀江南!"试问:倘若楚王的失魂而病,不是与射猎云梦有关,宋玉又怎会在"发理词指,总撮其要"的"乱曰"中,横添这一节与"招魂"无关的内容? 倘若楚王的返郢卧病,不与射猎云梦有关,则"乱曰"中为何偏要遥望"江水"、"目极"千里"江南",而发出"魂兮归来哀江南"的呼唤? 正因为楚王之失魂与云梦射猎有关,而且宋玉还亲身陪同前往,经历了"君王亲发兮,惮青兕"的惊心一幕,他才会在巫阳已经为之"招魂"之后,进一步抒写自己遥望江水、"目极千里"江南时的"伤心"之情,并情不自禁向令人哀伤的江南,再次发出"魂兮归来"之语以收结全文。考虑到这次向"江南"的招魂,最终是引导惊失之魂进入郢都南门("魂兮归来,入修门些"),可以推断此次射猎惊魂,当发生在"白起破郢"、顷襄王"东北保于陈"以前,大体在《战国策·庄辛说楚襄王》所揭露的"君王左州侯,右夏侯,辇从鄢陵君与寿陵君","与之驰骋乎云梦之中","专淫逸侈靡,不顾国政"的那一段时期(估计当在顷襄王十八九年)。又据史籍记载,顷襄王死于在位之三十六年,故顷襄王此次是受惊而病,并没有死亡。而据我的考证,长期放逐沅湘之间的屈原,却已在此前一二年沉江①。宋玉则早经友人引荐,成为顷襄王之侍臣,并与唐勒景差之徒"皆好辞而以赋见称"②,他当然有资格担当"招魂"词的撰写者。

说清了这一些,再看《招魂》的开头六句,其内容显然是宋玉代"失魂者"顷襄王,向天帝的告求之语:"朕"为顷襄王之代称,代顷襄王自述"幼清以廉洁兮,身服义而未沫",也正有宋玉"主文谲谏"式

---

① 见拙著《屈原与楚文化》,安徽文艺出版社1991年版57页。
② 见司马迁《史记·屈原贾生列传》:"屈原既死之后,楚有宋玉、唐勒、景差之徒者,皆好辞而以赋见称……"。

的委婉之风；因为顷襄王耽于游乐、射猎失魂，为了向天帝告求帮助，让他自己承认"牵于俗而芜秽"，终于因受惊而长久"离殃"（卧病），也还算不得是"显暴君过"，文中的"上无所考其盛德"，指顷襄王一度牵俗芜秽，故上天（天帝）无从考知他的美德，从而引出他此次射猎失魂之殃。也正可通。金式武先生认定这几句不可能出自宋玉手笔，原因正在于他误认这几句文字乃"屈原自述"，并包含了"露才扬己，显暴君过"之意。现在既经证明，它们恰是宋玉代失魂者顷襄王告求天帝之语，则金氏所断言的宋玉"一不敢自称'朕'"、"二不敢称怀王为'上'"、"三不敢'显暴君过'"云云，便全失去了依据。而且当我在前面已证明《招魂》所招，不可能是楚怀王（见本文第二部分），并指出宋玉之作《招魂》当在"屈原既死"以后，则金先生提出的"反题"，即"确立《招魂》是招楚怀王死魂；承认司马迁讲的'屈原既死之后……'云云；宋玉没有写作《招魂》的时机和时间"①，也便同样失去了辩驳力量：因为宋玉在"屈原既死之后"，固然没有再为早已死去十多年的楚怀王招魂的时机，却完全有条件和时机为射兕失魂的顷襄王写作招魂之辞的。

在这种情况下，人们还能认定《招魂》的作者不是宋玉吗？

[原载《文学遗产》2003 年第 3 期，辑入本集有改动]

---

① 金式武：《〈楚辞·招魂〉新解》，文汇出版社 1999 年版，第 118 页。

《高唐赋》与先秦的"山水审美"

"宋玉恃才者,凭虚构《高唐》。"①宋玉所作的《高唐》《神女》等瑰玮奇赋,曾经在五四以后的六七十年间,被大多研究者断为伪作。只是到了 20 世纪 70 年代,山东临沂银雀山一号楚墓出土了《唐勒》赋残简,至 20 世纪 90 年代,经过学者们将其与所传宋玉《大言》《小言》赋等作品进行比较,而确认此赋与《大言》《小言》等赋均为宋玉所作后,"伪作"说才逐渐被动摇,所传宋玉的赋作终于获得了大多学者的认可。这就为我们讨论《高唐赋》与先秦的"山水审美"课题,确立了一个重要前提。

宋玉的《高唐赋》②,是在先秦文学中表现"山水审美"的最重要的作品。在这篇赋作中,自然山水(巫山高唐山水)第一次成为文学表现的主体对象,被审美地加以描绘和赞颂,并且具有了宏伟的整体观照和多层次的形态展现,创造了一个雄丽壮美、可歌可叹的山水奇境。《高唐赋》的出现,标志着"山水审美"在中国古代的文学表现中,进入了一个新的时代。

一、诗骚:先秦"山水审美"的确证及其表现进展

在对中国古代"山水审美"课题的研究中,有一部分学者提出:将山水作为客观对象加以观照和表现,这只是魏晋时期人们才真正具备的审美态度。先秦时代人们对山水的态度,还停留在"以山水比德"的发展阶段,根本谈不上是一种"山水审美"。

这种意见是否妥当?我们认为不妥。

---

① 于濆:《巫山高》,载陈贻焮主编:《增订注释全唐诗》(第 5 册),文化艺术出版社 2001 版,第 355 页。

② 萧统选编、李善等注:《六臣注文选》,浙江古籍出版社 1999 年版,第 327 页。

什么是"山水审美"? 那就是人们在观照山水时,能以客观的"无功利"的态度,去感受和体味它们的美好动人,从而产生身心的愉悦和快感。从这一要求看,我们根本不能相信:那在先秦西周、春秋直至战国的漫长岁月中,人们对自然、社会中各种线条形式、音声、色彩、香气、美味,早已具有了美感,并且在日常生活的宫室建筑、车马服饰、美食品味、宝物玩好、娱乐欣赏中,化为普遍的"美"的追求和体验的状况下,居然还不能发现和感受所见山峦草木、溪流江波之形态、色彩、音响之美,居然还不能对山水之景加以欣赏和品味! 先秦时代的人们,诚然爱以"山水"比"德",运用山水来比拟人的美好德行(这在魏晋以后还如此)。但有一点非常清楚:当人们在进行这种比"德"的时候,恰是以对山水的"审美"体验为基础的。倘若他们还不懂得体味山水之美,又何以会用山水来比拟人之"美"德呢?

那在西周时代,为送辅助周室的申伯荣归封地而执笔"作诵"的尹吉甫,开笔即叹"崧高维岳,骏极于天",并以此引出"维岳降神,生甫及申"之句①。这正表现着大夫尹吉甫对雄峻耸峙的山岳之赞美,并以之比拟对申伯、甫侯的敬仰。倘若他当时对雄山大岳还根本缺乏客观的审美态度,则又何以会用山岳的雄奇之美来赞美这两位贤辅? 那在春秋时代,主张"仁者乐山"的哲人孔子,甚至可以品赏最为"抽象"的音乐作品《韶》乐,称之为"尽美尽善"②,并为之"三月不知肉味"。又怎么能对他家乡所在、最为直观而气象万千的泰山,却不具备品赏、体味的客观审美态度? 倘真如此,他又何以能生出"登东山而小鲁,登泰山而小天下"③的高远、壮大的审美感受?

打开表现这一时期社会生活的诗歌总集《诗经》,我们能读到许多反映人们赞美和表现山水之景的诗句。如《小雅·斯干》之"秩秩斯干,幽幽南山。如竹苞矣,如松茂矣",描绘周宣王修建宫室的环境,展示了何其清美的南山、溪涧之景,以及那茂盛而充满生机的竹丛和松林! 又如《周南·葛覃》之"葛之覃兮,施于中谷,维叶萋萋。黄鸟于飞,集于灌木,其鸣喈喈",描摹女主人公采刈葛藤的山谷之景,从一碧如染、蔓延山谷的幽清中,转换出"喈喈"鸣啭的黄雀,飞

① 《大雅·崧高》,《十三经注疏》(上册)之《毛诗正义》,中华书局1980年影印版,第565页。
② 《论语·八佾》,《十三经注疏》(下册)之《论语注疏》,中华书局1980年影印版,第2469页。
③ 《孟子·尽心上》,《十三经注疏》(下册)之《孟子注疏》,中华书局1980年影印版,第2768页。

集在青翠摇晃的灌木丛上。字里行间正表现着女主人公对采刈葛藤的山谷、林鸟的真切审美感受。即使是表现伐木工人劳苦之情的《魏风·伐檀》,在描述"坎坎伐檀兮,寘之河之干兮"的繁忙场景时,也不忘记描绘"河水清且涟猗""河水清且沦猗"的清波跌宕之景;即使是表现征伐战争场景的《大雅·常武》,在描摹周王之师雄壮推进景象时,还插进了"如飞如翰,如江如汉,如山之苞,如川之流"的比拟,体现了当时人们对江、汉、山、川那雄壮、澎湃气象的审美体验,从而用以比拟周王之师的气象。

这些都可证明:早在先秦的《诗经》时期,人们已经注意到了生活于其中的山水景物之美,并且对山水具有了观照、品赏的相当真切的审美体验。也就是说,对山水的审美"发现",早在《诗经》时代即已实现,并不像某些学者所断言的,要推迟到"魏晋时代"。

当然,确证《诗经》时代人们已经对山水具有观照、欣赏的审美态度,懂得品赏山水之美(这正是我与某些研究者的分歧之处),并不等于说,《诗经》时代对山水审美的文学表现,也已经达到了相当高度。无须细加考察便可发现:尽管当时人们已经懂得山水审美,但是在他们的歌诗创作中,山水之景并没有成为表现重点;诗中尽管出现了一些描摹山水之景的诗句,但毕竟只是片断或陪衬;而且歌诗作者描述山水之景,主要还是为了引出抒情(这就是朱熹所谓的"先言他物以引起所咏之词)和创造某种情感氛围。对山水景物的表现,显然还缺乏一种整体的观照和多层次的展开。即以前文所举《斯干》为例,其对周宣王宫室所处南山之景的描绘,虽然颇有美感,却也止于所举四句而已,并没有构成全诗的表现主体。《大雅·崧高》开笔描摹"崧高维岳,骏极于天",气象雄伟,但它的出现正是作为比拟和象征,以引出接着的"维岳降神,生甫与申"二句,从而将赞美主体转向了宣王的辅弼大臣甫侯和申伯。就整首诗来说,它无疑不能算作表现山水审美的作品。正是基于山水审美在《诗经》中的这一表现局限,清人恽敬在《游罗浮山记》中指出:"三百篇言山水,古简无余词。"今人钱锺书亦确认:《诗经》的写景,"涉笔所及,止乎一草、一木、一水、一石"①。

---

① 钱锺书著、舒展选编:《钱锺书论学文选》,花城出版社1990年版,第18—19页。

山水审美的文学表现,自春秋而到战国,在伟大诗人屈原的楚骚作品中,有了令人瞩目的进展。这在《九歌》的《湘夫人》《山鬼》、《九章》的《涉江》《悲回风》等作品中,体现得尤为分明。如《湘夫人》中的"嫋嫋兮秋风,洞庭波兮木叶下"二句,在一派秋日长天下,展现阵阵秋风掀动洞庭湖之浩渺水波,又转出四岸山林叶落纷纷的苍茫景象,境界凄清而空阔。《山鬼》篇表现迎神巫者赴山中接迎神灵,描摹了山路曲折中"终不见天"的"幽篁",登临山巅时"云容容兮而在下"的缥缈,以及山林穿行中"石磊磊兮葛蔓蔓"、"风飒飒兮木萧萧"的所见所闻,同样是以山水之景烘托主人公心境的绝妙之笔!

特别值得注意的是,《涉江》《悲回风》的山水描绘,已具有了相当的时空规模和气象:

> 深林杳以冥冥兮,乃猿狖之所居。山峻高以蔽日兮,下幽晦以多雨。霰雪纷其无垠兮,云霏霏而承宇。(《涉江》)

> 冯昆仑以瞰江兮,隐岷山以清江。惮涌湍之礚礚兮,听波涛之汹汹。纷溶溶其无经兮,罔芒芒之无纪……漂翻翻其上下兮,翼遥遥其左右。氾滴滴其前后兮,伴张弛之信期。(《悲回风》)

《涉江》一节写深林、峻峰、猿啼、雨雪,笔墨不多,展现的山林境界却苍凉、幽寂。《悲回风》一节展开登昆仑远眺岷江之景,又融入了浪漫主义的想象色彩:辽阔、苍茫,真可将读者带入一种无际、无尽的悸动和哀愁之中。其中对滚滚江涛上下、左右极有层次的景象描绘,不禁令人联想到后世枚乘《七发》"观涛"一节的展示方式。

从这些都可看到,屈原楚骚的山水审美表现,已经突破了《诗经》那止乎"一水、一石"的狭隘范围,而有了一定的格局。这里不仅有空间上的扩展和景物形态的描绘,高低、远近、峻峰、幽林,勾勒出极有层次的图景,具有了开阔的气象;而且有了时间、景物的更迭和转换,动静之态的变化和映衬:从夏秋的多雨,写到冬末的霰雪;从波涛涌起时的惊骇景象,写到水流潺湲时的"芒芒"、"溶溶"。这样的描绘方式和表现气象,无疑是对《诗经》山水审美表现的极大推进,其所创造的山水境界,也已远非《诗经》所可同日而语了。所以南朝著名文论家刘勰就欣喜地称叹楚骚"论山水则循声而得貌";上引清人恽敬更赞扬山水描写"至屈左徒而后瑰怪之观,远淡之境,幽奥朗润之趣,如遇于心目之间"了!

但是,在充分评价楚骚山水审美表现上的瞩目进境的同时,我们还不得不遗憾地指出:即使是屈原,也还没有将山水作为诗作的表现主体之一,而集中加以描绘。楚骚的"山水审美"表现,从总体上说,还是处于陪衬的地位,服从于主体的抒情需要而被展开的。以至于人们至今也不能不承认:在屈原的创作中,并没有哪一篇诗作,可以被称之为赋咏山水之作。

二、《高唐赋》:先秦"山水审美"表现的重大突破

从"山水审美"文学表现的全景看,屈原诗作中的"山水审美"表现,还没有获得独立的地位。这个使命对于重视"发愤以抒情"的屈原来说,似乎原本就不必由他来担当的。

这或许正是继屈原而起的宋玉的幸运之处。宋玉是屈原楚骚的杰出传承者,他的《九辩》,正是在继承屈原抒情长诗《离骚》传统的基础上,又努力有所创造而成的名作,并为他在后世赢得了影响深远的声名。

但若从宋玉的文学创新意义而言,我认为:他的《高唐赋》完全可以压倒《九辩》,而成为他贡献给文学史的独创性成果的一大代表(其他如《招魂》《登徒子好色赋》等亦如此)。《高唐赋》是中国先秦"山水审美"文学表现中,最具有重大突破意义的作品,这种"突破"主要有以下两点:

第一,在这篇赋中,自然界的"山水"之景,第一次昂首阔步进入宋玉笔下,成了整篇赋作的表现主体和中心。

前文已经指出,在《诗经》和屈原的楚骚作品中,均已出现描摹山水之景的内容。但从其在作品中所处地位和所占篇幅看,又均显示了某种片断性和附属于抒情需要的特点:"山水"毕竟只是"外物",而诗歌表现的主体,则是"人"。"外物"山水在诗中围绕主体"人"而存在,受"人"所驱使,成为"先言他物"而引出"人"之情思的由头和陪衬。这可以说是从《诗经》到楚骚"山水审美"表现中的"铁门槛",没有哪一篇作品突破过这个限制。宋玉的《高唐赋》则不然。

这篇赋作以"楚襄王与宋玉游于云梦之台,望高唐之观",见到那"崒兮直上,忽兮改容"的云气,引出先王(楚怀王)游高唐梦遇"巫山神女"的绮丽传说,而激起楚襄王对巫山高唐山水的向往之情,作为序言。而后在襄王"试为寡人赋之"的要求下,由宋玉以雄奇的辞采,描述巫山高唐山水的"高矣显矣,临望远矣。广矣普矣,万物祖矣。上属于天,下见于渊。珍怪奇伟,不可称论"的奇境。全赋表现的对象,完全撇开了"人"而转向了高唐山水,而且赋文对高唐山水的描摹,也不再只是片段或陪衬,而是构成了赋文的主体。像这样从赋题到赋文的铺展,全集中在外在对象"山水"上,并将其作为表现的主体和中心的,《高唐赋》实在是开天辟地第一篇!这难道还不是对诗骚"山水审美"表现对象上的重大突破吗?

第二,《高唐赋》的"山水审美"表现,带有宏伟的整体布局,而且注意在多层次中展开,创造了"蔚如雕画"的山水审美奇境。这又是在"山水审美"表现艺术境界上的重大突破。

前文已经说到,诗骚对山水的描绘,完全处于主体抒情的陪衬地位。所以,尽管从局部看,其中的山水景物描绘,也创造了形象动人的境界(如《诗经》),甚至带有了相当的格局和气象(如楚骚),但受服务于主体(人)的抒情需要的限制,山水之景在诗骚中还无法展示其宏伟的整体,及其变化多姿的各个层面。

而《高唐赋》既已将巫山高唐山水作为表现主体和中心,宋玉正可放笔铺写它的全景及其各层面的特点。他首先以极大的气势,在天地之间大笔勾勒高唐山水那"高矣显矣,临望远矣。广矣普矣,万物祖矣。上属于天,下见于渊"的无可"仪比"之体貌,令读者一下就置身在"巫山赫其无畴"的巉岩高处,领略那奔腾其下的万壑壮水。接着的"濞汹汹其无声兮,溃淡淡而并入",以萧淡的墨色展开"百谷俱集"前的众溪交汇之境,妙在寂然"无声"。至"滂洋洋而四施兮,蓊湛湛而弗止"——无声的四聚终于变为浩荡的雄会,并蕴蓄着即将推涌的可怕激荡。当宋玉写到"长风至而波起兮,若丽山之孤亩"时,便笔底挟雷,刹那间雄涛沸怒、万浪如山,"砾磥磥而相摩兮,嵯震天之磕磕":使寂寂的高唐,陡然笼盖在一派惊天动地的巨响之中!但宋玉还不肯驻笔,接着又以"沛沛"腾兴的云气映衬,以虎豹、雕鹗的"跳骇"、"伏窜"渲染,将这景象表现得既壮浪雄恣、又多姿多态。这一部分描绘,其气象、声势,简直可与后来枚乘《七发》对曲江涛的描摹媲美!这样的描摹,虽均出于宋玉的"凭虚"构想,但其整体构思之雄伟,文思之瑰奇,都格外令人惊叹。

宋玉对高唐山水之景的描绘,还特别注意到根据对象特征,而不断改换运笔的力度和节奏,显示了精妙的"张弛"变化艺术。当其居高临下俯瞰高唐万壑壮水之时,行文显示着涛浪如雷的震荡;而当其笔下转换出曲折崎岖的山间"中坂",让读者放目远望山山岭岭的草木花树时,运笔即随之改变,一下变解衣磅礴的泼墨挥洒,为色彩明丽的轻笔点染——

> 中阪遥望,玄木冬荣。煌煌荧荧,夺人目精。烂兮若列星,曾不可殚形。榛林郁盛,葩华覆盖。双椅垂房,纠枝还会。徙靡澹淡,随波闇蔼。东西施翼,猗狔丰沛。绿叶紫裹,丹茎白蒂。

俯临着澎湃雄涛的,竟有如此繁花似锦的旖旎秀色!当读者刚被百谷俱集的气势惊得心悸魄骇之际,徜徉在这清美芬芳的花木之间,该又何其惬意而爽心!

到了《高唐赋》之结尾,宋玉又带领读者从山腰升至山之峰巅,去领略高唐观周畔的神妙之境。这时展开在人们眼间的,又竟是何其蓬勃的一片奇葩——

> 上至观侧,地盖底平。箕踵漫衍,芳草罗生。秋兰茝蕙,江离载菁。青荃射干,揭车苞并。薄草靡靡,联延夭夭。越香掩掩,众雀嗷嗷。雌雄相失,哀鸣相号。王雎鹂黄,正冥楚鸠。姊归思妇,垂鸡高巢,其鸣喈喈。

这里"秋兰"罗生,"茝蕙"丛丛,还有"青荃""射干""江离""揭车",全都鲜嫩丰茂,相倚相偎,播送着或浓郁、或清幽的芬芳!当人们正陶醉在这一派袭人的花气之中时,耳边忽又传来了千鸣百啭的不尽鸟鸣——那是"王雎"、"鹂黄"在欢叫,"楚鸠"、"垂鸡"之啁啾,其中当然还夹杂着杜鹃鸟、思妇鸟凄凄思归的悲啼。

综观全赋,宋玉对高唐山水的描绘,由飘忽在它峰巅的"朝云"

之气引出,而后结合着巫山神女梦会楚王的绮丽传说展开,最后又在楚王"游猎"的缥缈烟云中收结——使它奔腾百谷的雄奇涛浪,辉映山崖的明丽花树,"若生于鬼,若出于神"的怪岩叠嶂,以及那峰巅的芳草奇葩、百啭鸟鸣,被表现得宏奇壮丽、旖旎多姿。雄奇处撼心动魄,苍凉处如闻神女幽叹,显示的正是富于南楚情调的瑰奇之思。《高唐赋》对山水之景的壮奇而充满浪漫想象的描绘艺术,真可令千古读者为之惊叹!这样的"山水审美"表现,无疑是对诗骚的重大突破。它所创造的"山水"奇境,恐怕也只有汉代枚乘的《七发》、司马相如的《子虚》《上林》诸赋中对山水的描绘,方可与之分庭抗礼。

三、余论:"山水审美"表现何以在赋中首先走向成熟

有的研究者以为:宋玉《高唐赋》对巫山高唐山水的描绘,全在神奇的虚构和想象中展开,这与对具体山水的现实审美显然是不同的。我们怎么可以将它视为是对"山水审美"的一种成熟的文学表现呢?

我们的回答是:当然可以。因为文学上的虚构和想象,都有其现实经验的依据或凭借。《高唐赋》对巫山高唐山水的描绘,虽多出于宋玉的虚构和想象,但其中正包含着他对现实山水之景的丰富审美感受和体验在内。宋玉生长在山水雄奇的南方楚国,对于"三楚"那雄峻、秀美的青峰翠嶂,对那在山峡中奔腾沸涌的江、汉奇水,当然有着长期的观览体验,有着丰富的视觉、听觉的意象积累。当其在创作《高唐赋》的时候,这些现实山水审美的体验,当然会伴随着纷纭的视觉、听觉意象,浮现在他的脑海,奔涌到他的笔端,并借助神奇的想象,经过汇聚和重组,化为充满神话意蕴的巫山高唐山水之奇境。这样的文学表现,正如前面所说,已大大突破了诗骚"山水审美"表现的局限,而走向了令人叹为观止的成熟。

由此也向人们提出了一个值得思考的问题。从前面的考察可知,先秦时代的人们在《诗经》时期已经被确证,他们早已对客观山水之景产生了美感,具有了观赏、品味山水之美的审美能力。但是通览先秦"山水审美"的文学表现状况,却可发现:这个时代对"山水审美"的文学表现,却并没有在当时处于主流,并且在艺术表现上取得了瞩目成就的《诗经》中得到展开,也没有在崛起于南方,在诗歌艺

术的创造中划出了一个时代的屈原作品中达到成熟,而恰是在继诗骚而后起的宋玉的赋体作品中走向了成熟。这究竟是什么原因呢?

我以为,这大抵与以下原因有关。

一是与古人对于诗、赋不同文体的表现功能和特征的认识有关。

自从《尚书·舜典》提出"诗言志"①这一"开山纲领"以后,"诗以言志"(《左传》襄公二十七年)②、"诗以道志"③、赋诗"明"志④,几乎成了先秦时代人们对诗之功能的共同认识。歌诗主要是表现人们的情志的,诗中即使对人们的境遇、遭际、生活景象有所描述,但都要围绕抒写人的情志这个中心,而不能"喧宾夺主",让外在景物成为表现中心。在这种对诗歌表现功能的传统观念支配下,人们尽管在现实生活中对外在的山水之景,颇多美好体验,充满赞赏之情,但一般都不会感到有在"言志"的诗中,将山水之景作为主体,对它们作充分描绘、展现的需要。只有当外在的山水之景,与表现人之哀乐情思有关联时,才有可能被片断式地写入诗中,作为抒发情志的"比兴",或情感氛围的烘托。正是这种传统,制约着人们的歌诗创作,使"山水审美"在《诗经》甚至屈原的楚骚作品中,并没有得到文学表现上的充分展开。

而在屈原之后,到了"皆好辞而以赋见称"的宋玉等创制的赋体,其表现功能则逐渐地与歌诗分道扬镳,而更多担负起了"体物"、"图貌"的描绘物象功能。正如刘勰在总结"赋"之文体特征时指出的:"赋者,铺也,铺采摛文,体物写志也";"赋自《诗》出,分歧异派。写物图貌,蔚如雕画。"⑤由于"赋自《诗》出",所以在相当一段时间里,人们对赋的认识,总还撩拨不去那重"写志"的传统影响。但是,其"铺采摛文"、"写物图貌"的功能特点,毕竟给赋家打开了一扇偏离写志而以外在物象作为表现中心和主体的艺术创造之门。宋玉正是在诗、赋分流的初始期,开始了自己的伟大创造。正是宋玉把握了赋之"铺陈"和"写物图貌"的特点,大胆地创制有别于诗骚的"赋"

---

① 《十三经注疏》(上册)之《尚书正义》,中华书局1980年影印版,第131页。
② 《十三经注疏》(下册)之《春秋左传正义》,中华书局1980年影印版,第1997页。
③ 《庄子·天下》,载《二十二子》,上海古籍出版社1986版,第84页。
④ 见屈原《九章·惜诵》:"恐情质之不信兮,故重著以自明。"
⑤ 王运熙、周锋撰:《文心雕龙译注》,上海古籍出版社1998年版,第59、65页。

体①,并将其表现主体由"人"转向了自然外物(如《高唐赋》《风赋》《笛赋》《钓赋》等),凭借自己的文学才华,对外物之形态、风貌,作"蔚如雕画"的铺陈和描摹。"山水审美"由此作为宋玉赋作的一大主体,进入了文学表现的新天地。它之所以能在赋体中首先走向成熟,当然与人们对"赋"体的功能和表现特征的认识有关。

二是与古人对作赋才能的重视,以及宋玉自身的创造才华有关。

古人重视"诗",但有相当多的资料可以证明:古代的君王、士人,同时重视人们作"赋"的才能。班固曾经指出:"不歌而诵谓之赋,登高而赋可以为大夫。"②为什么"可以为大夫"? 班固接着解释说:"言感物造端,材知深美,可与图事,故可以为列大夫也。古者诸侯卿大夫,交接邻国,以微言相感,当揖让之时,必称诗以谕其志,盖以别贤不肖而观盛衰焉。"

班固的解释,有一部分与"赋诗言志"有关,姑且不论。这里值得注意的,是班固提到了"感物造端,材知深美"的问题。这正指明了"登高能赋",还涉及人之观览外物,而能随机描摹所见景象的智力和才华的问题。这种智力和才华,不仅可供外交聘问的辞令应对、不辱使命之政治所需,当然还可以供君王、贵族的日常观赏、娱乐所需。这种"可以为大夫"的需求,当然会鼓励士人热衷于作"赋"以显示才华的实践。我们看宋玉赋中,多处描述宋玉、唐勒、景差,在楚襄王面前赋《大言》《小言》《御赋》,以比赛才华,并可得"上座"和"奖赏",即可感受到当时的这一风气③。

我们知道,文学史上任何一种文体的兴起及其发展,都不仅与对这种文体的社会需求有关,而且与富有才华的一代创造者(即作家)的出现有关。中国古代对赋体发展和在"赋"中表现山水之美的需求,同样呼唤着一代"材知深美"的赋家之出现。而宋玉,正是这样

---

① 从目前见到的作品,以赋命篇当自宋玉始。故刘勰《文心雕龙·诠赋》称:"荀况《礼》、《智》,宋玉《风》、《钓》,爰锡名号,与诗画境。"宋玉当在荀况稍前,《史记》称荀况"年五十,始来游学于齐",后"适楚","春申君以为兰陵令"。故推测宋玉以赋命篇比荀况早。

② 班固:《汉书·艺文志》,载上海古籍出版社、上海书店编《二十五史》,上海古籍出版社、上海书店1986版,第531页。

③ 吴广平,《宋玉集》,长沙:岳麓书社2001年版,106、110页。到了汉代,诸侯王和武帝朝,由于上层统治者的爱好辞赋,奖掖作赋优异者,这种风气尤盛。

一位"体貌闲丽,口多微词"①而富有才华的作家。他之能够在与楚襄王"游云梦之台"的率尔之际,应楚襄王"试为寡人赋之"的要求,不假思索,脱口而诵,将巫山高唐之景,表现得如此雄奇壮美、"蔚如雕画",就不仅凭借了他日常对楚地山水审美的丰富体验,更凭借着他想象瑰奇、辞采焕发的文学才华了。

正是有了宋玉,先秦的"山水审美"表现,得以在《高唐赋》中走向成熟,并在汉代,影响到枚乘、司马相如、扬雄等赋家,在他们的赋作中,形成古代"山水审美"文学表现的第一波高潮②。

[原载《安徽师范大学学报》(人文社会科学版)2010年第6期,辑入本集有改动]

---

① 宋玉:《登徒子好色赋》,见吴广平《宋玉集》,长沙:岳麓书社2001年版,79页。
② 到了晋宋之际,山水诗的兴起,应是继山水赋后,山水审美在文学表现中出现的第二波高潮。

评楚辞研究中的"图腾"说

　　运用原始民族中所一度流行的"图腾"崇拜习俗,来考察楚辞神话和屈原诗作,是近些年来楚辞研究中的一大风气。这种考察,对于开阔人们的视野,深入了解楚辞神话所涉及的华夏诸族的源流和习俗,认识原始崇拜对屈赋创作中神奇想象的影响,无疑是有意义的。但由于历史提供的上古民俗资料如此稀少,残存的神话、传说又零碎散缺,在进行考察和判断时,必须十分审慎;特别是在运用种种判断于屈赋作品意蕴的演绎时,更应该谨慎。在这方面坚持"知之为知之,不知为不知"的态度,才是可取的认真态度。倘若全然不顾所考察资料的匮乏和零碎的实际,仅凭一鳞半爪的神话传说贸然推演,就非但无助于事实真相的揭示,反而会造成混乱了。

　　令我担忧的是,近些年来楚辞研究中对楚族"图腾"的探寻,以及运用"图腾"崇拜之说演绎屈赋意蕴的状况,就正带有这一特点。下面试结合有关研究实例作一简要评述,并提出我的一些粗浅看法。

一、莫衷一是的楚族"图腾"探寻

　　楚辞研究中的"图腾"说,首先集中在对楚族"祖先图腾"的探寻上。

　　多少了解一些"图腾"研究历史的人们都知道,自英国商人朗格在1791年出版的一部游记中,首次记述北美印第安人的"图腾"崇拜习俗以后,不断发现的类似习俗,使不少人类学、历史学家相信,"图腾"崇拜的习俗似乎不仅"广布于南北美洲、非洲、澳洲及太平洋群岛等低级文化民族间",而且"在一切文明民族的风俗习惯、宗教信仰等文化残存物中……仍可发现此制(按:指"图腾制")的痕迹",

所以"图腾制实占人类社会生活史上一大过程"①。所谓"图腾",原为北美印第安阿尔衮部落鄂吉布瓦人的方言,意为此族的"血缘"、"亲属"。图腾崇拜的核心,在于确认自己族团与某些动植物或其他物体"有血缘关系"。这种"血缘关系",包含有以动植物或其他物体为"祖先"、"亲属"(例如"父亲"、"兄弟"),或"从灾难中救助其部族祖先的恩人"等多种情况。由此形成了尊崇和祭祀图腾物以求福佑,以图腾物为氏族标记,不准杀戮、取食或毁损图腾物,同一图腾族内成员间不得通婚等习俗和禁忌。

这种将某族的祖先与动植物等联系起来的现象,在我国的上古神话和古史传说中也不乏其例。例如"天命玄鸟,降而生商"的传说(《诗经·玄鸟》),"伏羲鳞身,女娲蛇躯"的壁画(王延寿《鲁灵光殿赋》),以及"有蟜氏女登"游华阳,"有神龙首感,生炎帝,人身牛首"的记述(《帝王世纪》)等。这使我国不少古史和民俗学者相信,在远古的华夏诸族中,也曾有过类似于北美等洲的"图腾"崇拜习俗。楚辞研究中的楚族"图腾"探寻,正是在确认这一结论的前提下展开的。

楚人的远祖乃"高阳氏颛顼",始祖则为"祝融"。学者们对楚族"图腾"的考索,大多从颛顼、祝融的传说入手,但在具体判断上,却出现了极大的分歧。

一种意见以闻一多先生为代表,确认楚人之"图腾"为"龙"。早在20世纪40年代,他即在《龙凤》一文中指出:"就最早的意义说,龙与凤代表着我们古代民族中最基本的两个单元——夏民族与殷民族,因为在'鲧死,……化为黄龙,是用出禹'和'天命玄鸟(按:即凤),降而生商'两个神话中,我们依稀看出,龙是原始夏人的图腾,凤是原始殷人的图腾"。"楚是祝融六姓中芈姓季连之后,而祝融,据近人的说法,就是那'人面龙身而无足'的烛龙,然则原始楚人也当是一个龙图腾的族团。"在《伏羲考》中,闻氏不仅从对伏羲、女娲"人首蛇身神"及"二龙传说"的考察中指明,"它是荒古时代的图腾主义的遗迹";而且首先提出了"龙图腾"的形成,乃在于"那图腾单位林立的时代,内中以蛇图腾为最强大"的团族,"兼并了、吸收了许

---

① 岑家梧:《图腾艺术史》,学林出版社1986年版,第1页。

多别的形形色色的图腾"团族,"接受了兽类的四脚,马的头、鬣和尾,鹿的角,狗的爪,鱼的鳞和须"的结果。这综合式的龙图腾团族,大抵包括了古代所谓"诸夏"和至少与他们同姓的若干夷狄,"起初都在黄河流域的上游",后来也许因受"东方一个以鸟为图腾的商民族的压迫",一部分向北迁徙(即后来的匈奴),一部分向南迁移(即周初南方荆楚、吴、越各"蛮族")。在闻氏看来,"夏"与楚人为"龙族",那是确定无疑的。

一种意见则以当代学者张正明、李诚为代表,确认楚人之"图腾"为"凤"。张正明先生在《凤斗龙虎图像考释》(《江汉考古》1984年第1期)以及《楚文化史》(上海人民出版社1987年版)中,从"凤是祝融的化身"、"祝融部落集团所依附的高辛部落集团,也以鸟为图腾"、"在楚国的文物中,凤的雕像和图像多得数不胜数"以及"先秦之世,唯独楚人好以凤喻人"等方面,证明"楚人的先民以凤为图腾"。此一见解得到了不少楚辞学者的支持,其中尤以李诚先生最为坚决。李诚在其《楚辞文心管窥》一书中,一反闻一多以北方诸夏及楚人为龙图腾族团的见解,从《离骚》所称"帝高阳"颛顼的"葬地",他的"裔子"(羽民之国)、"老师"(伯夷父)、"叔父"(少昊)等在神话记载中均与"凤皇"、"鸢鸟"有关,颛顼后裔大禹在征三苗时,还得到"神人而鸟身"者的庇佑等例证明:"远古的颛顼一族乃是以鸟(其中主要代表即凤凰)为崇拜图腾",故"传说中的先楚氏族也应当盛行对鸟图腾的崇拜"。李氏还从广泛得多的神话传说片断中推断,不仅是"高辛""帝俊""祝融""禹启",甚至"黄帝""鲧""尧""少昊""稷""辱收""句芒""玄冥""屏翳""飞廉""羲和"等,也都"属于凤凰(鸟)氏族",只有"轩辕""伏戏""女娲""共工""羿"等属于"龙蛇氏族"。所以,"凤凰,是北方华夏诸氏族崇拜的主要的图腾;龙,则主要是南方少数民族氏族所崇拜的图腾"。

一种意见则以萧兵、龚维英为代表,根本否定楚人以"龙"、"凤"为主要图腾的意见,而提出了楚人图腾的"极难确定"和多"层次"之说。萧兵先生在《〈楚辞〉里有没有"龙船"和"方舟"》一文[①]中指出,"凤凰——猛禽崇拜确实浓重地在楚人的'集体无意识'里",但"还

---

① 萧兵:《〈楚辞〉里有没有"龙船"和"方舟"》,载《楚文艺论集》,湖北美术出版社1991年版。

很难说它就是楚人的图腾";"凤在楚文化里地位虽然显要,但是龙也并非低下庸劣。楚文物里有大量'神龙'的母题"。他因此认为,楚人的图腾"复杂透顶,极难确定"。但他又含糊地指出了楚族"图腾"的多种可能"因子":楚人是"以江汉平原、洞庭湖周边的土著为基干,融合四方迁来的游动集团的血液而形成的,古属南方苗人集群。这个集群主要以蛇、犬或'葫芦瓜'为图腾,至今还可在楚文化、楚文学里发现一些蛇崇拜、犬崇拜、葫芦崇拜的痕迹构造",但是"还很难说什么是楚人的'图腾'"。所以他又将目光转向楚王族:"楚王族以'芈'为姓,'芈'是羊的叫声……看来楚王族跟西北羌人'羊图腾'集团有远缘血亲关系,但是证据还太少,'熊图腾说'理由却充足得多。比如楚王多以'熊'为名,而且屈原赋里曾经化为'熊'的治水英雄鲧禹地位特别崇高"。龚维英先生则从多"层次"的图腾结构说出发,以"楚之嫡祖祝融"是"远古时的'火正'",故"楚族的原生态图腾殆即火";其高祖妣女嬇"出身鬼方",所生季连"芈"姓,故"楚族的准原生态母系图腾是羊";楚族的酋长多以"熊"冠名,故其"准原生态父系图腾是熊";自此以下,还有"鱼、龙、鸟、桃、虎"等"次生态图腾"①。

请看,仅仅在探寻华夏诸族之一支"楚族"的"图腾"上,就出现了如此莫衷一是的众多说法,岂不令人看了头皮发麻!之所以会出现这种状况,恐怕与前面所说我国现存上古民俗资料的极其稀少,以及研究者们进行考察的途径、方法有关。大家知道,西方的人类学家、原始社会历史学家对"图腾"制的研探,走的是一条对现存原始部落作实地考察和调查的路子,其论述均以实际存在的生活习俗为依据,因而较有说服力。例如美国学者摩尔根,青年时期就参加过一个研究印第安人的学会"大易洛魁社",并"屡次访问印第安人居留地,观察他们的生活方式,探询他们的风俗习惯,研究他们的组织机构",甚至还"被易洛魁人中的塞内卡部鹰氏族收养为其成员"。此后,他还"精心设计了一份详细的调查表格",寄给"在印第安人中传教的牧师或某些印第安人,以及远在太平洋各岛屿、远东、非洲等地的一些人",托他们代为调查有关民俗。这就使他《古代社会》第二

---

① 龚维英:《原始崇拜纲要》,中国民间文艺出版社 1989 年版。

编对各族原始部落习俗、制度的剖析,均有了较为充分的实证依据。但是,上述楚辞学者对楚族"图腾"的探寻,却完全缺乏原始楚部落留存的习俗、制度实例,只能凭借一鳞半爪的上古神话传说记载作推断,或者求助于对有关传说祖先姓氏、名号的音义之猜想。这样的考察途径和方法,就很难说有多少科学性了。

例如李诚先生的考察取例,就带有相当的随意性和片面性。他对颛顼"葬地"与"凤凰""鸟类"有关的考证,偏偏只取《山海经·大荒北经》所述"鸢鸟""皇鸟""青鸟""玄鸟"之类,而对同一记载所列"虎豹、熊罴、黄蛇"之类虫、兽则视而不见;他举大禹征三苗,有"人面鸟身"之神相辅,却不举禹治洪水有"白面长人鱼身出"、"授禹河图"(《尸子》),"有神龙以尾画地,即水泉流通"(《山海经图》),以及"(禹)通辕辕山,化为熊"(《淮南子》)等传说。倘若李氏能凭自己所引一鳞半爪的记述,判断楚族的图腾是"凤凰",人们岂不亦可凭上引的零星记载,而断其图腾是"熊""虎""鱼""龙"? 而且《山海经·海内经》还记颛顼之父韩流"人面、豕喙、鳞身、渠股、豚止(按:即足)";《大荒西经》记"有鱼偏枯……蛇乃化为鱼,是为鱼妇。颛顼死即复苏";《大荒南经》又记"南方祝融,兽身人面,乘二龙"——这些记述之与楚先"颛顼"、"祝融"形体特点有关,比李氏所举颛顼"葬地"、"颛顼师"、"颛顼之国"等例要直接得多,李氏却全都回避而不加征引。是不是因为这些例证,与他的楚族"凤鸟"图腾的判断颇有抵牾之故呢?

萧兵先生的考察似乎要谨慎些。但他从楚王族"芈"姓的字音为"羊的叫声",推断楚族当与"羊图腾"集团有关;同时因楚王多以"熊"为名,又有了是"熊图腾"的理由。这种仅凭姓氏、名号音义推断的方式,学术界颇为流行。例如闻一多先生曾以伏羲又即太昊,太昊"风姓",即以"'风'字从'虫','虫'与'巳'在卜辞里是一字……译成今语,都是'蛇生的'",证明伏羲以及禹夏之后庖国(也是"风姓"),都是"龙(蛇)"图腾。但同一个闻一多,又以伏羲"伏字《易·系辞传下》作包,包、匏音近古通";"羲一作戏……本字当即瓠","音牺,训'瓠瓢也'",而推断"伏羲"就是"葫芦"(见《伏羲考》)。不少学者因此判断伏羲乃"葫芦图腾"。前些年何新却又提出,"伏与包都是'薄'字的同音通假字……薄就是伟大",推断"所谓伏羲或包羲,其实就是'伟大的羲'"。而"羲"之古音"读作双音节的 xi-e ……亦即'羲俄'或'些'",由此断定"这位伟大的羲……不是别人,正是在先秦典籍中那位赫赫有名的太阳神——'羲和'"①。到了萧兵先生,在其《颛顼考》中又因为"颛臾与颛顼音近,有可能是其后代,而出于风姓……并属大皞(即喾)族系";并引"卜辞风、凤同字",而推断"风姓即以凤鸟为图腾"②。同一个伏羲,就这样在不同学者各执一词的姓氏音义之训诂"通假"中,变戏法似的忽而为"龙(蛇)",忽而为"葫芦",忽而为"太阳神'羲和'",忽而为"凤鸟"! 运用这种方法探寻华夏祖先的"图腾"所属,岂非形同儿戏? 由此反观萧兵(包括闻一多先生)对楚族"图腾"的猜想,恐怕也不足为据。

至于龚维英先生的楚族图腾"多层次"说,除虚拟了"原生态"、"准原生态"、"次生态"等"母系"、"父系"图腾序列外,在考察的途径和方法上,与上述诸家并无不同。如以"祝融"担任"火正",即判断"楚族的原生态图腾殆即火",因为"火、日相通",更推断楚族崇拜的是"太阳神";又以"楚族'筚路蓝缕以启山林'的荆山,亦'多豹虎'",推断楚族"次生态图腾"中有"虎图腾崇拜"等。在推断之片面和随意上,较之于李诚、萧兵诸家,实"有过之而无不及",这里就不多评述了。

二、时代错位的屈赋"意蕴"演绎

如果楚辞研究中的"图腾"说,只停留在对楚族"图腾"的探寻层面上,尽管它在考察途径和方法上并不科学,人们还可以一笑置之。问题在于,研究者们还要将众说纷纭的考察结论,用来演绎屈赋的"意蕴",这就不仅令人惊诧,而且简直难以忍受了。

首先是对屈赋篇名和词旨的演绎。我们且以龚维英先生对《离骚》的演绎为例。龚氏以为楚族的"原生态图腾"是"火",亦即"日",亦即"太阳神"。而"离骚"之"离",恰又与太阳的别名"火离"、"明离"、"阳离"有关;"太阳神鸟则名'长离'、'离朱'",且"离的繁体从'隹',义本为鸟,是日、火、鸟不可分的又一证"。至于

---

① 何新:《诸神的起源》,生活·读书·新知三联书店 1986 年版,第 21 页。
② 萧兵:《楚辞与神话》,江苏古籍出版社 1986 年版,第 209 页。

"骚",也即"乐歌"。所以《离骚》题义应该是'太阳之歌'"。关于《离骚》的词旨和意蕴,则又可从它的主人公,以及诗中涉及的神话人物探求。龚氏以为"诗中的'吾'不能和诗人画等号","他和他的族众"都是"太阳神胄"。《离骚》叙述的"楚祖的精神祖先"颛顼(高阳)"本来也是日神";楚先祖"伯庸——即祝融",则"具有太阳神和火神的双重身份";诗中所叙欲"效法"和追随的"彭咸",亦即巫彭、巫咸,乃是"太阳神巫,太阳神在人间的代言人";女婴则如萧兵先生说"本是艳绝人寰的太阳贞女";重华"本是沅、湘一带苗蛮土著的太阳神";还有"羲和"、"西皇",则分别是"女性日神"和"东夷继老太阳神太昊而出现的新兴太阳神";就是"诗人幻游时三次求女的对象(按:指宓妃、简狄、二姚)",也"无不与太阳神话有关"。根据这些剖析,龚氏以为就可以"揭示《离骚》蕴含的奥秘"了:原来此诗乃是"屈原把太阳家族的'世界集中在自己身上'",通过"神话化的'吾'",唱出了一支"太阳家族的哀歌"①。

　　读罢龚氏的演绎,人们不禁要问:《离骚》所"如怨如慕,如泣如诉"哀歌的,究竟是哪个"太阳家族"? 是远古的"颛顼"族么? 但据龚氏推断,他那"煊赫历史"的后裔"夏后氏族",其"原生态图腾"也是"太阳神",那么"太阳家族"又何曾因此"沉沦"? 是后来终于灭国的"夏族"么? 但继之而起的"商族"集团,其始祖"帝俊"据说还是"太阳神",则"太阳家族"正是相继而兴,又何"哀"之有? 从龚氏所称"荆楚是太阳族,兴衰无不关涉太阳"看,《离骚》所哀的无疑是"楚族"了。但是与楚为敌的秦国,"其先"不也出于"帝颛顼之苗裔孙曰女修"么(见《史记·秦本纪》),那么楚衰秦兴也只是"太阳家族"内部的变化而已,无关乎整个"太阳家族"的命运,《离骚》又何须为之而"哀"? 可见离开屈原《离骚》创作的现实背景,而从"火图腾"、"太阳神崇拜"中去"揭示"其"题义"和"奥秘",是非常离奇而可笑的。

　　其次是对屈赋作品中关键情节的解说。我们且以黄灵庚先生对《离骚》"上下求女"和结尾寓意的演绎为例。黄氏亦以为楚之始祖神颛顼,"其精灵为凤鸟之象",故"楚以凤鸟为图腾"。屈原在《离

---

① 龚维英:《女神的失落》,河南大学出版社1993年版,第80页。

骚》中提出的"从彭咸之所居","含有以自身肉体献祭于血缘始祖的、带有浓烈的原始宗教性质",即"回到先祖帝颛顼的身边去,把肉体奉还于'女祖先'"的一种"回归反本"。故《离骚》的"上征"飞行,是"屈原对死亡的出神遐想";"龙舟、龙车"即为"超度亡灵之工具",图腾祖先"凤鸟"则"充当了导引亡灵登升'反本'的天使"。由于"日神高阳的精灵在楚人的图腾意象中是一只雌性的赤皇,而非雄性的金凤",所以诗中上叩天关的"求帝,即求女,是向居于高丘的女祖女帝'高阳''反本'、回归"。而三求下女,则是"先后三个'反本'祖先'故居'的死亡梦幻"。这些女子"都与太阳家族有密切的关系",但"皆非楚人直系之先,求之不遂当在情理之中"。最后的"西行求女",则象征"从现世至冥世",并反映了"楚族迁徙"的历史,是"顺着高阳氏南迁于楚的线路飞行"。诗之结尾"仆夫悲余马怀"二句,表明诗人"从出神的死亡梦幻中猛然苏醒"时,"不愿从欢乐的帝居下来";所以"乱曰"即意味着"神秘的死亡世界诱引他百倍欢愉地奔彭咸水府,迎接那销魂夺魄的一瞬间的到来"①。

　　黄灵庚(包括前引萧兵、龚维英、李诚)先生是我敬重的学者和朋友,但他对《离骚》的这些解说,我却实在不敢恭维。他仿佛全然不知道,屈原所处的战国时代,早已不是蒙昧、神奇的原始"图腾"世界;屈原本人,也决非是一位尚在"图腾"崇拜浓雾中蹒跚的原始野人。这位在《天问》中对三代兴亡历史作过深入理性思考的哲人,这位在《卜居》《渔父》和其他诗作中,对人生的意义、生死的选择有着深刻的认识和鲜明表白的志士,却竟然在《离骚》中,还沉湎在"神秘的"死亡"遐想"和"欢愉"的"回归反本"梦幻世界!诗人那"路曼曼其修远兮,吾将上下而求索"的美政理想探寻,那对"故宇"、"旧乡"无限依恋的爱国情怀,就这样化作了充满"原始宗教"意味的图腾"献祭"。这究竟是《离骚》的本意,还是黄灵庚先生强加给此诗的奇想,还需要我来加以评判吗?

　　最后还表现在对屈赋中流露的所谓"氏族意识"的附会上。我们仍以李诚先生对屈赋有关内容的阐发为例。李氏在论定"先楚氏族"的图腾乃是"凤鸟"以后,即着手演绎屈原在作品中借助神话传

① 转引自潘啸龙、毛庆主编:《楚辞著作提要》,湖北教育出版社2003年版,第689页。

说表现的"强烈的氏族意识"。他认为后世研究者"多从比兴手法的角度肯定王逸"的"善鸟香草,以配忠贞;恶禽臭物,以比谗佞"之说,其实是不够的。因为从楚之图腾崇拜的角度看,"屈赋中的这类描写的意义,远超过比兴的意义"。首先,"屈赋中存在着许多表现出对凤凰特别尊崇,乃至以之自况的句子",如"鸾鸟凤皇日已远兮""凤皇在笯""有鸟自南兮来集汉北"等。"但是写到龙的时候"就不怎么尊崇了,如"为余驾飞龙"、"麾蛟龙使梁津"等,"无非是些驱使之物而已"。其次,"屈赋中描写了不少凤凰(或鸟)的神话传说故事",但"类似的以龙为中心的神话传说故事在屈赋中却少见"。所以,李氏认为在屈赋中,"屈原更详于凤凰和鸟的种种神话传说;在屈赋中,龙的地位是不能与凤凰相埒的"。为什么会出现这种现象呢?"它恰恰与我们……论述过的先楚氏族以帝高阳颛顼为祖神,崇拜鸟图腾的结论相吻合,它正是'帝高阳之苗裔'的屈原在运用其氏族神话材料时不自觉地流露出的一种氏族意识。"李氏因此断言,"屈赋中的神话传说主要是以鸟作为其图腾的氏族的神话传说","屈原是以这个凤凰(鸟)氏族的文化传统的后裔身份来抒写着这些神话传说的"。

我在前面已经指出,李氏在论述先楚氏族以"凤凰(鸟)"为"图腾"时,运用的是一鳞半爪式的征引方法,而回避了许多与此判断牴牾的神话资料。所以,"先楚氏族"是否以"凤鸟"为图腾,本身还是一个问号。人们现在可以看到,李氏在演绎屈原的"氏族意识"时,采用的恰又是同样的方法。屈原在诗中以凤鸟"自喻",就是"鸟图腾"氏族意识的体现;那么《离骚》中以大量的"芳草"象征诗人品性,是否又是一种"兰、蕙、荃、芷"图腾意识的流露呢?屈赋中以"龙"为驾、使"龙"梁津,就是将其视为"驱使之物而已";那么《离骚》又以"鹥"为乘("驷玉虬以乘鹥")、令鸾"先戒"("鸾皇为余先戒兮"),甚至让"凤皇翼其承旂",则又将凤鸟类"图腾"视作了什么?屈原以"凤皇"之类自喻,就是对鸟"氏族图腾"的尊崇;但他又严厉指斥"鸩""鸠""燕雀"("燕雀乌鹊巢堂坛兮"),是否又是对"鸟"类图腾的鄙视呢?屈原《天问》神话系统中,固然多有"鸟"的成分,但比这更多的则是"焉有虬龙,负熊以游""雄虺九首,倏忽焉在""一蛇吞象,厥大何如""鲮鱼何所?鬿堆焉处",以及"帝降夷羿(李氏以羿为龙图腾族)""女娲有体(李氏亦以之为龙图腾)""妖夫曳衔""惊女"等与"鸟"无关的神话传说。又怎么能够断言,屈赋所传神话"主要是以鸟作为图腾的氏族"之"神话体系"? 由此审视李氏运用"鸟图腾"之说,演绎屈赋表现着屈原"强烈的氏族意识",其结论也便如沙滩上建楼一样毫不牢靠了。

综观上述种种对屈赋"意蕴"的演绎,其最大的失误在于:"图腾"崇拜只是初民在原始状态下的习俗、制度,而春秋战国时代,人们早已大踏步走出了"图腾"崇拜时期,进入了理性觉醒"辉煌日出"的文明发展新时代。我们姑且不论"龙"、"凤"是否曾是原始某些族团的"图腾",但起码在夏、商以来,它们早已经历了数千年的演化,摆脱了或许有过的族团"图腾"的性质,成为融合的华夏诸族自南到北共同尊崇的神异动物。反映在观念形态上,这种尊崇早在商代、周初,就已不再与某种族团"图腾"意识相联系,故在不同族团渊源的商、周文物和典籍中,也不再有"崇龙抑凤"或"崇凤抑龙"的敌视和对峙现象了。但上述学者却不顾这一历史事实,还在用原始族团的"图腾"崇拜,来演绎战国时代屈原诗作的"图腾"意蕴,尊凤抑龙的"氏族意识",岂不是一种荒谬的"时代错位"?

三、余论:拨去楚辞研究的"图腾"迷雾

评述了楚辞研究中的"图腾"之说,我以为可以归纳出三个问题,供楚辞研究者继续思考。

第一个问题:我国古代华夏诸族是否真的盛行过"图腾"崇拜习俗?

提出这个问题,似乎颇有违于某些学者的认识,但我认为实在还有重新探讨的必要。所谓"图腾"崇拜,从西方学者考察北美、澳洲、非洲等留存的原始"图腾"部族状况看,乃是一种确认某些动植物为血亲祖先,并在宗教信仰、祭祀对象、族团组织和生活禁忌诸方面严格贯彻的社会习俗和制度。这与"万物有灵"观念影响下的对天地、日月、星辰、云雷以及动植物的普遍崇拜,并不是一回事。现在许多学者将我国神话传说中的"感孕"生子、动物神灵助人、人与动物互化的记述,均与"图腾崇拜"联系起来,恐怕并不妥当。例如,被学者

们反复称引的"天命玄鸟,降而生商"的传说,曾经是断言原始商族集团以"鸟"为"图腾"者的最重要证据。但若仔细考究起来,商族之后裔却从没有将"玄鸟"、"凤凰"视为血族祖先的丝毫迹象。在这个传说中,被确认为血族祖先的不是"玄鸟",而是"天帝"即祖先神帝俊,它在甲骨卜辞中的称谓是"高祖夒"。晁福林先生在《论殷代神权》①中就曾谈到,他统计了殷人祭祀祖先的 15000 多条卜辞,发现"殷人祭祀时往往极力追溯传说时代的最初祖先",但只有"王恒"、"王亥"、"戜"、"夒"等,绝没有以鸟为祖先神的任何记载。俄国学者普列汉诺夫《论俄国的所谓宗教探寻》指出:当兽形神的观念让位给人形神的时候,以前作为图腾的动物就成为所谓象征。例如,大家知道,古希腊人认为鹰是宙斯的象征,猫头鹰是米纳娃的象征。可惜的是,在商(殷)人祭祀祖先和神灵的卜辞中,却从未有以鸟为祖先神或天神"帝"、"东母"、"西母"象征的实例。相反,倒是发现了"卜辞中多有以鸟为祭品和猎取鸟的记载,甚至把祭祀时飞来的'雉雉'视为怪异,而非祥瑞。从卜辞里找不出殷人尊崇动物和植物的踪迹"。而从现存的神话传说考察,也还有"有人曰王亥,两手操鸟,方食其头"的记述(《山海经·大荒东经》)。这"王亥"也就是殷商卜辞中的"高祖王亥"。如果商族真是以"鸟"为图腾崇拜物的话,这位"高祖"操鸟而"食其头"的行动,也就很难解释了。

由此看来,在商族的发生发展中,究竟存在不存在以"鸟"为血亲祖先,并成为氏族标志、祭祀对象和生活禁忌的"图腾"制社会阶段,实在令人怀疑。

第二个问题:究竟怎样考察我国华夏诸族的所谓"图腾崇拜"习俗?

我在前面评述楚辞学者探寻楚族"图腾"的途径和方法时指出:西方的社会学、民俗学者考察"图腾"制,走的是在现存原始部落作实地调查和实证的路子;而我国由于缺少这类原始部落的留存,走的是从神话传说记载推演的路子。二者的差异和优缺点是不言而喻的。我们只要读一下摩尔根的《古代社会》就可以看出,他对北美印第安人"易洛魁人的氏族"制度的描述,全以考察、调查的民俗资料

---

① 晁福林:《论殷代神权》,《中国社会科学》1990 年第 1 期。

为依据。所以有关"易洛魁人各部落所拥有的氏族",可以——列举,如数家珍。例如曾收摩尔根为其氏族成员的"塞内卡部",共有"1.狼氏;2.熊氏;3.龟氏;4.海狸氏;5.鹿氏;6.鹬氏;7.苍鹭氏;8.鹰氏"八个氏族组成。关于氏族成员的"权利",首领的选举方式,婚姻制度,命名特点,宗教庆典,墓葬形式等,也都有详细的说明。摩氏在论析中当然也时有推测,但这种推测因为以确凿的事实作凭借,故具有相当的可信性。例如他指出:"在美洲各地的土著中,所有的氏族都以某种动物或无生物命名,从没有以个人命名的。"由此推测"希腊和拉丁部落的氏族在早先某个时期也是如此命名的;但当他们在历史上居于显著地位之时,其氏族已经以个人命名了。"这结论虽还有待证实,但却是合乎情理的。又如他举"新墨西哥的摩基村的印第安人中,氏族成员声称他们就是本氏族命名的那种动物的子孙,大神把他们的老祖宗由动物变成了人形。鄂吉布瓦人的鹤氏族也有一个与此类似的神话传说",而推断"在某些部落中,氏族成员不吃本氏族命名的那种动物,其所以如此,无疑也是受到这种观念的影响"①。这样的解说无疑也是合理的。

但我国学者对古代华夏族团"图腾"的考察,就较多套用西方学者有关"图腾制"的学说,并从一鳞半爪的神话传说推演,其结论就颇令人怀疑了。例如前引闻一多先生对华夏"龙"图腾形成的推测,就正如此。闻氏以为:"大概图腾未合并以前,所谓龙者只是一种大蛇。这种蛇的名字便叫作'龙'。后来有一个以这种大蛇为图腾的团族(KIan)兼并了、吸收了许多形形色色的图腾团族,大蛇这才接受了兽类的四脚,马的头、鬣和尾,鹿的角,狗的爪,鱼的鳞和须……于是便成为我们现在所知道的龙了"。闻先生的解释原理,大抵是对弗雷泽《图腾崇拜》有关论述的运用:"当两个氏族合而为一时,他们的共同的图腾就会是像希腊的契玛拉(按:此为狮头羊身蛇尾的喷火怪兽)之类的东西,他们把它想象成由两种不同动物构成的动物。"但闻氏的这一推测,却不符合我国考古文物中揭示的真实情况。在新石器时代的考古发现中,"龙"的形象或为猪,或为虎,或为

<hr>

① 路易斯·亨利·摩尔根:《古代社会》,杨东纯、马雍、马巨译,中央编译出版社2007年版,第45—62页。

蛇,或为鱼或"鲵";最接近于后世"龙"形的,则是"鳄"。1987年,考古工作者在河南濮阳西水坡M45号大墓发掘中,发现了一条"蚌塑龙"。其形体特征显然近似于鳄,考古工作者测量其"身体各部分的比例关系,结果也发现其数据与鳄类身体的比例关系基本一致"。其年代距今约6460余年。这就是说,"龙"在商、夏以前,根本还不是多种动物合并构成的。只是到了商代,多元的原"龙"物才出现了并合、变形的现象,增添了"角",移植了虎首(或猪首)、鳄吻、蛇身、鱼尾,甚至还有"凤冠"、"鸟喙"之类。但就是这样,商代的"龙"形也还与战国、秦汉时代有着相当大的差异①。闻一多先生曾指出:"夏、殷两个朝代已经离开图腾文化时期很远,而所谓图腾者,乃是远在夏代和殷代以前的夏人和殷人的一种制度兼信仰"。这样就出现了考古实例与闻氏对"龙图腾"族团形成过程推测的悖论:在所谓存在"图腾"制度的夏代和商代以前,考古中却没有一条显示各部族图腾动物相互吸收、合并的"龙",而只有原龙形的"蛇""鳄""猪""鱼"之类;而到了真正由诸类动物形象合并成的"龙"出现的商代,却又早已远离"图腾制"时代。那么闻氏关于夏人以"龙"为图腾以及"龙图腾"形成过程的推测,岂非全落了空?

这样,有关夏族以龙为图腾、商人以凤鸟为图腾的神话推演结论,在考古文物的实证中均遭遇了强有力的反驳证据,其是否成立就都令人怀疑了。

正因为如此,我主张在没有原始图腾部落留存,并有充分民俗资料证明华夏诸族确实经历过"图腾制"社会阶段以前,切莫轻易论断华夏诸族的所谓"图腾"。因为仅用西方的"图腾"理论硬套,或依据神话传说的一鳞半爪推测,并不是研究"图腾"的正确途径和方法。

第三个问题:在古代文学研究中如何运用"图腾"之说?

即使我们退一步假设,我国原始华夏诸族确实有过"图腾制"阶段,我以为在运用"图腾"之说于文学研究上,也还有一个范围和限度的问题。夏代的社会状况我们还难以判断,但从殷商甲骨卜辞反映的事实看,在商代的宗教信仰和社会生活中,已根本不存在"图腾崇拜"的迹象。正如晁福林先生所说,"玄鸟之类的崇拜,很可能只

---

① 可参阅刘志雄、杨静荣所著《龙与中国文化》有关内容,人民出版社1992年版。

是留在殷人印象里的遥远记忆,并不列入祀典"。相反,被学者们视为"夏族"图腾的"龙",反而在商代甲骨卜辞中有被"祈祷"和"命名"的实例。也就是说,这些"鸟"、"龙"之类形象被表现在商、周、战国时代流传的神话传说中时,就已经不再作为上古华夏各族对立或对峙的"图腾"象征物了。所以,在研究商、周、战国的神话传说和《诗经》《楚辞》等文学作品时,就不宜再从"图腾"观念加以解说和演绎。我们至多只能假设,这些"龙"、"鸟"形象,在更早的远古或许是某些族团崇拜的"图腾"。但绝不能说,《诗经》《楚辞》时代的诗人们,还会从这些形象上确认自己的族源,甚至寄托某种族团或"氏族意识"。

所以,前面所举楚辞学者对屈原诗作的篇义、词旨、神奇想象,进行"图腾崇拜"意蕴的演绎,就正超出了"图腾"研究的适用范围。有的学者认为,像司马迁、班固、王逸那样用当时的观念解说《楚辞》(他们恰恰与屈原时代相距较近,对当时的宗教信仰、民风习俗较为熟悉),诸如以"离忧"释"离骚",以"比兴"解说《离骚》中的"善鸟"、"恶禽"之喻,似乎只触及了屈原诗作的"表层",根本不能揭示屈赋的"深层意蕴"。而唯有从原始"图腾崇拜"观念对屈赋重新审视,才能揭示屈赋之"真义"。殊不知这种对屈赋中的神话事物、神奇想象,随意作"图腾"观念的附会和演绎,恰是为准确把握诗作的现实内涵、诗人的情感志趣,蒙上了重重原始迷雾!

与《楚辞》的研究相似,有些学者在《诗经》的研究中,也试图从原始"图腾崇拜"、"神秘观念"角度,去解说其用以写景烘托、比兴抒情的草、木、虫、鸟,以为这样才能揭示"三百篇"之本义,探索到被通常理解所遮蔽的深层内蕴。在这些学者的想象中,似乎周代乃至春秋时代的人们,还与原始氏族的人们一样,在日常生活包括接触草、木、虫、鸟景物时,必还受着原始的"神秘观念"所支配,处处都带有非理性的宗教巫术观念的特点。其实,卡西尔《人论》早就指出:即使是在原始人那里,也并非如此:"认为原始人的智力必然是原逻辑的或神秘的,这似乎是与我们人类学和人种学的证据相矛盾的。我们可以看到,原始生活和原始文化的许多方面,都表现出我们自己的文化生活中所熟知的各种特点……即使在原始生活中,我们也总是看到,在神圣的领域以外,还有着尘世的或非宗教的领域"。并引述马林诺夫斯基《信仰和道德的基础》说："认为在早期发展阶段人是生活在一个浑沌不分的世界里,在那里真的与伪的搅成一团,神秘主义与理性则像真币与伪币在一个无组织的国家里可以互换那样——这种看法是一种错误"①。原始时期尚且如此,何况是"诗三百篇"产生的西周和春秋时代!

这样看来,非但是对《楚辞》,就是试图对产生更早些的《诗经》作"图腾"之类演绎,其努力能否成功也是大可怀疑的。因为在这里被迷雾遮蔽的,不是《楚辞》或《诗经》,而恰是在"图腾崇拜"、"神秘观念"之说运用上错位的某些研究者自己。他们是否应该认真反省一下,以便在研究中拨去缠绕自身的这种迷雾呢?

[原载《安徽师范大学学报》(人文社会科学版)2001 年第 1 期,辑入本集有改动]

---

① 恩斯特·卡西尔:《人论》,甘阳译,上海译文出版社 1985 年版,第 103 页。

《史记》的体例溯源和思想倾向

　　《史记》原名《太史公书》（见《自序》）。较早以《史记》称名其书的，是东汉桓、灵之际的《东海庙碑文》（见《隶释》卷二）、《汉执金吾丞武荣碑文》（见《金石萃编》卷十二），以及蔡邕《独断》和荀悦《汉纪·孝武纪》。

　　《史记》之所以震惊历代史家，首先是它的宏伟体制。司马迁面对上起黄帝、下讫汉武之世三千余年的复杂历史，数以百计的历代帝王将相、名臣酷吏、巫医游侠等各阶层代表人物的丰富事迹，巧妙地运用十二"本纪"、十"表"、八"书"、三十"世家"、七十"列传"五种体例，互相配合，创为全史。正如清人赵翼《廿二史札记》所称赞的，"本纪以序帝王，世家以记侯国，十表以系时事，八书以详制度，列传以志人物。然后一代君臣政事、贤否得失，总汇于一编之中"。这实在是了不起的创造。

　　对于《史记》的五种体例，究竟是否为司马迁所创，史学界曾有不少争议。

　　一派意见认为：它们均为司马迁所独创，"前无所袭，后以为法"、"后之作史者递相祖述，莫能出其范围"。一派意见则认为，这五种体例实际上均有所本，非为太史公所首创。如章学诚以为，《史记》各体本自《吕览》；范文澜则以为，"本纪"仿《春秋》十二经，"表"效"周谱"，"书"仿《尚书·禹贡篇》及《礼经》、《乐经》，"列传"出自《穆天子传》，"世家"记诸侯事，编次之体"与本纪不殊"。一派意见认为，《史记》之五体有因有革："本纪"与"表"实有所本，其他三体似为史公所创。这些看法究竟孰是孰非？

　　把《史记》的体例，看作"前无所袭"的凭空创造，显然不符合事实。司马迁纵然是天才，也还得继承前人的成果、借鉴前代文献体式，方能作出自己的新创造。事实上，司马迁自己就曾一再提及，他的《史记》体例对前人是有所承袭的。如在《大宛列传》论赞中说："《禹本纪》言河出昆仑……其上有醴泉、瑶池。今自张骞使大夏之后也,穷河源,恶睹本纪所谓昆仑者乎?"可见《史记》"本纪"之体包括名称,实从《禹本纪》等先秦典籍所出。《三代世表》论赞又说:"余读《谍记》,黄帝以来皆有年数……于是以《五帝系谍》、《尚书》集世纪黄帝以来讫共和为《世表》。"《六国年表》更有"太史公读《秦纪》"、"余于是因《秦纪》,踵《春秋》之后……表六国时事"之语。可见《史记》之"表",实因历代"系谍"及《秦纪》之制而成。至于"书"、"世家""列传"三体之出,司马迁虽未提及,其实也有所借鉴。"世家"记诸侯事迹,当从各国史乘而出,且与《国语》分记"齐"、"郑"、"晋"、"楚"史事之体相仿。八"书"记天文、地理、礼乐、经济发展专史,也确有《禹贡》《礼经》开其先河。"列传"之体,汲冢出土的《穆天子传》,虽未必为史公所曾见过,但诚如有些研究者所说:《世本》之中,已有"传"之一体,亦属记人而非专记事;从司马迁《伯夷列传》所引"其传曰"可知,他当见过这类传文,为其"列传"所本。这样看来,章学诚、范文澜诸家以为《史记》各体均有所本,具体解释容或有可商榷之处,但立论大体是不错的。

问题在于:《史记》五体虽均有所本,但其中仍体现了司马迁自己的巨大创造。如"列传",先秦虽已有一人一传之体,但在司马迁手中,又变化出合数人于一传的"合传"(如《廉颇蔺相如列传》),以类相从超越国别的"类传"(如《刺客列传》),记一人而附其子孙的"附传"(如《李将军列传》附有李陵),少数民族史传(如《匈奴列传》)以及作者"自传"(《太史公自序》),这些都乃"列传"中之创体,真是云蒸霞蔚,气象万千!又以十"表"为例,《十二诸侯年表》虽采自各国所存"谱牒",却将十二诸侯各年大事综合于一表之中,使之相映对照、一览即明,这不是很大的创造?而且于"年表"、"世表"之外,又创《秦楚之际月表》、《高祖功臣侯者年表》等,"凡列侯将相三公九卿,其功名表著者,既系之以传;此外大臣无积劳亦无显过,传之既不可胜书,而姓名、爵里、存殁、盛衰之迹,要不容以遽泯,则于表乎载之;又其功罪事实传中有未悉备者,亦于表乎载之。年经月纬,一览了如"。与本纪、列传合为整体,"犹衣裳之有冠冕,木水之有本原"(郑樵《通志序》)。这又岂是前代"谱牒"之类所可比拟?

而且,《史记》所"参酌"的各体,在司马迁以前的典籍中,往往各自独立,《左传》虽有所综合,仍以编年为主。司马迁却以极大气魄,"厥协六经异传,整齐百家杂语",将五体综合于一书,"原始察终"、"承敝通变",如"二十八宿环北辰,三十辐共一毂"(《自序》),以五十二万六千五百余言的规模,拔地竖起逶迤三千余年历史的雄伟"建筑群"。从宏观上仰观《史记》,实荒古之所未有。我们又何必斤斤追索于其一宫一室之所由来,而否定它在根本上是破天荒的伟大创造?郑樵以为,《史记》一出,使"百代而下,史官不能易其法,学者不能舍其书"。这才是大处着眼的公允之论。

《史记》之所以震惊当代后世,不仅在于其宏伟体制之创造,更在于它所闪现的思想异彩,久久辉照着后世。

司马迁在《报任安书》中提出,他的撰写《史记》,是要"成一家之言"。白寿彝《史记新论》评述说,所谓"成一家之言",就是"继承先秦时期百家争鸣的风气、传统","有意表达一个人的思想主张"。"当时,汉武帝尊崇儒术、罢黜百家,司马迁却要来个'成一家之言',显然是对正统儒学所表示的一种抗议"。

《史记》正是这样做了,而且做得使最高统治者和某些正统儒者为之"切齿"。本章不想对司马迁的思想作全面探讨,仅举东汉王允、班固以及魏明帝对《史记》的批评,看一看《史记》是怎样以自己的进步思想,实施对封建专制主义的抗争的。

先看王允和魏明帝的批评。据《三国志·魏志·董卓传》注,王允在杀蔡邕时说:"昔武帝不杀司马迁,使作谤书,流于后世"。《三国志·魏志·王肃传》记魏明帝对王肃曰:"司马迁以受刑之故,内怀隐切,著《史记》非贬孝武,令人切齿"。

这正从反面指明了《史记》的一大特点:司马迁继承史家"不虚美,不隐恶"的"实录"精神,冲破儒家"臣不可言君亲之恶,为讳者,礼也"的传统束缚,敢于对当代政治、当代帝王,作出独立的历史评判,提出自己的见解。例如对于汉武帝,司马迁就一无卑躬屈膝之态,而是以鄙夷的笔墨,从政治、经济、军事等治国方略的失误上,全面揭露了他的"多欲"之治带给人们的灾难:《酷吏列传》揭他任用"好杀行威不爱民"之吏横行乡曲,而"上以为能"的苛政;《平准书》揭他兴"腹诽之罪"、"行告缗之法",滥施杀戮,剥夺地方豪富的贪婪；《汲郑列传》揭他"内多欲而外施仁义"的骗术；《匈奴列传》揭他任用"缴一时之权，而务諂纳其说"的贪利之将的好大喜功；《大宛列传》揭他为夺取数十匹"汗血宝马"，竟不顾士卒生死、远征大宛的昏聩；《封禅书》更以辛辣的笔调，嘲笑了他求仙、降神、屡受方术之士欺哄的愚妄，等等。

我们不必讳言，司马迁对武帝的批判，与自身的遭遇及体验有着某种联系；他对武帝时代政治、经济、军事决策的全面否定，难免也有某些失之偏颇的地方（因为武帝时代也有其对历史发展建树的巨大功业）。但司马迁的批判决不出自于个人的好恶，而是一位伟大史家在对三千年历史"成败兴坏之理"的探究中，所作出的富于历史感的评判。司马迁在历史长河中寻找着自己的社会政治理想，他对武帝的批判，正是用自己社会政治的理想聚光照射的结果①。

司马迁的社会政治理想是什么？约略说来，有如下几点。

一是崇尚礼让为国，反对统治者为一己私利而互相争杀。司马迁在《陈杞世家》论赞中，以极其崇敬的口吻，称颂"舜之德可谓至矣！禅让于夏，……苗裔兹兹，有土者不乏焉"。《吴太伯世家》亦引孔子之语，称赞"太伯可谓至德矣，三以天下让，民无得而称焉"。正都鲜明地表明了这一态度。而在《鲁周公世家》中，他则严厉指斥了"庆父及叔牙闵公之际"的乱政，"襄仲杀适立庶，三家北面为臣，亲攻昭公"的内閧，发出了"至其揖让之礼则从矣，而行事何其戾也"的诘问。由此可以懂得，司马迁何以在《魏其武安侯列传》中，对依仗王太后之势，"杯酒责望"、构陷窦婴、灌夫的田蚡如此憎恶，而对武帝以"蜚语"杀戮魏其侯的行径，给予了痛切的抨击。

二是追慕"节俭"、"无为之治"，反对统治者以自己的"多欲"烦劳百姓。司马迁在一部《史记》中，对汉代统治者甚少赞语，却对文帝称颂再三："汉兴，至孝文四十有余载，德至盛也，廪廪乡改正服封禅矣，谦让未成于今。呜呼，岂不仁哉"（《孝文本纪》）！"文帝时，会天下新去汤火，人民乐业，因其欲然，能不扰乱，故百姓遂安。自年六七十翁亦未尝至市井，游敖嬉戏如小儿状。孔子所称有德君子者邪"（《律书》）。原因就在于文帝尚"节俭"、行"无为之治"，正符合

---

① 潘啸龙：《论史记人物传记的浪漫主义》，《安徽师范大学学报》（社会科学版）1983 年第 3 期。

司马迁的理想。将这一点引申到经济治理上，司马迁在《货殖列传》中深刻指出："富者，人之情性，所不学而俱欲者也"，"人富而仁义附焉"；批判了儒者"好语仁义"而不懂民生起码道理的偏见；主张在经济上也实行"无为而治"的"自然"之道，使百姓"各劝其业，乐其事，若水之趋下"，达到"不召而自来，不求而民出之"的效果。由此我们也就不难懂得，司马迁为什么对武帝的"内多欲而外施仁义"的行径，要一一加以批评了。

三是推重德治，主张择贤将相，而反对用苛政严刑对付百姓。司马迁并不否定社会要有一定的法制，但他更看重"德治"。在《酷吏列传》中，他引用老子、孔子之语说："孔子曰：'道之以政，齐之以刑，民免而无耻；道之以德，齐之以礼，有耻且格'。老氏称：'上德不德，是以有德，下德不失，是以无德。法令滋章，盗贼多有'。太史公曰：信哉是言也！法令者治之具，而非治清浊之源也。"他因此称引"汉兴，破觚为圆，斫雕为朴，网漏吞舟之鱼，而吏治蒸蒸，不至于奸，黎民艾安。由是观之，在彼（指德政）不在此（指刑政）"。司马迁认为，实行"德治"，关键在朝廷的用人。《匈奴列传》论赞指出："尧虽贤，兴事业不成，得禹而九州宁。且欲兴圣统，唯在择任将相哉！唯在择任将相哉！"正是从这一思想出发，司马迁在《周本纪》中，热烈赞扬了"成康之际，天下安宁，刑错四十余年不用"的德政；对于吕后，司马迁固然憎恶她的个人品质，但对她统治时期"政不出房户，天下晏然，刑罚罕用，罪人是希，民务稼穑，衣食滋殖"的治理状况，也作出了客观的肯定评价。由此我们又可以明白，司马迁何以对汉武帝任用"虎冠而吏"的酷吏、"好杀行威不爱民"的行径深恶而痛绝。这种尚德治、反专制的民主精神，甚至使司马迁在某种程度上，突破了封建地主阶级的道德规范，对"布衣乡闾之侠"朱家、郭解"捍当世之文网"的侠义举动，也作出了深切的赞扬（见《游侠列传》）。在他看来，人们既然在严刑酷法下难以存活，那么，能指望这类"振人之命，不矜其功"、"不爱其躯，赴士之阨困"的侠士的救助，也是莫大的慰藉了。

现在我们来评判一下，司马迁的"非贬孝武"，究竟是否只是出于身受"腐刑"的"隐切"心理？当然不是。魏明帝的猜度之心，面对着这位在三千年历史发展中探索社会政治理想的伟大史家，显得多么卑劣而可笑!

有了上面的分析,再看班固对《史记》的批评,我们就不需多费辩驳笔墨了。班固在《汉书·司马迁传》的论赞中,一方面肯定了司马迁"涉猎者广博,贯穿经传,驰骋古今上下数千年间,斯以勤矣"的艰苦搜集史料功夫;肯定了他"善序事理,辨而不华,质而不俚,其文直,其事核,不虚美,不隐恶"的"良史之材";但在思想评价上,却持严厉批评态度(这当然是继承了其父班彪的见解):"又其是非颇缪于圣人:论大道则先黄老而后六经,序游侠则退处士而进奸雄,述货殖则崇势利而羞贱贫。此其所蔽也!"如果不考虑班固作为正统儒者对司马迁思想所抱的敌意(他对屈原思想也抱此敌意),则这一指斥倒是抓住了《史记》的要害的。所谓"论大道则先黄老而后六经",就是指司马迁追求的治国之道,推崇了"黄老之学"的"节俭"、"无为"思想;所谓"序游侠则退处士而进奸雄",就是指司马迁大胆肯定了朱家、郭解这类"捍当世之文网"的侠义之行(班固则认为他们是"以匹夫之细,窃生杀之权,其罪已不容于诛矣"的"奸雄"),批判了那些"享其利者为有德",盗民"窃国"而口诵"仁义"的'处士';所谓"述货殖则崇势利而羞贱贫",指的就是司马迁在《货殖列传》中,抨击了侈谈仁义而不考虑人们日常生计的儒者,肯定了人们对"富"、"利"的正当追求。这一切,倘要从"圣人"的是非标准来评判的话,确实大有"离经叛道"之嫌。然而,司马迁的伟大也恰恰在于此:他并没有仅仅以圣人孔子的是非为是非,他那历史学家的深邃目光,倒是常常超越这位圣人,而投向了更广阔的视野,并关心到百姓平民的利益,甚至以此对某些社会政治的是非,作出了自己富于民主精神的判断。

从一部《史记》所显示的思想色彩可以看出:司马迁既推崇道家老子,也敬仰儒家孔子;对于法家商鞅的变法实践,也怀有某种敬意(但不赞同他的"少恩"和"刻薄"——即对民的态度);对于墨家、阴阳家、纵横家也均有所肯定。司马迁的思想是开阔的,但其立足点还是在道家"自然"、"无为"的基地上,以此对抗那种掠夺、苛虐人民的封建专制。汉武帝时代崇尚儒术的思想潮流,曾经推动他更多地吸收孔子学说的精华,思想上表现出由道入儒的趋势。而后"汉儒"的多"面谀"而少气节的状况,以及汉武帝"多欲之治"的严重后果,又使司马迁的思想显示出对道家思想的某种"回归"。但这种"回归"，已是融合了各家进步思想、经受了儒家孔、孟"民本"思想洗礼后的"回归"。这样的思想，当然不是班固那正统儒者的思想所可樊笼的了。班固的批评，正照出了他自己思想的狭隘和迂腐，而无损于司马迁伟大思想的光辉。

最后，我们不妨回忆一下汉武帝当年"诏举贤良"所下的"天人三策"，就可以发现：从某种意义上说，司马迁的《史记》，正是运用对历史"成败兴坏之理"的考察，回答了汉武帝所策问的重大课题。这一回答，尽管在某些方面与董仲舒的对策有相同之处，但在某些根本问题上，却又与董仲舒分道扬镳了：董仲舒适应汉武帝的"多欲之治"要求，在提出"更化"主张时，不惜闭着眼睛，将"文景之治"时期斥之为"不治"。司马迁则高度评价文景之际的政治治理，赞之为"至德"。董仲舒从"天人关系"上论证"灭息"百家之说、独尊孔子"春秋大一统"之义。司马迁则一反其道，在《史记》中多方引述老子、晏子、苏秦、韩非等"百家"之说，来阐明自己对社会政治问题的见解。董仲舒大谈"圣人之教"，而对最高统治者的专制问题，却未能深刻涉及。司马迁在《史记》中，则对上层的残忍、诈伪、专横多所抨击和揭露。这样一比较，我们便可明白：为什么在董仲舒对策似乎已经"解决"了汉武帝提出的课题之后，司马迁还要把"究天人之际"、"通古今之变"作为撰写《史记》的重要探究目标，并断然提出要用《史记》成其"一家之言"。他显然不满意于董仲舒的回答，因此要用自己对三千年历史的考察和总结，为当代后世提供另一份"对策"；用自己的"一家之言"，来对抗、冲破汉武帝"罢黜百家，独尊儒术"的思想钳制。《史记》的"究天人之际，通古今之变，成一家之言"，正是在这样的背景上，以灿烂夺目的思想光辉，照耀了它所诞生的那个时代，并在"述往事，思来者"的悠悠两千年来，不断给人们以借鉴和启迪。

[原载《楚汉文学综论》，黄山书社 1993 年版，辑入本集有改动]

论《史记》的人物描写

对历史人物的思想风貌和性格特征进行描绘、刻画,并非自《史记》始。在司马迁以前的先秦时代,人们已经在《国语》《左传》《战国策》中作过多方面的尝试,并取得了相当可观的成就。但这种尝试毕竟还带有片断和分散的特点,历史人物毕竟只是作为重要事件的参与者,在叙事中顺带地被描绘的。梁启超所谓"藉史以传人",用来说明司马迁以前的人物描写特点,恐怕也正适合。

有意识地为历史人物作传,在描述历史人物的活动中刻画他们的性格特征,"将其面目活现",达到"藉人以明史"的目的,这个工作只是到了司马迁之时,并由司马迁所开创的。司马迁在这方面付出了大半生的精力,实现了史学著述中的一场革命。在如何描写和刻画人物形象方面,作出了极大地影响于后世文学发展的巨大创造。本书想在前人研究的基础上,对这个问题作一稍为全面的阐说和论述。

一、司马迁如何解决历史"实录"和形象"活现"之间的矛盾?

我们知道,司马迁所写的是历史人物传记,它和后世小说的人物塑造有着很大的不同。小说中的人物,虽然也必须按照现实生活进行创造,却不必是真人真事,它可以抒写,可以虚构。正如鲁迅指出的:"人物的模特儿"不必专用一人,"往往嘴在浙江,脸在北京,衣服在山西,是一个拼凑起来的角色"。历史人物传记却不能这样。它所描述的对象,是历史上实际存在的人物,这些人物有着既定的身世和性格。作者的任务,在于真实地再现他们的思想风貌和性格特征。写作上的一条重要原则是"实录",而不可凭空想象或虚构。这是一方面。另一方面,历史人物传记又不能是历史人物陈年事迹的堆砌,它同样需要概括、集中和形象化,"将其面目活现",使这些人物在后世读者面前站立起来,仿佛能听到他们的謦咳,看到他们的笑貌。所以,钱锺书先生曾中肯地指出:"史家追叙真人真事,每须遥体人情,悬想事势,设身局中,潜心腔内,忖之度之,以揣以摩,庶几入情合理,盖与小说、院本之臆造人物、虚构境地,不尽同而可相通。"①

又须"实录",又须"活现",这不是一个矛盾吗?司马迁是怎样解决这个矛盾的呢?

第一,在对历史人物的再认识中,坚持"不虚美、不隐恶"的"实录"态度。

为了正确地表现历史人物,就必须选择和认识历史人物。历史上的重要人物何止千万,如果都要把他们写下来,几辈子也写不完。这就需要选择。司马迁写《史记》,就注意了既表现帝王将相的历史活动,又反映被压迫、被统治的下层人士的活动,从中选择那些在政治、经济、军事、文化、科学各个领域中能反映历史运动全貌的代表人物,为他们作传。司马迁在《史记》中,既描写了处于统治地位的"圣王"和"暴君"、"贤相"和"佞幸"、"循臣"与"酷吏"、"名将"与"文士";又描写了揭竿而起的农民领袖、触法犯禁的"游侠"、爱国的"刺客"、殖货的"商人"、城门的监守、治病的医生,甚至是博徒、屠户、引车卖浆者流、卜筮占卦之人。因此,《史记》所描写的人物,就具有了广泛的代表性,他们既是历史活动中的个人,又是表现自己时代国风民情的典型。在这一点上,司马迁的《史记》也显示了它的"实录"精神,并没有抹杀劳动群众在历史上的作用。

选择了有代表性的历史人物,不等于就能正确地表现这些人物。由于时代条件的限制,特别是统治阶级和传统习俗的偏见,使得有些人物的面目,在当代和后世人们的心目中,常常被歪曲或颠倒了。这就要求史家敢于冲破传闻俗见,不向专制强暴低头,克服个人的好恶,尊重历史的事实,还历史人物以本来面目。司马迁正是这样做的。为了使自己笔下的人物尽可能符合历史的真实,他特别注重详尽地占有历史材料,从大量的历史事实中,对历史人物作全面的再认识,从而将他们的美、恶、功、过,准确地反映出来,不作任何的夸饰或隐瞒。

---

① 钱锺书:《管锥编》(第一册),中华书局1979年版,第166页。

例如,对于郭解这样一类"游侠",当时的统治者是深恶痛绝的。在他们看来,这类人物犯禁触法,无非是一些危害社会的歹徒罢了。司马迁则以为不然。他通过对这些人物的所作所为及其在下层人民中影响的事实考察,终于认识到:这些人"修行砥名,声施于天下,莫不称贤",是受到下层人民敬爱的;他们"救人于厄,振人不赡","不既信,不倍言",有着使统治者所谓的"贤者"黯然失色的真正仁义精神在! 正是基于这种认识,司马迁不怕触犯当时的最高统治者汉武帝(郭解正是在他手中被处决的),而如实地记录了郭解的生平行迹,再现了他那"折节为俭,以德报怨,厚施而薄望"、"振人之命,不矜其功"的高贵品质。班固曾经引刘向、扬雄之语,称赞司马迁"有良史之才"、能坚持"实录",却又指摘他"序游侠则退处士而进奸雄"。可见,班固对司马迁的"实录"精神并没有真正理解。如果仅仅是在当权者所允许范围内的"不虚美,不隐恶",这与真正的"实录"要求差得还远呢。司马迁的可贵之处,就在于他时时能够突破这个范围,将"实录"扩展到了受统治者所憎恨和仇视的人们身上。

不仅如此。司马迁在对历史人物重新认识的时候,还力求做到摆脱个人的好恶,尽可能给他们以客观的历史评价。例如,商鞅这个人,司马迁对他并无好感,甚至认为他"刻薄""少恩""受恶名于秦,有以也夫"(《商君列传》),可见是十分不满了。对于这个为自己所不满的人物,司马迁在传文中却没有因此将他写得很坏。相反,司马迁倒是通过商鞅变法对秦国富强所起作用的如实记述,使后世的人们,有可能认识这位"受恶名于秦"的变革家的真正面貌:

> (变法)行之十年,秦民大说,道不拾遗,山无盗贼,家给人足。民勇于公战,怯于私斗,乡邑大治。

有了这一段"实录",谁还能怀疑商鞅不是一位功业卓著的伟大人物?

司马迁正是这样,通过对历史人物的全面再认识,并以"不虚美、不隐恶"的"实录"方法,将其功过如实再现出来,这就保证了他笔下人物的历史真实性。

第二,材料的取舍和"互见法"的创造。

　　"实录"可以保证所写人物的历史真实,但并不就能造出完整鲜明的人物形象。为了使历史人物的形象"活现",还必须重视材料的取舍和人物性格的表现。在材料的取舍和安排上,司马迁所作的不同于前人的重要尝试在于:他不仅根据反映重大历史事件的需要,而且根据表现人物性格、再现人物精神风貌的需要来选择材料和安排情节,并且创造了被后人称之为"互见法"的表现方法。

　　在材料的取舍上,司马迁作为历史学家,当然有其史学上的考虑。在《留侯世家》中,司马迁说:"(留侯)所与上从容言天下事甚众,非天下所以存亡,故不著"。张良是刘邦的重要谋臣,在反秦斗争和楚汉相争之中,由于他的"运筹帷幄之中",才使刘邦"决胜千里之外"。因此司马迁写张良,就重点选择了他所作出的一些重大谋略和决策,来反映他在开创汉王朝中立下的卓著功绩;对于那些"非天下所以存亡"的言行,则大多删略"不著"。就这一方面来说,司马迁的选材,明显体现了史家作史的特点。

　　但《李将军列传》就不同了。李广一生与匈奴七十余战,功绩卓著而不得封侯,最后还被逼自杀。他的奇勇和智慧以及行军布阵的独特作风,均为司马迁深深钦佩,故在选材上也别具一格:传中写他在文帝时代"冲陷折关及格猛兽",文帝为此而发出"惜乎! 子不遇时。如令子当高帝时,万户侯岂足道哉!"写他与程不识迥然不同的治军作风,"行无部伍行阵,就善水草屯,舍止人人自便,不击刁斗以自卫"。写他家居出猎,射虎中石、镞没石中的奇事,以及夜遇霸陵尉而受辱的遭遇:都是一些日常琐事。对于他的作战,传中也只选取了"射雕遇险"、"被俘脱归"和在十倍于己的敌军包围中沉着应战的三则故事。从历史学角度看,这三次作战根本无"功绩"可言,司马迁却不惜笔墨多所描绘。这样的选材,显然不符合"非天下所以存亡,故不著"的原则。但在表现李广那超人的胆略、平易近人的治军作风、好射的性格和智勇兼具的将才风度上,却闪射出了动人的光彩。这正是《史记》人物传记在选材上,有所不同于历史学家的重要体现。又如名闻战国的魏公子信陵君无忌,一生中最重要的功绩,就是矫夺晋鄙师、解救邯郸之围,以及抗击强秦等事。对于这些轰轰烈烈的大事件,《魏公子列传》如果花较多的笔墨去记叙,是毫不足怪的。我们甚至可以设想,如果让《左传》的作者来写这件事,也一定会铺叙得极有声色的。奇怪的是，司马迁在传文中却偏偏花了很多笔墨，去记述魏公子与夷门监者侯生的交往，并安排了侯生在市间过访屠者朱亥的场面描写。这还不算，"邯郸之围"解除后，本应转入对魏公子归魏、联络诸侯击秦的大事描述。司马迁偏偏又插进了一段信陵君走访博徒毛公、卖浆者薛公，并与平原君发生意见冲突的情节。而对于约纵抗秦这件大事，司马迁反而在笔下一带而过，并未作多少展开。这样的取材和安排，岂非太"轻重倒置"了？

可是，当我们从表现人物性格、"活现"人物形象的角度，来看司马迁的这一安排，它们就不仅不是"闲笔"，不是"轻重倒置"，而恰恰成为有助于更鲜明地再现魏公子"仁而下士"、"不耻下交"精神风貌的妙笔。如果去掉它们，将使魏公子的光辉形象逊色多少呵！

这，正是司马迁在材料取舍、情节安排上的新探索——不仅重在史实的描述，而且重在历史人物精神风貌和性格特征的再现。

但也有这样的情况：在司马迁所敬仰的某一历史人物身上，甚至正是他所钦佩的某种性格方面，恰恰还有相反的事实证明，这种性格并未贯彻始终，或者暴露出了明显的缺陷。这样的材料写不写进传文中去呢？倘若不写，岂不违反了"实录"的要求？倘若写进去，岂不将人物形象弄得不伦不类？司马迁解决这个困难的办法，就是运用"互见法"①。即是说，为了在本传中"活现"比较完整的人物形象，就不把某些可能破坏人物形象的材料写进传文；同时，又在其他有关的人物传记中，将这些材料补上。这就达到了形象"活现"和历史"实录"要求之间的统一。

例如《田单列传》就是如此。司马迁在这篇传记中，着重描述了田单这位貌不惊人的临菑市掾，如何在国难当头之际，被推上保卫即墨城的领导岗位，运用奇谋团结军民、瓦解敌人，一举击溃围困即墨的燕国重兵，连复齐城七十余座的经历。田单作为一位足智多谋的爱国者的形象，在传文中被塑造得极为成功。但田单的足智多谋，也自有失算的时候，他指挥的战役，也并非百战百胜。例如解放聊城之役，田单就打得一塌糊涂："士卒多死，岁余不下"，只是靠了鲁仲连

---

① 李笠《史记订补》："史臣叙事，有缺于本传而详于他传者，是曰'互见'。史公则以属辞比事而互见焉。以避讳与嫉恶，不敢明言是非，不忍隐蔽其事，而互见焉"。此论未触及"互见法"在人物形象塑造上的作用。

的帮助,才劝降了守城的燕军。这一重要事实,如果写进《田单列传》,无疑将损害全文对田单富于奇谋的主导性格的表现,破坏了田单形象的统一性。司马迁医此没有这样做,而是将它作为与鲁仲连事迹相关的材料,写进了《鲁仲连邹阳列传》。当人们读到这后一篇传记的时候,也就可以更全面地认识田单在作战中的成败了。

对田单是如此,对魏公子无忌、楚霸王项羽、汉高祖刘邦等许多历史人物,司马迁都运用了"互见法",在其他传文中补充本传中不便记叙的材料,从而既突出了人物主导性格,又保证了笔下人物在历史上的真实面貌为后世人们全面认识。这样运用"互见法",无疑是司马迁在人物描写上的一大创造。当然,司马迁运用"互见法",还有其他几种情况,有时是为了避免文字上的重复,有时是为了掩人耳目,因为与表现人物性格无关,这里就从略了。

第三,化叙述为描写,使人物传记富于戏剧性冲突和故事色彩。

作为历史著作的文字要求,一般只要将历史事件及其前因后果说明清楚就可以了。这里需要的是精确的记述、分析和归纳。但作为"活现"历史人物形象的传记文学,仅有事实的记述就不够了。平板的记述并不能造成形象,只有在情节的发展和场景的展现之中,对人物的性格特征和思想风貌进行形象的描写,才能活现出历史人物的真面目来。在这方面,司马迁认真借鉴了《左传》和《战国策》在人物描写上积累的经验,并作出了进一步创造,那就是:一方面借助于叙述性的文字,写出人物所处的历史背景,表现历史事件和人物活动的前后联系;另一方面,则抓住最能体现人物风貌和性格特征的事实、事件,加以展开,通过对其场面、环境气氛的渲染、描绘,人物的行动、语言、神态、心理以及人物之间的性格冲突等等的刻画,构成生动的故事情节。使历史人物的音容笑貌,"活现"在这些富于戏剧性冲突的故事情节的展开之中。

例如,司马迁写蔺相如,就是通过"完璧归赵"、"渑池会"、"将相和"这三个主要事件的富于戏剧冲突和故事色彩的描绘,来展现他那"一奋其气,威信敌国;退而让颇,名重泰山"的大智大勇和宽广胸怀的。从记叙历史事实的角度看,"完璧归赵"这件事在赵国的历史中并不怎样重要,因此在《赵世家》中根本就没有提它;"渑池会"虽然是秦、赵关系中的一支重要插曲,《赵世家》记它也只用了两句话:

"二十年,廉颇将,攻齐。王与秦昭王遇西河外",连渑池和蔺相如的名字都没有出现。作为历史事件的记叙,这样的文字也过得去了。但要再现蔺相如的形象,用这种简略的叙述,就等于什么也没写。而在《廉颇蔺相如列传》中,写法就不同了。我们且举"渑池会"一节,来看看司马迁是怎样笔饱墨酣地描绘、刻画他笔下的主人公的:

> 王许之,遂与秦王会渑池。秦王饮酒酣,曰:"寡人窃闻赵王好音,请奏瑟!"赵王鼓瑟。秦御史前书曰:"某年月日,秦王与赵王会饮,令赵王鼓瑟"。蔺相如前曰:"赵王窃闻秦王善为秦声,请奏盆缶秦王,以相娱乐"。秦王怒,不许。于是相如前进缶,因跪请秦王。秦王不肯击缶,相如曰:"五步之内,相如请得以颈血溅大王矣!"左右欲刃相如,相如张目叱之,左右皆靡。于是秦王不怿,为一击缶。相如顾召赵御史书曰:"某年月日,秦王为赵王击缶。"

短短不到二百字,既有两君相会的场面描写,又有对秦王及其左右的神态刻画。司马迁描绘的重点,则集中在主人公蔺相如身上,写他针锋相对的"进缶",勾勒他正气逼人、"张目叱之"的神态,包括"顾召"赵御史那从容不迫的动作。情节跌宕,扣人心弦,一位沉着机警、为维护祖国尊严而威武不屈的谋臣形象,活生生地矗立在了读者眼前。

这就是化叙述为描写的写法。司马迁正是大量运用这种写法,在《史记》中为我们"活现"了一大批历史人物的动人形象。

二、司马迁怎样"活现"个性鲜明、形象丰满的历史人物

前文从总体上探讨了司马迁那建立在历史"实录"和形象"活现"统一基础上的写作方法。我们可以看到,这种方法,实质上正是写实主义的方法。下面,我们再具体地研探一下,司马迁在刻画历史人物的性格,"活现"他们的动人形象方面,又作了哪些探索和创造?

第一,重视人物的早期经历对性格形成的影响,注意从人物历史的"终始"中来表现这种性格的发展,这是司马迁刻画历史人物所常

用的方法之一。

我们知道,任何人的性格,都是在一定的环境条件和生活经历中形成的,又随着地位的变化、环境的转换,显示其自身的必然发展。为了正确地把握人物的主要性格特点,就必须研究人物经历的全过程,用司马迁的话来说,就是要"察其本"、"观其终始"①。只有这样,才能精确地从人物性格的自身发展中,写出活生生的真人。司马迁在这方面是首先作了成功探索的一位作家。

试以《李斯列传》为例,司马迁在叙述李斯入秦,登上战国末年政治舞台以前,特意描写了他早年"为郡小吏"时的一段经历:

> (斯)见吏舍中鼠食不洁,近人犬,数惊恐之。斯入仓,观仓中鼠,食积粟,居大庑之下,不见人犬之忧。于是李斯乃叹曰:"人之贤不肖,譬如鼠矣,在所自处耳!"。

这么一件小事,对于这位后来身居丞相之位的大人物来说,不是太卑微琐细了吗?司马迁为什么竟然不厌其烦,特意将它写进传文中去呢?原来,司马迁看重这件小事,正是因为它对李斯身上那种不甘常居贫贱、贪慕高官厚禄的思想的形成,对他的性格发展和一生的事业,发生了长远的影响。因此,当司马迁进一步写到李斯告别荀子、入秦求仕时所发的"诟莫大于卑贱,而悲莫甚于贫困"的议论时,我们从中看到了年少李斯当年叹鼠时的影子;写到赵高威胁利诱李斯参与沙丘政变,扶胡亥上台,李斯始则坚拒、继而疑虑、最后完全屈从赵高的变化过程时,我们对李斯在关键时刻的不能坚守操节,也就完全能够理解了:这正是李斯早年所形成的贪慕富贵荣华的性格发展之必然。司马迁正是在这样的"终始"中,写出了历史人物的性格形成和发展,使他笔下的人物更其真实可信。

这样的写法,在《史记》中不乏其例。如《陈涉世家》写陈胜早年"辍耕之垄上"所发的"苟富贵,无相忘"的慨叹;《项羽本纪》写项籍年少学书不成又学剑,学剑中辍又"愿学万人敌"的情状;《酷吏列传》写少年张汤"掠治"窃肉之鼠的情景,在表现他们各自性格的形

---

① 司马迁在这里指的是对历史现象的考察,但他对人物思想、性格的认识,也贯彻了这一原则。

成,揭示他们在尔后政治生涯中的升降、成败的根源上,都显示了重要作用。有些论者将这些仅仅归结为"细节描写",似乎没猜透司马迁的用意所在,未免隔靴搔痒。

第二,重视表现人物的历史处境,在激烈的冲突中,展示人物的性格特点,这是司马迁"活现"性格鲜明的历史人物的又一重要方法。

法国启蒙学者狄德罗在论述戏剧人物的表现时,曾经这样指出:"人物的处境要有力地激动人心,并使之与人物的性格成为对比"①。这无疑是表现人物性格的经验之谈。俗话说:"沧海横流,方显出英雄本色"。在通常状况下,在风平浪静的生活中,人们的感情和性格的某些方面,往往处于某种"隐伏"状态,只有经过较长时间的相处或观察,它们才能被别人所认识和熟悉。但是一到激烈的斗争之中,或者是在涉及国家、个人生死存亡的紧急关头,情况就不同了:不同的人物,全都会以各自的方式行动起来,以极大的鲜明性,表现出他们的欲望和追求,显示出他们的思想风貌和性格特点。

司马迁早就把握了人物思想、性格表现的这一规律,并出色地运用到了历史人物形象的再现上来,收到了极好的艺术效果。《项羽本纪》中对钜鹿之战前的形势描述,宋义的坐山观虎斗和新造之赵的危在旦夕,正是将司马迁笔下的主人公项羽,推到了如此激动人心的处境之中,使得尔后项羽的斩杀卿子冠军、破釜沉舟、奋击十倍于己的强秦之师的斗争,成为再现项羽那光芒四射英勇形象的传诵千古的名章,这是读者所熟悉的。即以《平原君列传》对毛遂的刻画来说,也同样"有力"和"激动人心"。

毛遂在《史记》中,原先是一位其貌不扬、平庸无奇的"食客"而已。因此,他虽然居平原君门下三年,人们却并不知道他究竟有何擅长。司马迁对毛遂的形象再现,就正注意了表现他在赵国都城邯郸被围,而平原君及其门下束手无策的严峻处境,将他投入了与楚王约纵定盟的艰难谈判斗争之中,这个"平庸无奇"的小人物,立即就放出了光辉。我们且看司马迁写毛遂的出场:

---

① 狄德罗:《论戏剧艺术》,载伍蠡甫主编:《西方文论选》,上海译文出版社1979年版,第363页。

门下有毛遂者,前,自赞于平原君曰:"遂闻君将合从于楚,约与食客门下二十人偕,不外索。今少一人,愿君即以遂备员而行矣!"平原君曰:"先生处胜之门下几年于此矣?"毛遂曰:"三年于此矣。"平原君曰:"夫贤士之处世也,譬若锥之处囊中,其末立见。今先生处胜之门下三年于此矣,左右未有称诵,胜未有所闻,是先生无所有也。先生不能,先生留。"毛遂曰:"臣乃今日请处囊中耳。使遂蚤得处囊中,乃颖脱而出,非特其末见而已。"平原君竟与毛遂偕。

毛遂不经别人荐举,而挺身"自赞",此举已属惊人;又在平原君前断然自许"使遂早得处囊中,乃颖脱而出,非特其末见而已",口声何其不凡!毛遂的出场,正因赵国形势的紧急和平原君的欲使缺人,而显得更其非同凡响。

到了平原君与楚王会谈迟迟不决的艰难时刻,司马迁笔下的毛遂果真"脱颖而出"、生气勃勃了:

十九人谓毛遂曰:"先生上!"毛遂按剑历阶而上,谓平原君曰:"从之利害,两言决耳。今日出而言从,日中不决,何也?"楚王谓平原君曰:"客何为者也?"平原君曰:"是胜之舍人也。"楚王叱曰:"胡不下!吾乃与而君言,汝何为者!"毛遂按剑而前曰:"王之所以叱遂者,以楚国之众也。今十步之内,王不得恃楚国之众也,王之命县于遂手。吾君在前,叱者何也?"

接着,毛遂又入情入理地剖析合纵之利害,说得楚王不仅畏忌而且心悦诚服,立即答应订立盟约。这时,司马迁还不忘记写上这样一笔:"毛遂左手持槃血而右手招十九人曰:'公相与歃此血于堂下。公等碌碌,所谓因人成事者也。'"请看,在关系赵国存亡的斗争关头,毛遂那过人的胆略、卓越的见识、果决的性格、倜傥的风度,甚至那种略带诙谐的气质,全部"圆雕"式地凸现了出来,真是须眉毕现、光彩照人!难怪宋人洪迈在《容斋随笔》中发出这样的赞叹:"其英姿雄风,千载而下尚可想见,使人畏而仰之。"毛遂之所以成为人们称颂那些急难之时挺身而出的人物的美谈,这是与司马迁如此"激动人心"的人物刻画艺术分不开的。

第三，司马迁"活现"历史人物，还特别善于把握性格相似的人物之间的细微差别，通过富于个性特点的语言神态、举止行动和细节描写，写出活生生的"这一个"。

一般说来，在人物形象的刻画上，表现那些性格迥然不同的人物的个性，比较容易一些；但要表现那些性格相近的人物，而使读者不至于如同陌生人面对双胞胎那样辨认不清，那就非大手笔不可了。这样的大手笔，在史传文学中，只有司马迁一人当得。我们看《史记》中的人物，武将如项羽与樊哙，军事家如司马穰苴与周亚夫；谋士如张良与陈平，张仪与苏秦；宾客如侯生与毛遂；刺客如聂政与荆轲，等等：每一组人物在主要精神风貌和性格特点上，都有相似之处。正是这种相似，使得他们与其他组的人物明显地区别了开来。但怎样使上述同一组的人物，在性格相似之中，也一下被辨认出来呢？司马迁的过人之处就在于：他善于在对历史资料的考察中，准确地把握笔下人物在气质、风度、性格上的细微差异，并运用语言、神态的描摹和细节刻画，将它们一一传达给读者。

例如，对谋臣张良，司马迁原先以为，他一定是位"魁梧奇伟"的汉子（否则他怎么敢与刺客一起在博浪沙"狙击"秦始皇呢）。但经过对历史材料的分析，特别是看到了张良"状貌如妇人好女"的画像以后，司马迁就不仅把握了他"运筹帷幄之中"的富于谋略的主要性格特征，而且注意到了张良所特有的那种潇洒从容的气度。这就为《留侯世家》对张良的刻画提供了依据。所以，司马迁写张良的走路，也是"闲从容步游下邳"，显得何等的闲暇自如。须知当时正距博浪沙狙击秦始皇不久，处于"大索天下，求贼甚急"的非常时期。司马迁用这样一个举止细节，就把张良那特有的气质表现了出来。又如，司马迁写张良为刘邦剖析"复立六国之后"的八"不可"，特意写上了这样一句话："臣请藉前箸为大王筹之。"这句话透露了张良谋划时的一个动作细节，即借布筷子以助分析。这一行动细节，将张良"运筹帷幄之中"的潇洒风度表现得何其传神！因此，倘若我们想要将张良和陈平比较一下的话，就能立即从这种从容潇洒的气度上，将张良辨认出来。

人们常说"画人贵画眼睛"，因为它最传神。其实，富于个性的人物语言,在表现人物的性格风貌方面,效果并不比"画眼睛"差。司马迁对同是波谲云诡的"三晋倾危之士"张仪和苏秦的口语描摹,就是出色的实例。张仪入楚游说不成,反被楚令尹诬为窃璧之徒而毒打一顿。司马迁写他回家与妻子的一番对话——

> 其妻曰:"嘻,子毋读书游说,安得此辱乎?"张仪谓其妻曰:"视吾舌尚在不?"其妻笑曰:"舌在也。"仪曰:"足矣!"

司马迁写苏秦游说不成,大困而归,也有一段对话——

> 兄弟嫂妹妻妾窃皆笑之,曰:"周人之俗,治产业,力工商,逐什二以为务。今子择本而事口舌,困,不亦宜乎!"苏秦闻之而惭,自伤,乃闭门不出。出其书,遍观之,曰:"夫士业已屈首受书,而不能以取尊荣,虽多亦奚以为!"

同为纵横策士,同是受困、受辱,同是受到妻妾之辈的笑谑,张仪的话显示了性格中的"面柔"和善于自我解嘲,而苏秦的话则表现出一种韧性的刚烈。司马迁运用人物各自的语言,一下就将这两位纵横家在同是不屈不挠奋斗的精神风貌中区别了开来。日人斋藤正谦《史记会注考证》引《拙堂文话》说:"子长同叙智者,子房有子房风姿,陈平有陈平风姿。同叙勇者,廉颇有廉颇面目,樊哙有樊哙面目。同叙刺客,豫让之与专诸,聂政之与荆轲,才出一语,乃觉口气各不同……是子长叙事入神处。"司马迁能做到这样,确实是了不起的!

黑格尔说:"性格就是理想艺术表现的真正中心。"但他又反对将人物性格简单化,他指出:"每一个人都是一个整体,本身就是一个世界,每个人都是一个完满的有生气的人,而不是某种孤立的性格特征的寓言式的抽象品。"因此,黑格尔要求人们在表现人物性格时既要坚持性格的"明确性",即在"性格的特殊性中应该有一个主要的方面作为统治的方面";同时又要注意性格的"丰满性","使个别人物有余地可以向多方面流露他的性格,适应各种各样的情境,把一种本身发展完满的内心世界的丰富多彩性,显现于丰富多彩的表现"①。

这些精辟的意见写于一百八十多年前。而我们的天才史学家司马迁，却早在两千多年前就已经懂得了这个道理。所以，在他描写历史人物的时候，不仅注意表现他们身上最主要的性格特征，使之个性明确而鲜明，而且注意同时展现他们性格的各个侧面，使他笔下历史人物"内心世界的丰富多彩性"，得到了"丰富多彩的表现"。司马迁对名震遐迩的"刺客"荆轲的描写，对既有"无赖"本色、又具有雄才大略的汉高祖刘邦的刻画，都体现了这一特色。而《项羽本纪》，则更是光彩四溢的名篇。

司马迁对项羽的刻画，重点突出了他那"力拔山兮气盖世"的英雄气概和浮躁、暴虐的性格。这在巨鹿大战中"破釜沉舟"、"一以当十"、击破十倍于己的秦师围困的场面描写中；在广武城下披甲挑战，"瞋目"怒叱汉将楼烦，竟使其"目不敢视、手不敢发"的渲染中；在兵败东城，犹"三溃围、斩将、刈旗"，使赤泉侯"人马俱惊，辟易数里"的快战描述中；以及屠咸阳、烧宫室、"坑秦降卒二十万于新安城南"，"烧夷齐城郭、室屋"，"皆坑田荣降卒"等事实的叙述中，表现得极其鲜明。本来，这样的描写，已足够反映项羽的精神面貌和性格特征了。但司马迁并不满足于这种单一的性格刻画，他还要继续深入，掬示项羽这位狂飙英雄那丰富多彩的内心世界。因此，在"鸿门宴"上，司马迁又表现了项羽的刚直和不忍；在广武之战"愿与汉王挑战决雌雄"的举动中，表现他的可笑的天真；在对陈平施用"反间计"的描述中，揭出他的猜忌和多疑。最令人惊异的是，在项羽兵困垓下、行将败亡之前，司马迁又安排了"帐下别姬"这一情节，描绘了项羽与虞姬歌诗相和的悲壮一幕，让这位叱咤风云的英雄，也流下了"数行"热泪。使读者因此窥见了，这位刚决暴烈的硬汉子，原来也自有割舍不了的儿女情肠。这些性格描绘和刻画，"皆若相反相违，……有似两手分书、一喉异曲，则又莫不同条共贯。科以心学性理，犁然有当"②，出色地统一到了这位一手推翻了暴秦王朝的非凡人物身上。这正是司马迁人物描写远远高出他的前人、包括后代史家的地方：他能够"适应各种各样的情境"，在看似矛盾的复杂性格表现中，

---

① 伍蠡甫主编：《西方文论选》（下卷），上海译文出版社1979年版，第294—298页。
② 钱锺书：《管锥编》（第一册），中华书局1979年版，第275页。

写出形象丰满的历史人物典型。"西楚霸王"项羽,之所以能与后来的曹操、宋江、贾宝玉等形象分庭抗礼,成为耸峙于我国文学史上的一个著名艺术典型,这得首先归功于司马迁《史记》对他刻画的如椽之笔。

三、司马迁在人物描写上的多样化风格和强烈的感情色彩

人们常说:"不怕多,只怕滥。"司马迁在一部《史记》中,写了那么多人物。我们于阅读之际,却毫无冗杂浮滥之感。其中多数篇章,风光奇异、气象迥殊,令人品诵之间,兴味无穷。这究竟是什么原因呢?

第一,很重要的一点,就是司马迁善于根据历史人物的不同身世,他们在历史上的不同地位,以及历史所提供的史料的众、寡,进行不同的构思,运用不同的笔法和色彩,开出不同的生面。人物既不是"千人一面",写法也不是"千部一腔"。

例如项羽,虽然在历史舞台上活动的时间不长,但他那暴兴暴亡的经历,却是如此巨大地震撼了天下,给历史打上了自己的烙印。司马迁在《项羽本纪》中,一方面展开宏伟的构思,在秦末农民起义和楚汉相争的广阔背景上,再现他那波澜壮阔的一生事业;另一方面则采用适合于项羽那气吞山河的英雄气概和暴虐乖戾性格特点的豪放笔触,云蒸霞蔚的浓郁色彩,来表现他的显赫功业及其失败英雄的悲壮末路。在风格上显得雄浑、深沉。

对于伯夷、屈原,他们的品格光辉峻洁,遭遇却坎坷困顿,历史所提供给司马迁的史料又极为简略。在这种情况下,司马迁就采用了夹叙夹议的写法,运用赞颂的、抒情的笔调,对他们的身世进行评述。在这些篇章中,司马迁神思飞越,思绪联翩,叙事、议论、抒情似断似续。风格上显得沉郁、顿挫。

对于司马穰苴、孙子,司马迁则并不展开他们的一生行事来描述,而是侧重于表现他们的治军风格,只写他们一生中的一件事情,加以生发,对人物的作风、气派进行刻画。其行文正如雷电之行,一发即收,与他笔下军事家的风格颇为相似,显示出凌厉、雄健的特色。

而对于淳于髡、优孟这些性格相近的滑稽人物,正如对于张汤、

王温舒一类酷吏一样，司马迁则创造性地将他们前后贯串起来，在同一传文中予以描画。前者的笔致剔透玲珑，用语妙趣横生，正适合表现滑稽人物诙谐幽默的特点；后者揭示酷吏的横暴和残忍，笔端沾满愤激之色，时时有斥责的锋芒闪光。

至于写孔子这样的大思想家，为了使人们不仅了解他的一生经历，而且也能了解他的主要思想，司马迁又采用了散记式的笔法，将孔子的身世经历、传闻轶事和他的言论穿插在一起。运笔纡徐从容、娓娓而谈，文字隽永、典雅，正适合表现这位哲人的博大闳深、睿智远识……

所有这些，都显示出了司马迁人物描写的富于变化、摇曳多姿，"其文疏荡，颇有奇气"（苏辙《上枢密韩太尉书》），而毫不单调板滞；风格上则既"雄深雅健"（刘禹锡《唐故柳州刺史柳君集纪》），表现出笼罩《史记》的总特色，又因人而异、丰富多彩，显示了风格的多样化。

第二，司马迁的人物描写，还有一个重要特点，就是笔底带有强烈的感情色彩。这是每一位读过《史记》的人，都深切感受到了的。

任何一位史家对自己笔下的人物都怀有感情。但一般说来，这种感情又总是通过对人物身世遭际的描述，渗透在情节发展之中，让人物自己来打动读者的。作者在作品中并不露面，不直接表露自己的情感。司马迁好奇"多爱"，怀有热烈的理想主义追求，感情达到了如此强烈的地步，以至于常常要在传文中直接表露出来。这种表露大体有三种方式：

（1）叙述中运用富于感情色彩的语气助词。

例如，司马迁写他所敬仰的孔子，则是："孔子母死，乃殡五父之衢，盖其慎也"，"君命召，不俟驾行矣"。写项羽的豪勇则是："籍长八尺余，力能扛鼎，才气过人，虽吴中子弟，皆已惮籍矣"，"楼烦目不敢视，手不敢发，……汉王使人间问之，乃项羽也"。写游侠朱家的莫大声名则是："自关以东，莫不延颈愿交焉"；写魏其侯的处决则是："魏其复食，治病，议定不死矣，乃有蜚语，为恶言闻上，……论弃市渭城。"写到那些暴虐成性的酷吏时，感叹词简直就喷射而出了："其好杀行威不爱人如此！""吏之治以斩杀缚吏为务，阎奉以恶用矣！""是时赵禹、张汤以深刻为九卿矣！""至周为廷尉，诏狱事益多矣!""其治暴酷皆甚于王温舒矣!"

这种在叙事中(而不是人物语言中),用突然夹带作者自己感叹的句式,来表达作者的仰慕、惊叹、惋惜、痛悼、愤懑、斥责之情,可说是"史无前例"。

(2)在传文中直接插入抒情式的议论。

《史记》对伯夷、屈原、韩非的描述,正是这样。在《屈原列传》中,司马迁叙到屈原被疏而作《离骚》时,突然将叙事中断,引用淮南王刘安的一段话,对《离骚》作了极其动情的评论,强烈地表达了司马迁对屈原那"与日月争光可也"的峻洁品格的仰慕之情。而在《老庄申韩列传》中,司马迁叙到韩非的被害,又特意加上自己的一番感叹:"申子、韩子皆著书,传于后世,学者多有。余独悲韩子为《说难》而不能自脱耳!"表达了司马迁对韩非遭遇的深沉痛惜和悲哀。在《伯夷列传》中,作者的抒情式议论就更多了,为省篇幅,这里不再引述。

(3)运用传文的"论赞"抒发感情。

论赞的运用并不是司马迁的独创,《国语》《左传》均有先例。但它们往往是引用第三者的话来评述历史事件或人物。司马迁的"论赞",却是让自己("余")直接走出来,面对所写人物发表评论和抒发感受。由于《史记》的论赞,对传文所写的人物事迹,常常有所补充,有所辨正,在《留侯世家》《游侠列传》《李将军列传》《项羽本纪》等传记论赞中,甚至对人物的肖像、为人、神态,也都有所描述和刻划。这就使得这些论赞与传文,在描写人物,构成鲜明形象上,完全融成了一片。而司马迁对笔下人物所怀有的强烈感情,也更多地喷涌在这些论赞中。正是它们,把读者阅读传文时所生出的爱憎之情,与司马迁的感情一下沟通了,造成了一种撼动身心的强烈共鸣。这里仅举《李将军列传》为例,司马迁在论赞中说

> 传曰:"其身正,不令而行;其身不正,虽令不从。"其李将军之谓也!余睹李将军,悛悛如鄙人,口不能道辞。及死之日,天下知与不知,皆为尽哀。彼其忠实心诚信于士大夫也!谚曰:"桃李不言,下自成蹊。"此言虽小,可以喻大也。

司马迁对李广的钦敬、思念和痛悼之情,在这里表露得何其深切!读了这段论赞,人们眼前自会浮起李将军那"悛悛如鄙人"的忠厚身影;传文所述他的那些神奇而又悲惨的遭遇,又会一一重现在人们脑际。读者能不因此被司马迁的深切感情打动,而为这位不死于匈奴箭锋,却自杀于羞对狱吏的"飞将军",洒落潸潸热泪吗?

由此可知,司马迁的人物描写,实在是融入了强烈的感情。当他写到自己所敬仰的人物时,赞赏之情就溢于言表;写到人物的悲壮身世时,泪水正与笔墨一起涌出;写到所憎恶的人物时,简直就能听到他那咄咄斥责的切齿之声。司马迁正是以如此强烈的感情色彩,显示了自己的特色,给一部《史记》深深打上了他个性的烙印。司马迁在所描写的历史人物身上,表现着自己的理想和追求,倾吐着对先贤的思慕和追念,发泄着对于黑暗专制和暴政的憎恨与不平。所以,如果我们要说,《史记》是一部高度客观的历史"实录"的话,无妨还可加上一句:它又是一部高度"主观"的抒情之作。《史记》是史诗,而这部史诗的抒情主人公,就正是司马迁自己。鲁迅之所以称它为"无韵之《离骚》",恐怕正是深切地感受到了这一点。

＊　　　＊　　　＊　　　＊　　　＊

以上,我们详尽地探讨了《史记》在人物描写上的一些主要成就,以及司马迁所作的探索和创造。这当然不是说,《史记》在人物描写上就没有缺点了。事实上,其中也仍有一些传记写得并不很出色,甚至也还有疏漏和败笔。对此我们是不应该苛责于古人的。司马迁毕竟是在人物传记写作上的一位伟大拓荒者。他在差不多大半生的时间里所作的探索和创造,已经启发着并将继续启发世世代代的人们。这,就是非常伟大的了!

[原载《楚汉文学综论》,黄山书社 1993 年版,辑入本集有改动]

论两汉的神怪小说和历史小说

"小说"在汉代有着相当的发展和流传。仅班固《艺文志》所著录的西汉"小说家",就有《伊尹说》《师旷》《青史子》《虞初周说》等十五家。或依托古人,或记载古事,或"缀于街谈",或讲述道家养生之术,内容极为广泛。就篇制来说,《虞初周说》(汉武帝时方士虞初所著)"几及千篇",可谓洋洋壮观。它们虽然皆都散失不传,却反映了西汉小说随着尊崇"黄老之学"的风气和神仙思想的发展,曾有过相当的繁荣。

汉代小说发展的另一表现是,魏晋之际所作小说,往往伪托汉人之名。如《神异经》《十洲记》,托名武帝时的诙谐之士东方朔所作;《西京杂记》托名刘歆;《飞燕外传》托名"汉东都尉伶玄子于撰";《汉武洞冥记》托名"后汉郭宪撰"等。更有甚者,将《汉武帝故事》《汉武帝内传》托为对"小说"极其鄙视的东汉班固所作,便显得愈加离奇了。后世小说而欲借重汉人之名"以衒人",固然表现了"文人好逞狡狯"之技。但从另一方面看,不又正反映了汉代小说曾有过相当繁荣的背景么? 倘若汉无"小说"流行,则后世小说之伪托汉人,也就失去了"衒人"的依据。

汉代被列为"小说家"的小说,因为散失不传,我们已无从加以评说。好在汉代还留存另一类著述,如《燕丹子》《列仙传》《越绝书》《吴越春秋》《风俗通义》《笑林》等。这类著述,汉人并不称其为"小说",但对后世小说的发展均有深远影响。它们在小说制作上的成绩和光辉,被魏晋南朝小说所掩盖,因而不太为文学史家所注意。本书拟对这些"小说"作些磨洗和擦拭工作,以使读者能约略重睹它们的昔日光彩。

一、汉代神怪小说的演变——从《列仙传》到《风俗通义》

汉代的文化与楚文化有着直接的相承关系。正如李同厚在《美的历程》中所指出的，"尽管在政治、经济、法律等制度方面，'汉承秦制'，刘汉王朝基本上是承袭了秦代体制。但是，在意识形态的某些方面，又特别在文学艺术领域，汉却依然保持了它的南楚故地的乡土本色"。"蕴藏着原始活力的传统浪漫幻想，却始终没有离开汉代的艺术"。这种"传统浪漫幻想"，不仅鲜明地表现在汉代的辞赋、绘画、雕刻、园林、建筑等艺术中，也浓重地渗透在汉代神怪小说的制作中。

不过仔细考察起来，西汉前期对"黄老之学"的推崇，颇有利于道家方术之士"长生不老"和"白日飞升"思想的传播；特别是汉武帝，一面追求建立超越五帝三王的功业，一面制礼作乐，仰慕黄帝封禅仙去之说，更鼓励了神仙思想的流行。上层风气所染，西汉的小说便更多带有神话和"仙话"的色彩。董仲舒提出"罢黜百家，独尊儒术"的主张，儒学地位的逐渐处于一尊，在很大程度上有抑制神仙思想发展的趋势；但由于他的思想，又融合了阴阳五行、"天人感应"，重视从天象变异中推演政治和人事，这又将人们的一部分注意力引向了种种灾异变怪之说。到了东汉，它又与统治者所崇尚的"谶纬之学"结合在一起。因此，东汉的小说，"神话"、"仙话"成份逐渐淡薄，而演变为以记叙狐鬼木石之变为主的志怪小说。

西汉神怪小说的代表作，有刘向的《列仙传》[①]和扬雄的《蜀王本纪》。

刘向是西汉一代大学问家。成帝时与子刘歆受诏领校中秘书，在校勘整理先秦古籍方面作出了卓著贡献。此外，他还"采取诗书所载贤妃贞妇兴国兴家可法则及孽嬖乱亡者，序次为《列女传》凡八篇"、"采传纪行事著《新序》、《说苑》凡五十篇"（班固《汉书·刘向传》），均为后世所推重。刘向的《列仙传》大约作于早年。他从小就爱神仙之道，加之汉宣帝"循武帝故事"、"复兴神仙方术之事"，其

---

① 鲁迅《中国小说的历史变迁》以为："刘向的《列仙传》，在当时并非有意作小说，乃是当作真实事情做的，不过我们以现在的眼光看去，只可作小说观而已。"

《列仙传》之作,大约正适应了上层的这一爱好。后人疑为东汉人伪托,恐怕不确。

《列仙传》分上、下二卷,所记七十余篇,收录于《道藏举要》《云笈七签》等书中。所叙神仙故事,大多篇制短小,较少情节内容和具体描绘。不过,有些故事中所显示的想象力,却瑰奇缤纷,文笔亦颇有轻灵流动者。如记"冠先生"一则:

> 冠先生者,宋人也.钓鱼为业,居睢水傍百余年。得鱼,或放,或卖,或食。常著冠带,好种荔,食其葩实焉。宋景公问其道,不告,即杀之。数十年,踞宋城门鼓琴,数十日而去。宋人家家奉祀焉。

描述这位神仙中人"钓鱼"、"种荔"生活,好不潇洒。就是被宋景公"杀"了,也依然不死,数十年后又踞城门"鼓琴",真可令世俗之人羡慕死了。又如记"陶安公"之升仙:

> 陶安公者,六安铸冶师也。数行火,火一旦散上行,紫色冲天。安公伏冶下求哀。须臾,朱雀止冶上,曰:"安公,安公,冶与天通。七月七日,迎汝以赤龙"。至期,赤龙到,大雨。安公骑之,从东南上。一城邑数万人众共送视之,皆与辞决也。

冲天的炉火,居然能"与天通",不禁使此公胆战心惊。而朱雀的降临,却带来了意外喜讯。一位普通的冶匠,就这样在"大雨"中乘龙仙去。"一城邑数万人众"的送行,更为这幕喜剧增添了热烈仰慕的氛围。故事虽短,思致却颇为葱茏。

值得注意的是,在先秦时代,这种神话大多是与往古的历史传说结合在一起的,得以升天为神者,也多为地位显赫的圣王、贤相。但刘向《列仙传》,则把反映的范围扩大到了当代,而且连一些不见经传的普通人,也能升仙。"陶安公"是一例,与此相似的还有"阴生"、"园客":

> 阴生,长安中渭桥下乞儿也。常止于市中乞,市人厌苦,以

粪洒之，旋复在里中，衣不见污如故。长吏知之，械收系，著桎
梏。而续在市中乞。又械欲杀之，乃去。洒者之家，室自坏，杀
十余人。故长安中谣曰："见乞儿，与美酒，以免破屋之咎"。

——《阴生》

园客者，济阴人也。姿貌好而性良，邑人多以女妻之，客终
不取。常种五色香草，积数十年，食其实。一旦有五色蛾，止其
香树末。客收而荐之以布，生桑蚕焉。至蚕时，有好女夜至，自
称客妻，道蚕状。客与俱收蚕，得百二十头茧，皆如瓮大。缲一
茧六十日始尽。讫则俱去，莫知所在。

——《园客》

孤苦无依的乞儿，为市人所不容，而且屡受污辱和虐待。谁料他却是
粪水"洒"不污、"桎梏"械不住的"仙"乞！谁要不予顾惜怜恤，谁就
得遭殃。这位乞儿，与汉乐府中《孤儿行》所歌咏的那位饱受兄嫂虐
待的苦命儿，命运就大不同了。此类"仙话"的出现，恐怕正是下层
人民对世道不平涌生的反抗之思——只不过取了怪诞的方式罢了。
至于园客，原本是一位种香草者，却能得到"好女"（香草仙子？）之
助，育出"如瓮大"的蚕茧，最后得与好女共赴仙界。一位普通种草
者的辛勤劳动，正与前引冶者陶安公一样，通过荒诞不经的"仙去"
故事，得到赞扬和肯定。以"神仙"小说反映当代的社会生活，为王
公大人所瞧不起的下层乞儿和劳动者，也可以涉足成"仙"的境
界——这正是刘向《列仙传》所表现的新特点。就这一点看，《列仙
传》无疑于荒唐之思中，体现了一种积极乐观的精神。

西汉的神怪小说，还有扬雄的《蜀王本纪》。《蜀王本纪》今亡
佚，其所叙"望帝"传说，在后世却影响颇大：

……蜀民稀少，后有一男子名曰杜宇，从天堕止朱提（山）。
有一女子名利，从江源井中出，为杜宇妻。乃自立蜀王，号曰望
帝，治汶山下邑曰郫，化民往往复出。望帝积百余岁，荆有一人
名鳖灵，其尸亡去，荆人求之不得。鳖灵尸随江水上至郫，遂活，
与望帝相见。望帝以鳖灵为相，时玉山出水，若尧之洪水，望帝
不能治，使鳖灵决玉山，民得安处。鳖灵治水去后，望帝与其妻

通。惭愧,自以德薄,不如鳖灵。乃委国授之而去,如尧之禅舜。鳖灵即位,号曰开明帝……望帝去时,子鹃(规)鸣,故蜀人悲子鹃鸣而思望帝。望帝,杜宇也。

这则神话所描述的望帝,毕竟是一位勤于民事的帝王。他"从天而堕",仿佛就是为了救治蜀民;他信用鳖灵,为民治水除害。当然他也有缺点,或者说在"私生活"上不很检点,但尚能"自以德薄"、惭愧引退。就这一些看,望帝就很了不起,他因此得到了蜀地人民的长久怀思。文中的"望帝去时,子鹃(子规)鸣,故蜀人悲子鹃鸣而思望帝",写得很动情,留有袅袅的余韵。这则小说,世俗的成分更多于神奇的荒诞。故事虽然简明,对望帝的性格表现却不单一。与刘向《列仙传》一样,"望帝"的故事也显示了西汉神话小说所特有的明快爽朗的色彩。

东汉的神怪小说就不同了:神话的成分逐渐为异闻怪说所取代,而表现出"志怪"的特点。东汉末年应劭所著《风俗通义》,就是其代表。

《风俗通义》是一部杂著,总体上算不得"小说",但其中的《正失》《怪神》,记载了不少神怪传说,我们不妨将其视为"小说"来读。

就思想倾向说,应劭并不相信怪异荒诞之事。他的撰写《正失》,就是为了揭示怪异传说之荒谬的。这与干宝作《搜神记》以"发明神道之不诬",正好相反。例如《鲍君神》:

汝南鮦阳有于田得麋者,其主未往取也。商车十余乘经泽中行,望见此麋著绳,因持去。念其不事,持一鲍鱼置其处。有顷,其主往,不见所得麋,反见鲍鱼。泽中非人道路,怪其如是,大以为神。转相告语,治病求福,多有效验。因此起祀舍,众巫数十,帷帐钟鼓,方数百里皆来祷祀,号"鲍君神"。其后数年,鲍鱼主来历祠下,寻问其故,曰:"此我鱼也,当有何神!"上堂取之,遂从此坏。传曰:"物之所聚,斯有神"。言人共奖成之耳。

这则小说对于揭露神道之生于虚妄,乃愚昧之人所"共奖成之耳",是很有说服力的。不过,对于那些赋予清廉之官为民除害异能的神

怪传说,应劭并不排斥。如《李冰斗江神》:

> 秦昭王遣李冰为蜀郡太守,开成都两江,溉田万顷。江水有神,岁取童女二人为妇,不然,为水灾。主者白(冰),出钱百万以行聘。冰曰:"不须。吾自有女"。到时,装饰其女,当以沉江。冰径至神祠,上神坐,举酒酹曰:"今得傅九族,江君大神,当见尊颜,敬酒"。冰先投杯,但澹淡不耗。冰厉声曰:"江君相轻,当相伐耳"!拔剑,忽然不见。良久,有两苍牛斗于岸旁。有间,冰还,流汗谓官属曰:"吾斗大极,当相助也;若欲知我,南向腰中正白者,我绶也。"主簿乃刺杀北面者,江神遂死。蜀人慕其气决,凡壮健者,因名冰儿。

这则故事,与褚少孙所补《史记·滑稽列传》中"西门豹治邺"故事相近。所不同的是,李冰的治水被蒙上了浓重的神怪色彩。从结构上看,前文叙李冰"装饰其女,当以沉江",是故布疑阵;中间叙李冰邀江神饮酒,亦颇诙谐;写到李冰"厉声"而叱"当伐"江神时,情节在小小的曲折中发生急转;而后描述李冰化牛与江神斗于岸旁,更多情趣。作为一则故事,其叙事技巧显得凝炼而圆熟。

应劭虽不信荒诞之事,但在《怪神》篇中,则又记叙了不少狐鬼怪异之变,显示了他对传闻的轻信,如《鬼魅亭》《家狗之变》《到伯夷》等。其中《鬼魅亭》尤为离奇:

> 汝南汝阳西门亭,有鬼魅。宾客宿止,辄有死亡……其后郡侍奉掾宜禄郑奇来,去亭六七里,有一端正妇人,乞得寄载。奇初难之,然后上车,入亭趋至楼下。吏卒檄白:"楼不可上"。云:"我不恶也。"时亦昏冥,遂上楼,与妇人栖宿。未明,发去。亭卒上楼扫除,见死妇,大惊,走白亭长。亭长击鼓会诸吏,共集诊之,乃亭西北八里吴氏妇。新亡,以夜临殡火灭,火至,失之。其家即持去。奇发行数里,腹痛,到新顿利阳亭加剧,物故。楼遂无敢复上。(卢文弨《群书拾补》辑《风俗通义》逸文)

文中对郑奇遇"鬼"事娓娓叙来,氛围颇觉森然,情节亦多变化。可称后世"狐鬼小说"之滥觞。这类故事的流传,与东汉盛行的灾异变怪之说,恐怕有很大关系,其影响所至,连应劭这样比较清醒的学者,也不免有所迷惑而轻信了。

与"神怪小说"不同的,还有一类"世俗小说"。因为现存这类汉代小说太少,无所归并,特在此略为介绍。"世俗小说"完全不同于神怪小说的多述神仙怪异,而把注意力放在了描摹世态人情上。汉末邯郸淳所著《笑林》,堪称其中之杰作。《笑林》至宋即已散佚,现仅存遗文二十余则,见于《艺文类聚》《太平御览》《太平广记》等书,鲁迅《古小说钩沉》有辑本。其所叙多为现实生活中传闻的笑话,往往能以极简炼的笔墨稍事勾勒,便使人物的可笑情态跃然纸上。如《楚人居贫》:

> 楚人居贫,读《淮南》,方得"螳螂伺蝉,自鄣叶可以隐形",遂于树下仰取叶。螳螂执叶伺蝉,以摘之,叶落树下;树下先有落叶,不能复分。别扫取数斗归,一一以叶自鄣,问其妻曰:"汝见我不?"妻始时恒答言:"见"。经日乃厌倦不堪,绐云:"不见"。嘿然大喜,赍叶入市,对面取人物,吏遂缚诣县。县受辞,自说本末。官大笑,放而不治。

这位书呆子,显然被穷困逼急了。读书而将螳螂的"隐形"于叶后,误为人亦可借叶"隐形",已显憨态。竟又真的觅取其叶,至于'扫取数斗归",而自鄣问妻:夸张的笔墨渲染,更衬出主人公的愚顽情急。及至"对面取人物"而受缚,虽早在读者意料之中,仍不能不激得人们捧腹大笑。凡是令人发笑的事情,往往伴有人物举止、心态上的某种荒唐、乖谬性;在艺术表现中,则又离不开"夸张"笔墨的运用。《笑林》的作者,正是紧紧抓住了故事中人物的乖谬情态,加以适当的夸张、渲染,从而大大增强了故事的可笑意味。

鲁迅先生以为,《笑林》不像元明之际托名苏轼的《艾子杂记》那样,带有"嘲讽世情,讥刺时病"的特点,而是"无所为而作"。倘从此书的总体倾向看,无疑不是带有政治色彩的"讥刺时病"之作;不过对"世情"的"嘲讽"意味,其实倒是颇浓的。例如《有甲》:

> 有甲欲谒见邑宰,问左右曰:"令何所好?"或语曰:"好《公羊传》。"后入见,令问:"君读何书?"答曰:"惟业《公羊传》。"试问:"谁杀陈他者?"甲良久对曰:"平生实不杀陈他。"令察谬误,因复戏之曰:"君不杀陈他,请是谁杀?"于是大怖,徒跣走出。人问其故,乃大语曰:"见明府,便以死事见访,后直不敢复来,遇赦当出耳!"

明明一窍不通,偏要告称精读《公羊传》,于是就闹出了"明府以死事见访"的误会,和"平生实不杀陈他"的窘急申辩笑话。文中对某甲"于是大怖,徒跣走(跑)出"慌张举止的夸张渲染,以及"大语""遇赦当出耳"的口语描摹,均隽永有味、令人解颐。这样的故事,表面上看似乎是无所为的笑谈,但从其强调某甲谒见邑宰,先打听邑宰"何所好"这一点看,显然是对阿谀逢迎、不学无术世态的绝妙讽刺。它与"楚人居贫"对贪财者异想天开的丑态描摹一样,都带有一些"嘲讽世情"的弦外之音在。在中国古代小说史上,《笑林》是以其"举非违,显纰缪"的诙谐幽默为表现特色的。鲁迅称它"实《世说》之一体,亦后来诽谐文学之权舆",可见影响之久远。

由此可知,在魏晋六朝得到相当发展的志怪(包括"轶事")小说,其实早在汉代就已初具规模了。不过,这些小说也与六朝小说一样,"大抵一如今日之记新闻,在当时并非有意做小说"(鲁迅),而且文字简明,情节构思虽时有曲折或波澜,但只重在交代故事本末而不重人物风貌的细致刻画。所以,它们还处在小说发展的早期阶段。

二、借历史为小说的成功尝试——《燕丹子》与《吴越春秋》

先秦的历史著作,往往采纳历史传说或民间传闻,因而有类似后世的"小说"成分。特别是有关五帝三王的事迹,更与神话、传说结了不解之缘。我国史官文化发达甚早,到汉代又出现了《史记》、《汉书》这两部辉煌巨著,在为当代社会治理提供历史借鉴方面发挥了重要作用。这些都使"史"的地位大大提高,竟能与"经"、"子"平起平坐而分庭抗礼。这样的地位,正是被鄙视的"小说家"们所希冀和追求的。因此,后世的小说创作,便常常以"历史"、"杂著"的面目出现,借以提高自身的地位。从小民百姓来说,历朝历代兴亡故事,历史名人的轶事传闻,也正是他们饭后茶余、巷语街谈的重要消遣;较之于现实中的日常传闻,历史题材与他们又有着一定的"距离",更富有某种陌生和神秘感,谈说者也有更多驰骋想象和虚构的天地。这就为小说家的制作,提供了层出不穷的"传闻"来源和听者、读者的"市场"。正是这些社会心理特点和需求,促进了汉代历史小说的发展。

汉代的历史小说,大多是在《左传》《国语》《战国策》《史记》等历史著作的基础上,又吸取民间传说,铺衍加工而成。其中比较著名的,是《燕丹子》《越绝书》和《吴越春秋》。

(一)"古今小说杂传之祖"——《燕丹子》

《燕丹子》取材于战国末期"荆轲刺秦王"的故事。关于它的成书年代,或以为乃秦汉间人所作(宋濂《诸子辨》),或以为乃"出于宋齐以前高手所为"(李慈铭《孟学斋日记》)。但从其文字特色看,似乎还是明人胡应麟在《少室山房笔丛》中所说较为恰当:"《燕丹子》三卷,当是古今小说杂传之祖,然《汉艺文志》无之。《周氏涉笔》谓太史《荆轲传》本此,宋承旨亦以决秦汉人所作。余读之,其文彩诚有足观,而词气颇与东京类,盖汉末文士因太史《庆卿传》增益怪诞为此书,……"。有关燕太子和荆轲的传说,大抵早在汉初即已流行,且有文籍记载,故邹阳《狱中上书自明》《淮南子》等均曾提及。此当为司马迁作《刺客列传)所本。到了东汉末,又经无名氏文人增饰、写定,但尚未以《燕丹子》名世,故应劭《风俗通义》引述燕太子丹事而不注书名出处,但称"闾阎小论饰成之耳"。总之,将它视为汉代作品,应该是无大错的。

前面已经指出,汉代的神怪小说,还没有脱离记闻式的杂著形态,故大多是片断的记叙,很少曲折的情节描述。《燕丹子》却不同,它对历史事件的记叙和人物形象表现,已有着较为完整的构思。全书以燕太子丹的报仇始末为线索,推动情节的发展;又以刺客荆轲这中心人物,作为描述、刻画的重点。整个事件的叙述,在跨度较大的时空中延续和转换。出场人物之间,也能互相映衬,并在矛盾冲突之中,表现各自的性格特点。全书分上、中、下三篇。上篇从太子丹入秦为质、秦王待之无礼发端,引出太子丹的求归和秦王提出难以实现

的条件。简洁的开篇,一下就把读者引入了饶有兴味的期待之中。接着便是太子丹感动上苍奇迹的出现,以及闯桥过关的险遇:

> 丹仰天叹,乌即白头,马生角。秦王不得已而遣之,为机发之桥,欲陷丹。丹过之,桥为不发。夜到关,关门未开。丹为鸡鸣,众鸡皆鸣,遂得逃归。

这就是司马迁在《刺客列传》论赞中提到"世言荆轲,其称太子丹之命,'天雨粟,马生角'也,太过"的部分情节。作为史传,太史公将其删略无疑是恰当的;但在"小说"中,糅合这类神奇传说叙来,就成为引人注目的情节发展之喜剧性插曲了。

然后描述太子丹归燕与其师麴武的书信往还,表现他急切的报仇之心,以及麴武那"疾不如徐,走不如坐"的近忧远虑。惹得急于欲觅刺客以"一剑之任,可当百万之师;须臾之间,可解丹万世之耻"的太子丹,气得"睡卧不听"。人物精神风貌和性格特点,在这一急一慢的主意冲突中,得到了很好的表现,并由此引出了另一重要人物田光的出场。

《燕丹子》中篇续写田光见太子丹,太子丹"膝行而前,涕泪横流"急于求教,田光却"三月"进食而"无说"。情节发展,又在太子丹疑怪丛生的烟云之中,出现了跌宕。然后再由田光为太子丹剖析,他身边的夏扶、宋意、武阳等士,或"怒而面赤",或"怒而面青",或"怒而面白",皆不可当大任,引出"光所知荆轲,神勇之人,怒而色不变"的热情夸赞。主人公荆轲尚未出场,却已在田光的荐举中先声夺人。这些都还是铺垫,情节发展最激动人心的部分,则全在下篇。

下篇表现荆轲,在情节构思和安排上更见匠心。荆轲刚在太子丹隆重接待中出场,先就带来了田光为送荆轲"吞舌而死"的惊人消息,使荆轲这位由田光以死相荐的奇士之出场,蒙上了一重悲壮的氛围。接着描述太子丹助手夏扶在席间的猝然问难,荆轲则以非同凡响的回答折服坐上众宾,竟使满座宾客"竟酒"而"无能屈"。这一情节,颇与后世《三国演义》叙诸葛亮"舌战群儒"的表现相仿佛,只是没有后者那样铺张和酣畅罢了。全文最感人的描述,则是"易水送别"和"廷刺秦王"。"易水送别"描述荆轲作歌,"高渐离击筑,宋意和之,为壮声则发怒冲冠,为哀声则士皆流涕"。这与《史记》尚无多大不同。但当荆轲、武阳"二人皆升车,终已不顾"而去时,作者还补写了"夏扶当车前刎颈以送"的情景,更为这一幕生死诀别,增添了无限的悲慨和壮烈。

《史记》对荆轲刺秦王的场面,已作过光彩照人的描绘,这对于小说《燕丹子》的写定,当有很大的影响。《燕丹子》的创新之处在于,它在渲染这一幕惊心动魄的行刺情景时,又增添了民间传说的另一故事:

> 秦王曰:"今日之事,从子计耳! 乞听琴声而死。"召姬人鼓琴,琴声曰:"罗縠单衣,可掣而绝。八尺屏风,可超而越。鹿卢之剑,可负而拔。"轲不解音。秦王从琴声负剑拔之,于是奋袖超屏风而走……

一场剑拔弩张的行刺,与琴声的琤琤鸣奏交融在一起,真是又惊心、又奇妙! 全文在荆轲"决秦王,刃入铜柱,火出"和秦王还断轲两手,轲因"倚柱而笑,箕踞而骂"中结束,一位勇毅、果敢、视死如归的刺客荆轲,正是在这样的情节表现中,以其铮铮壮节站立在了读者眼前。

由此可见,《燕丹子》的基本内容虽与《史记·刺客列传》大体相同,但在情节安排上又有不少增补、铺衍和改动。作者既"忠于史实",又不拘泥于史实,大胆吸收正史所不载的民间传闻,加以虚构和想象,从而使历史上的荆轲故事,带有了更动人的"小说"表现特点。它的意义其实远远超过了自身的内容,而提供了如何处理历史题材的创作,如何在史实和民间传闻的基础上,发挥想象和虚构,进行艺术上的再创造的成功经验。就是从描写技巧看,它也取得了引人注目的成就。宋濂说它"序事有法,而文彩烂然,亦学文者之所不废哉!"(《诸子辨》)谭献更盛推它"文古而丽密,非由伪造,小说家之初祖"(谭献《复堂日记》)。正都看到了这一点。

(二)反映吴越相争的壮丽画卷——《越绝书》和《吴越春秋》

作为历史小说,《燕丹子》所记叙的,毕竟还是燕国历史发展中的局部事件,只能比之为历史小说的短幅画。至于壮丽动人的长幅画卷,则有东汉袁康的《越绝书》和赵晔的《吴越春秋》。

《越绝书》今传十五卷。关于它的作者,其《本事第一》以为乃出于孔子弟子"子贡所作",又说出于"伍子胥"。但书末的《叙外传记》,则又以"离合诗"的方式,暗示了它的作者和写定者:

> "记陈厥说,略有其人:以去为生,得衣乃成(袁);厥名有米,覆之以庚(康)。""义属辞定,自于邦贤。邦贤以口为姓,丞之以天(吴);楚相屈原,与之同名(平)。"

显然出于袁康、吴平之手。其成书年代,亦可从书中提供的下述材料判明:

> "句践以来,至于更始之元五百余年,吴越相复见于今"(《叙外传记》),"句践徙琅邪到建武二十八年,凡五百六十七年"(《吴地传》)。

可见此书之作在更始(23—25)至建武(25—56)年间,乃东汉初期的作品。

《吴越春秋》原有十二卷,今存十卷。据《后汉书·儒林传》,其作者赵晔乃会稽山阴人,"少尝为县吏",后"到键为资中,诣杜抚受《韩诗》。究竟其术,积二十年。"还家后,"州召补从事,不就。举有道,卒于家"。其作《吴越春秋》,盖在杜抚卒而归家期间。杜抚卒于汉章帝建初(76—84)年间(见《后汉书·杜抚传》),则此书之成当更在建初、元和(84—87)时期,较《越绝书》至少晚二、三十年。

此二书内容,"大抵本《国语》、《史记》,而附以所传闻者为之"(《重刊〈吴越春秋〉序》),都以记叙春秋后期的吴越争霸历史为主。比较起来,《越绝书》内容较杂,既有吴、越争霸故事的记叙,又有《吴地传》、《越地传》,专记吴中、会稽的城邑、宫室、山水台榭等历史掌故;个别章节,还掺杂有某些解经之文。全书似乎没有统一的体例和严谨的结构,文字也较少修饰。《吴越春秋》就不同了。全书前后贯串,有着严整的情节结构,文字也颇多修饰,生动活泼。从赵晔、袁康均为越人,相去的年代又不太远,而且《吴越春秋》所记有关吴王夫差、伍子胥、公孙圣的传说故事,大多与《越绝书》相似,甚至连文字亦多重复看,赵晔之作《吴越春秋》,显然对《越绝书》有所参照。或者说,它当是在《越绝书》的基础上,进一步加工、改作、润色,而更多带上了小说的色彩。明人钱与谦称《吴越春秋》"字句间或似小说家",正指明了这一特点。下面即以《吴越春秋》为例,来考察一下它在较大规模历史小说创作上的某些特点。

先看结构。《吴越春秋》上卷"内传"五篇,记叙吴之先君太伯奔荆蛮、断发文身、创建吴国,以及阖闾、夫差父子相承,崛起东南,伐楚、收越的兴旺发达,直至伯嚭误国、最终覆灭的兴亡历史。而以伍子胥的遭难奔吴、兴师报楚和遭谗赐死,作为描述的重点。下卷"外传"五篇,则记叙越之先君无余的封越建国,直至越王句践在吴越之争中亡而复兴、终于灭吴的历史。而以句践入臣,范蠡、文种辅助越王发愤图强、伐吴雪耻,作为描述的重点。内、外十传,互为表里、前后相映,构成了一部时间跨度长达数十年的吴越相争壮丽史诗。从总体构思看,这样的结构方式既脉络清晰,又交汇一体,在各有侧重中见其兴亡始末,显示了一种宏伟的气象。

但宏伟的总体构思,倘若不与细密的结撰布局结合起来,便可能流于粗疏。《吴越春秋》恰恰在这方面惨淡经营,既注意了对具体事件来龙去脉的交代,又十分注意人物活动情节上的前后照应。如内传《王僚使公子光传》叙"楚之亡臣伍子胥来奔吴",即用了很大篇幅,追述伍氏先人伍举在楚庄王时辅助朝政的功业,以及楚平王时伍奢父子以忠遭害的始末。这就为后文伍子胥的率师伐楚,以至于怒鞭楚平王尸的情节展开,伏下了千里"灰线"。作者之叙伍子胥奔宋,还插进了道遇申包胥,立誓"覆楚幸以雪父兄之耻",申包胥答以"子能亡之,吾能存之"的情节。这又与后文"申包胥哭秦庭"部分,作了有力的呼应。这些都是吴楚争战中的局部事件,作者将它们细针密缕地组织于情节发展的主线中,固然十分重要。令人赞叹的是,就是在对某些不太为人注意的细节叙述中,《吴越春秋》也善于从情节发展的全局上妥帖安排,使之回环、照应,巧妙喜人。如叙伍子胥自郑奔吴,在追兵紧随不舍的危急关头,终于得到渔父的帮助而脱险,文中有这样一段与渔父的对话:

> 子胥曰："请丈人姓字"。渔父曰："今日凶凶，两贼相逢，吾所谓得楚贼也。两贼相得，得形于默。何用姓字为？子为'芦中人'，吾为'渔丈人'。富贵莫相忘也"。子胥曰："诺"。

后来，子胥既去，渔父"覆船自沉于江水之中"。所谓"富贵莫相忘"的约言，对于伍子胥来说，似乎已失去了"践约"的可能。但在子胥率师攻破郢都，移师"击郑"的时候，情节发展中却又意外地推出了渔父的儿子：

> 郑定公大惧，乃言国中曰："有能还吴军者，吾与分国而治"。渔者之子王孙曰："臣能还之，不用尺兵斗粮，得一桡而行歌于道中，即还吴"。乃与渔者之子桡。子胥军将至，当道扣桡而歌曰："芦中人。"如是再，子胥闻之愕然大惊，曰："何等谓与语？公为何谁矣？"曰："渔父者子。吾国君惧怖，令于国有能还吴军者，与之分国而治。臣言前人与君相逢于途，今从君乞郑之国"。子胥叹曰："悲哉！蒙子前人之恩，有约于此，上天苍苍，岂敢忘也！"于是乃释郑国。

前文所叙渔父那看似无关宏旨的相约之辞，在相隔十数年后，竟在渔父儿子身上得到了关乎郑之存亡的相报。情节安排之细密精巧，于此可见一斑。

《吴越春秋》在对人物形象的刻画上，也取得了引人注目的成就。其中写得最富神采的，自然要数伍子胥了。伍子胥是关系到吴之兴亡的中心人物，作者对他的性格、风貌，联系着春秋复杂多变的斗争风云，作了多侧面的刻画。出现在作者笔下的早年伍子胥，是一位"其状伟，身长一丈，腰十围"的壮汉子。他出亡之际，"贯弓执矢"，厉声喝令追赶的使者："报汝平王，欲国不灭，释吾父兄；若不尔者，楚为墟矣！"语壮意决，气撼山岳。他历尽千辛万苦来到吴国，"披发佯狂，跣足涂面"，以极大的毅力承受了"行乞于市"的耻辱。他谒见吴王，"每入语，语遂有勇壮之气；稍道其仇，而有切切之声"。虽然由于王僚与公子光之间的内争，他的报仇之愿被拖延了十多年。但一当时机到来，他便一奋其气，率师直捣楚郢，甚至因"不得昭王，乃掘平王之墓,出其尸鞭之三百,左足践腹,右手抉其目诮之曰:'谁使汝用谗谀之口杀我父兄?岂不冤哉!'"作者刻画的早年伍子胥,正以如此的勇决沉毅和不达目的决不罢休的敢忾之气,显示了个性特点。但从政治上说,他的视野毕竟还狭隘了些,言行举止之间,表现的更多是刚烈和血性。

后期的伍子胥,则已在各方面成熟起来,虽然仍不失刚烈之性,但深谋远虑、总览全局,显示了一位托孤老臣的忠贞和耿直。当吴王自得于"小胜"之时,他敏锐地预见到隐藏的危险;在越师大败之际,他谆谆劝谏吴王抓住时机灭越,切切不可留下后患;当夫差北伐中原的时候,他又极力陈明利害,苦口婆心诱导夫差认清主要敌人。这些都表现了伍子胥识见之卓绝、谋虑之深远。尽管如此,作者仍注意到了伍子胥性格表现的前后统一性,在写他的忠贞和远虑时,也没有忽略其耿直和刚烈的一面。例如当吴王夫差胜齐归来,并责问子胥"于吴则何力焉"时,作者对伍子胥作了如下的刻画:

> 伍子胥攘臂大怒,释剑而对曰:"昔吾前王有不庭之臣,以能遂王之计不陷于大难。今王舍弃所患外忧,此孤注之谋,非霸王之事……王若觉寤,吴国世世存享;若不觉寤,吴国之命斯促矣。员不忍称疾辟易,乃见王之为擒。员诚前死,汝植吾目于门,以观吴国之丧!"

一位老臣的忠贞,正是借助于如此耿直的个性特征,而得到鲜明体现的。从中,读者仿佛还能听到伍子胥当年警告楚平王那种悲亢辞气之震荡。当伍子胥终于被赐剑而死时,作者又进一步描摹他"受剑徒跣,褰裳下堂,中庭仰天"的神态,发出了"吾始为汝父忠臣,旋设谋破楚,南服劲越,威诸侯,有霸王之功。今汝不用吾言,反赐我剑。吾今日死,吴宫为墟,庭生蔓草,越人据汝社稷,安忘我乎"的呼号。其悲愤之气,甚至在死后也不能平息,还化作滔滔江潮"荡激崩岸"!这些都与主人公前期的经历和性格表现一脉相承,显示了性格刻画上的发展及其统一。

需要指出的是,《吴越春秋》在刻画伍子胥、夫差、句践、范蠡等主要人物时,还在很大程度上突破了史家讲究"雅驯"的局限,更多表现了"小说家"的创作特点。文中大量吸收民间的传说异闻,并运用想象和虚构,将一部吴越相争的历史,表现得既波澜壮阔又有声有色。如写伍子胥的出奔,则穿插了"渔父助渡"、"村姑赐饭"的动人传说;写阖闾当政,则通过伍子胥举荐,引出了"专诸刺王僚"、"要离刺庆忌"和孙武操练宫女的故事;写阖闾晚年昏庸,杀生以送死,便穿插了"湛卢剑亡去"和"风湖子为明王论剑"的传说;写吴王夫差的败亡,又插进了"公孙圣占梦"和"冤死显灵"的情节。史事和传说,就这样通过作者的想象加工,有机地融合在一起,构成了多姿多彩的情节故事。作者描写人物的笔法,也与史家不同,更多运用了场景、氛围的渲染和人物神态的生动勾勒。如叙专诸:

> 伍胥之亡楚如吴时,遇之于道。专诸方与人斗,将就敌,其怒有万人之气,甚不可当,其妻一呼即还。子胥怪而问其状:"何夫子之怒盛也,只闻一女子之声而折道,宁有说乎?"专诸曰:"子视吾之仪,宁莫愚者也?何言之鄙也!夫屈一人之下,必伸万人之上。"子胥因相其貌,碓颡而深目,虎膺而熊背……

专诸的精神风貌和形貌特征,为《史记》所不载。正因有了《吴越春秋》这段富于情趣的描摹,而更鲜明地活现在了后世读者的面前。又如写勾践灭吴,作者特意虚构了子胥的神奇形象,以渲染这悲惨的一幕:

> 越王追奔攻吴兵,入于江阳松陵,欲入胥门。未至六七里,望吴南城,见伍子胥头巨若车轮,目若耀电,须发四张,射于十里。越军大惧,留兵假道。即日夜半,暴风疾雨,雷奔霆激,飞石扬砂,疾于弓弩,越军坏败……

伍子胥悬首城头,怒遏越师,这样的表现荒诞吗?当然是荒诞的。然而,它在显示这位人虽死心却不甘于故国覆亡的老臣之悲慨正气上,却带有如此凛然逼人而不可犯之势!令人读过掩卷,仍对他不胜怀想。这种描写方式,决非历史著作之笔墨,而是小说家惯用的想象和虚构。所以,前人称《吴越春秋》"字句间或似小说家",正是一点不错。

＊　　＊　　＊　　＊　　＊

综上所述，《吴越春秋》在中国古代小说史上，留下了借历史为小说的第一部长篇之作。这是一部壮丽的长幅画卷，展出了吴越相争的变幻风云，绘下了伍子胥等性格鲜明、形象丰满的历史人物群像。它集中体现了汉代小说的发展水平，并为后世长篇历史小说的创作，提供了许多成功的经验。将它与《燕丹子》一起介绍给读者，正是为了让人们清晰地看到：在汉代，除了《列仙传》《风俗通义》之类片断式的神怪小说，以及刘向《说苑》《新序》等寓言、杂说外，还存在着这样一类铺衍史事、糅合民间传闻而创作的历史小说，其情节结构、描写技巧和人物塑造，都有了较大的进展，应该在文学史上占有重要的一页。

[原载《晋阳学刊》2013 年第 3 期，辑入本集有改动]

略论文学作品的"多义性"

文学作品的"多义性"问题,是被研究者们谈论得较多,也是较易引起误解的课题之一。本篇拟结合古典文学作品的实例,讨论一下这个问题。

一

所谓文学作品的"多义性",实有广义、狭义之区别。从广义说,文学作品的"多义性",当指一部文学作品能提供给读者的丰富多样的"审美价值"的特点。美国学者韦勒克、沃伦所著《文学理论》第十八章引述博厄斯《批评家入门》说:"在像荷马或莎士比亚的这些一直受人赞赏的文学作品中,必然拥有某种'多义性',即它们的审美价值一定是如此的丰富和广泛,以致能在自己的结构中包含一种或更多的能给予每一个后来的时代以高度满足的东西。"博厄斯在这里所说的"多义性",就是广义的"多义性",亦即"审美价值"的"丰富性"。

文学作品之所以具有这种"广义的'多义性'",原因就在于文学作品如"诗或小说,是一种多层面的复合组织",其每一个层面均可给予读者不同的审美愉悦。波兰现象学家罗曼·英伽登在《文学的艺术品》中指出,文学作品是一个多层次的构造,它有四个最基本的层次。(1)"语音现象层",指文字的字音和建立在字音基础上的更高级的语音构造,包括韵律、语速、语调等等。(2)"语义单位层",包括词、句、段各级语言单位的意义。(3)"再现的客体层"。文学作品中所再现的客体,是从句子的纯意向性的相关物——事态中展现的。这些客体(人、物、事件等)是虚构的,它们组成一个作品中的世界。(4)"图式化方面层"。文学作品的有限词句不能再现真实客体的一切方面,作品中的客体总是"图式化地呈现"的,仅限于某些方面。

而其未呈现的方面,则有赖于读者在阅读中进行充实。按照英伽登的看法,这每一层次在材料构成上的不同和作用上的多样性,"使整个作品成为一个由其本性决定的、复调的而不是单调的构造"。每一层次的特殊属性,"起着形成特殊的审美价值属性的作用,它们共同构成了整个作品的复调的然而又是统一的审美价值属性"。这正从文学作品本体论的角度,阐明了文学作品审美丰富性(即广义的"多义性")的原因。英国诗人兼批评家托·斯·艾略特在《诗的用途》中也指出,从莎士比亚的一部戏剧中,"头脑最简单的人可以看到情节,较有思想的人可以看到性格和性格冲突,文学知识较丰富的人可以看到词语的表达方法,对音乐较敏感的人可以看到节奏,那些具有更高的理解力和敏感性的听众,则可以发现某种逐渐揭示出来的内含的意义"。这又从读者接受的角度,揭示了文学作品所提供给不同层次读者的审美价值之丰富性特点。

综合以上两位学者的论述可知:正是由于文学作品的多层次结构特点,可以在语音的层面,给予读者以音韵、节奏的审美愉悦;在词、句、段的语义单位层面,则可以凭借独具风格的语汇、辞采和句式的运用,显示其形象动人的美感;在再现的客体层面,又以情节的起伏、人物性格的冲突,或者情景交融的境界,给人以审美享受;至于作品的"图式化呈现"造成的"空白",更可以引发读者心驰神移的想象之奇趣。这就是文学作品审美价值的丰富性,亦即广义的"多义性"。从这一方面看,我们可以断言:任何优秀的文学作品,都具有丰富的审美价值,因而都是"多义"的。

二

但本文所要讨论的,却不是这种广义的"多义性",而是狭义的"多义性"。所谓"狭义的'多义性'"之"义",就是上引艾略特所说文学作品中所"揭示出来的内含的意义",亦即指作品内容方面的意义。就这一狭义之"义"而言,我认为并不能说任何一部作品,或任何一种象征性的文学表现,都是"多义"的了。我的基本看法是:某些较为单纯的作品,或作品中某些局部的象征、比兴表现,一般均不具有"多义性",而恰恰是"一义"的。这其间又可以区分多种情况:

　　第一种情况是由于作品创作背景的缺失,而出现解读上的歧义。例如《诗经·秦风》之《蒹葭》:

　　　　蒹葭苍苍,白露为霜。所谓伊人,在水一方。溯洄从之,道阻且长;溯游从之,宛在水中央。(二、三章略)

这是一首比较单纯的诗。但对它所抒写的内容意义究竟是什么,古今注家却有许多歧解。《毛诗序》说:"《蒹葭》刺襄公也。未能用周礼将无以固其国焉"。郑玄笺曰:"(襄公)未习周之礼法,故国人未服焉"。因而此诗所寻求的"伊人",乃是"知周礼之贤人"。清人姚际恒《诗经通论》则以为未必与秦襄公有关,而断为"此自是贤人隐居水之滨,而人慕而思见之诗"。今人余冠英《诗经选》又以为"这篇似为情诗"。而陈子展《国风选译》则对余氏之说颇有微词:"《蒹葭》一诗是诗人思慕一个人而竟不得见的诗",至于这个人是"知周礼的故都遗老"?"西周旧臣"?"贤人隐士"?"一个朋友"?"或者我们主观地把它简单化、庸俗化,硬指这诗是爱情诗,诗人思念的爱人呢"? 陈子展也不想落实。

　　一首如此单纯的诗,在解说其诗旨时,却出现了如此多的歧义!于是有人出来圆场说,"诗无达诂",这样的诗本身就是"多义"的,又何必确定它之所求究竟为谁? 但我以为,对《蒹葭》一诗的歧解,切不可引入"多义性"来圆场。因为从情理推测,此诗作者之本意,决不会将其寻求之人,既指向西周旧臣,又指向一般贤人,或又指向所爱慕的情侣。故此诗的意向,只能是多种可能性中之一种。它的诗旨应该是"一义"的。古今注家之所以不能确定其旨,乃在于此诗创作背景之失落,而非作品本身之"多义"。倘若背景能够复得,各种猜测就自然消歇。例如王维的"红豆生南国,春来发几枝。愿君多采撷,此物最相思",就是一首较为单纯(但却异常动人)的诗。有些不了解此诗创作背景的读者,往往因其被题为《相思》而视其为爱情诗,断其诗意乃在抒写对心上人无限热烈、深挚的思情。当你告诉他:此诗又题为《江上赠李龟年》(这就补上了诗之创作背景),则上述理解显然有误,它实际上是一首思念友人的诗,抒写的不是"爱情"而是"友情"。我们能不能因为有些人不了解创作背景,而将误解的"爱情"之义也赋予本诗,断言它是"多义"的呢? 当然不能。

由此可见,所谓"诗无达诂",非指某些诗歌本身之"多义",而是指由于其创作背景之缺失,所造成的解说上无法确证的多种猜测和歧解。就这些较为单纯的诗歌之本义而言,它实际上是"一义"的。

第二种情况是诗中某些词语多义,而造成诗旨判断上的歧义。如《诗经·葛覃》一诗,写一个女子在美好的夏日采集葛藤,并高高兴兴地缝制葛衣、澣洗衣服。她究竟为何要做这些事呢? 诗之结句曰:"害澣害否? 归宁父母"。"归"在先秦时代既可以指女子的出嫁(如《桃夭》:"之子于归"),又可以指出嫁女子的回返娘家(如《春秋》文公十八年:"夫人姜氏归于齐")。由此引出两种不同的解说。《毛诗序》曰:"《葛覃》,后妃之本也。后妃在父母家,则志在于女功之事,躬俭节用,服澣濯之衣,尊敬师傅,则可以归安父母,化天下以妇道也"。细绎其言,显然指后妃出嫁前"在父母家",接受女师妇德、妇功之教,则其出嫁可以令父母安心,而能以妇道教化天下之意。故此诗之主人公当为未嫁之女。但今人余冠英又以为,此诗是"抒写一贵族女子准备回娘家归宁父母之情"的诗。则诗中之主人公又当为已嫁之妇了。这正是"归"词之多义,造成了对诗意解说的歧义。我们能否说此诗之本义就是"多义"的呢? 当然也不能。因为诗中的主人公(即作诗人),不可能同时具备既是"未嫁女子"又是"已嫁之妇"的身份,而只能居其一。故此诗的意旨,也只能是上述歧解中之一种(也有研究者如戴震,将此诗前二章视为已嫁之妇对未嫁生活的追忆:"盖当服葛之时,犹念未嫁在父母家,曾任葛事之勤而追赋之,所以感而思归宁者也")。它是"一义"的,并不能用文学作品的"多义性"来调和二说。

第三种情况是有些诗有表层义和深层义,能不能因此断定它是"多义"的? 我以为也不能。例如张衡的《四愁诗》:

> 我所思兮在太山,欲往从之梁父艰。侧身东望涕沾翰。美人赠我金错刀,何以报之英琼瑶。路远莫致倚逍遥,何为怀忧心烦劳?(余三章略)

从此诗表层(字面)看,其所表现的无非是与"美人"的相聚无处不受阻隔,因而忧伤难抑的痛苦之情。或者说,这是一首抒写男女之思的情诗。但此诗的深层义亦即作诗人之本意,则正如《文选》选录此诗所加序言所说:"时天下渐弊,(张衡)郁郁不得志,为《四愁诗》。依屈原以美人为君子,以珍宝为仁义,以水深雪雰为小人。思以道术相报贻于时君,而惧谗邪不得以通"。余冠英《汉魏六朝诗选》以为:"这序文不是张衡自己所作……其中对于本篇寓意的解释并不是定说,可以参考而不必拘泥"。但北大中文系《两汉文学史参考资料》本诗注则以为:"今据诗中所表现的内容,诗人所思念的'美人'并非确有其人而是或东或西的,显然是有所寄托之作。所以序文的说法还是值得考虑的。"由此可以确定,此诗之意旨并不在抒写爱情上的伤惋,而是寓托着政治上的忧思。可见,有些诗有表层义、深层义(即象征、寓托义),看似"多义",其实其本义并不在表层,而在深层,所以它仍然是"一义"的。读者切不可停留在诗之表层,而应该借助有关背景以及文学表现传统(如本诗序言所称屈原开创的"香草美人"传统),透过表层而探得其深层义。

第四种情况,是诗中本无此义,但经读者联想、发挥而注入了新义。它们可否归入诗之"多义"呢? 当然也不可。例如《郑风·风雨》:

> 风雨凄凄,鸡鸣喈喈。既见君子,云胡不夷? 风雨潇潇,鸡鸣胶胶。既见君子,云胡不瘳? 风雨如晦,鸡鸣不已。既见君子,云胡不喜?

对于此诗之旨,宋人朱熹《诗集传》称:"'凄凄',寒凉之气。'喈喈',鸡鸣之声。风雨晦冥,盖淫奔之时。'君子',指所期之男子也"。并以此诗主人公乃"淫奔之女","然当此之时见其所期之人而心悦也"。今人闻一多《风诗类钞》亦认为:"风雨晦冥,群鸡惊噪,妇人不胜孤闷,君子适来,欣然有作"。是多以此诗所歌乃男女于风雨之际欢会的"心悦"之情。但《毛诗序》却说:"《风雨》,思君子也。乱世则思君子,不改其度焉"。此意从何而来? 清人陈奂《诗毛氏传疏》发挥毛传之意说:"'风雨'兴乱世也,'鸡鸣'兴君子不改其度也"。故后世人们常引"风雨如晦,鸡鸣不已"之句,以表现其在任何逆境中也坚守节度、操守之情志。陈子展《国风选译》还引毛奇龄《白鹭洲主客说诗》、胡承珙《毛诗后笺》有关材料证明，"《风雨》一诗曾经鼓励了历史上多少人物不向困难低头，不向敌人屈膝，又教育了多少人为善不息"。

如此说来，《风雨》一诗岂非"多义"了么？其实不是。细考此诗之意，确如朱熹、闻一多所述，写的是男女欢会之情。"风雨"、"鸡鸣"云云，都是对此欢会之环境氛围的描述，本身并无象征之意。至于《毛诗序》之说，实际上只是对诗中"风雨"、"鸡鸣"这局部描述景象的联想和发挥。尽管这种联想或发挥非常精彩，对人生处世亦颇有启示，但毕竟不是原诗之本义。可见，有些诗除了本义外，还可以让读者引发其他联想，得到意外的启迪。我们应该分辨这种"联想义"与诗之"本义"的区别，切不可将读者的"联想"、"发挥"之义与诗之"本义"混为一谈，而误以为它是"多义"的。

三

以上所举均为较单纯的诗作。由于这类诗作表现的情感较为集中，内容也不复杂，不涉及生活的各个方面，形不成诗作的多重"意义"，故而多是"一义"的。现在再说第五种情况，即文学作品中某些局部意象的比兴、象征，也是"一义"的，不宜用"多义性"解说。例如屈原《离骚》这首抒情长诗，其第二部分有"上下求女"的象征性幻境之描写。古今治骚者对此"求女"喻意之探讨，曾异说纷纭。王逸《楚辞章句》以为"宓妃佚女，以譬贤臣"[①]；朱熹《楚辞集注》则以为"求索，求贤君也"、"求宓妃，见佚女，留二姚，皆求贤君之意也"[②]；清人梅曾亮则以求女"言求所以通君侧之人"（今人游国恩力主此说）；贺宽《饮骚》又提出："愚意帝以拟楚怀，女以比郑袖，庶几可通乎"[③]等，诸家异说蜂起，至今未有定论。杨义先生《楚辞诗学》由此出来调停说："神话隐喻具有多义性，对其指涉不可刻舟求剑"。用

---

① 当代楚辞学家金开诚、赵逵夫即发挥此说，提出了喻求"志同道合"者或"知音"之说。

② 后世汪瑗、蒋骥皆从此说。我在《论〈离骚〉的"男女君臣"之喻》中则改造朱、蒋之说，提出了"求女"以喻诗人"遭黜后反复求合于楚王以期重返朝廷的努力及其失败"的见解。

③ 今人陈子展发挥此说为"前三求女""是隐讽走女谒的路，走内线的路，以求通过怀王宠妃郑袖的裙带关系，而取得信任"。

"多义性"处理《离骚》"求女"喻意之争,这似乎是一个好办法。

但我认为,这实在是不妥当的。神话隐喻与其他象征意象一样,当其独立存在的时候,无疑具有某种"多义性"(实为"意义不确定性")。例如《夸父追日》的神话,究竟隐喻着某种富有勇气的挑战精神,还是"不自量力"的蛮干作风? 是一种对于光明事物的坚毅追求,还是终究要毁灭的悲剧命运? 恐怕都可以被这一神话内容的各个侧面所包容。但是,当神话故事或相关的意象一被作家、诗人运用到自己的作品里,进入了上下文的"语境"中时,其带有的"意义不确定性"马上就失去了:它将被作者有侧重的描述所强调,并受上下文意的联系所制约,而显示其隐喻、象征的"一义性"。还以"夸父逐日"为例,陶渊明《读山海经》组诗即有一首吟咏此神话:

> 夸父诞宏志,乃与日竞走。俱至虞渊下,似若无胜负。神力既殊妙,倾河焉足有? 余迹寄邓林,功竟在身后。

进入陶诗中的"夸父"神话,事实上已带有了诗人独立的审美评价和情感倾向。《山海经·大荒北经》叙事中的"夸父不量力",已被诗人"夸父诞宏志"的热烈赞诵语气所改变;至于"夸父"神话中"渴欲得饮……北饮大泽。未至,道渴而死"的悲剧结局,在陶诗的吟咏中则被大大淡化;而神话中毫不经意交代的"弃其杖,化为邓林"的内容,却又被诗人以"余迹寄邓林,功竟在身后"之语所强调和颂扬。这样一来,本有"多义"的"夸父逐日"神话,在陶渊明诗中所显示的,就不再是"多义"而是"一义"了。明人黄文焕《陶诗析义》称此诗"寓意甚远甚大。天下忠臣义士,及身之时,事或有所不能济,而其志其功足留万古者,皆夸父之类,非俗人目论所能知也"。正精当地揭示了此诗歌咏"夸父"之寓意。

《离骚》第二部分的"求女"象征也正如此。诗中尽管运用了宓妃、佚女、二姚等神话和历史传说意象,给人以恍惚迷离之感。但其象征之义,却并非如独立的神话隐喻那样,带有宽泛的"不确定性"。人们只要深入考察此诗"求女"的上下文意,注意到其中颇有暗示意义的某些内容(如"闺中既已邃远兮,哲王又不寤",以及后文"巫咸"解释"吉故"时所举的君臣遇合不须"行媒"之例),即可明白这"求女"的喻意并非"多义",而有着可以探究的明确指向。有趣的是,杨义先生在主张《离骚》"求女"隐喻的"多义"性之后,他自己却不知不觉抛弃了"多义"的判断,也提出了对"求女"喻意的"一义"之解:如果我们不对神话隐喻作狭隘理解,那就可以理解到《离骚》求女幻想的丰富内涵——顺着神话性心理逻辑的余势,楚国诗人利用历史空间存在的可能性,借神话与历史间的著名美女,导泄被压抑的性意识,从而匪夷所思地创造了寻找相知相悦的美好心灵的隐喻形式。尽管杨义先生的"求女"喻意解说,未必比他指斥的"刻舟求剑"诸说精当,但他毕竟还是以自己的"一义"解说,排除了《离骚》"求女"喻意的"多义"性。

以上我从五个方面,论述了单纯的作品和局部意象的比兴、象征,一般都是"一义"的。将这类不属于"多义性"范围的意义探求,归入到"多义性"中,不去努力了解作品的创作背景,不深入体会作品本文之原意,不顾及作品上下文的制约性和导向性,而将各种误解、歧义、猜测,都归入"多义性"而认可,那是会导致真伪不辨、曲直不分而误人子弟的。

四

现在再谈第二个问题。什么才是文学作品"内含意义"的"多义性",或者说,我们是在什么范围内谈论作品的"多义性"的? 我的看法是:文学作品内容的"多义性",说的是复杂的(而非单纯的)作品在总体上(而非局部上)的意义涵容的丰富性。我们先来考察一下,现当代的文学研究家是怎样谈论这个问题的。英国文艺理论家瑞恰兹(又译为"理查兹")在其《实用批评》中指出:"文学研究的十分重要的事实——或任何其他交流方式的研究的十分重要的事实——是存在着几种意义。……不管我们是作为讲话或写作的主动者,还是作为阅读或倾听的被动者,我们所与之打交道的总体意义,几乎永远是几种不同种类的具有各自作用的意义的混合"。德国结构主义美学家卡勒《结构主义诗学》亦指出:"不能要求(一种文学理论)阐释一部作品的'正确意义',因为我们根本不相信每部作品只有一个唯一正确的理解。……确实,最需要解释的惊人事实是一部作品为什

么会有多种多样的意义,而不是只有一个意义……"。而著名诠释
学哲学家伽达默尔则进一步指出:对于一件艺术作品,我们不可能像
对待某个传递信息的报道那样,把其中所具有的信息统统收悉。
……一件艺术作品是永远不可能被穷尽的,它永远不可能被人把意
义掏空。在上引诸种见解中人们可以发现:当文学理论家或美学家
谈论作品的"多义性"时,始终是就"一部"作品的"总体"而言的。
所以,文学作品"内含意义"的"多义性",决非指作品局部句意、段意
在解说上可能产生的"歧义"性,而是指整个作品在总体意义上的
"多种多样"和"不可穷尽"性。这一点我们必须牢记。

那么,文学作品为什么会具有这种"多义性"的呢? 当我们在前
文讨论其"审美价值"的"多义性"(即丰富性)时,曾涉及文学作品
是"语音"、"语词、句、段"等"多层面的复合组织"的结构问题,正是
这种结构形式形成了引发人们多方面审美愉悦的特质。现在要说明
作品内容"意义"上的"多义性",我们同样应注意到文学作品在情
节、内容构成上的特点。也就是说,一部复杂的文学作品的丰富内
容,涉及它所展示的虚拟"世界"的多方面生活,从而也包含着作品
(作家)对社会政治、伦理、道德、人生的多方面的经验及其评判。在
对这虚拟"世界"的多方面生活景象的展开和评判中,便形成了一部
作品的多重的、丰富的"意义"。正如法国现象学美学家杜夫海纳
《文学批评与现象学》所说:"作品的意义在于它所讲的东西之中,而
它永远比它所由产生的经验说得更多一些:它说的是一个世界"。
因为这个"世界"是由一个"无边无际"的"内心世界"所开辟,所以
它又是"一个情感立即便能接近而思考却永远探索不完的世界"①。
我们试以屈原的伟大抒情长诗《离骚》为例,《离骚》的内容意义正是
极其丰富而难以穷尽的(见后表):

---

① 胡经之、张首映主编:《西方二十世纪文论选》(第三卷),中国社会科学出版社 1989 年版,第 79 页。

$$
离骚
\begin{cases}
1.对美政理想的追求
\begin{cases}
圣君贤臣思想 \\
举贤授能思想——社会政治层面的"意义" \\
加强法制思想
\end{cases} \\[2mm]
2.对生存价值的思考
\begin{cases}
拒绝贪婪逐利 \\
恐修名之不立 ——人生层面的"意义" \\
伏清白以死直兮
\end{cases} \\[2mm]
3.身处逆境、孤身抗恶的实践
\begin{cases}
虽九死其犹未悔 \\
虽休解吾犹未变
\end{cases}——道德层面的"意义" \\[2mm]
4.对故国"旧乡"的依恋
\begin{cases}
忽临睨夫旧乡 \\
蜷局顾而不行
\end{cases}——情操层面的"意义" \\[2mm]
5.正不胜邪的悲剧结局——吾将从彭咸之所居——历史层面的"意义" \\
\quad 结局 \\
……
\end{cases}
$$

这就是《离骚》内容意义上的"多义性"之体现。面对这么丰富而多层面的"意义",人们几乎无法概括《离骚》的"辞旨"或"主题"。

五

正是从文学作品内容意义上的这种"多义性"考虑,我们有理由批评和反对文学研究中一度盛行的单一"主题"说。

人们长久以来对待文学作品的思考或提问方式常常是这样的:"这部(篇)作品的主题(或主旨)是什么?"而所谓"主题",有关文学理论著作又告诉我们,它就"是指通过作品中描绘的社会生活所表现出来的中心思想",据说它一定应是"一个"并"贯穿整部作品的中心思想"①。其实这种单一的"主题"说,根本就是一种主观、机械的总结作品意义的理论,它在实际上否定了一部文学作品所包含的意义的丰富性;同时也不符合人们在历史发展中阅读同一部作品,而获得多方面意义和启示的客观实际。例如,对于《水浒传》的"主题","明清两代或主'忠义'说,或主'海盗'说,存在着严重的对立;也有少数人认为是为英雄豪杰立传,或出于游戏等。近代则又有一些人

---

① 以群主编:《文学的基本原理》(下册),作家出版社 1964 年版,第 309、309-310 页。

把它作为'倡民主、民权'的'政治小说'。新中国成立以来,特别是冯雪峰的《回答〈水浒〉的几个问题》在1954年发表后,'农民起义'说长期居于主导的地位。1975年《天津师院学报》第4期发表了伊永文的《〈水浒传〉是反映市民阶层利益的作品》一文,提出了'市民'说,之后有一些学者相继从小说中的领袖出身、队伍成分、政治口号和发动战争的性质等角度论证《水浒传》不是写农民起义,而是为'市井细民写心'。自1979年起,另有一些学者又用'忠奸斗争'说来解释小说的主题(如《中山大学学报》1979年第1期发表的刘烈茂的《评〈水浒〉应该怎样一分为二?》等)"。请问:这种种不同的"主旨"、"主题"说,有哪一种不被"论证"为是"贯穿《水浒传》整部作品的中心思想"? 但又有哪一种能概括得了《水浒传》所涵容的丰富意义? 于是当代的文学史家出来调停说:"通过一段时间的相互驳难和讨论,学界大致认为'农民起义'说、'市民'说和'忠奸斗争'说从不同的角度立论,均有一定合理性,相互间可以作某种补充和包容"①。这样的调停,看似将各种"主题"说"包容"在了一起,从而避免了各自的片面性;但其实恰正从根本上推翻了文学作品"有一个""贯穿整部作品的中心思想"的"主题"理论——既然每一说都被证明为是"贯穿整部作品"的思想,则它们就都应该是《水浒传》的"主题";既然它们中的哪一说又都不能概括《水浒传》的思想,还需要互相"补充",则《水浒传》的"中心思想"就一定不止一个,而应该有许多个。但这岂不又与"其中必然有一个贯穿全书的主要问题、主要思想"的"主题"理论相矛盾②?

从上述讨论《水浒传》"主题"的争论历史,人们可以真切地感受到:文学作品的"主题"理论,完全不顾文学作品内容上的"多义性"特点,而将处于不同时代、不同阶层利益的评论家的"主题"判断,强加给了某部作品。它所带来的危害,在于以对"中心思想"的某种专断,排斥读者对作品的丰富意义的自由探寻和思考,并取得对读者思想的控制。而前面对文学作品"多义性"特征的确认,正为破除这种主观专断的单一"主题"说,提供了重要的理论依据。

---

① 袁行霈主编:《中国文学史》(第四卷),高等教育出版社1999年版,第60页。
② 这种矛盾现象在探讨《西游记》《三国演义》《红楼梦》等古典小说,甚至在探讨像白居易《长恨歌》这类叙事诗作的"主题"争议中,都反复出现过。

六

需要进一步探讨的是,文学作品在自身内容上虽然是"多义"的,但它的多种意义之"展开",却只能在读者的阅读(接受)过程中实现。一部作品搁置在书库中而不被人们阅读,它的"意义"还只能说是"潜在"的。而当它一进入被不同读者阅读的过程时,它的丰富意义才获得了"展开"或"呈现"自己的可能性。正是从这个意义上,伽达默尔在《美学和解释学》中指出:"艺术品是对不断更新的理解的开放"。尧斯《论接受美学》也认为:"对保藏在作品中,并在其历史的接受阶段中得以实现的意义来说,当它向理解的判断显示自身时,它是潜能的连续展开"。不过,文学作品"多义性"的"展开"也有多种情况:

第一,这种内容上的丰富意义,并不能在某一时代的读者阅读过程中全都"展开"。有许多"意义"隐藏在作品中,或未能被读者发现,或发现了也不被重视。只有在时代条件有了较大变动的情况下,它们才得以显现。以汉乐府中的叙事长诗《孔雀东南飞》为例:此诗描述了建安时代庐江郡焦仲卿之母对儿媳刘兰芝的虐待,造成兰芝的被迫遣归;又受家中兄长的逼迫,改嫁郡太守之子,终于酿成兰芝揽裙"赴清池"、仲卿"自挂东南枝"的夫妻殉情大悲剧。这篇长诗的"意义"无疑是多方面的。仅就焦母、刘兄对兰芝的虐待、逼迫而言,在封建时代条件下,就更多显现在家庭婆媳、兄妹关系的处置不当,将造成无可挽救的悲剧后果之"意义"上。此诗之结尾明确点示"行人驻足听,寡妇起彷徨。多谢后世人,戒之慎莫忘",正证明了这一点。至于此诗中的焦母、刘兄,之所以具有主宰兰芝命运的专制权,兰芝、仲卿之所以只能以死来维护彼此相爱的婚姻关系,正在于当时社会制度赋予了封建家长这种不可侵犯、不可违逆的权利;刘、焦的悲剧还包含着控诉封建家长、封建礼教"吃人"罪恶的"意义",在当时条件下就很难显现。只有到了反封建、反礼教思想蓬勃兴起的五四时代,受着反封建思想潮流影响的人们,对《孔雀东南飞》所表现的爱情悲剧有了全新的理解,其所隐含的揭示封建家长制、封建礼教"吃人"罪恶的"意义",才以惊心动魄的力度,显现和"展开"了出来。

　　这也就同时解释了文学史上常见的一种情况：为什么有些诗人、作家的作品，在他们生前寂寞而无多少人欣赏，但在数十、百年后，却又会被人们"发现"而家传户诵。除了不同时代人们的审美情趣，发生了有利于这些作品被欣赏的变化因素外，还有一个重要原因：即这些作品蕴含的某些"意义"，在当时条件下，因为只有处于特殊境况中的少数人们才能真切感受到，所以不能得到充分显现。但在后世，由于作品表现的境况已成为社会普遍重视的现象，人们便会惊异地"发现"，这种境况原来早在数十、百年前，已被某些作家的作品所"深刻"揭示了！昨日的黄花，由此一变为今日的奇葩，正在于作品中隐藏的某种全新"意义"之被"发现"和"揭示"。

　　第二，文学作品的"意义"即使得到多方面的显现，但也可能不被某一阶层读者理解或接受，从而出现接受某些意义而排斥某些意义的不同评价倾向。文学作品是以人和社会（包括自然）作为主要表现对象的"虚幻世界"的创造。无论在哪个时代，作家作品都会触及到人在社会中的某些共同的人性发展的新要求或新愿望。但是，这种要求或愿望，在不同时代的社会秩序和反映这种秩序的思想、道德规范中，得到的评价却是不同的。每一时代都有着某种思想、道德主潮控制着大多数的人们，而使他们对作品中的某些"意义"或者视而不见，或者公开排斥。还是以《孔雀东南飞》为例。在明清之际一部分受封建传统观念影响较深的诗论家那里，刘兰芝不嫁郡太守公子的行为，曾得到高度赞扬；而对于刘兰芝"自请遣归"的"反抗"举止，以及焦仲卿"殉情"而死的选择，则大张挞伐之辞：

　　　　以理论之，此女（指兰芝）情深矣，而礼义未至。妇之于姑，义不可绝，不以相遇之厚薄动也。……母不先遣而悍然请去，过矣！吾甚悲女之贞烈有此至情，而未闻孝道也。（陈祚明《采菽堂古诗选》）
　　　　仲卿不能积诚以回其母，以致杀身陷亲，其情可伤，而其罪亦不小。刘氏（兰芝）者，从一而终，可谓能守义矣。（朱乾《乐府正义》）

可见，在明清时代这些诗论家的道德观念中，《孔雀东南飞》所描述的兰芝"自誓不嫁"、殉情而死的"意义"，曾被理解为是当时所宣扬的一种妇女"守节"的"贞烈"之行，故而给予了肯定评价。但兰芝的"自请遣归"、仲卿的殉情自杀"意义"，则被视为有违当时伦理、道德规范的"不孝"、"陷亲"，而遭到了断然的排斥和否定。

第三，"意义"的消隐和重现。由于文学作品的"意义"之显现和展开，受到一定时代和读者条件的制约。所以，作品的某些"意义"，在特定时代会充分展开，但若失去了这种特定的时代条件，它们又会逐渐消隐，而不被读者所注意。例如，前面所分析的《孔雀东南飞》，它所显现的反封建家长制、反封建礼教的"意义"，在五四以后直至新中国成立初期，对现实生活中同样感受到封建传统束缚或压迫的读者来说，曾发生过强烈的影响。但到了这种束缚或压迫不复存在的当今时代，在青年男女自由恋爱、自主婚姻有了法律保障的条件下，《孔雀东南飞》的这部分"意义"，在读者心目中就逐渐淡漠，而不再能撼动他们的心弦了。反过来，那在封建时代，焦母与兰芝的冲突及其酿成的悲剧结局，被显现为家庭"婆媳关系"处理不当的儆示"意义"，在近现代的反封建斗争过程中，虽曾一度消隐而不被人们注意；但在当今的社会条件下却又可能重视：人们在阅读中将会淡化对其封建时代背景的关注，而从如何处理家庭伦理关系的角度，接受它所包含的深切教训。这种某些"意义"显现了又消隐，某些"意义"消隐了又显现的状况，正是文学作品"多义性"在被阅读的历史进程中"展开"的又一特点。

明白了文学作品的"多义性"原理及其"展开"特点，我们也同时就能解释优秀的文学作品为什么能"历久弥新"而具有"永久的魅力"了。这原因除了它们都在艺术表现上有着动人的创造外，在很大程度上正在于这些作品内容上的"多义性"，亦即韦勒克《文学原理》所指出的那种意义上的巨大"包容性"：它们可以傲然面对历史时代的沧海桑田，面对社会人世的苍黄翻覆，而在不同时代、不同读者中"展开"自己多种多样的"意义"，并不断给人们以新的教益和启迪。

[原载《陕西师范大学继续教育学报》2004年第3期，辑入本集有改动]

谈谈我的楚辞研究
——代后记

　　甚至连我自己,都没想到会闯入楚辞研究这个古老而常新的殿堂中来。

　　我出生于上海龙华的一个贫苦农民家庭。父亲过早辞世,只留下孤苦的母亲带我们姐弟四人,徙倚在新中国成立前夕的清贫和劳瘁之中。沐浴着新中国的阳光,我才有机会踏进小学的大门。母亲慈蔼坚毅,激励着我刻苦学习。在著名的"上海中学",循循善诱的语文教师,改变了我对数理化的爱好。当考入复旦大学新闻系时,我憧憬的已是当一名"作家"了。"文革"的兴起惊碎了我的作家梦,和许多纯真的青年学生一样,旦暮之间,成了"誓死捍卫"的红卫兵。毕业前夕母亲病故,我带着哀伤告别了上海的哥、姐,孤身去到安徽六安。在军垦农场学生连队,耕种、收获着双季稻,也收获着初味人生的艰辛和迷惘。1972 年又从农场分到春秋吴公子季札的封邑(州来,即今凤台、寿县一带),伴着寂寞淮水上的月升日落,和农家子弟对知识的渴望,度过了近 3 年乡村中学的教师生涯。1975 年被调到凤台县教育局,干起了很不适合我不羁之性的文牍工作。命运的改变是"文革"的结束和研究生制度的恢复,1979 年 9 月,我以总分第一、专业课平均分第一的成绩,跨学科考入安徽师范大学中文系,攻读先秦两汉文学硕士学位研究生。指导我的,恰正是年届 80 高龄的著名古文字学家、楚辞学家卫仲璠教授。卫老早年曾在合肥李国松家任教,后又得马通伯(其昶)所著《屈赋微》单行本研读。受其启发,"方知作学科的研究,从此忝登讲坛,教课著文,皆与楚辞似结不解之缘"。也许是性格、遭际的原因,我在卫老门下,也很快爱上了"发愤以抒情"的诗人屈原,以及"少负不羁之才"、"思垂空文以自见"的司马迁。正如卫老在我《屈原与楚文化》序言中所说,我与他老人家"若有宿缘似的,声气相求,对屈子赋产生特殊的爱好"。我在研究生期间所发表的楚辞学论文,如《关于屈原放逐问题的商榷》《关于屈原自沉的原因及其年代》《论屈原思想及其发展》《王夫之、郭沫若的〈哀郢〉之说不能成立》《〈离骚〉作于顷襄王八、九年考》等,几乎都经过卫老的亲自审阅和批改。卫老已于1990年末逝世,但他的耳提面命,连同他戴着老花眼镜,一手持放大镜、一手颤颤握笔,在台灯下审阅修改我论文的身影,却永远铭刻在我心上。

作为一位非中文专业毕业的研究生,我在楚辞研究中遇到的困难极大。我原先不懂古文字学,更未通读过"诗三百篇"或《楚辞》。由于经济拮据,研究生期间很少有钱买书。我的"学问",实际上是在借书、抄书和阅读思考中获得的。我曾综合抄录过《毛诗》《诗集传》《诗毛氏传疏》《毛诗传笺通释》《诗经通论》以及闻一多、余冠英诸家的《诗经》著述;抄录过王先谦《庄子集解》、朱熹《孟子集注》;抄录过郭注《尔雅》、刘文淇父子的《左传旧注疏证》,以及陈延杰《诗品注》、叶燮《原诗》、沈德潜《说诗晬语》、刘熙载《艺概》等数十部著作。至于楚辞研究著述,也大多是在上海图书馆、杭州文澜阁借阅时抄、摘的。使我难忘的是,上海图书馆的楚辞著作孤本、善本多不出借,而杭州文澜阁却热情相助,无偿地让我借阅了黄文焕《楚辞听直》、汪瑗《楚辞集解》、张京元《删注楚辞》、屈复《楚辞新注》、陈本礼《屈辞精义》等十多部世所难觅的刻本。我在杭州十多天,每天就买几个大饼、带上冷开水,坐在文澜阁阅览室读书、抄书,沉浸在古贤精湛的注疏和阐释中,而不知日晷之移。只是为了防止湿气侵蚀,雨天是不借阅这类善本的,所以我游览西湖、灵隐寺、岳坟、黄龙洞,几乎都是在烟雨迷蒙之中。我对楚辞研究著述的抄录,还扩大到了五四以来现代研究者专著、论文的范围。在报刊阅览室查阅有关屈原、楚辞研究的论文目录,然后一本一本翻阅期刊,摘下有关论文的主要见解及论据。到1982年研究生毕业前夕,我几乎读遍了当时所能找到的全部楚辞学论文。在此基础上,我编成了供自己研究参考的《关于屈原研究主要争议问题资料辑编》(约30万字)。这花费了我的大量精力,但我正是靠这样艰苦的笨办法,打下了进入楚辞研究领域的基础,激发了在有关课题研究上向前贤"挑战"并力争"超越"他们的勇气和信心。

关于屈原与楚辞的研究,我在1982年完成的硕士学位论文《屈

原研究若干问题浅探·引论》中,曾谈到自己当时的一些看法和认识:

　　自汉以降两千年来,屈原研究成了我国古典作家研究中一道奔腾不息的大川洪流,成百成千的研究者,甚至为此耗费了毕生的精力和心血!……

　　在前人世代相继的孜孜探索中,屈原研究取得了极为可观的成果。可以毫不夸大地说,在这个研究方向上,几乎没有什么课题不为前人所研究、探讨过;而且在当时和尔后的历史条件下可能解决的课题,也都陆续得到了解决。

　　我们对这些严谨、坚韧、不畏艰辛的前辈,抱有深切的敬意!没有他们的努力,今天我们在屈原研究上,也许依旧只能在黑暗中摸索。

　　但是,我们又不能不指出,对屈原及其作品的研究,虽说差不多延续了两千余年。令人惊异的是,它所留给今天人们的悬而未决的课题,毕竟还有许多。这当然不是说,我们的前辈没有认真触及这些课题;只是说,在这些课题上,由于前辈作出了众说纷纭的回答,至今尚未尽如人意……

　　人们常说,对这些课题的深入研究,难度较大。也许解决它们的条件还没有成熟,还有待于新的历史文物的出土。但是,我们终究不能袖起双手,等待这一条件的"成熟"呵!否则,还要我们这些后来的研究者干什么?

　　愈是困难的课题,就愈具有某种诱惑力。它能激起人们的热情和力量,以顽强不懈的努力,去攻占它。而且我们今天的研究条件,比前辈又要优越多了:前人留下了大量著述,可供我们进行分析、比较和综合;不断发现的新文物资料,又在启发着我们作新的思考。这些都为今天的研究提供了解决某些课题的希望或可能。

我现在依然同意当年提出的这些看法,即既充分尊重和高度评价楚辞研究前辈的成果,又敢于向他们研究中的失误或不足挑战,作出尊重事实的新结论。

我对屈原生平和楚辞历史地理的研究,大抵正带有这种纠误或"挑战"的特点。例如关于屈原在怀王时期的放逐年代及原因,刘向、洪兴祖等以为在怀王十六年后;林云铭、游国恩、马茂元等大多数前辈,又断定在怀王二十四至二十五年间。我仔细考察他们提供的论据,发现这些前辈的结论都只凭秦楚关系的变化作主观的推测,并无坚实的依据。于是结合《屈原列传》提供的屈原反对怀王赴武关之会,而与子兰等辈发生冲突的史实,提出了"屈原因强谏武关之会,而于怀王三十年初放汉北"的新说。并指明这一初放,与顷襄王四年屈原遭谗"再迁"江南紧相连接,中间并无召回复用的情况,这就造成了屈原在怀襄时期只有"一次放逐"的错觉。这一新说目前尚未被楚辞学者普遍接受,但有部分学者以为较合情理,且能较好解释"屈原放逐,乃赋《离骚》"的创作年代和地点问题。又如关于屈原的沉江问题,自郭沫若、游国恩等取王夫之《哀郢》"哀郢都之弃捐"之说,而将屈原沉江定于"白起破郢"的当年(郭)或次年(游),并论定屈原之死乃是"殉国难"以后,此一新说自抗战至新中国成立以后四十多年间,虽有不少学者持怀疑态度,却因提出者在学界的地位和影响,而被广为传播、几乎成了定论。我则发现:第一,将《哀郢》与"白起破郢"联系起来,王夫之非为第一人,较早的当推明人汪瑗(《楚辞集解》);第二,《哀郢》的内容与"白起破郢"不符,乃是回忆再放江南的离郢背景和途中愁思,抒写放逐江南"九年不复"的哀愤之情,并大胆推测《哀郢》开头数句说的是怀王客死归丧、引起楚国上下巨大震动的情景,屈原再迁江南正在此后(顷襄王四年仲春);第三,屈原沉江非因"白起破郢"而"殉国难",这可从史籍记载、民间传说、屈原沉江前夕诗作的"自白",以及汉人对屈原之死的记述和评价得到反证,屈原当死于顷襄王十六七年。我因此在1981年至1994年间连续发表《王夫之、郭沫若的〈哀郢〉之说不能成立》《关于屈原自沉的原因及其年代》《再论〈哀郢〉非"哀郢都之弃捐"》《从汉人的记述看屈原的沉江真相》《楚郢未陷,何论"殉国"》等系列论文,集中向郭沫若、游国恩及其信从者的成说展开辩驳,在澄清《哀郢》创作背景、揭示屈原沉江真相方面,继其他对郭、游之说持怀疑态度的学者之后,作出了更有说服力的论析,受到了学界的好评。

近些年,我又对谭介甫、姜亮夫将《哀郢》与"蹻暴郢"联系起来的见解作了新的思考,发现他们将庄蹻视为率领国人"起义"而造成郢都震动、屈原出亡的解说,根本误会了"庄蹻暴郢"的含义。庄蹻本为怀王信用的将领,联系《吕氏春秋·介立篇》及贾谊《新书·春秋》、荀子《议兵篇》所记史实,我以为"庄蹻暴郢",乃是指怀王起用庄蹻,征役郢中"国人"出战,"且掘国人之墓",暴虐于郢中,而造成庄蹻所率士卒与所征役的"国人"之间"相暴相杀",以致"垂沙之役"溃败、唐昧身死的事件。这就是"庄蹻暴郢"、"唐昧死,庄蹻起,楚分而为三、四"的真相,与屈原写作《哀郢》的背景亦毫无关系。此新说也可以视为是对近些年逐渐流行的谭、姜成说的"挑战",我的研究生许富宏已在其硕士学位论文中对此加以论析和发挥,希望得到学界的注意。又如历来学者大多高度评价蒋骥在楚辞地理考证方面的贡献,我在具体研究中则发现,蒋骥对楚辞地理的考证,在几大关键之处颇有失误。例如《哀郢》"当陵阳之焉至"之"陵阳",蒋氏断为地名,在安徽青阳、池州之间;以《涉江》提及的"鄂渚"为今"武昌",从而得出了屈原迁于安徽陵阳的推断;又如以沧浪之水指湘西"武陵龙阳,有沧山浪山及沧浪之水",以《招魂》"庐江"为"出陵阳东南,北入江"之庐江,而断《招魂》为屈原自陵阳涉江入湘"往来梦泽之境"之作,等等。我则经过对《水经注》《屈原外传》《越绝书》与屈原诗作的全面考察,证明屈原放于"南楚"沅湘之间,而非为"东楚"之"陵阳";《哀郢》"陵阳"乃大波凌扬之意,非指地名;"夏浦"非专指今之汉口,乃为江夏之间水口之泛称,《哀郢》所称"夏浦"在洞庭湖北"江水会"东北之"二夏浦";《涉江》所称"鄂渚"在洞庭湖中"岳阳楼"所对并可望见之处(沈亚之《湘中怨解》、杜甫诗《过南岳入洞庭湖》可证),而不是今之武昌;《沧浪歌》传自春秋,沧浪水自指汉水沔江,而非指"龙阳"一带的沧水、浪水;"庐江"据《招魂》所述地势,当是谭其骧所指明的"襄阳宜城界"的"中庐水"。我不敢说这些意见全都正确无误,但在纠正蒋骥之说、推进楚辞地理研究上,毕竟提供了自己的新思考和新证据。

所谓敢向前辈"挑战",我以为既需要有勇气,更需要有实事求是的科学精神。所以我很鄙弃那种为求"轰动效应",而毫无根据的"标新立异"。凡是不将自己的研究置于坚实的事实根据或对作品真切理解基础之上,而轻率否定前人的研究成果者,不是无知便是虚妄。同时我还认为在学术研究上,更可贵的还是马克思所说的"不怕自己所作的结论"。当事实证明自己所作的研探结论有误时,不应为怕丢面子、怕有损"名家"身份而掩饰、固守。也就是说,在研究中既要有志气"超越"前人,更要有勇气"超越"自己。在这方面我也有深切的感受。例如我在屈原生年研究上,曾先后发表《摄提·孟陬和屈原生年之再探讨》《从〈秦楚月名对照表〉看屈原的生辰用历》,提出了"孟陬非夏正正月之专称,夏、殷、周正岁首均可称为'孟陬'"的见解,以及"战国楚历兼行夏正和周正"、"屈原自述生辰用的是周正"的新说,这些意见我现在依然认为是有据和可信的。但我当时推算屈原的降生年月当为前340年周正正月初七,后来却发现有误。因为前340年周正正月,岁星已居黄道"玄枵"宫,并不符合屈原时代岁星居"星纪"、以"正月与斗、牵牛晨出东方"的"摄提格岁"之要求。我发现这一错误以后,自1995年至1996年花了近一年时间,对古来有关岁星纪年的研究作了认真清理,大体搞清了后世岁星纪年"太岁超辰"和屈原时代"太岁不超辰"的特点;并依据现代天文学计算方法,推定前342年夏正12月(即周正前341年正月)岁星居星纪宫;提出了屈原当降生于这一年的新说。尽管此说仍带有推测成分,但在我自己的研究中却是一大"超越",既纠正了自己的失误,亦为推算屈原生年提供了战国"置闰"问题的新思考。这种"超越"还表现在对学术争鸣中不同意见的吸收和使自己的某些见解更加妥帖上。例如我在《论〈离骚〉的"男女君臣之喻"》中,发挥钱锺书之说,提出了《离骚》抒情主人公"外在形貌前后不统一"(前"女"后"男")的看法。我的朋友赵逵夫先生在《中国社会科学》著文批评了我的意见,并引《离骚》前半篇中某些诗句证明,抒情主人公实为男性。我非常感谢赵兄对我的批评,因为它引发了我对《离骚》抒情特点及主人公形貌的更深入的研探,从而提出了《离骚》"自我形象的二重性",即"现实性的自我"和"幻化的自我","幻化的自我"适应幻境的展开而有"忽女忽男"变化的特点,以及这种"自我的幻化和回返"创作构思与当时巫风特点之间的联系(见《中国社会科学》1993 年 6 期拙作《〈离骚〉的抒情结构及意象表现》)。

熟悉我研究楚辞的人都知道,我的研究大多带有争论和辩驳的色彩。这大抵因为我的屈原和楚辞研究选题,大多为前人已有结论或众说纷纭的缘故;我所采用的研究方法,又以对重大课题的研究历史和现状进行清理,在清理中提出自己的新说为主,故争论和辩驳在所难免。听说有些学者是很反对这样的争辩的,以为"还是你说你的、我说我的为好",何必在喋喋争论中耗费生命。我则以为对楚辞研究中的重要课题,有必要展开认真的清理、总结,以期在争鸣中辩明失误,达到高层次上的综合,将研究推向深入。目前这种争鸣不是多了,而是太少。许多见解纷纭并呈,缺少事实基础上的碰撞和辨析,停留在浅层次的标新立异上,这是非常不利于楚辞研究的深化的。

关于"超越"自己还有一层重要含义,即扩展自己的知识视野,克服自己的研究局限,使之具有多方面探索的能力和宏阔的气象。我的早期楚辞研究,较多局限于屈原生平的历史学探讨和"证谬法"式的纠误,由于缺乏神话学、民俗学、心理学、文化学方面的知识,对《九歌》《天问》《招魂》,以及屈辞的文化背景、创作心理的研究,总感到力不从心。因此在 1983 年至 1985 年间,我下了很大决心坐下来认真"再学习",广泛阅读和研学有关"神话—原型批评"、民俗学、文化学、现代阐释学和"变态心理学"以及"接受美学"方面的著作,使自己的知识结构得到了更新,研究方法也实现了由传统向现代的转换和衔接。虽然此后的楚辞研究仍带有"清理"和"综合"的特点,但在内涵上则进入了熔旧学与新学于一炉,运用多学科知识对屈赋作多侧面探讨的新阶段。1986 年发表于《中国社会科学》4 期上的《〈九歌〉六论》,是这一自我"超越"的标志。文中关于《九歌》"非典非俗"性质的探讨,运用巫风形式剖析《九歌》降神、祀神的不同方式,以及不同意用"人神恋爱"、"神神恋爱"解说二《湘》《河伯》《山鬼》的内容,而以"望祀"和"非像神神物不至"的礼俗、民俗,证明其所述乃巫者装扮神灵以接迎神灵而不临的祭歌,都得力于我在知识结构上的更新和研究方法上的新旧相熔。此后的《论〈天问〉的渊源与艺术》(《中国社会科学》1988 年第 6 期)、《楚文化和屈原》(《文学评论》1989 年第 4 期)、《屈原评价的历史审视》(《文学评论》1990 年第 4 期)、《论屈辞之狂放和奇艳》(《文艺研究》1992 年第 2 期)、《〈离骚〉的抒情结构与意象表现》(《中国社会科学》1993 年第 6 期)、《〈招魂〉研究商榷》(《文学评论》1994 年第 4 期)等,之所以能在楚辞"本体"研究中有所突破,并显出某种包容前人、集其大成的端倪,也与上述努力有关。其中,关于《天问》所涉及的宗庙壁画的神秘特性,《天问》问体与庙堂卜筮之"贞问"方式的联系,《天问》创作中的"迷狂"现象及其"哲理、抒愤二重性"的解说;《离骚》抒情结构的非"叙事"性和"情感涌叠中的幻境纷呈"特点的揭示,"自我形象的幻化和回返"及其形貌不一致的原因阐释;楚文化所存在的"又先进、又落后"的"奇异矛盾",及其对屈原创作方法、构思特色、意象驱使和表现色彩的影响;屈原精神对于历史的"双重投影",及古、现代对屈原精神评价上的"单向改塑"和"反拨";《招魂》乃宋玉为招云梦射兕受惊而病的顷襄王之生魂,以及这种招"生魂"在中外民俗学上的依据,等等。这些新见,在楚辞研究界引起了广泛的注意。我并不期望它们均能为人们接受,但只要能对当代及后世的楚辞研究者有所启迪,我就感到非常快慰了。

　　回顾我近 20 年的屈原及楚辞研究,有喜悦也有酸辛。许多青年学生羡慕我一篇接一篇论文在《中国社会科学》《文学评论》等权威刊物发表,惊讶于数年之中先后两次破格晋升为副教授、教授,接着又被授予"全国优秀教师"称号,并获得国务院特殊津贴。其实他们所看到的,只是我教学、科研生涯中光亮的一面,至于治学的寂寞、孤苦和酸辛,知晓者又有几人!我开始研究生学习生活时已 34 岁,几乎已过了人生创造的"黄金时期"。家中有独扛生活重闸的妻子和不到 4 岁的幼儿。妻子在凤台一家成衣厂做工,有时白天"让电"、晚上上班,只能让幼儿在车间玩耍,累了就睡在空余的工作台上。一次幼儿竟对电闸发生了兴趣,上去就要扳动,把我妻子吓得惊呼。我毕业留校后依然夫妻分居,家中的事务和小儿的教育,全由妻子承担。由于经济拮据,妻子营养不良以致患急性肝炎。我从数百里外渡过长江、淮河,赶回县里探望妻子,看着她孤苦无助地躺在隔离室里,家中的幼儿只能托邻居照顾,就不禁泪水涔涔。后来妻子终于调来学校,全家住在 20 多平方米的狭小居室中,一间外室就成了我的工作间兼"接待室",还得给儿子让出一角读书、做作业的空间,这样的生活持续了 8 年。我担负着繁重的教学任务,所以科研和写作,是常在酷热的暑期或飞雪凛冽的冬夜完成的。我写《〈九歌〉六论》,是赤着膊、背披湿毛巾,在三十六七度的高温中写成的。毛巾烘干了再拧冷水,带汗的手濡湿了稿子。写《楚文化和屈原》则在除夕之夜,妻子给我做了些菜放在冰箱里,带着孩子回沪探亲,以便留给我一个安静的写作环境。我拨些菜就着煮面条吃,在映窗的雪光和远远近近的爆竹声中,写我的论文,就这样度过了整个春节。所以在结束这篇回顾文章的时候,若有人问我:"你何以能在楚辞研究中有所进展和创造?"我的回答是:是屈原的伟大精神激励着我;是我的导师、前辈的扶掖推动着我;还有一点非常重要,那就是我那坚强、深情的妻子唐春兰的劳苦和牺牲精神,成全了我。

* * * * *

以上这篇文字作于十多年前。之所以用它作为本书的《后记》,一是因为它较具体地记录了我从事楚辞(当然也包括我的整个古代文学)研究的艰苦历程和粗浅体会;二是了解这些历程和体会,对于当下及而后的研究新进,或许也会有些帮助或启迪。

2008 年,我校编纂出版《安徽师范大学学术文库》(第二辑),我得以从近 30 年的研究论文中,选出 23 篇代表作,辑为《诗骚与汉魏文学研究》出版。现在,文学院拟出版《安徽师大文学院学术文库》,使我有了将当初由于篇幅限制而未能辑入的 20 多篇重要论文,辑为新集出版的机会。由于所选论文多为楚辞和《史记》及汉代小说之研究,故名其为《楚辞与汉代文学论集》。

最后,深深感谢文学院编纂和资助出版《安徽师大文学院学术文库》这一影响深远的举措!

潘啸龙补记于 2014 年元月